U0127776

广视角·全方位·多品种

权威 · 前沿 · 原创

本书为广东省普通高等院校人文社会科学重点研究基地
广州大学广州发展研究院研究成果

广州蓝皮书

BLUE BOOK
OF GUANGZHOU

2011年
中国广州社会形势
分析与预测

主　编／易佐永　崔仁泉
副主编／涂成林　彭　澎

SOCIAL SITUATION OF GUANGZHOU IN CHINA
ANALYSIS AND FORECAST (2011)

社会科学文献出版社
SOCIAL SCIENCES ACADEMIC PRESS (CHINA)

法 律 声 明

　　"皮书系列"（含蓝皮书、绿皮书、黄皮书）为社会科学文献出版社按年份出版的品牌图书。社会科学文献出版社拥有该系列图书的专有出版权和网络传播权，其 LOGO（▐）与"经济蓝皮书"、"社会蓝皮书"等皮书名称已在中华人民共和国工商行政管理总局商标局登记注册，社会科学文献出版社合法拥有其商标专用权，任何复制、模仿或以其他方式侵害（▐）和"经济蓝皮书"、"社会蓝皮书"等皮书名称商标专有权及其外观设计的行为均属于侵权行为，社会科学文献出版社将采取法律手段追究其法律责任，维护合法权益。

　　欢迎社会各界人士对侵犯社会科学文献出版社上述权利的违法行为进行举报。电话：010－59367121。

社会科学文献出版社

法律顾问：北京市大成律师事务所

广州蓝皮书系列编辑委员会

摘　要

《2011 年中国广州社会形势分析与预测》作为《广州蓝皮书》系列之一列入社会科学文献出版社的"国家皮书系列"，由中共广州市委宣传部和广州大学联合编撰，在全国公开发行。本报告已是连续第四年出版，由总论篇、行业发展篇、社会保障篇、劳动人才篇、社会管理篇、社会舆情篇、收入分配篇七个部分组成，是广大科研工作者、政府工作人员，以及社会公众了解广州社会发展状况的重要参考物。

本报告指出，2010 年，广州市以加快建设国家中心城市为总目标，以加快结构调整和发展方式转变为主攻方向，以"迎接亚运会，创造新生活"为主题，大力推进全市经济社会的协调发展，在经济发展方面，成功进入"万亿元俱乐部"；在城市发展方面，借力于亚运会、亚残运会的东风，成功实现城市面貌"大变"目标；在民生方面，公共服务均等化进程进一步加快，就业形势继续稳中趋好，社会保障体系进一步得到完善，社会治安状况持续得到改善；在社会管理方面，社区管理手段不断创新，网络问政逐步推行，施政透明度和决策民主化不断提高。

展望 2011 年，广州市将以"承亚运精神、促转型升级、建幸福广州"为发展目标，继续推进全市经济的持续快速发展，加快推进以改善民生为重点的社会建设，逐步建立起科学化、精细化、常态化的城市管理体系。

Abstract

Social Situation of Guangzhou in China Analysis and Forecast (*2011*), as one of the a series of *the Guangzhou Blue Book* that was listed in the *China Series Books* of the Social Sciences Academic Press, which was published by the Social Sciences Academic Press, is jointly compiled by the Publicity Department of CPC Guangzhou Committee and Guangzhou University and published openly in China. This is the 4th year that the report has been successively published. It is a very important reference book for researchers, government employees and the public to understand the situation of cultural development of Guangzhou.

The reports point out that in the year 2010 Guangzhou focused on its general goal of quickening the construction of national core city with the theme of "meeting the 16th Asian Games and creating a new life". Its main task was speeding up adjustment of industrial structure and ways of development to promote the coordinated development of economy and social business. It successfully joined the Club of Billion Yuan. On the other hand it took use of the 16th Asian Games and made a success in making great changes in its city developments. Progress was also made in improving the citizens' life and public services. More job opportunities were created. Social welfare system has been further improved. Public order became better. Social management was innovated.

To keep the year 2011 in view, the development goal of Guangzhou is to inherit the spirit the Asian Games, promote the upgrading of industrial development and to building up "Happy Guangzhou". It will continue to further the quick development of economy and social business, speed up social construction in which the citizens' is the key to set up scientific, refined and regular urban management system.

目 录

B I 总论篇

B II 行业发展篇

B III 社会保障篇

B Ⅳ 劳动人才篇

B Ⅴ 社会管理篇

B Ⅵ 社会舆情篇

B Ⅶ　收入分配篇

皮书数据库阅读**使用指南**

CONTENTS

B I   General Review

B II   Industry Development

B III   Social Security

CONTENTS

总 论 篇

General Review

B.1

2010 年广州社会形势分析与 2011 年展望*

广州大学广州发展研究院课题组**

摘 要： 2010 年，广州市以加快建设国家中心城市为总目标，以加快结构调整和发展方式转变为主攻方向，以"迎接亚运会，创造新生活"为主题，大力推进全市经济社会的协调发展，经济总量成功进入"万亿元俱乐部"，成功举办了亚运会和亚残运会，成功实现城市面貌"大变"目标，以改善民生为重点的社会建设正在加快推进。2011 年，广州市将以承亚运精神、促转型升级、建幸福广州为发展目标，继续推进全市经济的持续快速发展，加快推进以改善民生为重点的社会建设，逐步建立起科学化、精细化、常态化的城市管理体系。

关键词： 社会发展 亚运精神 幸福广州

* 本报告是广东省普通高校人文社科重点研究基地广州大学广州发展研究院研究成果。
** 课题组组长：涂成林，成员：梁柠欣、曾恒皋、谢俊贵、魏伟新、丁艳华、肖湘。主要执笔人：梁柠欣。

一 2010年广州社会发展总体形势分析

2010年，广州市以加快建设国家中心城市为总目标，以加快结构调整和发展方式转变为主攻方向，以"迎接亚运会，创造新生活"为主题，大力推进全市经济社会的协调发展，宏观经济继续保持良好的发展态势，城市环境面貌获得重大改观，以改善民生为重点的社会建设加快推进。在经济发展方面，2010年，全市固定资产投资加速，进出口贸易实现恢复性增长，消费市场持续繁荣，经济继续保持较快的增长态势，全市经济总量达到10604.48亿元，同比增长13%，实现了历史性的重大跨越，成为继上海、北京之后我国第三个经济总量超万亿元的城市，也是首个经济总量过万亿元的省会城市。2010年度来源于广州地区的税费收入达到3379.2亿元，同比增长21.9%，地方一般财政预算收入达到872.52亿元，同比增长20.2%，① 为社会发展和城市建设提供了坚实的物质基础。在城市发展方面，借力于亚运会、亚残运会的东风，广州"天更蓝、水更清、路更通、房更靓、城更美"的城市发展目标从蓝图变为现实。在社会发展方面，广州市在改善民生方面做了大量开创性工作，取得了许多重要的进展和辉煌的成绩。社会建设与社会管理不断加强，社会事业发展取得显著进步，公共服务均等化进程进一步加快，尤其在若干重要民生领域形成了快速推进的发展态势。

（一）借力亚运改善城市环境，城市知名度和居民认同感明显提升

2010年，广州市以"迎接亚运会，创造新生活"为主题，借助举办亚运会、亚残运会的难得机遇，积极进行大规模的城市建设，全力推进城市水环境、空气环境、人居环境及交通环境的综合整治，基本实现了"天更蓝、水更清、路更畅、房更靓、城更美"的目标要求，城市面貌焕然一新。亚运会的成功举办，更使广州的城市知名度、美誉度和居民的认同感明显提升。

——重视水环境综合治理，初步再现岭南水城魅力。在历史上，广州是岭南的著名水城，市中心城区有河涌231条，总长913公里。但由于长年来这些河涌

---

① 《邬毅敏出席2011年广州市税务工作会议》，2011年1月22日《广州日报》；《广州国税收入破2000亿》，2011年1月4日《广州日报》。

被当做天然排污渠，河涌脏臭黑让人难以忍受。2008 年起，广州市通过制定《广州市污水治理总体规划》，本着"系统治理、科学治理"的原则，采取截污、清淤、调水补水、堤岸景观建设等措施，全面系统推进污水治理和河涌综合整治工程。经过一年半的时间，共投入 340.65 亿元，实施了 581 项治水工程。通过大力建设污水处理厂和污水管网，到 2010 年，共建成了 38 座日处理能力达 236.58 万吨的污水处理厂及其配套的 48 座泵站，以及 1097 公里污水管网。目前全市污水管网达 2907 公里，全市生活污水处理能力达 465.18 万吨/日，集中处理率提升到 85%，其中中心城区达到近 90%。通过拆除、封闭、接驳饮用水保护区排污口等方式，每日减少直排珠江污水 80 万吨。通过截污和水生态修复，实施了 225 项水浸街治理工程，完成了城市中心区长度为 388 公里的 121 条河涌的整治和生态修复，新增水域面积 277.8 万平方米、沿岸绿地面积 586.5 万平方米、水边绿道 323.4 公里，初步形成了"一涌一景"的水景观特色。以东濠涌、荔枝湾为代表的岭南水景的再现，在一定程度上使广州老市民又重新找回了对昔日岭南水城的记忆。①

——加强环保合作与执法，空气质量得到明显改善。为了履行"绿色亚运"的庄严承诺，广州市通过区域环境合作以及综合性环境治理，全面推进大气环境治理。通过全面加强工业、机动车、工地及露天焚烧等方面的监管，铁腕治污，仅 2010 年上半年就责令关停企业、项目 736 个，小水泥厂、小火电项目全部淘汰或关停，连同"退二进三"，在近两年的时间里，全市累计关停并转企业 4071 家。同时，积极推进广佛同城化、广佛肇经济圈一体化的环保合作，采取史无前例的环保执法，推动广州市的大气环境得到进一步的治理，空气质量得到明显改善。2010 年前 11 个月空气质量优良率达到 97.7%，创下了 2004 年申办亚运会成功以来的最佳水平，比 2004 年提升 13 个百分点，比 2009 年同期增长 1.8 个百分点，超过亚运会空气质量优良率 96% 的保障目标。②

---

① 《广州治水》，2010 年 4 月 13 日《第一财经日报》；《广州治水"一天一个亿"治水成绩单…》，2010 年 7 月 8 日《时代周报（广州）》；《万庆良："十年一大变"目标已全面实现》，大洋网 http：//www. dayoo. com/2010 – 12 – 22；《以亚运为契机提高广州市民幸福感》，2010 年 7 月 24 日《广州日报》；广州市发展和改革委员会：《广州经济社会形势与展望（2010～2011）》（经济社会白皮书），广东人民出版社，2011，第 66 页。

② 《万庆良："十年一大变"目标已全面实现》，大洋网 http：//www. dayoo. com/2010 – 12 – 22；《广州空气质量达申办成功以来最佳水平》，2010 年 12 月 21 日《广州日报》；《以亚运为契机提高广州市民幸福感》，2010 年 7 月 24 日《广州日报》。

——切实建设宜居环境，城市整体面貌焕然一新。为了迎接亚运会，广州市从 2009 年开始投入 73 亿元，在越秀等 6 个老城区实施社区绿化升级、老旧建筑立面整饰、"三线"下地、道路升级等"四位一体"的综合整治工程，大力整治人居环境。2010 年完成亚运场馆沿途 240 多公里城市主干道改造工程，累计修复社区道路路面 407.4 万平方米，新建完善 1215.9 公里排水管。新建"三线"下地管廊 456 公里，规整"三线"256 公里。通过拆墙建绿、生态复绿，改造绿地面积 1681 公顷。484 个旧城社区环境得到整治，并完成 3 万多幢老旧建筑物的立面整饰，10 个城中村和 40 片旧城区、旧厂房也陆续启动拆除改造。经过整饰的老旧社区无论是外貌还是居住环境，都可与商品房小区相媲美。广州"穿衣戴帽"工程改善了城市的景观和主干道沿途老城区居民的居住环境，对老城区楼价也起到了明显提升作用。① 而对外环以内重点高层建筑物、珠江和新中轴、跨江大桥、城市主干道等实施的夜景灯光工程升级改造，在打造"一河三岸"的旅游观光城市名片、增厚广州旅游资源的同时，也为市民提供了更多的旅游休闲去处。

——推进交通建设与整治，市民出行条件进一步改善。广州借筹办亚运会的极好机会，全力推进重大交通枢纽建设，加快城市交通基础设施建设步伐，突出发展公共交通体系，市民出行条件进一步改善。武广高速铁路、广珠城际轨道、广佛线首通段的开通，广州新客运站的投入使用，白云航空港、广州南沙港的扩建，进一步凸显了广州的综合性交通门户功能和国家中心城市的辐射作用。城市轨道交通建设取得突破性进展，2010 年广州同时开工建设 11 条、总里程达 212 公里的地铁线路，创历年地铁建设之最。而在亚运会前建成开通 6 条、长度达 68 公里的地铁线路，使广州地铁运营里程达到 222 公里，地铁日均客流量突破 450 万人次。地铁已成为广州居民出行的主要交通工具。② 大力推进城市交通路网建设，2010 年，广州共升级改造 177 条总里程达 483.63 公里市政道路，修复社区道路路面 407 万平方米。尤其是投入 5 亿多元打造的 1060 公里的广州绿道

---

① 《以亚运为契机提高广州市民幸福感》，2010 年 7 月 24 日《广州日报》；《广州后亚运楼市得利好 穿衣戴帽工程催涨二手房价》，广州视窗住在广州（http：//house. gznet. com），2010 - 12 - 20；《广州亚运穿衣戴帽工程旺宅不旺铺》，2010 年 2 月 8 日《广州日报》。

② 《广州免费乘车首日地铁客运量达平时一倍》，2010 年 11 月 3 日《信息时报》；《广州地铁客流连破纪录 昨日客流量438.99 万人》，2010 年 5 月 2 日《金羊网—羊城晚报》。

网，以及中山大道快速公交（BRT）系统、公共自行车系统的相继建成使用，使城市交通路网更为完善，道路通行能力持续提高。此外，广州在亚运会之前还实施 31 项交通改善措施，对道路交通拥堵严重的天河和同德围等地区开展专项整治，整治后天河和同德围等地区主要道路平均车速分别提高了 11% 和 46%。① 广州市大规模城市交通基础设施建设，尤其是突出发展公共交通体系，得到了国际业界的认可。基于广州市在中山大道快速公交（BRT）系统、公共自行车系统、绿道系统等公共交通建设方面的突出成就，2010 年广州获得了可持续交通奖委员会颁发的"2011 年可持续交通奖"，成为中国首个获得该荣誉的城市。②

——借力亚运，打造惠及百姓的城市公用设施。广州还以迎亚运为契机，以公共空间优先的原则，大力打造惠及百姓的城市公用设施。2010 年广州市投入百亿元，对历史文化古迹、文化娱乐场所等公共设施进行了大规模的改造、修复和建设。以广州塔、广州新图书馆、大剧院、博物馆等为代表的新地标的相继建成，大元帅府、辛亥革命纪念馆、尹积昌雕塑园等展现岭南文化和历史的文博设施的修复和建设，以及大元帅府门前广场、陈家祠门前广场、广州市群众艺术馆分馆、市少儿图书馆分馆等基层公共文化娱乐设施的相继落成使用，不仅使广州的文化品位和国际影响力得到了全面展示与提升，而且全市的主要文博设施和近九成的公园对居民实行免费开放，让城市建设和环境面貌"大变"的成果在提升广州居民自豪感的同时，也惠及了广大市民，满足了居民日益增长的文化需求，为人民群众创造了更加宜居的美好生活环境。

——成功举办亚运会，城市知名度和居民认同感大大提升。2010 年 11 月在广州召开的亚运会，是继韩国釜山后第二个在首都以外城市举办的亚运会。亚运会为广州提供了良好的形象展示机会。在亚运会期间，有超过万人的运动员队伍、数千人的裁判队伍和媒体报道人员，以及数十万游客进出广州，广州一跃成为亚洲甚至世界媒体的焦点。广州以气势恢宏、富有地域特色的亚运会开幕式展现了岭南文化的独特魅力，以良好的城市生态环境、社会环境和营商环境、充满生机的现代化城市形象展示了一个正在兴起的国际性城市的风貌。亚运会的成

① 《万庆良："十年一大变"目标已全面实现》，大洋网 http：//www.dayoo.com/，2010 - 12 - 22。

② 《广州成中国首个获可持续交通奖城市》，2011 年 1 月 26 日《广州日报》。

功、圆满举办,不仅进一步提高了广州的世界知名度,而且提升了城市的美誉度,为广州的进一步发展吸引和链接了更多的外部资源,为将广州打造成为具有广泛社会影响力的国际性城市打下了良好的基础。

同时,广州亚运会的成功举办,也极大地提升了广州居民对城市的认同感。据广州市万户居民调查网的抽样调查显示,广州以迎接亚运会为契机而开展的大规模城市建设和人居环境综合整治,得到超过八成以上被访者的认可。而广州亚运会的成功举办,使广州居民的归属感上升到历史的最高值,有96.5%的常住居民"为自己是广州市民感到骄傲",比2003年的调查提高了23.7个百分点。而愿意长期在广州工作生活的常住居民达到94.2%,其中非广州户籍的外来常住人口愿意长期在广州工作生活的为89%,并且呈现在广州居留时间越长,常住广州的意愿越强烈的趋势。[1] 不同群体的市民长期留居广州的意愿都很强烈,既反映了包括非广州市户籍的外来常住人口在内的市民对广州这座城市具有强烈的归属感,同时也从侧面反映出广州通过筹办亚运、打造"宜居城市"等相关措施及其成效得到高度认可。

(二)就业形势继续稳中趋好,但就业的结构性矛盾更显突出

2010年,广州市的社会固定资产投资、外贸和内贸持续增长。在亚运城及亚运场馆工程、西江饮水工程、地铁工程、新广州站及相关工程等重点项目的带动下,2010年全市完成全社会固定资产投资3263.57亿元,同比增长22.7%。2010年,对外贸易在2009年低基数基础上实现了恢复性快速增长,广州实现商品进出口总值1037.76亿美元,同比增长35.3%。与此同时,全年社会消费品零售总额达到4476.38亿元,比2009年增长24.2%。在投资、消费和外需的作用下,2010年广州市劳动力市场活跃,并且呈现以下基本特点。

——劳动需求旺盛,就业形势趋好。2010年广州经济的快速回升,尤其是对外贸易的迅速发展,产生了大量的劳动需求。据广州市劳动力市场中心统计,2010年广州市劳动力市场的市场求人倍率,即1个求职者对应的岗位数,已经从2009年的1.11提高到2010年的1.36,达到2006年以来的最高值。一方面

---

[1] 《亚残运圆满落幕 广州亚运会获各方好评》,2010年12月20日《联合早报》;《调查显示:七成居民满意广州人身份》,2003年9月16日《南方都市报》。

企业岗位增幅达到 71.16%，另一方面求职者人数的增幅仅为 30.96%。① 而通过开展就业培训、岗位补贴、开发公益性岗位、职业介绍、扶助创业等就业服务，失业人员再就业率也明显提高，失业人员再就业率达到 72%，同比增长 1.9 个百分点。2010 年广州市新增就业人数达到 97 万人，年末全年城镇登记失业人员 30.7 万人，城镇登记失业率为 2.2%，同比下降 0.1 个百分点，就业形势继续稳中趋好。

上述客观的数据也得到相关主观感受调查的结果所证实。根据广州市社情民意研究中心实施的"2010 年度广州个人生活感受公众评价"调查，2010 年广州市居民就业状况改善明显，68% 的受访市民表示 2010 年"工作稳定"，32% 的受访市民表示 2010 年个人总收入有增加。对"个人收入"、"挣钱机会"的评价也有较大好转，其中对"个人收入"的满意度为 26%，较上年上升了 3.2 个百分点，"挣钱机会"的不满意度下降至 20% 左右。②

——劳动力供需的结构性矛盾突出，劳动力成本进一步提升。受制于人口红利变化、本市的产业结构调整与外地经济的迅速发展，基于劳动力需求的产业结构、技能结构和供给时间之间的错位而造成的供需结构性矛盾突出。一方面，广州发展新兴产业所需的中高级人才、技能人才，以及普通操作工人"双重短缺"并存。据广州市劳动力市场中心统计，全年常年性的结构性缺工尤其是技工缺口达到 50 万人左右，因为春运等原因造成的暂时性、阶段性用工缺口达到 15 万人。③ 另一方面，文员、办事员等办公辅助人员则一直处于饱和状态。

然而必须看到，随着中国人口红利"关窗期"的临近，内地经济的迅速发展以及工资待遇的提高，这种表面上由特殊时期往返工作岗位的时间差造成的阶段性缺工现象将进一步放大。广州市熟练技工和普工双重短缺的局面可能会从一种暂时现象演变成为一种常态，并可能形成劳动力供需的总量不平衡局面，劳动力尤其是操作性劳工的不足将成为制约广州经济发展的一个关键因素。

事实上，2010 年广州市由于外来工回家与返穗时间差造成的阶段性缺工现

① 《外来工总量增三成企业为何仍喊"渴"》，2011 年 2 月 15 日《南方日报》第 A2（02）版。
② 《"2010 年广州生活感受公众评价"调查显示：市民最不满意"看病"》，2010 年 12 月 29 日《广州日报》。
③ 《外来工总量增三成企业为何仍喊"渴"》，2011 年 2 月 15 日《南方日报》第 A2（02）版。

象已经开始出现，到 2011 年初进一步加剧，并且推动劳动力成本进一步提高。据广州市劳动力市场中心统计，劳动力初次入职平均月薪已经从 2010 年初的 1102 元提高到 2011 年初的 1335 元。而最新的统计数据表明，2011 年初级技工人均月工资已经达到 1480 元，涨幅 10.53%；中级技工工资达到 2250 元，涨幅 10%；高级技工工资达到 3460 元，增长 13.18%。① 这种劳动力供给态势的变化，无疑会形成一种倒逼机制，从而促使广州在产业结构升级、社会福利制度、劳动保障制度、职业教育制度等多个方面发生巨大的变化。

（三）社会保障体系进一步得到完善，城乡居民收入显著增长

2010 年，广州市继续加大了改善民生的投入，大力实施改善民生十件大事，全市民生福利水平进一步得到提升。

——各项社会保险覆盖面继续扩大。2010 年，广州市社会保险"五险"参保人数达 2081.9 万人次，比 2009 年增加 225.2 万人次。其中，养老、失业、医疗、工伤、生育保险参保人数分别达到 484.5 万人、336 万人、678.4 万人、375 万人和 208 万人。农村社会保险覆盖面进一步扩大，2010 年全市已有 93 万农村居民参加了社会养老保险，35 岁以上农村居民社会养老保险覆盖面达到 87%。新型农村合作医疗已覆盖到广州市农村地区的所有镇、村和 99.8% 的农业人口②，农村居民看病难问题得到有效的缓解。

——社会保险统筹层次、保险待遇明显提高。继 2009 年实现养老、失业、工伤保险市级统筹后，2010 年 7 月广州市实现了生育保险的市级统筹，11 月起分阶段实施医疗保险市级统筹，进一步解决同市不同区（县级市）之间不同待遇问题。2010 年广州市调整了各项社会保险待遇。其中，企业退休人员人均养老金达 2229 元/月，比 2009 年提高 8.36%；农转居人员养老金月人均达到 567 元。从 2010 年 5 月起，失业保险金提高到 880 元/月。2010 年度通过提高 9 项医疗保险待遇，推进参加农村新型合作医疗的农民在村卫生站看病减免收费政策，减轻参保人员医疗费用负担 8% 以上，惠及 650 万人以上；调整

---

① 《外来工总量增三成企业为何仍喊"渴"》，2011 年 2 月 15 日《南方日报》第 A2（02）版。
② 广州市卫生局：《对市政协十一届四次会议第 1029 号提案的复文》；万庆良：《2011 年广州市政府工作报告》。

工伤伤残补偿金、一次性工伤死亡补助金等待遇，工伤保险各项待遇也进一步提高。①

——城乡最低生活保障覆盖面稳步扩大，社会福利水平进一步提高。2010年，广州市居家养老事业进一步推进，扩大了老年人长寿金发放范围，目前全市所有各区、县级市全部向 80 岁以上老人发放长寿保健金。城乡最低生活保障在应保尽保的基础上，覆盖面稳步扩大。截至 2010 年 12 月底，全市城乡共有低保对象 46930 户、111751 人，全年共发放低保金（含分类救济金）28285.5 万元。2010 年，广州市进一步完善了城乡居民最低生活保障金的动态调整机制与临时物价补贴办法，再次提高了城乡最低生活保障标准，城镇和农村平均低保标准分别达到 398 元和 303 元。为应对物价上涨，全年各级财政累计投入各类补贴达1.36 亿元，为城乡低保家庭发放了 5 个月的临时物价补贴，② 在一定程度上减轻了物价上涨给低收入困难群体带来的生活压力。

——农民收入增幅继续超过城镇居民，消费市场持续畅旺。广州市经济的持续回升，就业状况持续稳定，城乡经济社会发展一体化进程进一步加快，带动了城乡居民收入显著增长。2010 年，广州市城市居民人均可支配收入为 30658.49元，比上年同期提高 11.0%。同时，通过加大对农村的支持力度，全年市级财政预计投入涉农资金 55.92 亿元，比上年增长 24.5%，有力地推动了农民收入增长。2010 年，农民人均纯收入 12688 元，同比增长 14.7%。农民人均纯收入增速连续 5 年超过两位数，并且连续 3 年超过城镇居民可支配收入增幅，使城乡居民收入差距从 2008 年的 2.58∶1 缩小到 2010 年的 2.49∶1。③

随着城乡居民收入的提高，社会保险覆盖面进一步扩大，城乡居民的消费信心显著增强。在国家"家电下乡"、"汽车下乡"以及"家电以旧换新"等一系列"扩内需、促消费"政策措施的推动和亚运商机的刺激下，2010 年广州消费市场持续畅旺。借助亚运商机，广州市的旅游业发展迅速，2010 年旅游业实现

① 广州市发展和改革委员会：《广州经济社会形势与展望（2010～2011）》（经济社会白皮书），广东人民出版社，2011，第 152 页。《历史性的跨越——2010 年广州经济运行情况综述》，见广州市统计局网站（http：//www.gzstats.gov.cn/tjfx/gztjjfs/201101/t20110128_24316.htm）。

② 《广州下周起派红包让困难群众过好年》，2011 年 1 月 14 日《广州日报》。

③ 广州市农业信息中心：《2011 年广州市农村工作会议召开》，2011 - 01 - 30。《广州农民人均纯收入首次突破万元　城乡收入差距缩小》，2010 年 2 月 7 日《南方都市报》。

收入 1254.61 亿元，同比增长 26.2%，并直接带动了市场消费。2010 年广州市实现社会消费品零售总额达到 4476.38 亿元，同比增长 24.2%。其中，批发和零售业、住宿和餐饮业分别实现零售额 3883.59 亿元和 592.79 亿元，同比分别增长 23.4% 和 29.5%。① 消费对经济增长的拉动作用继续增强。

（四）大力调整财政支出结构，积极促进公共服务均等化发展

为全体社会成员提供基本而又有保障的公共产品和公共服务，将与基本生存权和发展权关系最密切的公共服务在城乡、区域和不同社会群体之间均等配置是政府的职责所在，也是建设公共服务型政府的需要。2010 年，广州市出台了《2010～2020 年基本公共服务均等化的实施意见》，涵盖医疗、教育、住房、社保、就业等多个与百姓利益息息相关的领域，这是广州继落实"惠民66 条"、"补充 17 条"和"十大民生实事"措施后，着眼点同样在于推动基本公共服务均等化的重要举措。为此，广州市进一步调整财政支出结构，以学有所教、劳有所得、病有所医、老有所养、住有所居为目标，促进城乡统筹发展为重点，加大财政对民生的支出。2010 年，广州市财政一般预算支出978.22 亿元，同比增长 23.8%，其中用于社会保障和就业、公共安全、医疗卫生、涉农的支出分别为 114.12 亿元、111.44 亿元、51.39 亿元和 55.92 亿元，同比分别增长 11.8%、21.1%、7.4% 和 24.5%，② 为公共服务的推行提供了有力保障。

——保障性住房建设全面提速，解决低收入家庭住房困难成效显著。"十一五"期间，广州市确定了"低端保障，中端支持，高端放开"的住房改革思路，以建设公租房、经济适用房为重点，全力推进保障性住房建设。2010 年广州市在规范住房保障管理办法的同时，提高了住房保障收入标准，廉租房和经济适用房准入门槛进一步降低，住房保障覆盖范围继续扩大。其中，廉租房保障收入标准从家庭年人均可支配收入 7680 元提高到 9600 元以下，经济适用房保障收入标准规定的月均可支配收入上限由 1524 元提高到 1840 元。而且，两者的保障面积

---

① 《广州下周起派红包让困难群众过好年》，2011 年 1 月 14 日《广州日报》。
② 《历史性的跨越——2010 年广州经济运行情况综述》，见广州市统计局网站（http：//www.gzstats.gov.cn/tjfx/gztjfs/201101/t20110128_24316.htm）。

准入门槛都从原来的人均居住面积低于 10 平方米调整为人均建筑面积低于 15 平方米。1 万多户住房困难家庭因此受惠。① 2010 年广州市政府将保障性住房建设纳入年度政府改善民生十件实事之一,保障性住房建设全面提速,年度新开工建设保障房项目达到 12 个,总建筑面积 308 万平方米、4.07 万套,同时新增保障性住房土地储备 430 公顷。城市住房保障获得持续发展,解决低收入家庭住房困难成效显著。2010 年广州共为 27354 户家庭提供了各种形式的住房保障,同比增加 46%。其中,实施廉租住房保障 22461 户,经济适用房保障 4893 户。② 2010 年住房调查登记在册的 77177 户低收入住房困难家庭中,已累计实施住房保障 68321 户,完成了总目标任务的 89%。③ 广州市保障性住房建设全面提速,在一定程度上抑制了房价的大规模上涨。根据中国房地产指数系统百城价格指数对 100 个城市的全样本调查数据,2010 年 12 月,广州市住宅平均价格为 14589 元/平方米,同比涨幅为 24.42%,低于十大城市平均价格涨幅(27.72%),在十大城市中位列第九。④

——加大投入,促进城乡医疗服务均等化。建立覆盖城乡居民的基本医疗卫生制度,为城乡居民提供安全、有效、方便、价廉的基本医疗卫生服务,实现城乡基本公共卫生服务均等化,是广州市医疗保障制度改革的初衷。为此,广州市成立了医药卫生体制改革领导小组,出台《广州市促进基本公共卫生服务均等化实施方案》等四个专项工作方案,全力推进、完善城乡基本医疗卫生各项制度建设。一是推进城乡基层卫生服务体系的规范化建设。2010 年全市投入 1.78 亿元用于 8 所中心镇医院建设,全市镇卫生院业务用房改造、镇村卫生人员业务培训计划基本完成,基本医疗设备配置得到完善。目前全市设立社区卫生服务中心 133 所、服务站 130 个,社区卫生服务机构已经覆盖 98% 以上的街道。城乡卫生服务体系规范化建设的基本完成,为居民就近获得基本医疗卫生服务打下了良

---

① 《广州降低廉租房经适房门槛》,2010 年 12 月 3 日《广州日报》;广州市发展和改革委员会:《广州经济社会形势与展望(2010~2011)》(经济社会白皮书),广东人民出版社,2011,第 157 页。

② 广州市发展和改革委员会:《广州经济社会形势与展望(2010~2011)》(经济社会白皮书),广东人民出版社,2011,第 158 页。

③ 《张广宁万庆良张桂芳出席龙归保障房示范小区开工仪式》,2011 年 1 月 12 日《广州日报》;《广州选定 4 个项目建 8000 套公租房》,2010 年 12 月 28 日《广州日报》。

④ 《12 月全国百城房价环比涨 0.9% 楼价稳中持升,楼市冬天不太冷》,2011 年 1 月 5 日《南方都市报》。

好基础。二是实施城乡相同的基本公共卫生服务项目和经费补助政策。① 依据《广州市基本公共卫生服务项目单和服务包（2010 年版）》（穗卫〔2010〕14 号），由社区卫生服务中心、镇卫生院统一免费向城区和农村居民提供包括居民健康档案管理、健康教育、儿童保健、妇女保健、老年人健康管理、预防接种、传染病报告和管理、慢性病预防控制、重性精神病管理等 9 个项目共计 28 个子项目在内的卫生服务项目。提供城乡基本卫生服务的社区卫生服务机构和乡镇医院所需的公共卫生服务经费，由广州市、区财政以购买服务的方式，按服务人口每人每年 25 元的相同补助标准进行核拨。基本公共卫生相同的服务项目和相同的服务经费补助政策的实施，为实现城区和农村公平享有公共卫生服务打下了基础。三是加大财政资助力度，不断提高医疗保障水平。2010 年，广州市使用财政资金，采取分级负担的办法，提高对参加城镇居民医保的未成年人及在校学生、非从业居民的政府资助标准（由 100 元/人·年提高到 200 元/人·年），农民参加"新农合"的实际人均筹资额也由 2009 年的 212 元提高到 2010 年的 260 元以上。随着财政资助的到位、医疗保险覆盖面的扩大，城乡医疗保障水平也随之提高。其中，农村"新农合"保障范围涉及住院、普通门诊、未成年人意外门诊、慢性病特殊门诊、住院分娩、犬伤狂犬病疫苗注射，以及住院医疗救助等多种补偿，每住院人次的补偿金额也相应提高。② 城镇职工基本医疗保险和城镇灵活就业人员医疗保险参保人员住院、门诊特定项目、指定慢性病及普通门（急）诊的基本医疗费用的住院起付标准、年度累计最高支付限额标准，以及大中专学生普通门诊保障模式和专项资金限额支付标准也随之提高。尤其是通过提高 9 项医疗保险待遇，试行"参合"农民在村卫生站看病减免收费政策，在一定程度上缓解了城乡居民尤其是农村居民"看病贵、看病难"的问题。

——推进义务教育学校规范化建设，保障学龄人员相对均等的教育权利。确保所有中小学拥有必要的硬件设施，提高义务教育学校的教学水平，是落实教育"均衡化"，保障城乡学龄人员获得相对均等的教育权利，实现教育公平的基本条件。2010 年广州市将 100 所义务教育学校的规范化建设纳入市政府的十大民生工程，市本级财政投入教育支出达 24.95 亿元，比 2009 年增长 8%，为推动义

---

① 广州市卫生局：《对市政协十一届四次会议第 1029 号提案的复文》，广州市卫生局网站。

② 广州市卫生局：《对市政协十一届四次会议第 1029 号提案的复文》，广州市卫生局网站。

务教育学校规范化建设提供了保障，年底基本完成承诺，全市义务教育规范化学校增加到 858 所（含自然过渡的省市一级学校），义务教育规范化学校比例达79.3%。为提高义务教育学校的教学水平，尤其是教育基础薄弱的县区学校教育水平，广州市 2010 年实施了"百校扶百校"计划，以教学水平较强的学校结对帮扶弱校的形式，通过学校之间互派教师、干部挂职交流、共同开展教研活动（包括上示范课、听评课、举行专题报告讲座、召开座谈会、研究教研课题等）、共同开展学生团队活动等方式，推动了弱校教师进一步更新教育教学理念、增长教学教研技能，从而达到提高受援学校教学质量的目的，促进城乡之间、区域之间、校际之间义务教育水平进一步均衡发展。①

——实行属地管理，推动外来流动人员享受基本公共服务。广州市目前拥有数百万外来人员，他们与广州市其他居民一道参加广州的经济社会建设，因此让生活在广州的流动人口获得基本的医疗保障、养老保障、公共设施共享及就业服务在内的公共服务，是流动人口的权利，也是政府应尽的义务。多年来，广州市通过属地管理，推动流动人员获得基本公共服务，享受广州经济社会发展的成果。一是扩大社会保险的覆盖面。自 2007 年广州市出台"惠民 66 条"以来，广州市将养老、医疗、失业、生育等社会保险，以及就业、计划生育等公共服务延伸到非本市城镇户籍全日制的外来就业人员，规定外来就业人员应当按照本市城镇职工社会保险的规定参加各项基本保险，并且享受与广州市城镇户籍参保人员的同等待遇。二是推进农民工子女义务教育工作。在"惠民 66 条"的基础上，2010 年广州市出台了《关于进一步做好优秀外来工入户和农民工子女教育工作的意见》，从制度上保障来穗务工就业人员子女的义务教育权利，要求区县采取各种方式逐步提高来穗务工就业农民子女入读公办学校的比例，规定凡获得优秀称号的外来务工人员的子女可获得入读公办学校的资格，获得本地居民子女同等的免费义务教育待遇，并建立市、区分担的来穗务工就业农民子女接受义务教育的经费保障机制，仅 2010 年市本级财政就安排 5000 万元专项资金用于农民工子女义务教育工作。目前在广州市 52 万名义务教育阶段的外来工子女学生中，已经有 1/3 在公办学校接受教育。三是强化民办学校的规范化建设。在目前教育经

① 广州市教育局：《广州市"百校扶百校"行动取得阶段性成绩》，广州市教育局网站，2011 - 01 - 04，http：//www.gzedu.gov.cn/jyxw/ztxx/201101/t20110104_11766.htm。

费核拨体制未变的情况下，这几年广州一直强化民办学校的规范化建设。2010年通过落实公办、民办学校同等的水电价格等政策，为吸纳外来工子女的民办学校提供奖励等措施，促进外来工子女获得相对均衡的义务教育。①

（五）加大农村基础设施投入的力度，促进城乡一体化的发展

继 2009 年《关于加快形成城乡经济社会发展一体化新格局的实施意见》及12 个配套文件出台后，广州市以城镇化和工业化为导向，加强新农村规划建设，促进城市公共基础设施向农村拓展延伸，不断完善农民的社会保障体系，推动医疗、教育、社会保障、就业服务等基本公共服务向农村延伸，推进城乡基本公共服务的均等化。2010 年广州市本级财政投入涉农资金 59.05 亿元，增长12.78%，有力地促进了农民收入的提高。根据测算，2010 年农村农民纯收入中，农民人均转移性收入达到 608 元，增长 50.8%；农民人均财产性收入达到1812 元，增长 68.6%；通过政府购买农村劳动力培训成果等优惠政策，推进城乡劳动力一体化管理，全年转移就业农村劳动力 7.15 万人，推动农民人均工资性收入达到 6773 元，增长 8.5%。政府的财政投入和农民收入的提高，为公共服务向农村延伸，促进城乡一体化的发展提供了保障。

"十一五"期间，广州就将改善乡村居民生活环境、加快城市基础设施向乡村延伸的步伐作为农村发展的重要举措。2010 年全市各级财政累计投入超过 15亿元，完成了 1142 个行政村"五通"工程，推进 1100 个村的基础设施建设和村容村貌整治，296 个村建成了生活污水处理设施，受惠农民 72 万人。到 2010 年底，广州市农村自来水普及率达到 97%，新增受惠人口 5 万人。②

除了大力推进农村医疗、养老保险、最低生活保障、劳动管理等制度的建设，促进农民享有基本的公共服务外（见上文），广州市还结合打造绿道网，从全新的角度通过双向城市化的方式，统筹推进城乡一体化的发展。2010 年，广州市根据珠三角绿道网规划纲要，投入 5 亿多元，建设了长度 1060 公里，覆盖全市 12 个区县 1800 多平方公里，覆盖人口 700 多万人，串联 234 个景点、98 个

---

① 《优秀外来工子女可同等入学》，2011 年 2 月 21 日《广州日报》；《广东省广州市流动人口基本公共服务均等化工作情况》，国家人口计生委流动人口服务管理司网站，2010 - 03 - 30；广州市发展和改革委员会：《广州经济社会形势与展望（2010~2011）》（经济社会白皮书），第 146 页。
② 万庆良：《2011 年广州市政府工作报告》，广州市政府网站。

镇街、42 个亚运场馆、52 个地铁站的广州绿道网。这是珠三角各市中建成绿道线路最长、覆盖面最大、串联景点最多、服务人口最多、综合配套最齐，在中心城区分布最广的绿道网。通过建设广州绿道网，以绿道串联风景名胜，整合沿线旅游资源，绿道游已经成为广州旅游市场的新兴品种。广州绿道网的建设，带动了休闲健身、旅游、饮食等相关产业的发展，更加带动了沿途农民的就业和创业，促进了农产品的流通升值，有力地推动了农村经济社会发展，从全新的角度推进了城乡一体化的发展，推动了基础设施向农村延伸、公共服务向农村覆盖、城市文明向农村传播。以增城市为例，绿道建设就提供了直接岗位 1000 个以及间接岗位 3000 个，沿线村集体经济增长速度比非沿线村快 55%。①

（六）安全生产的形势明显好转，社会治安状况持续得到改善

2010 年广州市以"平安亚运"为目标，全力推进维稳综合治理和安全生产工作，安全生产形势、社会治安状况均持续得到改善，为广州的社会经济发展营造了良好的社会环境。

——安全生产状况明显好转。2010 年，广州全面贯彻"安全第一、预防为主、综合治理"的安全生产方针，进一步规范安全生产法治秩序，创新监管体制机制，明确相关责任，建立健全安全生产长效机制，促进了安全生产形势持续稳定好转。据统计，近几年来，广州市安全生产得到了长足发展，安全生产状况明显好转，安全生产总体水平迅速提高，事故总量和死亡人数明显下降，亿元 GDP 生产安全事故死亡率从 2005 年的 0.37 人下降到 2010 年的 0.11 人；道路交通万车死亡率从 2005 年的 9.8 人下降到 2010 年的 5.0 人，下降了 48.98%。2010 年，全市共发生各类安全事故 4829 起、死亡 1109 人，与上一年同期相比，事故起数、死亡人数分别下降了 13.05%、9.54%；与 2005 年相比分别下降了 47.28% 和 41.66%。②

——社会治安状况持续改善。2010 年是广州的"亚运年"，打造"平安亚运"是广州市的承诺。广州综合治理部门以亚运安全保卫为重点，通过构建人防、物防、技防的严密防控网络，统筹各项安全保卫工作。③ 通过加强区域合

① 《广州绿道建设不搞大拆大建》，2011 年 1 月 7 日《21 世纪经济报道》。

② 广州市政府办公厅：《广州市召开收视收听全国全省安全生产电视电话会议》，广州政府网，2011 - 01 - 13。

③ 《广州亚运安保立体联防揭秘》，人民网（北京），2010 - 12 - 20。

作，构建区域警务合作一体化机制，与担负共同打造环粤环穗"安保圈"防控任务的福建、江西、湖南、广东、广西、海南六省区形成了"资源共享、整体联动、务实合作、互利共赢"的局面。通过以社区警务为依托，打造"社区防控网"、"路面巡逻防控网"、"企事业单位防控网"、"视频监控防控网"四位一体、四网联动的网络化整体防控体系，以人防、技防、物防、安防、巡防相结合，阵地控制与动态巡逻相结合的方式，及时发现并制止违法犯罪。2010年广州警方加大了街面警力和其他治安防控力量的投放力度，最大限度地提高街面见警率。同时，以社区为核心，充分发动群防群治力量参与防控工作，100万群众队伍每日活跃在赛区的大街小巷，数万名保安员日夜守护在铁路、公路两旁和高压输电线下。广州警方还派驻民警到企事业单位，检查督促重点目标和企事业单位落实内部安全防范措施，依靠各单位治安保卫人员力量，构建覆盖全市企事业单位的防控网络。为化解潜在的矛盾纠纷，广州市还在对本单位、本地区的社会稳定风险进行评估的基础上，开展了大排查、大接访、大调处等活动，加强对特殊群体的管理与服务，制定各种工作预案，加强社会矛盾的防范与化解。2010年共排查矛盾纠纷20197宗，成功化解各类矛盾纠纷19799宗，成功率达到98%。①

通过上述举措，广州市打造了严密的治安监控体系和社会稳定机制，有力地促进了广州市治安状况的好转，广州社会治安状况得到极大改善，社会保持持续稳定。2010年，广州刑事警情同比下降6.1%，治安警情同比下降8.5%，当年治安案件同比下降21.3%；② 刑事立案53738宗，同比下降10.3%；破获当年刑事案件29279宗，破案率为54.5%，同比提高4.8个百分点。③ 居民的安全感也随之显著提高。据2010年全国公共文明指数测评显示，广州市群众安全感达到97%，创历年最高水平。④"亚运"期间，广州社会治安秩序良好，没有发生重大刑事、治安案件及交通、火灾事故，践行了"平安亚运"的国际承诺。

---

① 广州市发展和改革委员会：《广州经济社会形势与展望（2010～2011）》（经济社会白皮书），广东人民出版社，2011，第168页。
② 《2010年广州公安工作会议召开》，2011年1月16日《广州日报》。
③ 广州市发展和改革委员会：《广州经济社会形势与展望（2010～2011）》（经济社会白皮书），广东人民出版社，2011，第168页。
④ 《2010年广州公安工作会议召开》，2011年1月28日《广州日报》；《吴沙：将重点打击多发性犯罪》，2011年1月16日《广州日报》。

（七）大力加强社区管理的创新，切实推进社会工作专业服务

随着城市社会转型和企事业单位改革深化，现在越来越多的"单位人"变成了"社会人"，以前由单位统一解决的生、老、病、死等各种问题都转到了社会，并且在社区集聚。针对社区管理服务存在的问题和不足，近几年来，广州市在借鉴我国香港、新加坡社区建设工作先进经验和有效做法的基础上，提出要设法创新社区管理服务体制和机制，切实加强社区社会服务。2010 年以来，广州市在部分街道社区的民政、司法、劳动保障、计划生育、残疾人事业、共青团、妇联儿童等领域先行开展了社区管理服务创新。是年，政府向专业社会服务机构购买专业社会工作服务的 30 多个试点项目顺利推进，全市 20 个社区综合服务中心的试点工作正式启动，进一步夯实了社会和谐稳定的基层基础。

2010 年广州市以专业社会工作组织发展为重点，出台各项政策，大力促进社会组织和社会工作人才队伍的发展。首先，积极培育各种社会组织。广州市出台了《关于发展和规范我市社会组织的实施意见》，通过设立广州市社会组织培育基地，采取无偿或低租的方式提供办公场所，为社会组织提供开展培训、交流的平台，并从税收、信贷、土地、水汽电等各方面落实优惠政策。其次，大力推进社会工作及其人才队伍发展。2010 年广州市正式出台了"1＋5 文件"，包括《关于加快推进社会工作及其人才队伍发展的意见》主文件及 5 个配套实施方案：《广州市社会工作专业岗位设置及社会工作专业人员薪酬待遇方案（试行）》、《广州市财政支持社会工作发展的实施方案（试行）》、《广州市政府购买社会服务考核评估实施方案（试行）》、《广州市扶持发展社会工作类社会组织的实施方案（试行）》和《广州市社会工作专业人员登记管理实施方案（试行）》。上述措施，力图以教育培训、完善岗位设置、培育社会组织、推行政府购买服务机制为手段，推进社会组织的发展，促进社会工作职业化、专业化进程，建设一支规模宏大、结构合理、素质优良的社会工作人才队伍，这无疑为推进社区管理创新和社会工作服务提供了各项制度保障和人才支撑。①

（八）网络问政逐步推行，施政透明度和决策民主化受到重视

广州是平面媒体发达的城市，舆论对政府的监督具有较大的影响力，政府问

---

① 万庆良：《创新社会管理格局　提供专业化社会服务》，广州市政府网站。

政于民的风气也较为兴盛。省委书记汪洋从 2008 年 4 月 17 日开始，先后三次与网民座谈，借助网络问政于民、问需于民、问计于民开始在广东各地开展。广州市的网络问政也在省委领导的带领下全面展开，并且渐趋制度化。

2010 年初《广州市重大民生决策公众征询工作规定》出台后，广州市网络新闻发言人、网上信访办事处、网络意见交办会等网络问政制度相继建立，并且通过中央、省及各级政府网站，包括市属大洋网等平台，举办多次网络问计、网络征询活动。2010 年以来，广州市政府先后就亚运会、国家中心城市建设、城市垃圾处理、流动商贩管理等议题举办了网络问计活动，吸引了大量网民参与。其中，为期三个半月的"广州垃圾处理，政府问计于民"网络问计活动累计点击量超过千万人次，总发帖量 2600 余条，跟帖量 5700 余条，提交的有效意见和建议 807 条。"迎接亚运会，创造新生活"公众意见网络征询活动，总点击量达861.3 万人次，提交具有较高质量的意见和建议 86 条。万庆良市长还与 10 名网民代表面对面，就"迎接亚运会，创造新生活"展开热烈讨论。每一位网民代表的建议，均被提炼出来，并落实细化到各个部门的决策中。[①] 为广泛倾听民声、了解民意、吸纳民智，2010 年底广州市还在大洋网设立平台，就《政府工作报告》开展网络问政、召开网民和市民代表座谈会等活动。这是广州市《政府工作报告》首次正式向网络问政。[②]

兴起于 2010 年广州市的网络问政，是广州公民社会建设过程中的一件具有里程碑意义的事件。广州网络问政的兴起并且渐趋制度化，民意表达日趋制度化、规范化，是网络社会、信息发达背景下，公民政治参与的可行方式。这种新兴的政治参与形式，有利于促进政府决策的民主化，提高施政的透明度，强化公民对政府施政的监督，值得充分肯定。

二　2010 年广州市社会发展面临的主要问题

2010 年，广州市社会发展和社会建设工作在取得显著成就的同时，也面临

---

① 《广州市长万庆良与网友热切座谈　鼓励网友"拍砖""灌水"》，2010 年 10 月 21 日《广州日报》；《张广宁万庆良致广大市民和网民朋友的拜年信》，2011 年 2 月 3 日《广州日报》。
② 《政府工作报告点写？请您建言！》，2010 年 12 月 25 日《信息时报》。

一系列明显的、突出的问题和矛盾。对这些问题和矛盾必须有清醒的认识，并且在深化改革、加快发展的过程中妥善加以解决。

（一）"后亚运"时代环境维护意识有所放松，城市管理面临挑战

以"迎接亚运会，建设新生活"为主题的城市建设、环境整治工作开展以来，广州市城市公共基础建设取得很大成绩，路网建设、河涌整治、电气水等公用设施管网化、城区绿化、体育公共设施建设，以及公共交通等都上了一个新台阶，整个城区面貌焕然一新。城市人居环境的改善，不仅提升了城市形象和宜居程度，也让广州居民感到了幸福所在。在大规模城市改造、环境美化之后，如何巩固来之不易的成果，如何在"后亚运"时代有效地管理、使用、维护好城市公共基础设施，长期为市民提供优质环境和优质服务，不仅关系到广州宜居程度的进一步提升，也关系到万千市民的幸福感、自豪感和归宿感的巩固。

实际上，在亚运过后，广州市城市管理客观上面临着一场严峻的考验。少数市民认为，许多亚运工程是为举办亚运会搞的，亚运过后作用不大。于是，市民的环保意识有所放松，致使个别区域"脏乱差"现象死灰复燃，水域污染又现回潮，一些社区的绿地又渐渐成为"走的人多了"的"抄近"便道，个别地方的道路栏栅也被不讲规矩的"跨栏"者搬动或推倒，乱摆摊设点的现象又现重来之迹。因此，在"后亚运"时代，广州市如何在城市建设与管理方面进一步建立长效机制，有效巩固"亚运年"取得的环境整治成果，更好地创建"全国文明城市"，便成为摆在政府和广大市民面前的一个重大而现实的问题。

（二）劳动关系问题仍然比较突出，落实《劳动合同法》面临挑战

2008 年《劳动合同法》、《劳动争议调解仲裁法》实施后，广州市集体劳动争议和职工群体性（停工）事件保持高发的状态，劳动争议案件出现井喷式增长。据广州市中级人民法院透露，2010 年，全市劳动争议案件数量增至 11630件，劳动争议案件数量已经超过传统的婚姻家庭、继承纠纷案件，跃居全市民事案件的第一位。这一方面体现出劳动者合法权利的维护受到了前所未有的重视，劳动者维护自身合法权利的意识得到了更为普遍的提高，另一方面也反映出当前

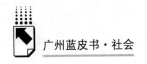

劳动关系不和谐的问题在广州市仍然比较突出。

目前的劳动争议案件呈现以下新的特点：一是多种诉求的复合型案件日益增加。以往案件的诉求相对单一，大多仅涉及工伤赔偿或者劳动报酬给付。近3年来，包含多项诉求的复合型案件日益增多，占全部案件总量的71%。很多案件的诉求达到十几项甚至几十项。二是群体性劳动争议案件居高不下。2008年群体性劳动争议涉案人数6173人、案件数量138宗，分别较2007年增长221.07%和236.6%。2009年，继续小幅上升。2010年，略有回调。总的来看，群体性劳动争议案件数量仍居高不下，涉案人数众多的群体性劳动争议案件亦不鲜见。①三是劳动合同经济补偿和追讨欠薪问题依然是最主要的诉求，并且呈现调处难度大、社会影响大等明显特点。

当前，广州劳资纠纷及其引发的群体性事件日益增多，其最主要、最直接的成因在于薪酬过低，在于劳动收入在企业收入中所占比例过小。换言之，与宏观的就业分配格局直接相关，当然也与劳动者直接的利益表达渠道缺失、维护职工合法权益的组织缺乏有关。在新生代职工维权意识高涨，而法律途径维权成本高昂的背景下，在广州这一临近港澳，无缝隙、无距离传播、人为可控程度低的手机、互联网等新信息传播媒介高度发达的城市里，单一的劳资纠纷事件在可控程度低的新信息媒介传播下，容易与国际国内复杂环境交织在一起，极易演变成为复杂的、不可控性程度高的集群事件，甚至演变成对抗性冲突，进而危及到社会和谐稳定。对此，我们应当高度重视，积极推进劳动关系方面的制度建设，努力建立劳资两利、各得其所的社会主义和谐劳动关系。

（三）社区服务基础设施薄弱，难以满足居民日益增长的社区服务的需要

近年来，广州市将社区服务作为社区建设的基础和核心内容，采取各种措施，积极发展面向社区居民需求的各种社会服务，社区服务已经从原来的社会救济与福利服务转变为全方位的社区服务。目前广州市通过购买服务方式大力推进社区服务的发展，满足社区居民不同层次的需要。但是，广州市社区服务场地供

---

① 上述均引自广州市中级人民法院《劳动争议白皮书》；《广州公布〈劳动争议白皮书〉总结用工不规范现象》，2011年2月18日《南方日报》。

给不足的问题严重制约社区服务的发展。

目前，广州市主要通过商品房开发的公建配套、行政划拨、购买/自建、借用和租赁等 5 种模式来解决社区服务所需的配套场地设施。目前，广州市社区服务场地配套存在以下特点：一是面向社区管理（居委会、社区警务室等）的场地均基本得到了满足，但是面向社区居民文化体育设施、养老设施、康复医疗设施等社区服务的场地则严重缺乏，老城区表现得尤其突出。二是社区服务场地的地区分布不平衡。目前新建商品住宅区社区服务场地相对配套，但是地处老城区的传统社区普遍缺乏公建配套设施，也因缺乏资金而难以通过购买、自建、租赁等方式获得开展社区服务所需的场地。在居民需求强烈与场地不足的矛盾中，目前相当部分老城区的社区服务设施以非法、临时建筑的面目出现。例如，海珠区沙园街道 14 个社区老年人星光之家中，就有 7 个以临时建筑这种非法形式出现，不仅面积狭小，而且建筑老旧，存在一定的安全隐患。三是社区服务资源缺乏整合，一方面，社区整体的服务场地难以满足需要，另一方面，社区辖区内单位组织的场地被闲置、浪费。

社区服务场地供给严重不足，首当其冲的是社区养老服务的开展。目前广州市已经进入老龄社会。2010 年广州 60 岁以上的老人达到 110 万人（其中 80 岁以上的高龄人口近 16 万人），其中独居老人占 10%，约 11 万人。在核心城区，空巢老人比例超过一半。据估算，广州独居或空巢老人超过 50 万人。[1] 有关调查显示，需要社区日间照料的广州老人比例达到 20%。[2] 基于特殊的国情，发展社区居家养老服务，尤其是依托社区开展日间托老服务，已经成为老龄化、空巢化程度日益高涨的广州市发展养老服务的主要选择。根据有关资深专业社工估计，每托管一个老人，需要的活动室、休息场所、身体机能康复室等附属配套场所至少要 10 平方米，以 20% 的老人即 22 万人需要日间托老计算，仅社区日间托老服务所需要的面积就达到 220 万平方米以上。但受制于服务场地的严重缺乏，目前广州市的社区日间托老服务仅在 4 个街道进行试点，且以 30 人为限，远远满足不了需要。

---

① 任朝亮：《广州独居空巢老人超 50 万　最缺乏的是心灵寄托》，2010 年 8 月 6 日《广州日报》。
② 《广州市社区居家养老服务需求调查》，http：//www.my3q.com/research/viewSummary.phtml？strForceLang = ch&questid = 220176。

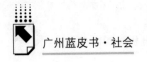

三　2011 年广州市社会发展态势与政策建议

2011 年是"十二五"的开局之年，也是谋划推动"后亚运"时代广州发展的关键一年。2011 年初广州市召开的中共广州市委全会会议强调，要围绕"率先加快转型升级、建设幸福广州"的核心，妥善处理整体推进与重点突破、发展硬实力与软实力、城市建设与农村发展、长远发展与当前工作等若干关系，全力推进各项工作。在社会发展方面，提出以"建设幸福广州"为核心，不断完善城市建设管理长效机制，创新社会管理与服务，提升文化软实力，保障和改善民生，促进城市发展转型升级、社会发展转型升级。在实现经济增长方式取得显著进展的同时，使城市建设管理水平、城乡统筹发展、改革开放水平和民生福利水平等方面得到显著提升，使市民群众共享改革发展成果，不断提高满意度和幸福感。

（一）2011 年广州社会发展的基本态势

基于 2011 年广州市的工作安排与"十二五"经济和社会发展规划，我们认为 2011 年广州市社会发展将呈现以下态势。

1. 建设综合性、高端化现代服务业的步伐明显加快

"十一五"期间，广州国民经济以年均 13.5% 的速度快速增长，2010 年地区生产总值突破 1 万亿元，财政收入五年累计突破 1 万亿元，固定资产投资五年累计突破 1 万亿元，商品销售总额突破 2 万亿元，进出口总额突破 1000 亿美元，城市居民人均可支配收入超过 3 万元。但持续高速的经济发展，也让广州日益逼近传统发展模式的天花板，土地、环境等资源要素日益成为制约广州未来发展的刚性约束。调整产业结构、推进产业的转移、转变经济增长方式已经成为广州上下的共识。"十二五"期间，广州确立了以全面建设国家中心城市为目标，以发展高端化、战略性的现代服务业为主导的国际商贸中心为战略重点，全面建设综合性、高端化的现代服务业，率先加快实施转型升级的经济发展战略。建设综合性、高端化现代服务业战略的形成，"双转移"和产业"退二进三"步伐的加快，将对广州市的经济增长方式产生深远的影响，同时也对劳动力需求及其结构等产生积极的影响，可以预计劳动力就业的第二产业比重将进一步下降，落后的劳动密集型产业吸纳劳动力的能力也将进一步下降。

2. 打造"世界文化名城"将使文化软实力不断增强

经过三十多年的高速发展，广州在"硬实力"特别是经济总量上，与不少国内外发达城市已相差不远，但在文化上并不能引起充分的尊重，广州文化形象在国内外的影响力或者说"软实力"仍然欠缺，仍然存在不少差距。从根本上看，广州仍然是一个以地域文化为主导的地区性城市，与公认的世界文化名城之间有距离，软实力不强始终是制约广州建设国家中心城市的软肋。为此，广州作出了建设世界文化名城的决策部署，从提升"软实力"的角度给广州建设国家中心城市确立了又一战略重点。这一战略重点与建设国际商贸中心相辅相成，是广州建设国家中心城市的"驱动双轮"。2011 年初，广州出台了《广州建设文化强市培育世纪文化名城规划纲要（2011～2020)》，纲要对完善公共文化服务体系、促进文化产业发展、打造城市文化形象、推动城市文化传播、构筑人才文化高地等作了详尽规划，以推动广州从地域文化主导的地区性城市走向世界文化名城。2011 年，广州市提出以创建打造"世界文化名城"为核心，以全国文明城市为抓手，继续抓好文明社区、文明村镇、文明单位和文明家庭创建活动，整体提升城市文明水平和市民素质。城市文化设施的建设、"文化惠民"工程的落实、公共文化服务体系的建立使得基层文化设施将更加贴近百姓日常生活，方便居民获得公共文化服务，提高居民的幸福感。

3. 探索城市管理长效机制，继续推动宜居城市建设

2010 年是广州的亚运年，也是"大变"之年。2010 年前的大规模城市建设，促进了广州市人居环境的改善，大大提升了城市形象和宜居程度。但是大规模城市建设之后总会带来各种各样的问题。广州市的"十二五"规划提出要统筹城市建设和管理，创新城市综合管理体制机制，强化区一级在城市管理中的主体地位，加快完善长效机制，促进城市管理走上更加良性循环的轨道。广州市 2011 年的政府工作报告提出，将在继续推进城市基础设施建设的同时，按照"巩固、完善、优化、提升"的原则，继续推进"后亚运"城市环境综合整治工作，并探索建立"后亚运"城市管理长效机制。为此，提出了建立周边城市区域大气环境、水环境污染联防联治长效机制、建立健全生态补偿机制、健全城市管理应急快速反应体系等多项重大举措，推进城市科学化、精细化、常态化管理。可以预计，2011 年广州市城市管理应急快速反应体系将进一步完善，应急快速反应能力将有所增强。

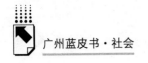

4. 以改善民生为重点的社会建设将进一步加快推进

广州市的"十二五"规划提出要着力保障和改善民生，创新社会管理服务体制，形成持续改善民生、促进社会和谐长效机制，加快建立和完善覆盖城乡、功能完善、分布合理、管理有效、水平适度的基本公共服务体系，使改革发展成果惠及全体市民。

2011年广州市将以"幸福广州"为核心，继续促进就业稳定增长，继续提高社会保障水平，大力改善医疗卫生服务，努力促进教育均衡发展，加快推进保障性住房建设，努力保持市场物价稳定等重点工作，继续办好十件民生实事，不断增强群众的幸福感。为此，2011年广州市将压缩政府行政支出，增加对民生和社会事业的投入。2011年，广州在社会、民生建设方面的投入将继续加大，财政支出向教育、就业、医疗、住房、环境保护等方面的倾斜将进一步体现，让广大市民特别是困难群体分享积极发展的成果将成为经济发展和社会、民生建设的出发点、着眼点。社会、民生建设的各项要求将有望获得进一步落实，并且有突出的亮点：在就业方面，对就业困难群体和"零就业家庭"的就业援助力度将加大，农民工管理服务体系纳入议事日程。在社会保障方面，广州将以财政资助8万名农村困难群众和重度残疾人参加新农保，社会保险和新农保覆盖面将继续扩大，农转居人员养老保险制度与城镇企业职工基本养老保险制度、新农保制度并轨衔接问题的解决步伐将加快。特别是在医疗保障方面，将进一步推进医疗保险市级统筹，随着3月份番禺医疗保险纳入市级统筹，有望解决广州地区不同市区居民的待遇差别问题。在住房保障方面，公共租赁住房将成为2011年保障性住房建设的主角，在建和新开工建设的近11万套保障性住房有望在年底前全部解决登记在册的7.72万户低收入家庭住房困难问题。

5. 社区管理服务体制改革试点开启新一轮改革序幕

广州市的"十二五"规划提出，要创新城市综合管理体制机制，强化区一级在城市管理中的主体地位。深化行政管理体制改革，进一步扩大区（县级市）经济社会管理权限。此外，创新社会管理体制，推动社会管理服务重心真正前移到社区。

广州市2011年的政府工作报告提出，2011年将在部分街道开展社区管理服务体制改革试点，推进社会管理体制改革。社区管理服务体制改革试点将拉开城市各项管理体制改革的序幕，2011年有望成为广州市社会管理改革元年。

具体而言，2011年将在部分街道开展社区管理服务体制改革试点推进社会管理体制改革，街道机构人员将进一步整合，基层管理结构和社区工作方式方法将有所改进，并且通过实施社区"五个一"（社区服务中心、社区卫生服务机构、小公园、群众娱乐场所、社区治安视频监控中心）工程建设，进一步完善社区基础设施。在此改革下，社区基础设施将进一步完善，政府向社会组织购买公共服务制度将进一步健全，这将对社会组织的发展、社会工作人才队伍建设起到积极的引导作用，社区居民也有望获得及时、优质的公共服务。

6. 农村发展将走向城乡统筹、城乡一体化发展之路

广州市的"十二五"规划提出，要以农村工业化、城市化和农业产业化联动发展方式推进农村的发展。要加强村庄规划建设，加快完善农村公共服务配套改革，整体推进新农村建设。加强市内扶贫"双到"和对口帮扶，加快北部贫困地区脱贫奔康。

2011 年初广州市北部山区工作会议后，推进城乡区域平衡发展受到了前所未有的重视。公共财政对农村的投入力度将持续增加，2011 年农村基础设施、农村人居环境和社会保障将有新的突破。随着 2011 年农村安居、污水治理、路网体系、供电网络、生活垃圾收集处理系统等重大项目的陆续启动，以及农村道路"亮化"工程的实施，农村的基础设施将进一步完善，村庄卫生保洁和周边环境综合整治也将进一步改善农村人居环境。而经济发达强区对口帮扶北部贫困镇工程的实施，健全生态补偿机制的建立，通过各种方式帮助北部贫困地区加快脱贫奔康工作力度将加大，北部山区经济发展方式与农村人居环境将得到进一步改善，若干个具有广州特色的名镇名村将涌现。①

在社会保障方面，2011 年广州市将加大财政资助力度，资助 8 万名农村困难群众和重度残疾人参加新农保，这已经列入政府承诺的年度十大实事，35 岁以上农村居民将全部纳入社保体系，农村养老保险有望实现全覆盖。而农转居人员养老保险制度与城镇企业职工基本养老保险制度、新农保制度的并轨衔接问题也已经纳入议程，养老保险的城乡一体化有望率先实现。新型农村合作医疗财政补助标准将进一步提高，农村居民合作医疗筹资标准从年人均 260 元提高到 300 元。国家基本药物制度和农村基本医疗卫生制度的继续完善，将在一定程度上减轻农民的医疗负担。2011 年广州市推进的各项社会保障制度举措，将有助于农民分享相对均衡的社会保障服务，城乡区域发展差距有望进一步缩小。

---

① 《张广宁万庆良致广大市民和网民朋友的拜年信》，2011 年 2 月 3 日《广州日报》。

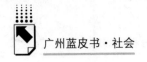

7. 延伸管理职能，网上虚拟社会建设将受特别重视

近些年来，广州地区经济发达、技术先进、社会进步，网络发展走在了全国城市前列。由于网业十分发达，上网人口众多，网民群体社会成分复杂，网络群体事件也经常可能发生，从而对网上虚拟社会建设管理在整体上具有较大的难度。尽管如此，在市委市政府以及有关部门的高度重视下，目前，广州网上虚拟社会建设与管理已经步入全国先进行列，创造了不少成功经验。

首先，加强网上虚拟社会的宣传管理。市委宣传部较早就设立了互联网宣传管理处，切实加强互联网宣传管理工作。其次，重视网上虚拟社会的警务行动。市公安局于2002年10月就成立了广州网警支队，承担网络公共安全管理责任。再次，优化和谐社会建设的网络环境。2008年以来，为了确保实现"和谐亚运"的目标，广州网警深入走访本市有关单位，积极开展"迎亚运，树新风，共建绿色网络"的宣传教育活动，并对信息网络安全情况进行调研，及时发现安全隐患，为2010年亚运信息安全保卫工作奠定了良好基础。最后，开展网上虚拟社会的文化建设。在广州所属重要网站开设相应文化栏目，引导广大网民积极参与各种有益活动，用优良网络文化占领网上虚拟社会。

为了进一步加强网上虚拟社会建设管理，2010年，广州市哲学社会科学规划办委托广州大学课题组开展了广州市哲学社会科学重点委托项目——"网上虚拟社会建设管理工作机制研究"，目的是探索如何构建一种网上虚拟社会建设管理的有效机制，大力推进广州网上虚拟社会建设管理。课题组提出了将网上虚拟社会建设管理与现实社会建设管理有机结合起来，将政府职能部门的管理职能延伸到网上的网上虚拟社会建设管理思路，在此基础上提出了广州网上虚拟社会的功能开发、建设管理的具体对策措施。这项研究成果受到广州市委的高度重视，并得到采纳。预计在2011年，广州市将加快推进网上虚拟社会的建设管理，努力将广州网上虚拟社会建设成为文明健康、和谐有序的社会空间。

（二）关于进一步促进广州社会和谐发展的若干政策建议

针对2010年广州社会建设和发展中存在的若干问题，为了更好地促进2011年广州经济社会发展，我们提出如下几个方面的政策建议。

1. 依法推进城市管理，巩固城市环境综合整治的成果

"后亚运"时期，广州应当依法推进城市管理，以建立城市管理长效机制为重点，巩固城市环境综合整治成果。一是加快立法，建立健全公共基础设施管护资金筹措机制。针对广州市公共基础设施管护资金不到位，管理体制条块分割、各自为政等问题，建议结合"十二五"规划创新城市综合管理体制机制，强化区一级在城市管理中的主体地位，城市管理尤其是公共基础设施管理要进行立法，明确区级政府在公共基础设施管理维护上的职责，以及相应的资金筹措机制。区政府要将区域内的道路、河涌等基础设施工程的日常管理和维护经费纳入财政预算，用于常规的日常维护与非常规的建设工作。市级政府应当依据一定办法对辖区管护面积大、财政困难的区政府予以财政转移支付。并且，可以尝试企业有偿认养部分公共设施的办法，筹集部分公共基础设施经费。同时，结合广州市老旧建筑物加装电梯等改建、维护工作，积极推进老旧建筑物翻新、电梯加装等方面的政策研究与规章制定工作。按照"利益均沾"的原则，尝试推行居民自筹经费、政府财政资助与其他来源相结合的方式，推进旧建筑物翻新、电梯加装等工作，改变亚运会期间政府独资翻修、居民独享房屋升值收益的不合理做法，依法推进社区人居环境的整治。二是依法完善水、气环境治理的工作机制和制度。除了在国家和省的支持下，建立区域、流域污染联防联治协作机制，① 建立信息共享和其他必要的工作制度外，还应当建立健全水源涵养地的生态补偿机制，为承担水源涵养地的地方提供必要的经济补偿与其他支持，共同维护和改善空气、水系的质量，从源头上杜绝重大污染源的产生。三是明确各级政府的责任，建立城市环境管理长效机制。进一步完善"两级政府、三级管理、四级网络"的城市管理格局，健全城市管理应急快速反应体系，规范城管综合执法行为，推动城市管理由治脏、治乱、治差向做细、做优、做靓转变，建立科学的评价体系，逐步建立起科学化、精细化、常态化的城市管理体系。四是动员社区居民参与城市人居环境的整治，使城市管理常态化。探索发展社区志愿者队伍，动员社区居民参与社区环境整治和维护工作的方法，并在整治和维护中提高市民素质。这是亚运前广州市人居环境整治中忽视的重要一环，在亚运后尤其是在创建文明城市进程中应当予以补充、完善。

2. 加快地方立法，发挥工会解决劳资纠纷的重要作用

当前，劳资纠纷及其引发的群体性事件日益增多，其最主要成因在于薪酬过低，也在于工会组织的维权缺位，而新生代职工维权意识的高涨、维权手段的多

---

① 万庆良：《2011 年广州市政府工作报告》，广州市政府网站。

元化也是群体性事件产生的因素之一。有鉴于此，一是要加快分配制度改革，加大职工工资在企业收益中的比重，这是解决劳资纠纷的首要途径。当前，某些行业的劳动力供应不足的局面已经对工资的增长产生了一定的促进作用，广州企业的最低工资与实际工资已经有较大的提高。但是必须看到，劳资纠纷更多的是发生在数量众多、规模偏小，但劳动吸纳量大的中小企业，甚至微型企业，这些企业多属于微利企业，但对稳定就业具有重要意义。要推进这些企业加大职工工资在企业收益中所占的比重，关键是政府减免税费，才能进一步增大其增加职工工资的空间。这有赖于国家与政府分配政策的调整。二是加紧推进《广州市劳动关系集体协商条例》立法，赋予职工争取合法权益的合法渠道。在确保最低工资标准严格执行的基础上，广州市应当加紧推进《广州市劳动关系集体协商条例》立法，依法推进工资集体协商制度，弥补最低工资标准被企业当做最高工资标准来滥用的实践缺陷。三是创新工会组建方式，打造区域性、职业性/行业性工会组织，确保工会的维权职能。中小型甚至微型企业是劳动争议多发企业，在这些企业规模偏小、人员流动大的企业中建立工会组织难度很大。即使能组建工会，但企业工会对企业的依附性也非常大。对非公有制企业工会组建的研究发现，依托企业建工会的方式，是工会维权职能弱化的主要原因之一。因此有必要通过组建区域性、职业性/行业性工会的方式，确保工会的独立性，以凸显其独立维权的职能，摆脱目前中小企业工会对企业的依附性。区域性、职业性/行业性工会的组建及其民主化建设，将有利于提高工会的独立性与维权意识。这些区域行业工会组织可以与区域内的行业组织（商会组织）平等协商，这是落实集体谈判、从根本上预防群体性纠纷的有效举措。因此，必须推进工会组织的改革，推动工会组织体制、工作机制改革，打造真正代表职工利益的工会组织，发挥工会在预防、解决劳资纠纷中的作用。

3. 完善供给机制，推进广州市社区服务场地配套落实

广州市社区服务的场地配套供给不足，主要有三方面原因。一是政策法规不健全导致难落实。《广州市居住小区配套设施建设的暂行规定》（穗府〔1988〕13号）规定，商品住宅社区的公共建设配套设施由开发商建设，与住宅同步进行建设，这是广州市目前社区服务场地的主要获得方式。但是该行政法规只是规定了公共设施的配套建设问题，而没有规定配套设施的交付时间、移交标准问题，导致2010年《广州市房地产开发项目配套公共服务设施建设移交管理规定》出台前开发商拖建、缓建、少建公共配套设施，或者移交的公建配套条件差、缺乏卫生等必要的设施等问题突出。新规定出台后情况有所改观。但是，新规定的模糊规定也给大型楼盘开发商以可乘之机。大型开发商常以整体报建方式开发大型楼盘，以项目未达到建设总量的 80%、公建配套设施非独立用地等借口，拖建、缓建配套公共服务设施，导致居民已经入住而必需的配套设施的建设仍然得不到落实。同时，目前实施的《广州市居住区公共服务设施设置标准》是社区服务与管理场地配套的制度性、指导性文件，但是该标准与现阶段的人口结构发展、社区服务需求不相符，公共服务设施设置标准缺乏前瞻性，迫切要求改变。二是公共财政投入机制有待完善。在市场经济条件下，为社区居民提供公共产品是城市政府应尽的职责。因此，解决社区服务场地配套缺乏问题，除了落实规划，满足商品住宅社区开展社区服务的场地，避免新的社区服务配套场地欠账外，通过购买、自建、租赁等方式，满足单位社区、"村改居"和老城区传统社区发展社区服务对配套场地的需要，都有赖于公共财政投入机制的完善。三是社区资源缺乏有效整合。社区服务发展所需的资源，包括场地、设施，有相当一部分蕴藏于社区内的企事业单位之中。目前的社区服务场地，一方面存在整体不足的问题，另一方面也存在重复建设、资源浪费、设施闲置、利用率低下等现象。

解决广州市社区服务的场地配套供给不足问题，关键在于完善供给机制。要通过完善政策，加大财政投入，加强社区资源整合来达成问题的解决。

第一，完善有关制度。首先，要规范商品房住宅社区的公建配套移交办法，明确房地产开发项目（含分期建设）配套公共服务设施的交付时间、移交标准和处罚办法。当前应主要做好分期建设的开发项目的公建配套落实，明确规定开发项目应当在首期交楼时同时移交相应的公共配套设施。其次，在研究、预测工作的基础上，根据不同区域、不同类型社区的人口结构发展和社区服务需求，重新对《广州市居住区公共服务设施设置标准》进行修订，分类设置不同居住区域的公共服务设施配套标准。

第二，加大公共财政的投入力度，分类指导解决不同城区的社区服务配套场地问题。城区政府应结合 2011 年广州市实施社区"五个一"工程，调整财政支出结构，将社区服务发展作为改善民生的重要领域纳入财政预算，通过财政投入的方式，多渠道解决社区服务配套场地不足问题。

通过分类指导方式，根据不同区域、不同社区的情况，因地制宜解决不同类型社区的服务场地建设问题。对原有设施本来就缺乏，难以通过社区资源整合达成目标的老城区，可以通过旧城改造，采取租赁、置换、投资入股等多种方式解决场地问题。对新建住宅社区，也可采取明确规划，利用土地出让金方式，委托开发商先行建设、移交。对其他社区，可以采取自建、购买、租赁等多种方式解决。

第三，加大社区资源的整合力度，充分利用好现有的社区服务资源。城市社区服务的发展需要辖区单位的鼎力支持。要实现社区与辖区单位服务资源的共享，关键在于理顺两者的关系，在社区与辖区单位之间建立多种横向协调机制，形成较为密切的合作伙伴关系。具体而言，在采取各种措施激发辖区单位参与社区建设积极性的前提下，要研究出台社区内学校、机关、工厂等单位服务设施对社区居民开放的办法，利用经济和其他手段，促使服务资源由单位整合模式向社区整合模式转变，实现社区服务设施共享，解决社区活动场地、设施不足等问题。

（审稿：谢俊贵）

Analysis on Social Development of Guangzhou in 2010 and Forecast of 2011

The Subject Team of Guangzhou Development Institute of
Guangzhou University

Abstract：In 2010, oriented by the strategy for speeding up constructions towards a National Central City, and directed by the preparations for the 16th Asian Games & the 1st Asian Para Games, effective measures and policies were introduced in Guangzhou to focus on adjusting the economic structure, promoting the transformation of the mode of economic growth, facilitating economic development, and enhancing public livelihood. Guangzhou's GDP in 2010 reached over 1 trillion Yuan. In 2011, Guangzhou will transform the enormous spiritual assets from the Asian Games into driving force for accelerating economic growth and building the Happiness of Guangzhou. In addition, a scientific, intensive and permanent urban administration system is being built step by step.

Key Words：Social Development; Spiritual Assets from the 16th Asian Games; Happiness of Guangzhou.

行业发展篇
Industry Development

B.2
2010 年广州市卫生事业发展形势分析与 2011 年展望

广州市卫生局课题组

摘　要：2010 年，广州市卫生工作以广州亚运会、亚残运会医疗卫生保障和医改五项重点工作为核心，各项工作稳步推进，较好完成了"十一五"规划的目标和任务。2011 年是"十二五"开局之年，是完成医改近期重点工作的最后一年，广州市将继续全面推进深化医药卫生体制改革，不断提升广州市卫生事业发展水平。

关键词：广州　卫生事业

一　2010 年广州市卫生事业总体发展形势

2010 年，广州市卫生工作以广州亚运会、亚残运会医疗卫生保障和医改五项重点工作为核心，各项工作稳步推进。

1. 出色完成广州亚运会、亚残运会医疗卫生保障任务

广州亚运会是亚运史上规模最大的一届亚运会，广州亚残运会是亚洲残疾人体育组织重组后举行的首届亚洲残疾人运动会，也是广州市首次举办大型国际性综合体育赛事。按照市委、市政府的统一部署，在赛时总指挥部的统一领导下，医疗卫生组各成员单位、定点医院、场馆医疗卫生保障团队按照赛会总指挥部的要求，以高度的政治责任感和历史使命感，积极筹备、周密部署，在医疗服务、公共卫生、传染病防制、健康宣传、控烟及病媒防制等方面做了大量深入细致和富有成效的工作，得到市委、市政府和赛会总指挥部的充分肯定。

一是积极做好赛会医疗卫生保障筹备工作。确定 35 家亚运会广州赛区定点医院，26 家亚残运会定点医院。组建了由 1963 人组成的医疗保障团队、544 人组成的公共卫生保障团队和 201 人组成的医疗卫生应急团队。培训各类医疗卫生人员 4000 多人次，举办广佛肇莞四市跨地区突发公共卫生事件、场馆重大伤亡事件医疗救援等应急演练 13 次。着力做好登革热等传染病防控工作，防止疫情进一步扩散。做好涉亚接待饭店餐饮食品卫生监督量化分级管理 A 级单位评定。开展病媒生物监测与调查评估工作，指导病媒生物防制工作。这些措施确保了亚运会、亚残运会的正常举行。

二是全力以赴完成赛会医疗卫生保障任务。各医疗卫生保障团队恪尽职守，确保赛会医疗卫生保障任务的圆满完成。据统计，亚运会、亚残运会期间，全市累计派出医疗服务保障人员 40321 人（次），派出急救医疗保障车 4439 辆（次），各场馆和定点医院累计接诊涉亚人员 18654 人（次），各定点医院累计收治住院涉亚人员 81 人；派出公共卫生保障人员 15797 人（次），监督检查涉亚餐饮单位、公共场所、生活饮用水供水单位等 25453 间（次）。在亚运会、亚残运会期间，在涉亚人员中没有发生食物中毒事件和其他重大公共卫生事件。

经过实战锻炼，广州市医疗卫生保障服务水平全面提升，保障工作机制更加完善，保障服务网络进一步健全，保障队伍经受了考验。医疗卫生系统出色地完成了广州亚运会、亚残运会医疗卫生保障任务，是广州市医疗卫生保障工作新的里程碑。

2. 深化医药卫生体制改革取得进展

一是全面实施重大公共卫生服务项目。自 2009 年 11 月启动五项重大公共卫生服务项目以来，免费为 7～15 岁青少年补种乙肝疫苗 441752 剂次，补种率

96%；为 48856 名农村地区孕产妇提供住院分娩补助，补助资金达 1697 万元；为 179707 名农村妇女进行宫颈癌检查，确诊癌前病变 1142 例，宫颈癌 67 人；为 180580 名农村妇女进行乳腺癌检查，确诊乳腺癌 68 人；为 2558 例贫困患者施行白内障手术，完成计划任务 127%；有 61822 名农村地区待孕和孕早期妇女免费服用叶酸，预防神经管畸形。

二是实施基本公共卫生服务项目。联合市财政局印发《广州市基本公共卫生服务项目单和服务包（2010 年版）》，按照公共卫生服务均等化和城乡统筹的原则，由社区卫生服务中心、镇卫生院同步组织实施，免费为居民提供计划免疫、儿童保健、妇女保健、慢性病预防控制管理等 9 类 28 项基本公共卫生服务。

三是新农合筹资和保障水平明显提高。2010 年，全市新农合人均实际筹资额、各级财政人均补助额均达到市委、市政府提出的目标。参合农民住院补偿封顶线从 2009 年的 5 万元提高到 6 万～10 万元，达到或超过农民年人均纯收入的 6 倍以上。花都区实行农村卫生站免费为农民治病，覆盖全区农村居民。

四是启动实施国家基本药物制度。组织开展实施国家基本药物制度政策培训以及基层医疗卫生机构专业技术全员培训，促进合理和优先使用基本药物。开展实施基本药物制度的宣传工作，营造良好的舆论氛围，确保国家基本药物制度在广州市稳步推行。各区（县级市）共有 218 家基层医疗卫生机构全面启动实施基本药物制度，全部配备和使用基本药物，100% 实行零差率销售，使用基本药物品种超过药品总配备数的 70%。萝岗、番禺等区财政补偿已到位。

五是卫生信息化建设成效明显。2010 年 3 月启动了基于居民电子健康档案的区域卫生信息平台项目建设，基层卫生信息化项目已在试点社区卫生服务中心上线试运行，并在花都区全面推广。启动了集约式诊疗预约系统项目。公共卫生信息化水平得到提升，在科教业务、卫生监督、急救指挥调度、血液管理等方面进行信息化管理。儿童计划免疫接种、肿瘤登记、重性精神病人防治康复、从业人员健康检查、产妇产时保健和出生医学证明等信息都已实现全市集中管理。数字化医院建设稳步推进，市级以上医院已全部建立医院信息系统（HIS），97% 建立了检验信息系统（LIS），91% 建立了医学影像存储和传输系统（PACS），80% 建立了医生工作站。

3. 农村卫生服务体系建设稳步推进

增城市中新镇和石滩镇两所中心镇医院新建扩建项目进入尾声，萝岗区九佛镇医院扩建项目完成。白云区对 17 个农村中心卫生站按照社区卫生服务机构标准进行建设，番禺区在农村建成 58 个社区卫生服务站，萝岗区在 27 个村卫生站推行六位一体社区卫生服务，全区实现农村卫生向社区卫生服务转型。市财政投入专项资金为白云区、花都区、从化市和增城市全部村卫生站配置电脑。完成农村初级卫生保健县级达标评审。开展镇卫生院全科医学岗位培训，送教下乡，为从化市、增城市集中培训镇卫生院医生。

4. 推进社区卫生事业发展，妇幼保健工作取得新成效

纳入业务用房建设改造的 67 所政府举办社区卫生服务中心已有 42 所投入使用。印发了《广州市基本公共卫生服务包实施方案》和《关于加强政府购买基本公共卫生服务项目管理工作的通知》，加强了社区公共卫生以及设备配置等规范化管理。配合有关部门起草《广州市房地产开发项目配套公共服务设施建设移交管理规定》。在全市推广实施社区卫生服务中心网格化服务管理，逐步建立居民健康管理社区医师责任制。

妇幼保健工作取得新成效。落实母婴安全措施，加强妇女儿童群体保健工作，为 113443 名孕产妇提供保健管理服务，为 701299 名 7 岁以下儿童提供保健管理服务。推进出生缺陷预防控制工作，为 136646 名孕产妇进行产前筛查，确诊异常胎儿 4058 例；为 175226 名新生儿进行疾病筛查，确诊各类新生儿疾病共 7913 例，全部得到积极有效治疗。全面实施艾滋病母婴阻断项目，197542 名孕产妇接受艾滋病病毒抗体检测（其中 72993 名孕产妇接受免费检测），确诊 HIV 阳性孕产妇 85 例，均实施干预措施。基本实现《广州市妇女儿童发展规划（2001～2010 年）》妇女儿童健康终期目标。

5. 重大疾病防控工作全面加强，突发公共卫生事件应急处置能力进一步提高

全面加强甲型 H1N1 流感、登革热、急性出血性结膜炎、麻疹、手足口病、霍乱等重点传染病防控，迅速组织做好登革热疫情处置，有效防止疫情扩散蔓延。艾滋病防治工作进一步加强，流调率、随访率等 16 项防治工作考核指标明显提高。继续落实结核病防治项目。组织完成 8 月龄至 4 周岁儿童的麻疹疫苗强化免疫，接种 53.2 万人，麻疹发病率较 2009 年下降 76.86%。完成 57.2 万人甲流疫苗接种。重性精神疾病管理有力推进，为 4.4 万重性精神病人建立了电子健康档案，完成对 3.1 万重性精神病人肇事肇祸风险评估。落实医疗卫生机构控烟工作。

突发公共卫生事件应急处置能力持续增强。制定化学中毒、登革热疫情等五个专项预案以及重大节日和活动应急预案。有效处置野生蘑菇中毒、水产品带子中毒、混合气体中毒和群体性胃肠炎等突发公共卫生事件。据统计，全市全年共报告突发公共卫生事件 75 起，累计涉及 2759 人，全部得到及时有效处置。

6. 加强医疗服务监管，医疗服务能力不断增强

深入开展"医疗质量万里行"、"镇卫生院管理年"等活动，加强医学检验、医学影像、内镜消毒等质量评价，推进单病种承诺收费、临床路径工作开展，在全市二级以上医疗机构推行门诊预约挂号服务。广州、佛山、肇庆三市共同签署了医疗卫生领域合作意见，启动三市医疗机构间医学检验、医学影像检查结果互认工作。"120"急救医疗网络实行分级管理。开展创建优质护理服务工程活动。加强采供血质量监管，确保血液质量安全。

7. 中医药强市建设深入推进

继续实施"三名三进"工程，对中医"名院、名科"建设项目进行了中期检查评估。推进中医"治未病"健康工程建设，初步建立中医预防保健服务体系。完成对广州市第二批中医药特色社区卫生服务示范中心建设单位评审验收，各区、县级市均设置有中医药特色的社区卫生服务中心。加强基层中医人才培养，举办 8 期农村中医药知识与技能培训班，培训 1760 人。开展中医基本情况调查，为制定"十二五"中医药发展规划提供依据。

8. 卫生监督工作力度不断加强

全年共出动卫生监督员 153652 人次，监督检查各类单位 164326 间（次）；处理投诉案件 3068 宗，行政处罚 682 宗，取缔无证经营餐饮单位和医疗场所 2221 间（次），完成 27295 间餐饮服务单位、13738 间公共场所卫生监督量化分级评定；对 10490 宗餐饮食品原料、4555 宗生活饮用水水样和 1904 间企业职业病危害因素作业场所进行了监督监测。圆满完成 107 届、108 届广交会等 49 项重大活动卫生保障工作。全年无群体性职业中毒和重大食物中毒事件发生，有效地维护了正常公共卫生秩序和群众的身体健康。

9. 科教和人才队伍建设取得新成绩

2010 年，广州市获上级科研立项 130 项，其中国家自然科学基金 10 项；科研成果获省科技进步奖 7 项，获市科技进步奖 7 项。注重培养专业技术人才，选派 15 人赴英国伯明翰大学参加卫生行政管理培训学习、5 人赴香港大学攻读公共卫生专业硕士学位。加强病原微生物实验室生物安全管理，对153个病原微生物实验室根据有关规定进行备案。为青海省西宁市、重庆市巫山县等对口帮扶地区培训卫技人员25人。

在充分总结成绩的同时，我们也应该认识到广州市卫生事业发展存在的许多矛盾和问题。例如，城乡医疗卫生事业发展不平衡、资源配置不合理的问题没有得到根本解决；医疗服务费用增长过快，基本医疗服务质量和效率有待提高；公立医疗机构补偿机制没有完全建立，管理体制和运行机制有待进一步完善；重大传染性疾病、慢性非传染性疾病防治，以及突发性公共卫生事件、精神卫生等问题需要我们进一步解决。我们必须高度重视这些问题和矛盾，在"十二五"时期加大解决力度。

二 2011年广州市卫生事业发展展望

2011年是"十二五"开局之年，是完成医改近期重点工作的最后一年，做好2011年卫生工作意义重大。要突出重点，扎实工作，全面推进深化医药卫生体制改革，不断提升广州市卫生事业发展水平。

1. 贯彻落实《中共广州市委、广州市人民政府关于深化医药卫生体制改革的实施意见》，确保完成《广州市医药卫生体制改革近期重点实施方案（2009～2011年）》各项任务

一是全面实施基本药物制度。实施基本药物制度是2011年工作的重中之重，也是2011年市政府十项民生实事之一，必须抓好抓实，抓出成效。按照市委、市政府部署，政府办基层医疗卫生机构要全部率先配备和使用国家基本药物目录及广东省增补品种目录内的药物，国家基本药物目录的药物使用比例要达到70%以上，并逐步把社会举办的其他基层医疗卫生机构全部纳入实施范围，全部配备使用国家基本药物（含广东省增补品种）。到2011年底，全面建立基本药物制度，国家基本药物目录使用比例达到100%。深入调查研究，通过检查指导加强监督考核，督促基层医疗卫生机构落实基本药物制度及各项措施。加强培训，重点加强对基层医疗卫生机构人员进行《国家基本药物临床应用指南》和《国家基本药物处方集》培训，进一步提高基层医疗卫生人员素质，规范基本药物使用。广泛宣传基本药物制度，使这项惠民政策家喻户晓。各区、县级市要全面落实基层医疗卫生机构综合配套改革政策，建立稳定长效的多渠道补偿机制，建立基层医疗卫生机构考核和绩效工资制度。要认真学习国务院办公厅《关于建立健全基本医疗卫生机构补偿机制的意见》（国办发〔2010〕62 号），并根据省、市即将出台的指导意见制定实施方案。全面实行基层医疗卫生机构人员聘用制，建立能进能出的人力资源管理制度。制定基层卫生机构绩效考核标准，实行考核结果与财政补助挂钩，建立以服务质量、服务数量为核心，以岗位责任与绩效为基础的考核和激励制度。

二是进一步加强基层卫生服务体系建设。制定《广州市社区卫生服务机构布局规划（2011～2015 年)》，继续推进 67 所社区卫生服务中心建设，启动医改方案提出的 25 所社区卫生服务中心建设项目。制定实施《广州市社区卫生服务机构内部管理指导意见》，明确分级诊疗标准，开展社区首诊试点，建立健全基层医疗卫生机构与上级医院双向转诊制度。完善以社区卫生服务中心为主体的城市社区卫生服务网络。转变服务模式，探索主动服务和上门服务，逐步建立社区责任医师制度。推进农村卫生事业发展。完成全部县级医院的标准化建设，基本完成镇卫生院和村卫生站标准化建设。加强基层卫生人才队伍建设。对经批准自愿到经济欠发达地区乡镇卫生院工作的医学院校毕业生，实行"上岗退费"政策。各区、县级市要根据《关于贯彻落实医药卫生体制改革工作任务建立镇卫生院内部管理制度的意见》（穗卫函〔2011〕40 号），结合实际制定实施细则。

三是大力推进基本公共卫生服务均等化。落实基层医疗卫生机构向居民免费提供 9 项基本公共卫生服务项目，包括定期为 65 岁以上老年人做健康检查；定期为 3 岁以下儿童做生长发育检查；为孕产妇做产前检查和产后访视；为适龄儿童接种国家免疫规划疫苗；为高血压、糖尿病、艾滋病、结核病等人群提供防治指导服务等。继续实施为农村妇女免费进行"两癌"检查等 5 项重大公共卫生项目。争取财政支持，为适龄儿童免费实施窝沟封闭。建设基于健康档案的区域卫生信息平台，为全市居民建立统一的电子健康档案，并实施规范管理，城乡居民电子健康档案建档率达 60% 以上。

四是巩固和完善新型农村合作医疗制度。巩固扩大新型农村合作医疗覆盖面，2011 年，新型农村合作医疗参合率巩固在 98% 以上，人均筹资标准从 2010 年的 260 元提高到 300 元，各级财政补助标准从 2010 年人均 210 元以上提高到 230 元。进一步规范基金监管，合理安排基金使用，统筹基金当年结余率原则上

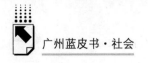

控制在15%以内。

五是加强公立医院改革调研。研究制定公立医院改革实施草案，做到早研究、早准备、早部署，积极推动公立医院改革。要结合实际研究制定控制医药费用过快增长的措施，重点控制不合理用药、不合理检查。

2. 贯彻落实市政府《关于重视基层卫生服务网络建设实现医疗公共服务均等化和关于加快我市医疗机构规划发展的实施方案》

《关于重视基层卫生服务网络建设实现医疗公共服务均等化和关于加快我市医疗机构规划发展的实施方案》（以下简称《方案》）已经市人大常委会第36次会议表决通过，由市政府组织实施。该《方案》包含七项任务。

一是统筹做好卫生规划，合理配置医疗卫生资源。要研究制定《广州区域卫生规划（2011~2015年)》，尽快完成《广州市医疗卫生设施布局规划（2006~2020年)》。要建立和完善政府卫生投入机制，加大政府对公立医院建设的投入。

二是加强基层医疗卫生机构设施建设。争取到2011年底，实现社区卫生服务全覆盖，构建农村卫生站30分钟、社区卫生服务机构15分钟便民服务圈。

三是落实基层医疗卫生机构人员编制和待遇。2011年，在规范人员编制配置的基础上，全面实施岗位绩效工资制度。2012年起，对工资待遇偏低的农村医疗卫生人员给予适当补助。

四是加强基层医疗卫生队伍的培训。到2011年底，城市社区卫生服务机构、镇卫生院和村卫生站医生岗位培训率达到100%；镇卫生院技术骨干达到大专或以上学历，90%的临床医疗服务人员具备执业（助理）医师资格；90%以上村医生取得中专以上学历，50%以上取得大专以上学历或具备执业（助理）医师资格。

五是促进基层公共卫生服务均等化。要加强公共卫生服务能力建设，逐步提高公共卫生服务经费标准，2011年，基本公共卫生服务经费标准达到人均30元以上。随着基本公共卫生服务项目的增加和经济水平的提高，调整人均经费标准。

六是提高新型农村合作医疗保障水平。各区（县级市）要调整新农合筹资和补偿方案，参合农民在镇、区（县级市）、区（县级市）外住院报销比例分别不低于70%、60%、45%，年度累计最高支付限额不低于8万元。

七是扶持民营医疗机构发展。着力扶持2~3家民营医院或合资医院，形成一定的竞争力。到2015年，全市营利性医疗机构床位数占医疗机构床位总数的

15% 左右，门诊服务量达到 15% 左右，住院服务量达到 10% 左右。

3. 做好贯彻执行《广州市社会急救医疗管理条例》的各项准备工作

市人大已通过《广州市社会急救医疗管理条例》，即将完成审批程序颁布实施。该条例对健全广州市院前急救医疗体系、强化院前急救医疗保障力度、规范院前急救医疗行为提出了新要求。要大力开展急救条例普法宣传，进一步加强急救医疗体系建设，调整和完善院前急救医疗网点布局规划，制定和完善与法规配套的相关管理制度和技术规范。逐步建立院前急救专业化队伍，建立培训基地，开展院前急救人员规范化培训。建立院前急救质量控制中心，加强对网络医院质量管理。加大投入，建立与广州急救模式相适应的财政补偿机制。切实加强急救医疗管理，提升广州市院前急救工作水平。

4. 努力做好医疗卫生各项工作，不断提升广州市医疗卫生水平

一是做好妇幼卫生工作。开展调研并制定实施《广州市进一步加强妇幼卫生工作的实施意见》和《广州市母婴安康行动计划（2011～2015 年）》。制定实施《广州市出生缺陷干预工程工作规范》。加强妇女常见病普查普治工作，全面推进儿童早期综合发展项目。

二是加强公共卫生服务体系建设，不断提高突发公共卫生事件应急处置能力。重点推进慢性病防治体系建设。继续做好登革热、霍乱、麻疹、手足口病等重点传染病防控，以及艾滋病、结核病、性病、乙型肝炎等重大传染病防制。全面开展消除疟疾工作。大力推进慢性病防治。落实重性精神病人管治。制定健康城市建设规划，深入推进健康亚运、健康广州全民健康活动。继续推进公共场所卫生监督量化分级管理。开展城市饮用水卫生监测网络工作。加强职业卫生、医疗放射卫生、学校卫生、医疗机构执业和传染病防治监督执法工作。加强突发公共卫生事件应急体系建设，建立卫生应急机构，做好突发公共卫生事件风险分析评估、预警监测和紧急医疗救援、物资储备等应急工作。推进广佛肇重大传染病和突发公共卫生事件联防联控，提高突发公共卫生事件处置能力。

三是加强医政和中医工作。继续加强医疗安全质量、采供血质量监管，改善服务，提高效率。研究提出控制不合理使用抗菌类药物的有效途径和具体措施。开展医院等级评审活动。扶持民营医疗机构发展。深化与港澳间医疗合作。加快中医药强市建设。2011 年，实现所有镇卫生院、社区卫生服务中心设有规范化中医科、中药房。继续开展全国基层中医药工作先进单位创建。逐步扩大中医

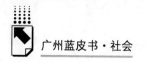

"治未病"健康工作试点范围。加强中医药人才培养工作。

四是加快卫生信息化建设步伐，进一步统筹全市卫生信息化建设工作。制定并实施广州市卫生信息化"十二五"规划。初步完成基于居民电子健康档案的区域卫生信息平台建设。推广基层卫生信息化建设的试点成果和经验。继续建设全市统一的集约式预约挂号系统。启动全市统一的电子病历系统建设。推进基于平台的妇幼保健信息系统建设。

（审稿：梁柠欣）

Analysis on the Development of Hygiene Cause of Guangzhou in 2010 and Prospect of 2011

The Subject Team of the Hygiene Bureau of Guangzhou

Abstract： In 2010, with the guarantee of medical treatment for the 16th Asian Games and the five programmes of the reform of medical treatment as the core work, progress was made in all kinds of work. The goals and tasks of the 11th Five Year Plan were accomplished. 2011 is the beginning year of the 12th Five Year Plan; it is also the last year to finish the key work of the recent reform of medical treatment. Overall reform of the medical and health system will be furthered to promote the development of the cause of hygiene of our city.

Key Words： Guangzhou; Hygiene Cause

B.3

2010 年广州市妇联工作发展状况分析与 2011 年展望

广州市妇女联合会课题组

摘　要：2010 年，广州市妇联以"迎接亚运会，创造新生活"为主题，以加快结构调整和发展方式转变、着力改善民生、保持社会和谐稳定为目标，团结引领广大妇女积极投身广州的经济、政治、文化及社会建设，在实现"两个亚运、同样精彩"、建设全省宜居城乡"首善之区"、争当妇女工作排头兵的创新实践中建功立业。2011 年，市妇联将深入贯彻落实科学发展观，不断促进妇女儿童事业与广州经济社会同步协调发展，努力把妇联组织建设成党开展妇女工作的坚强阵地和深受广大妇女信赖的温暖之家，团结带领广大妇女积极参与文明城市创建，大力加强妇联自身建设，为率先加快转型升级、建设幸福广州作贡献。

关键词：妇联工作　回顾与展望

一　2010 年广州市妇联工作回顾

2010 年，是广州市举全市之力圆满成功举办第 16 届亚运会和首届亚残运会，经济实现跨越式发展，城市环境面貌发生巨大变化，城市形象显著提升的一年。全市各级妇女组织坚持以科学发展观为指导，围绕市委"加快建设国家中心城市"总体目标要求，充分发挥妇联组织的自身优势，主动有为、真抓实干，团结广大妇女积极参与亚运、服务亚运、奉献亚运，为推动广州科学发展发挥了重要作用，广州妇女工作跃上了新台阶。

（一）牢牢把握百年妇运的历史机遇，举行隆重热烈的纪念活动

1. 隆重举行三八国际劳动妇女节 100 周年纪念活动

2010 年三八节当天，市妇联举办了广州市隆重纪念三八国际劳动妇女节 100 周年大会，省市相关领导和广州各界妇女代表，以及港澳台妇女 2500 多人参加了盛会。会上表彰了羊城十大女杰、三八红旗手（集体）、妇女之友等先进典型，举行了三八百年纪念邮册发行仪式，启动了"羊城巾帼亚运系列行动"，进行了《花开百年》大型文艺演出，以歌舞、诗朗诵、情景剧表演和台上台下互动歌潮等形式，展示了恢弘浩荡的广州妇女百年奋斗历程。时任广州市市委书记的朱小丹同志发表重要讲话，深刻缅怀了百年来广州妇女勤劳勇敢、自强不息的传统美德，充分肯定了各行各业妇女的历史贡献，以及各级妇女组织的工作成效，希望广大妇女在新的历史起点上为推动科学发展、构建和谐广州作出新的贡献。三八节期间，各级妇女组织相继举行了隆重热烈、精彩纷呈的百年纪念活动，在全社会进一步营造了宣传马克思主义妇女观和男女平等基本国策的社会氛围，对激励时代女性进一步弘扬伟大的三八精神，为广州经济社会发展作出新的贡献具有重要而深远的历史意义。

2. 举办《百年广州妇女》大型展览

为了让广大妇女群众了解百年来广州妇女在政治、经济、文化、教育及婚姻家庭等领域的变迁，认识中国妇女经历寒冬、经过艰难抗争，随着新中国的诞生才拥有幸福美好今天的历史进程，三八节期间，市妇联在农讲所举办了《百年广州妇女》大型展览。省、市领导朱小丹和方旋等亲自为展览剪彩，并给予了高度评价。该展览借助 360 多幅反映历史事件的图片和 50 多件实物，以生动翔实的历史事实，展现了广州妇女从清朝末年至今的 100 年间，在社会生活各个方面的精神风貌，展示了英雄的广州妇女所走过的光辉历程。展览还到花都洪秀全纪念馆和中山大学、华南师范大学、广州大学等高校巡回展出，共吸引了 21 万多观众，深受社会各界好评，受到报纸、电视和网站等各大媒体的争相报道，《广州日报》用两个整版的篇幅作了图文并茂的报道。该活动是百年三八纪念系列活动中一次影响深远的爱国主义教育。

3. 积极组织"春游穗港·三八同乐"和家庭植树活动

三八节期间，积极发动穗港妇女和家庭两地游，为增进穗港妇女相互了解、

推动穗港旅游业发展作出了积极的贡献。组织 100 名广州妇女参加省妇联"春游粤港·三八同乐"首发仪式，以"家庭亲子游"方式，组织广州市少年儿童与香港女童军开展面对面交流。还举办了"绿色亚运·和谐生活"——羊城家庭植树春游活动，邀请外国驻广州领事和在穗台商家庭与广州家庭 400 户 1200 多人参与了植树活动。

（二）紧紧围绕"促转变"、"迎亚运"工作中心，广泛动员广大妇女奉献亚运、服务亚运

1. 以"促转变"为目标，引领妇女积极参与巾帼奉献行动

动员各界妇女在推动经济发展方式转变和服务亚运中建功立业。以巾帼文明岗为载体，引导各行各业妇女立足岗位奉献亚运。举办了巾帼文明岗负责人培训班和学习交流会，进一步规范了巾帼文明岗的动态管理。市总女职委在全市组织了有 22.66 万人参加的女职工行业技能大赛，获奖者达 1.24 万人。为适应新农村建设的需要，市妇联不断拓展农村妇女"双学双比"活动的深度和广度。争取市农业局支持，举办农村妇女科技培训近 40 场次，受训人数近 1 万人次。大力培育扶持了番禺、从化和增城等地的 4 个农村妇女专业合作社。召开了广州市农村妇女"双学双比"活动经验交流会。白云区江高镇富民瓜果专业合作社实现"农超对接"，带动当地农民当年增收 230 万元，被评为"广东省巾帼创业示范基地"。增城小楼镇西境村妇代会荣获"全国城乡妇女岗位建功先进集体"称号，番禺区庄惠琼和花都区姚金彩荣获"全国双学双比活动女能手"称号。

2. 以推动城市公共文明建设为目标，不断深化巾帼文明行动

举办了以"迎接亚运会、创造新生活"为主题的第二届羊城家庭文化节。表彰了 1 万户文明家庭、1000 户书香家庭和 1000 户星级文明户。组织开展了"广州大变我文明"千场社区论坛和"百万家庭学礼仪"千场社区讲座，各级妇联共举办文明礼仪课和社区论坛 2052 场，参与者达 21 万人次。开展了"快乐成长在羊城"儿童趣味运动会和"爱我家园"家庭摄影大赛等 13 项系列活动。各级妇联还组织了"邻里互助月"、"道德宣传月"和"志愿服务月"等主题实践活动。积极倡导文明健康的生活方式，全力营造"家家参与、人人分享"的家庭文化氛围，进一步提高了广大家庭和妇女的文明素养。在亚运倒计时 100 天之

际，启动了"爱我家园，服务亚运"巾帼文明行动，以突出"抓发展、促大变、迎亚运、创文明"等为工作重点，组建了社区巾帼文明督导队，对每个社区和楼宇进行卫生督导，管好"三水"（垃圾水、花盆水、空调水），做到"四美化"（美化居室、阳台、天台、楼道），实行"五治理"（治理高空抛物、乱堆杂物、乱搭乱建、乱丢乱贴、乱拉乱吐等陋习），让每个市民用自己的实际行动诠释"爱我家园"的生活理念，从而使城市的每个角落都能做到文明、整洁、美观，让创文明和迎亚运全民行动深入到千家万户和市民的日常生活。越秀区旧南海县社区获得了"全国创建学习型家庭示范社区"称号。市公安局刘超和天河区秦兆年家庭被评为"第七届全国五好文明家庭"。市妇联荣获了"第七届全国五好文明家庭创建活动基层先进协调组织"荣誉称号和"2010年书香岭南全民阅读先进集体"称号。

3. 以"创先争优、服务亚运"为主题，引领妇女广泛开展巾帼服务行动

深入开展"创先争优、服务亚运"活动，动员全市各级妇女组织、广大妇女群众和家庭成员积极投身巾帼服务亚运行动。充分发挥妇女志愿者协会的作用，进一步完善了志愿服务管理机制，目前广州市已注册登记的妇女志愿者达1.3万人。广州市妇联组织主动向亚组委承接57个城市志愿服务站点，作为广州妇女开展城市志愿服务的主阵地，还组织了140多名港澳志愿者分批在亚运期间到志愿服务站点参与服务。各服务站点除了向游客提供信息咨询、交通指南、语言翻译等服务外，还坚持"每站有特色、活动有主题"的原则，组织了亲子游戏、美食推介、有奖竞猜等活动。各级妇联组织广泛发动妇女群众积极参与义务巡逻、看楼护院、联防联护等亚运安保志愿服务，较好地传播了"全民参与"的亚运理念。据统计，在亚运会和亚残运会期间，各级妇联共组织1200多名志愿者参与了亚运城市志愿服务站点工作，工作时间累计达147720小时，有5个站点7次被评为"城市志愿服务模范岗位"，69名志愿者被评为岗位"志愿服务之星"。广州市妇联成功推荐了3名亚运会火炬手、6名亚残运会火炬手参与火炬传递，还组织各界妇女3000多人参加了亚运会和亚残运会开闭幕式演练及文明观赛活动。天河、越秀、番禺等区妇联也承担了大量艰巨的赛场安保和观众组织工作。广大妇女的全情投入、全力支持为"两个亚运"的成功举办提供了深厚的力量源泉和可靠的安全保障。

（三）推动实施新《广州市妇女权益保障规定》，依法维护妇女儿童合法权益

1. 推动实施新《广州市妇女权益保障规定》

市妇联经过 5 年的艰苦努力，新修订的《广州市妇女权益保障规定》（以下简称《规定》）终于在 2010 年 6 月 1 日正式实施。新《规定》出台后，引起了社会各界的强烈反响，中央电视台、《中国妇女报》和省市各主流媒体都对其中涉及的一些热点问题进行了多次深度报道。新《规定》颁布后，市妇儿工委发出了关于认真贯彻落实新《规定》的文件。市妇联联合相关部门出台了《广州市预防和制止家庭暴力若干意见》，依托广州市民政救助站成立了广州市反家庭暴力庇护中心。开展了以"学习妇女法、创造新生活"为主题的"妇女新法进万家活动"，举办了 1200 多人参加的学习动员报告会，开办了普法培训班，利用网络和维权热线开展知识竞答，在全市掀起了学习新《规定》的热潮。市妇联被评为广州市"五五"普法先进集体。

2. 服务"平安亚运"，创新妇女维权工作模式

把妇女维权工作纳入全市维稳大局，积极推动妇女维权站点进驻各街镇综治信访维稳中心，夯实了妇女维权工作基础。目前广州市已有 75% 的妇女维权站点进驻了街镇综治信访维稳中心，对群众来访实行"一条龙"服务，初步实现了由信访案件"中转站"向解决问题"终点站"的转变。在白云区新市街建立了全省首个维护妇女儿童合法权益巡回法庭，在黄埔区开展了全省家事审判合议庭的试点工作。加大对失足妇女和少年犯等群体的帮教工作。年内全市妇联系统共接待来信、来访、来电 6158 宗，结案率 99%。市妇联获得了"全国维护妇女儿童权益先进集体"称号。

（四）积极打造校外教育工作品牌，扎实推进未成年人思想道德建设

1. 家长学校实现全覆盖

以推进家长学校建设为突破口，进一步加强未成年人思想道德建设。广州 2010 年创建全国文明城市未成年人思想道德建设单项测评成绩在 30 个省会和副省级城市中位列第 2。争取到市政府将家庭教育经费纳入财政预算，每年安排

221 万元财政拨款，建立了经费投入的长效保障机制。2010 年市委宣传部、文明办又安排了 260 万元用于百优家长学校评选。广州市实现了社区和家长学校的 100% 全覆盖。强化了家庭教育骨干培训，加强了家庭教育工作的理论研讨，创新了家长学校评选验收方法，给予达标者适当的经费扶持。举办了全市性的家庭教育大课堂 6 场、流动儿童家庭教育讲座 30 场。投入 150 万元在 48 所民办学校开展"让我玩"项目，近 5 万名流动儿童受益。南沙区组建了"妈妈级"网吧义务监督队伍。在广卫街等 10 个社区建立了青春期女童家庭教育基地。南源街获"全国家庭教育工作示范社区"称号。

2. 拓展未成年人校外教育活动

打造未成年人校外教育活动品牌。成功举办以"小手牵大手、迎接亚运会"为主题的大市长与羊城"小市长"代表座谈会。邀请 10 名"小市长"代表就广州亚运、城市管理、岭南文化等热点问题向大市长建言献策，得到万市长的充分肯定，并且，万市长提出要擦亮"小市长"品牌。推荐"小市长"代表刘琦作为亚运会火炬手参加火炬传递。组织"小市长"参观亚运工程及一日游活动。依托市儿童活动中心举办了"迎亚运，我参与"科技进步周，以及广州首届少儿服装创意大赛、快乐游学、小主人论坛等活动 50 多场，较好地发挥了未成年人校外教育阵地的作用。

（五）认真落实"党建带妇建"工作会议精神，努力提高妇联组织自身建设水平

1. 着力推进强基固本工程

通过对各基层妇联进行强基固本工作考评，召开全市基层组织建设经验交流会，进一步推动了"示范"创建活动，全市有海珠区沙园街和 18 个村（社区）被评为"全国妇联基层组织建设示范单位"。市妇联与市委组织部联合开展党建带妇建工作调研，向市委提交了《关于广州市党建带妇建调研情况的报告》。下发了《关于做好 2011 年全市村、社区换届选举中妇女进"两委"工作的通知》，指导各级妇联提前介入，力争女性进村、社区"两委"工作取得突破。加强了对团体会员的指导，女领导干部联谊会、女知识分子联谊会、女企业家协会、妇女学研究会、家教促进会等密切了横向联谊交往，开展了各具特色的活动和工作，积极配合了市妇联各时期的中心工作。

2. 探索新时期服务新生代女大学生的工作模式

根据"80 后"、"90 后"新生代女大学生的时代特征,推动妇女学研究会与家庭期刊集团等单位联合举办了以"学府新知性·放飞青春梦"为主题的 2010 年广州地区女大学生论坛。论坛分别在中山大学等多所高校,运用场内场外、台上台下互动,专家学者和女大学生多方观点交锋的方式,针对学业与成长、恋爱与婚姻、就业与发展等当下女大学生关注的热点话题,开展了广泛深入的大讨论,引起了社会各界的广泛关注,国内各主流媒体争相报道,《中国妇女报》、《羊城晚报》等主流平面媒体分别以多个整版的篇幅从社会学、女性学、婚姻经济学等角度,客观地剖析了目前女大学生价值取向变化的社会背景和深刻原因。全国妇联内刊《妇工要情》以"广州地区女大学生担忧就业前景"为专稿报送中办秘书局,呈送中央政治局委员王兆国和全国妇联领导陈至立。市委常委方旋也认为:"此项工作对拓宽妇联工作领域,增强妇联工作针对性有积极意义。"

3. 积极参与政府购买服务试点工作

华林街、沙园街和同德街在成为妇联系统参加政府购买服务试点单位后,坚持"政府出资购买、妇联统一指导、站点自主运作、社工专业服务"的原则,经过一年的努力形成各自特色。华林街打造了"社工带义工、家庭总动员、邻里促和谐"运作模式;沙园街以儿童服务为切入点将社工服务渗透到妇女和家庭;同德街在整合广州仁爱社会服务中心资源的基础上,探索开展婚姻家庭和外来妇女儿童服务项目。此外,牢牢把握全市开展社区综合服务试点的契机,指导各区(市)妇联与各试点街道沟通协商。目前全市社区综合服务试点涉及的 20 个街道在项目设置上基本都涵盖了妇女儿童和家庭的相关内容。

4. 努力建设学习型妇联组织

举办了女领导干部"创新与超越性思维"复旦大学研修班,组织了转变经济发展方式专题研讨活动和亚运应急处变能力专题讲座。开办了两期共 150 名女村支书、女村长及女委员参加的"两委"换届选举培训班。另外依托市妇干校共举办各类培训班 32 期,培训 7821 人次。在全市各基层单位开办各类培训班 23 期,培训 4259 人次。开办"广州妇女大学堂"5 期,培训 3200 多人次。市妇联以二期信息化建设为契机,不断加强妇联系统信息网络基础设施建设,进一步提高了办公自动化水平和工作效率。

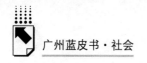

5. 不断加强对外联谊交往

抓住广州举办第16届亚运会的契机，以进一步扩大广州的海内外知名度和影响力为目标，不断加强与海内外妇女团体的联谊和交往，密切了两岸四地的妇女交流，接待了日本福冈市女性之翼会广州访问团，双方签订了合作交流协议。年内共组织了22批次妇女赴我国港澳台及新加坡、俄罗斯、捷克等国家和地区进行考察访问，出国（境）共87人次。接待我国港澳台和日本、津巴布韦、苏丹等政府和妇女代表团20批共705人次。

（六）积极落实"富民优先、民生为重"的政策，力促妇女儿童共享社会发展成果

1. 推动妇女儿童规划重点难点指标落实

推动全市各区（市）实行"一门式"婚检服务，破解婚检率偏低的难题，使2010年婚检率达38.16%，比2009年提升5.48个百分点。积极推动实现新生儿重大出生缺陷病种的免费筛查，破解出生缺陷发生率高的难题。采取有效措施降低孕产妇死亡率。广州市妇女儿童发展规划可量化的46项主要指标中，已达2010年终期目标的有45项，未达标的只有1项。

2. 打造妇女创业就业新品牌

人力资源市场妇联分市场以加强对社区家政服务员的培训和管理为抓手，建立了"养老护理操作室"和"婴儿早教护理中心"，为月嫂和育婴师提供新的培训平台，还根据社会需求推出了养老护理培训课程，为2300名妇女进行了在岗技能提升培训，完成技能鉴定303人。以政策引导、基地建设为着力点，建立了美容、家政等3个创业孵化基地和5个创业实习基地，开辟了13个创业绿色通道。全市妇联系统105个妇女职业技能培训基地共举办培训班1906期，培训人数63677人次，举办劳务集市390场，提供就业岗位180450个，成功推荐女性就业37583人。萝岗区创建了2个妇女就业创业基地，建立起该区首批集信息、培训、管理和服务为一体的家政服务创业就业支持机构。市妇联被评为"广州市就业工作先进单位"。

3. 持续开展"广州妈妈"爱心行动

抓好"农村母亲安居房"的援建工作，全市共有415户农村困难母亲纳入援建范围，目前已建成262户，在建99户，其中白云区率先完成了20户的援建

任务。推动农村妇女"两癌"检查，全市共有 165945 名农村妇女接受宫颈癌检查，165512 名接受乳腺癌检查，超额完成本年度工作任务。萝岗、番禺还制定帮扶患病妇女开展后续治疗的计划。不断扩大春雨助学规模，争取利海绿色基金会支持，计划资助 2009~2013 年秋季升读高一的困难家庭女高中生的学费，资助金额将达 1700 万元，目前已帮扶困难女学生近 700 人。持续开展对威州 122 户单亲特困母亲家庭的帮扶，全年共捐款捐物累计 16 万元，组织"广州妈妈"代表实地探访慰问结对帮扶的家庭，圆满完成了三年帮扶任务。发动各级妇联组织先后为玉树地震灾区、百色灾区抗旱等捐款 97 万多元。各基层妇联组织有效筹集社会资金 325.8 万元开展了助学、重症儿童救治等各类帮扶行动。番禺区年内共筹集妇女互助资金 1200 多万元，为帮助贫困妇女儿童打下了坚实的物质基础。各级妇联组织扎实推进"扶贫双到"工作并初见成效，市妇联制定了帮扶梅州市丰顺县建桥镇环东村的三年扶贫规划，组织开展南方大豆种植和养猪项目，扩建和修缮水利灌溉和自来水工程，为贫困户购买养老保险和农村合作医疗保险。

二 2011 年广州市妇联工作展望

2011 年是我国实施"十二五"规划的开局之年，我们将迎来建党 90 周年。2011 年是编制和开始实施 2011~2020 年广州市妇女儿童发展规划的重要一年，同时也是广州市率先加快转型升级、人力建设幸福广州，推动国家中心城市建设迈上新台阶的关键一年。广州市各级妇联组织要将妇女儿童事业和妇联工作置于这一大背景下去谋划、去思考，不断增强历史责任感和时代紧迫感，推动广州市妇女工作在广州新一轮改革发展中再创辉煌。

（一）引领广大妇女为建设幸福广州发挥积极作用

2011 年是"十二五"规划的开局之年，将迎来中国共产党建党 90 周年。当前，国际经济格局深度调整，国内宏观经济环境趋紧，转型期社会矛盾凸显，广州经过"十一五"的快速发展，特别是圆满、成功、精彩举办亚运会和亚残运会，广州城市的软、硬实力大幅提升，城市国际形象和影响力大大提高，这是我们在"后亚运"时期乘势而上、再攀高峰的重要基础和条件。与此同时，人口资源环境约束日益凸显，城市建设和发展所取得的辉煌成就更让市民群众对"后亚运"的广州充满期待。有效应对人口资源环境刚性约束，切实巩固亚运成果，努力建设全市人民共同的美好幸福家园，是"十二五"时期必须面对和解决的重大课题。要牢牢把握城市发展战略地位提升、亚运积极效应持续释放等契机，以"率先加快转型升级、建设幸福广州"为核心任务，着眼于巩固、完善、优化、提升，努力在新的起点上实现新的跨越，推动国家中心城市建设和幸福广州建设迈上新台阶。

建设幸福广州，是包括广大妇女在内的全体市民的美好愿望，更离不开妇女群众的广泛参与和积极行动。调动和引领妇女投身幸福广州的伟大实践是妇联组织的光荣使命。各级妇联组织要积极推动妇女儿童发展重要指标纳入"十二五"规划，为妇女儿童在更高起点上实现新发展提供强有力保障，推动妇女儿童事业与广州经济社会同步协调发展。要以提高妇女群众的满意度和幸福感为出发点和落脚点，抓住广州市创新社区管理模式的有利时机，以创新社区管理为着眼点，以提高社区服务水平为突破口，立足社区、面向家庭，积极参与政府购买服务试点工作，整合资源搭建服务妇女儿童的有效平台，扎扎实实地为妇女办实事、做好事。广泛发动妇女及家庭成员积极参与文明家庭的创建工作，为提升广州文化软实力，创建全国文明城市发挥独特作用。构建"和睦相处、邻里相帮、出入相友、守望相助"的平安和谐文明新社区，让广大妇女群众在社区家门口就感受到幸福。不断提高广大妇女群众对城市的认同感、归属感和自豪感，激发她们建设幸福广州的积极性、主动性和创造性。

（二）依法维权，积极促进平安和谐广州建设

进一步贯彻落实《广州市妇女权益保障规定》，将依法维权工作落到实处。要继续完善维护妇女儿童权益的长效工作机制，按照源头维权与推动解决典型案件并举、法律服务与心理疏导并举、利益协调与矛盾排查化解并举、维权队伍专业化与社会化并举的工作思路，建立科学有效的妇女儿童利益协调机制、诉求表达机制、矛盾调处机制和权益保障机制。做好妇女信访维稳工作，加强与各信访部门沟通联系，积极参与构建人民调解、行政调解、司法调解三位一体的"大调解"工作格局。要加大人文关怀工作力度，引导广大妇女通过法律途径合法合理地表达意愿，教育她们在依法享受权利的同时，自觉履行义务，积极参与社

会治安综合治理,努力建设"平安广州",为维护社会和谐稳定,增强人民群众的幸福感作出贡献。当前广州正处在转型期,社会矛盾凸显,要特别关注失业妇女、单亲特困妇女、困境儿童、农村留守儿童、流动妇女儿童等群体,探索建立长效的帮扶机制,加大对困境妇女儿童的帮扶力度,继续推动"母亲安居房"的援建工作和"春雨助学行动",将各项民生工程落到实处,让妇女儿童得实惠、普受惠、长受惠,进一步提高妇女群众的满意度和幸福感。

(三) 党群共建创先争优,努力加强妇联组织自身建设

2011 年是换届年,同一年内将进行市、区(县级市)、镇、村领导班子换届,这是广州市政治生活中的一件大事。各级妇联组织要大力推动党建带妇建工作,积极参加市妇联启动的"广州妇女参政议政支持行动",加强与各级党委组织部门的沟通,努力提高各级党代表、人大代表和政协委员中的女性比例,提高女干部在党政工作部门班子中的配备比例,推动区(县级市)妇联领导兼任党委委员、人大常委和政协常委,推动街(镇)100% 实现领导班子中有女性成员,妇联主席由班子成员兼任,力争 100% 村(社区)有女性进"两委"。要继续开展大规模培训干部工作,努力构建学习型妇联组织。不断提高妇联干部政治素养、理论水平,引导她们更新知识结构,促进妇女干部知识结构转型升级,增强她们统筹协调、整合资源服务妇女儿童的能力。加大女干部、女党员、女性人才的培养选拔力度,特别要注重培养农村基层妇女干部,为村(社区)"两委"换届提供人才储备。各级妇联组织要抓住党群共建创先争优的契机,切实加强作风建设,坚持深入基层调查研究和分类指导,引导妇联干部把心思用在干事业、办实事上,一步一个脚印把服务妇女儿童的工作做深、做细、做实,把妇联组织建设成为深受广大妇女信赖和热爱的温暖之家。

三 进一步加强广州市妇联工作的对策建议

2011 年广州市妇女工作的总体思路是:全面贯彻落实党的十七大、十七届五中全会、胡锦涛总书记在纪念三八国际劳动妇女节 100 周年大会上的重要讲话精神,以及省委十届八次全会和市委九届十次全会精神,以邓小平理论和"三个代表"重要思想为指导,深入贯彻落实科学发展观,不断促进妇女儿童事业

与广州经济社会同步协调发展，努力把妇联组织建设成党开展妇女工作的坚强阵地和深受广大妇女信赖的温暖之家，团结带领广大妇女为"十二五"开好局、起好步，建功立业。

（一）以党的十七届五中全会精神为指导，促进妇女儿童事业与广州经济社会同步协调发展

各级妇联组织要认真学习贯彻党的十七届五中全会精神，进一步引导广大妇女在促进经济转型升级、加快自主创新和推动"后亚运"时期广州经济社会又好又快发展中发挥重要作用。以"巾帼创新业、建功'十二五'"为主题，不断拓展"巾帼建功"活动的深度和广度。开展巾帼文明岗"五创"（创新理念、创新载体、创新机制、创新方法和创出成效）活动，做好各级巾帼文明岗的动态管理，加强巾帼文明岗的沟通交流，使广州市巾帼文明岗活动创出特色、创出风采。

开展"农村妇女增收致富支持行动"，联合农业部门，积极打造"巾帼科技致富"活动品牌，深入开展农科知识培训，组织开展小额担保贷款工作，大力扶持有发展前景的女能手、"妇"字号种养基地和农村专业合作组织，选树一批巾帼创业示范基地和巾帼创业致富带头人，充分发挥妇女在新农村建设中的积极作用。大力推进妇女创业就业，拓宽就业渠道，开展就业服务进社区活动，加大岗位技能培训力度，提高妇女就业的市场竞争力，整合资源搭建妇女就业创业合作平台，选树就业创业先进典型。

做好上一轮妇女儿童发展两个规划的终期评估和新一轮规划的编制，迎接省和国家的检查。在充分做好调研的基础上，科学编制新规划。同时，积极推动妇女儿童发展重要指标纳入广州"十二五"规划，为妇女儿童事业在更高起点上实现新发展提供强有力保障，推动妇女儿童事业与广州经济社会同步协调发展。

（二）以创建全国文明城市为目标，不断拓展巾帼文明行动

2010 年是全国文明城市评选年。我们要按照 2010 年版全国文明城市测评体系中妇联牵头负责的相关指标要求，全力做好迎接全国文明城市测评各项准备工作，确保完成创文目标任务。继续深化群众性精神文明创建活动，组织广大妇女和家庭成员积极参与以创文为主要内容的各主题实践活动，启动新一轮"爱我

家园"巾帼文明行动,大力开展文明家庭创建活动,实施共建"幸福家庭"计划,举办"羊城有我更美丽"广州妇女文明形象展示大赛。持续放大亚运后续积极效应,力争将亚运城市志愿服务的经验,转化成推动妇女志愿者协会进一步发展的宝贵财富。着力打造妇女志愿者服务品牌,不断扩大妇女志愿者队伍规模,凝聚妇女力量为推动创文工作发挥积极作用。

以社会主义核心价值体系为引领,加强未成年人思想道德建设,筹办好第八届羊城"小市长"评选活动。开展家庭教育规划评估,制定新一轮家庭教育规划,打造"爱孩子"家庭教育品牌,提升家庭教育工作者素质,积极推动家庭教育"四进"(进民办学校、进社区、进农村和进校外活动阵地)活动,开展家庭教育理论研究,进一步推动广州市家庭教育工作上新台阶,努力优化未成年人成长环境。

(三)以党群共建创先争优为契机,把妇联组织打造成党开展妇女工作的坚强阵地

2010 年是换届年,抓住市、区(市)、街(镇)、村(社区)换届契机,启动妇女参政议政支持行动。加强与各级党委组织部门的沟通,建立妇女人才库,积极宣传妇女参政先进典型。在三八期间,与市人大共同举办主题为"三八新百年、女性参政新展望"羊城论坛。加大推动党建带妇建工作力度,努力提高市和区(市)党代表、人大代表和政协委员中的女性比例。

依托村、社区实现"妇女之家"建设全覆盖,注重发挥其宣传教育、维权服务和组织活动等功能,切实把"建家"和"服务"有机结合起来,建设服务妇女群众的有效载体。大力推进基层组织建设示范创建活动,力争 2011 年全市有 15% 的区(市)、10% 的镇(街)、5% 的村(社区)达到全国妇联基层组织建设的示范标准。推动团体会员积极参与配合妇联中心工作,为团体会员的合作交流创造条件。大力提高区(市)机关事业单位妇委会的组建率,依托市总女职委进一步加大"两新"组织中妇女组织的组建力度,探索在流动妇女中组建女性社团组织,进一步拓宽和增强妇女工作的覆盖面和影响力。

积极构建创新服务型妇女组织。着力促进妇女干部知识结构转型升级,制定市妇联干部教育培训实施意见,在调研的基础上推进妇干教育培训改革创新,大力开展电子信息技术的普及教育和应用,加强妇女干部执行力、服务力和创新力

的培养。着力培育妇干培训工作品牌，继续开办"广州妇女大讲堂"，促进形成"政府主导、妇联推动、社会支持、妇女受益"的社会化妇女教育培训工作格局。以纪念建党90周年为契机，围绕实现全年目标开展党群共建创先争优活动，积极选树和宣传先进妇女典型，出版《百年广州妇女图录》，激励广大妇女学习先进、奋发有为，积极践行社会主义核心价值体系。

（四）以提高妇女群众的满意度和幸福感为落脚点，建设深受广大妇女信赖和热爱的温暖之家

加强《广州市妇女权益保障规定》（以下简称《规定》）的宣传贯彻，争取将其纳入市"六五"普法规划。继续深化三八维权周和"妇女法制宣传乡村行、企业行、社区行"等活动，掀起新一轮妇女儿童权益保障的普法宣传高潮。根据《规定》的实施细则，强化各部门职责，确保将其落到实处。增强"平安家庭"创建活动的针对性，注重在"特殊群体"和"问题家庭"中开展心理健康和反家暴干预等工作。扎实推动全市各级妇女维权站点在2011年底100%纳入各级综治信访维稳中心，直接参与涉及妇女权益矛盾纠纷的调处工作。与市总女职委等部门联合，积极在企业开展女工人文关怀。提高信访案件的处理效率和质量，最大限度地避免和减少越级上访和重复上访。

各级妇联组织要围绕市委九届十次全会提出的"以创新社会管理服务模式为重点，着力建设幸福广州"的工作部署，抓住推进"社区综合服务中心"建设，打造市民"幸福港湾"的契机，认真组织开展"广州妇女幸福体系建设"的调查研究，了解各阶层妇女群众对幸福的多元化需求。依托社区综合服务平台，积极参与政府购买服务试点，努力探索服务妇女儿童和家庭的新模式，提升妇联组织的社区服务能力。大力推动广州市的儿童阵地建设，加快市儿童活动中心的整体改造，按市委要求启动新"广州儿童公园"的筹建工作。各级妇联组织要抓住机遇进一步拓展妇女儿童事业，加强服务妇女儿童的阵地建设。继续推进妇联信息化建设，努力打造协同办公的工作平台，增设妇女儿童业务工作管理系统，拓展网上服务内容，加快与省、市、区妇联信息共享，提高服务效能。

精心打造"广州妈妈"爱心行动品牌。加大工作力度全面完成援建农村"母亲安居房"工作。继续组织开展农村妇女"两癌"检查项目及治疗，落实

"春雨助学行动"计划，采取有力措施完成年度扶贫工作任务。借助市妇女儿童福利会的平台，争取各方支持开展爱心基金的募集，探索帮扶妇女儿童的长效机制。

（审稿：谢建社）

Analysis on the Work of the Women's Federation of Guangzhou 2010 and Prospect of 2011

The Subject Team of the Women's Federation of Guangzhou

Abstract: In 2010 with the subject of "Meeting the 16th Asian Games and Creating a New Life", the Women's Federation of Guangzhou took the speeding up adjustment of structure, change of development economy, politics, culture and social affairs. In 2011 the Federation will further carry out the idea of scientific development, promote the coordinated development of the cause of women and children in accordance with that of the economy and social affairs of Guangzhou, try hard to build up the women's federation as a tough base through the CPC carries out its work and a warm home welcomed by the women, lead all women of the city to actively take part in the construction of civilized city, develop the construction of the women's federation and make contributions to the change of development mode and upgrading of economy and the project of "Happy Guangzhou".

Key Words: The Women's Federation of Guangzhou; Review and Prospect

B.4

2010 年广州市人口和计划生育形势分析与 2011 年预测

广州市人口和计划生育局

执笔：匡艳阳

摘　要：2010 年广州市人口计划生育工作积极转变工作思路，推进综合改革，在稳定低生育水平的基础上统筹解决人口问题，取得了较好的成绩。2011 年，广州市人口计划生育工作将按照"围绕一个目标，巩固六大机制，促进'八化'发展"的工作思路，在建设"资源节约型、环境友好型"社会的过程中，着力建设"人口均衡型"社会，促进人口与经济社会、资源环境的均衡协调，促进人口诸要素均衡协调，逐步实现人口总量适度、人口素质提高、人口结构优化、人口分布合理。

关键词：人口和计划生育　人口均衡

2010 年是"十一五"规划的收官之年，广州市人口计生工作取得多项进展，低生育水平持续稳定，出生缺陷干预工程全面铺开，流动人口管理服务机制不断创新，宣传教育活动推陈出新，计生协会工作跻身全国先进。2011 年，广州市人口计划生育工作将进一步抓住机遇，深化综合改革，完善工作机制，稳定低生育水平，提高人口素质，确保完成年度人口计划和工作目标，为实现"十二五"规划的良好开局，促进广州市人口长期均衡发展，为建设国家中心城市、宜居城乡的"首善之区"和"幸福广州"创造更加良好的人口环境。

一　2010 年广州市人口与计划生育工作情况回顾与评价

2010 年广州市人口和计划生育工作取得三大成效：一是广州市通过国家人

口计生委的验收评估，被确定为"全国人口计生综合改革示范市"；二是实现 12 个区（县级市）全部列入省人口和计划生育一类地区管理；三是全市 3/4 的区（县级市）达到国家人口计生优质服务先进单位标准。

（一）全面完成人口计划，低生育水平进一步稳定

2010 年，广州市人口计划执行情况良好。据人口和计划生育统计报表显示，2010 年度（计划生育统计年度：上年 10 月 1 日至当年 9 月 30 日）广州市常住户籍总人口 809.5 万人，人口出生 87153 人，出生率 10.87‰，自然增长率 5.54‰，政策生育率 96.16%，出生人口性别比 112.76，综合节育率 82.93%；办理暂住登记的流入人口 671.2 万人，流动人口出生 23612 人（新口径统计：在广州居住半年以上且在广州生育的），政策生育率为 90.93%。对照广东省人民政府下达给广州市 2010 年人口计划出生率 11.5‰、自然增长率 6.5‰的控制指标，广州市全面完成省计划。12 个区（县级市）也全面完成广州市下达的 2010 年人口计划。

"十一五"时期，广州市迎来第四次出生高峰，常住户籍人口的出生人口总量逐年递升，年平均出生人口在 7 万人左右，年均出生率为 9.87‰，年均自然增长率为 4.67‰，但总和生育率为 1.1～1.3，低生育水平持续稳定。全市常住户籍人口政策生育率保持稳中略升态势，年均政策生育率为 96.02%，比"十五"期间提高了 1.93 个百分点，在全省处于较好水平；流动人口政策生育率逐年上升。顺利完成了"十一五"规划"至 2010 年度末，全市户籍人口控制在810 万人以内。年平均出生率控制在 10‰以下，年平均自然增长率控制在 5‰以下，政策生育率保持在 95% 以上"的预定指标。人口计生工作整体达到全国先进水平，连续 5 年获广东省人民政府通报表彰。

（二）实施优生促进，出生人口素质进一步提高

1. 免费婚检率显著提高

广州市从 2007 年 4 月 1 日起在全国省会城市中率先实行了免费婚检。2010 年全市免费婚检率达到 45.3%，比上年同比提高了近 20 个百分点，比 2006 年上升了 38 个百分点。

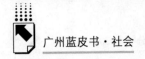

2. 免费孕前优生健康检查试点工作有序开展

黄埔、番禺区作为"国家免费孕前优生健康检查项目"试点区，试点工作不断深化。

3. 出生缺陷干预成效显著

目前，全市有黄埔、番禺、海珠、越秀、天河、南沙区和增城市等7个区（县级市）已开展免费产前医学检查和出生缺陷干预工作。其中，天河、黄埔、增城、番禺4区（县级市）全年共筛查了1.8万多对夫妇，确诊先天性重症缺陷患胎182例，在知情选择下终止妊娠181例。实时出生的新生儿中，没有发现重症地中海贫血和唐氏综合征患儿出生，其他重症也有大幅度下降。

（三）深化"两无"活动，管理和服务水平得到提高

2010年组织召开了创"两无"活动（镇街无政策外多孩出生，村居无政策外出生）经验交流会，对全市创"两无"工作进行了总体部署，并在考核方案中加大了"两无"的考核比重。2010年全市"两无"镇街124个，占全部街（镇）的74.70%，与2009年同比增加6.21个百分点；"两无"村居1390个，占全部村居的52.33%。

1. 挂钩帮扶工作扎实推进

承担挂钩帮扶任务的12位市领导至少一次下点调研，为各帮扶点解决实际困难。各综治单位均成立帮扶工作组，多次到挂钩街镇开展帮扶工作。被帮扶的镇街全部制订了帮扶计划或方案，实施了行之有效的工作措施。

2. "升类创优"① 工作取得明显成效

2010年，南沙区区委、区政府高度重视"升类"工作，广州市副市长、南沙区区委书记陈明德主持召开区委常委会专题研究部署人口计生"升类"工作，强力推进，顺利升为省一类地区；花都区、白云区、萝岗区等地着力打造优质服务品牌，先后被评为"全国计划生育优质服务先进单位"。

3. 例会制度不断完善

对各级例会内容和编发会议纪要等方面进行了细化，提出了具体要求，并纳入考核内容。目前，例会制度已经成为基层落实各项工作任务的有效抓手。

---

① 二类地区力争上省一类地区，创建国家和省级计划生育优质服务先进单位。

4. 机团单位（包括中央、省驻穗单位）计生工作上新水平

一是加强培训和指导，使机团单位计生干部业务能力上新水平；二是搭建平台，促进了机团单位之间，以及机团单位与区（县级市）、街（镇）的横向联系和沟通，协同管理与服务上新水平；三是对各单位好的经验和做法及时进行推广，并定期向省、国家推荐计划生育质量管理活动小组（QC）优秀成果材料，在总结提炼和学习先进中上新水平。505 个厅局级单位（其中市直局级单位 199个，中央、省驻穗单位 306 个）2010 年度人口和计划生育工作考评全部达标。

5. 干部队伍职业化建设有力推进

在机构改革"三定"方案中，明确提出了广州市人口计生局行政职能"四个加强"，即加强对全市人口发展重大问题的研究；加强人口规划和信息化建设，参与人口基础信息库建设；加强流动人口计划生育管理和服务，稳定低生育水平；加强出生人口性别比综合治理工作。组织了 11 期共 1618 名干部参加生殖健康咨询师培训，组织了两批次共 180 多人的各区（县级市）、街（镇）分管领导到南京人口干部学院、吉林大学学习培训。

（四）坚持惠民优先，覆盖城乡的计生利益导向渐成体系

1. 继续做好城镇独生子女父母计划生育奖励兑现工作

2010 年度，由政府财政兜底解决的历史遗留问题兑现 28803 人，奖励金额达 1.13 亿元；城镇独生子女父母奖励新政策通过审批 49918 人，发放金额 1.09亿元。同时，做好城镇独生子女父母奖励省市政策衔接的相关工作。

2. 建立计划生育家庭特别扶助制度

对符合条件人员在妻子满 49 周岁时，丈夫和妻子能够领取每人每月 150 元/120 元扶助金的基础上，到男满 60 周岁、女满 55 周岁时，扶助金标准提高到每人每月 300 元/270 元。全年市、区两级财政投入资金 800 多万元，受惠群众2100 多人。

3. 积极推进生育关怀行动

2010 年，青春健康项目向广州市 93 所职业学校的近 23 万学生人群拓展；幸福工程共筹得善款 345.47 万元，慰问 6500 多户贫困家庭；独生子女综合保险投保人数 16.6 万人，赔付 4612 例，赔付金额为 608 万元。广州市人口福利基金会"阳光工程"救助重大疾病特困家庭 36 人，资助高中和大学的贫困女孩 66 人，

培训贫困母亲 87 名，救助资金达 70 万元。广州市幸福工程组委会被国家组委会授予"幸福工程——救助贫困母亲行动爱心组织"称号，广州市计划生育协会被评为"全国先进协会"。

各区（县级市）也进行了有益的探索。萝岗区将农村部分计生家庭奖励提高到与城镇独生子女父母奖励同等水平，财政出资为全区独生子女家庭统一购买计生家庭综合保险（每户每年保费 300 元，可获得 25.5 万保额）；番禺区为 1.7 万人发放农村计划生育家庭节育奖励金 561 万元；花都区为特困计生家庭建设"安居工程"。

（五）优化服务网络，"羊城幸福家庭促进计划"初见成效

制定了人口计生优质服务体系建设整体规划，并纳入《广州市贯彻落实〈珠江三角洲地区改革发展规划纲要（2008～2020 年）〉实施细则》和《中共广州市委广州市人民政府关于加快形成城乡经济社会发展一体化新格局的实施意见》及其配套文件。

计划生育科研能力进一步提升，2010 年广州市 23 个项目获得省科研立项，其中广州市计生技术指导所主办的"广东省规范高效的重大神经遗传病出生缺陷干预模式及质量评估体系的示范研究"被确定为省级重点科研项目。

加快推进人口计生信息化综合管理体系建设，2010 年百项政府服务网上办公工程之———广州市适龄青年"婚育服务一条龙"信息系统全面上线。同时，承办了全国东部地区计划生育优质服务提质提速会议，开展了"药具三基知识"练兵竞赛活动。黄埔区、番禺区计生服务站和荔湾区华林街等 9 个街（镇）服务所被评为全国计划生育优质服务示范站、所。

（六）突出重点难点，流动人口计生服务管理实现新突破

1. 区域协作稳步推进

2010 年，广州市代表广东省接受国家流动人口计划生育省内"一盘棋"检查评估，受到国家、省的充分肯定。稳步推进与江西、四川、湖北等地的区域协作；与韶关、清远、汕头、潮州等城市进一步加强了省内"一盘棋"工作，并请兄弟城市协助开展社会抚养费征收及落实补救措施工作。同时，继续推进广佛同城化流动人口计生管理试点工作。

2. 完善"适时采集、动态监测、综合分析、科学决策"的全员流动人口信息管理机制

做好数据及时更新、相关部门及流出流入地间的信息共享工作，进一步完善全员流动人口信息库。2010 年末，录入全员流动人口数据库的流入人口 638.2 万人，信息建档率达到 95.1%。

3. 流动人口计划生育均等化服务有效推进

2010 年，广州市免费落实"四术"58257 例，免费查环查孕 121 万人次，发放避孕药具 124 万人次，免费技术服务支出 3329.9 万元。计划生育基本技术项目免费率和查环查孕免费率均达到 100%。通过农民工积分制入户计划生育审核工作，引导外来流动人口自觉实行计划生育。

（七）拓宽宣教渠道，人口文化建设呈现新活力

以打造岭南人口文化工程为主线，开展了"纪念《中共中央关于控制我国人口增长问题致全体共产党员共青团员的公开信》发表 30 周年"、"婚育新风进万家"等系列宣传活动，承办了"第八届中国（广州）性文化节"有关项目活动。目前，岭南人口文化三大系列初显成效，如番禺区东涌镇具有"水乡风情"的宣传阵地；越秀区幸福家庭促进中心、"四会"青春健康基地、"关怀关爱"基地等人口文化阵地；增城市新塘镇社会主义新农村人口文化建设；白云区"彭加木公园"关爱女性主题公园；海珠区"生命科学园"、"滨江生育文化公园"、"青春健康教育示范基地"等社区人口文化公园、社区人口文化广场；天河区珠村乞巧人口文化系列活动；荔湾区的草本幸福园、幸福生育园、性福园，荔湾"计生人卡通形象标志"，等等，使岭南人口文化更加贴近生活、贴近群众、贴近基层。

（八）严格依法行政，计生信访维稳工作迈出新步伐

启动了《广州市人口与计划生育管理办法》修订工作，开展了新一轮的行政执法职权"三梳理"工作，进一步规范了行政执法自由裁量权，做到严格依法行政，文明执法。坚持依法处理群众来信来访，维护群众的合法权益。2010 年，全市人口计划生育系统共受理计划生育来信、来电、来访 58854 件（次），办结率 100%。坚持局级领导接访制度，开展每周接访和每月下基层接访活动，

建立全市人口计生维稳信访例会制度，采取有效措施积极应对特殊时期的信访维稳工作，如利用电视、报纸和网络等媒体，广泛宣传相关政策。明确在"第六次人口普查"期间入户的政策外生育人员的计划生育法律责任不能免除，不按规定缴纳社会抚养费将申请法院强制执行。同时，深入一线到群众意见较多、维稳信访压力较大的区（县级市）、街（镇），及时帮助群众答疑解惑，指导和帮助基层解决难点问题。

（九）推进战略研究，人口综合影响评估机制初步形成

积极推进人口发展战略研究和成果应用，目前已完成了 6 个子课题的研究，并根据研究成果提出"十二五"规划期间在加快经济发展方式转变过程中，要注重产业结构调整、注重城乡经济发展平衡、注重人口素质提高、注重人口分布调整、注重人口调控机制的建立和完善；研究成果同时为市府办公厅、市府研究室、市发改委、市社保局等部门制定相关公共政策提供决策依据。

二　2011 年广州市人口计生工作面临的主要问题和挑战

在充分肯定 2010 年成绩的同时，还要看到当前广州市人口和计划生育工作中仍存在一些困难和不足，人口和计划生育工作任重道远，主要表现在以下方面。

1. 低生育水平相对稳定，人口增长仍保持增长势头

广州市自 2004 年进入生育高峰期以来，进入婚龄期人口从 2003 年的 6 万人发展到 2009 年的 7.6 万人，一孩出生也从 2003 年的 4.9 万人增加到 2010 年的将近 6.9 万人，基本呈现逐年增长趋势；二孩出生增加主要是再婚生育和放开二孩生育间隔的短期内扎堆生育现象的共同作用，同时，辅助生育技术的应用也造成了双（多）胞胎生育人数增加。20 世纪 80 年代中期出生的独生子女进入婚育期，"双独"夫妇生育高峰也逐步逼近，"双峰叠加"局面将持续一段时期。

2. 人口结构、分布仍存在隐忧

一方面，各区（县）人口发展很不均衡，医疗、养老、教育等社会公共服务资源配置难度加大。荔湾、越秀等老城区人口出生率持续低迷，荔湾区连续多年出现人口负增长，越秀区人口老龄化问题严重。天河、白云、萝岗等城区的人

口出生则后劲很足。另一方面，广州市出生人口性别比偏高问题在经过多年综合治理之后，升高势头虽得到初步遏制，但尚未最终解决。2010 年，广州市户籍出生人口性别比为 112.76，比 2009 年同期略有上升，其中超过 115 的还有 5 个区（县级市）。

3. 流动人口管理和服务机制仍需加强

随着市场经济的快速发展，人口流动日益频繁，进入广州市的流动人口逐年增多。流动性和自由度不断加大，区（县级市）对流动人口实行"属地化管理、市民化服务"的配套压力越来越大。流动人口政策外生育难以控制、社会抚养费征收难、节育措施及时率偏低等现象仍然客观存在。

4. 基层计生工作任务艰巨，而手段缺失、弱化

一方面，群众生育意愿的转变绝非一朝一夕能够完成。另一方面，人口计生服务和管理面临新情况带来的压力。人口计生部门难以及时掌握育龄妇女的婚姻动态；婚检率不高，出生缺陷干预难度加大；"超生入户"和"放开二胎生育"的话题不断引起争议，使得躲生超生现象屡禁不绝；等等。单纯依靠行政手段推动工作的方式变得不合时宜，而新的工作模式又尚未完全建立。加上基层计生工作人员工作任务繁重而待遇偏低，计生工作队伍不稳定，经常性工作很难得到彻底落实。

三　2011 年广州人口计生工作发展趋势预测及工作措施

（一）2011 年及"十二五"时期广州市人口和计划生育的工作目标和工作思路

"十二五"时期，广州市人口计生工作将以邓小平理论、"三个代表"重要思想为指导，深入贯彻落实科学发展观，围绕《中共广州市委关于制定国民经济和社会发展第十二个五年规划的建议》关于人口计生工作的总体部署，以人口、社区、家庭建设为主线，以增强家庭发展能力为立足点，全面做好人口工作，促进广州人口长期均衡发展，为建设国家中心城市创造良好的人口环境。

在发展目标上，以人的全面发展为中心，坚持以人为本、面向全人群、服务生命全过程，促进基本公共服务均等化。

在发展模式上，在建设"资源节约型、环境友好型"社会的过程中，着力建设"人口均衡型"社会，促进人口与经济社会、资源环境的均衡协调，促进人口诸要素均衡协调，实现人口总量适度、人口素质提高、人口结构优化、人口分布合理。

在工作体制上，建立健全人口的系统管理体系，掌握以全员、综合、即时、共享、权威为特点的人口信息，构建人口与发展综合决策机制，完善政策体系，拓展促进人口发展的综合服务管理平台，提升人口问题的综合协调和统筹解决能力。

（二）2011年广州人口计生工作发展趋势

2011年，广东省人民政府以责任书的形式下达广州市常住户籍人口计划的主要目标是：人口出生率控制在11.8‰以内；自然增长率控制在6.5‰以内；政策生育率和出生人口性别比达到年度考核的工作要求。展望2011年，广州市的人口和计划生育工作将迎来新的更大发展。

1. 以创新体制机制为突破点，争取在深化综合改革上有新作为

经申报和审核，广州市于2010年底被确定为国家人口和计划生育综合改革示范市之一。2011年是全国开展人口和计划生育综合改革示范市创建活动的第三年，广州市将按照《国家人口计生委关于进一步深化综合改革创新体制机制的指导意见》的要求，以深化综合改革为抓手和动力，切实加强领导，抓好"两个统筹"（内部统筹人口数量、素质、结构、分布各要素之间的关系，实现人口长期均衡发展；外部统筹人口与经济、社会、资源、环境的关系，实现全面协调可持续发展），力促人口和计划生育事业整体工作取得突破性进展。加快六个机制体制的构建和深化将成为着重点：一是深化统筹协调机制。人口计生工作是一项覆盖面最为广泛的社会管理和群众工作，是一项系统工程。做人口计生工作要不断统筹协调，用科学发展观统领人口计生工作，保障人口计生部门在经济社会重大决策尤其是制定公共政策时的参与权、知情权和督导权，建立分工合理、职责明确、权责统一、协调推进的责任体系。二是深化科学管理机制。在观念上"跳出计生管计生"，加快推进人口计生的职能转变和管理服务功能转型，从单纯依靠行政手段转换到运用依法管理、优质服务、利益导向、人口信息化、公民参与的综合手段来策划工作、处理矛盾。三是深化优质服务机制。加快完善

均等化的人口计生公共服务网络布局，加强计划生育技术服务能力建设，提升城乡服务站所人员职业素质，深化争创"国优"活动，推进优质服务提质提速。四是深化利益导向机制。建立覆盖城乡均等化的奖励扶助长效机制，强化各种形式的计划生育帮扶、救助制度建设，完善独生子女伤病残、死亡计划生育家庭特别扶助制度，打造"幸福工程"、"青春健康"等系列品牌。五是深化群众自治机制。充分发挥社区自治功能，以人的全面发展为中心，以计划生育优质服务为载体，以转变群众婚育观念为主线，以满足社区育龄群众对计划生育服务不断增长的需求为目标，合理利用社区资源，形成资源共享、各方参与、综合治理的工作局面。六是深化人才保障机制。建立优先投资于人的全面发展的投入保障机制，建立稳定增长的公共财政投入机制。加强人口计生职业化队伍建设，为统筹解决人口问题提供强有力的人才支撑。

2. 以全力实现"一盘棋"格局为目标，争取在流动人口计生服务管理上有新突破

2011 年是"三年三步走"（即 2009 年实现省内"一盘棋"，2010 年实现区域"一盘棋"，2011 年初步实现全国"一盘棋"），实现全国流动人口"一盘棋"的攻坚之年。广州市作为流动人口大市，将按照建立"统筹管理、均等服务、信息共享、区域协作、双向考核"的"一盘棋"服务管理机制的战略要求，重点抓好以下几个方面的工作，确保 2011 年基本实现全国"一盘棋"目标。一是统筹管理机制将基本建立，基层基础工作普遍增强。流动人口服务管理向来是广州市人口计划生育工作的重中之重，已纳入"十二五"发展规划。积极争取出台有利于流动人口计划生育服务管理的政策措施，建立流动人口计划生育均等化服务投入保障机制。针对目前存在的社会抚养征收难、政策外生育控制难等问题，加强调查研究，完善相关制度，提高流动人口管理服务工作制度化、规范化水平。二是均等化服务将取得明显进展，流动人口计划生育免费服务实现全覆盖。全面落实流动人口计划生育宣传倡导、技术服务和奖励优待，将流动人口纳入免费孕前优生健康检查项目的覆盖人群，享受与户籍人口同等服务。三是信息互联互通将有效推进，全员流动人口管理信息系统与国家系统对接。完善流动人口管理服务信息系统，加强统计数据质量监管和评估，提高全员流动人口个案数据完整性和准确性，增强统计分析、层级监管、督察督办等功能，为各级政府和相关部门提供决策支持。四是区域协作机制将不断完善，层级监管体系初步建立。健全区域内日常协作的机制和模式，强化责任分担，通过高层协调、召开研讨会、点对点协作、派驻联络员、建立流动人口计生协会等形式，建立多渠道合作机制，拓展协作内容，积极促进各层级协作配合。

3. 以全面推行优生促进工程为切入点，争取"羊城幸福家庭促进计划"有新成效

2011年，广州市人口计生工作将继续坚持以"民需为本、民生为重"作为人口计生工作的出发点和落脚点，按照"全面推进、突出重点、一区（县）一特色"的原则，强化"三个注重"（即更加注重利益引导，更加注重服务关怀，更加注重宣传倡导），通过科学规划、整合资源、传承创新，因地制宜地建设一批各具风格、功能齐全、温馨和谐的幸福家庭促进中心，开展一系列主题鲜明、内容丰富、覆盖面广、项目综合的服务活动，使群众人人享有生殖保健和人口计生公共服务，使依法生育、优生优育、文明生活、健康幸福成为广州市民的家庭时尚。主要会在以下内容上取得成效、创出特色：一是开展甜蜜家庭行动，倡导婚育新风。为让每一对新婚夫妇自觉履行对伴侣、家庭和社会的责任，获取健康的婚育知识，及早科学地进行家庭计划，共同走向美满的新生活，主动向每对新婚夫妇提供婚前检查宣传和服务，对新婚家庭开展性健康、生殖健康教育和咨询服务，促进家庭甜蜜。二是实施优生促进工程，提高出生人口素质。目前广州市在黄埔、番禺等试点区初步探索出了成效显著的"政府主导、计生牵头、部门联动、群众参与的全程性、主动性"的出生缺陷干预模式，2011年将实行免费婚前检查、孕前优生健康检查和产前筛查"三位一体"干预法，使该出生缺陷干预模式从试点成功的区逐步向全市铺开。做好宣传、发动、咨询、服务与随访，对地方病易感人群和高危人群实施疫苗注射、营养素补充、中医药调理等干预手段，保证出生缺陷干预的主动性、全程性和高覆盖。增强待育家庭的优生意识，促进母婴健康，提高出生人口素质。三是提供优质技术服务，建设和谐家庭。开展生殖健康教育、避孕节育指导、生殖道感染干预和困难帮扶；为已婚育龄妇女提供免费妇女常见病普查；为男性健康患者导医解难，传播男性健康知识。四是完善奖励扶助制度，提高家庭发展能力。把保障计划生育家庭权益、关怀困难计划生育家庭，关心女孩生存与成长、健全养老保障作为一项重要民生工程，在全面实施各项普惠政策的基础上，认真研究并制定针对计生家庭的特惠制度和措施，逐步建立融奖励、优惠、优先、扶助和保障为一体，多层次、全方位的计划生育利益导向政策体系。

4. 以加快建设人口信息化为着力点，争取在网络化协作上将有新突破

2011 年，广州市人口计生信息化工作将继续以需求为导向，以应用促发展，把信息化建设作为推进新时期人口计生工作的突破口，高起点规划、高标准实施，加快信息网络平台建设，为统筹解决人口问题提供强有力的信息支撑。一是按照"一个平台、多个系统（政务、管理、服务、宣传等）"的原则，以"建成完善的人口计生信息化综合体系"为总体目标，以全员人口数据库为基础，完善育龄妇女、流动人口、办公自动化、公众门户网站等应用系统。加快统一的对外数据共享交换基础建设，推进信息资源共享和数据开发利用。完善各项信息化制度，全面建立规范化的信息化建设、运维、管理、应急等工作机制。二是加快既定信息化项目的建设进度，以项目促建设，提高广州市人口计生信息化建设的绩效水平。2011 年上半年将完成广州市流动人口信息交换平台的建设和验收，2011 年 8 月底前完成广州市人口和计划生育信息系统四期项目的建设和验收。三是以"顺利建成、正常运行、确保绩效"为目标，加速推进广州市适龄青年"婚育一条龙"服务系统建设，并以此为契机，进一步推动民政、公安、卫生、人社、出租屋管理等人口管理相关部门之间实现互联互通、信息共享、业务协同，共同建设广州市全员人口数据库。四是按照政务公开和政府信息公开的要求，广州市人口计生门户网站将得到全方位改进。重点突出网上办事、政务信息公开和便民服务功能，主动公开人口计生办事依据、规程、机构和时间等，建立网上办事门户，接受网上咨询、申请、查询和投诉，开展网上告知和反馈等，以一体化模式拓宽为民服务的渠道。

（三）进一步促进 2011 年广州人口计生发展的工作措施

通过对面临挑战和存在不足的分析以及对 2011 年发展趋势的预测，为确保人口计生工作"2011 年达到全国先进城市的前列"的目标，广州市提出如下工作重点和保障措施。

1. 推进区域协作、部门联动，巩固统筹协调机制

一是加强区域间和部门间协调，推进流动人口计划生育管理与服务均等化。做好农民工积分入户相关工作，推动部队医院、公安、工商、教育、卫生、出租屋流动人员管理等重点部门流动人口计生工作职责的落实。二是强化部门协调配合，加大综合治理出生人口性别比偏高问题的力度。三是进一步完善考核机制，充分发挥考核作用，统筹协调各方资源共同做好人口计生工作。四是以制定出台《广州地区机团单位人口与计划生育工作管理规范》为抓手，加强对广州地区厅、局级单位计生工作的指导，进一步提高机团单位计划生育管理水平。

2. 依托研究成果和信息技术，建立科学管理机制

一是继续推进人口发展战略研究、课题研究，做好"十二五"人口发展规划编制工作，初步建立分级分类的人口计生预报预警工作体系，开发人口预报预警信息系统，启动重大项目人口评估的课题研究。二是进一步完善人口计生信息化体系建设，重点解决市人口计生系统与全员流动人口信息系统、查环查孕系统的对接，推进人口计生综合门户网站和优生促进信息系统建设，完善广州市适龄青年"婚育服务一条龙"信息系统，进一步推动民政、公安、卫生、人社、出租屋管理等人口管理相关部门之间信息互联互通、资源共享、业务协同。三是做好《广州市人口和计划生育管理办法》修订以及配套政策的贯彻实施工作。

3. 打造人文计生，完善优质服务机制

一是加紧实施"羊城幸福家庭促进计划"，重点是推广优生促进工程，在全市实现免费婚检、孕前优生健康检查和产前出生缺陷干预"三位一体"。二是继续开展创建国家级计划生育优质服务先进单位活动，进一步完善人口计生公共服务体系，促进人口和计划生育优质服务的全覆盖。三是继续实施"岭南人口文化工程"，策划对政策外生育者依法处理的系列宣传报道，促进群众婚育观念转变。

4. 优化惠民政策，进一步完善利益导向机制

一是继续落实独生子女父母奖励政策，妥善解决好省、市奖励政策的衔接过渡，落实中央、省驻穗单位的奖励政策。二是推进低保家庭计划生育扶助政策。三是贯彻实施计划生育节育奖。四是推进计划生育奖励政策城乡一体化。五是做好农民工积分入户的计生把关工作。六是加大社会化抚养费强制执行的力度，在全社会形成只要"超生"就必须交纳社会抚养费的氛围。七是探索在城市居民医保和农村新合作医疗中推行对计生家庭优先优惠措施。

5. 发动育龄群众，建立群众自治机制

加强基层计生协会队伍建设和流动人口计生协会建设；继续开展评估认定工作，促进基层协会完善工作机制；深入开展计划生育示范村（居）创建活动；扎实推进"拓展服务"、"生育关怀"等活动,重点打造生育关怀之"青春健康"、"幸福工程"、"计生保险"、"生殖健康援助行动"四大平台;继续组织机团单位计生干部培训班,提高机团单位依法行政和依法管理能力,推进人口计生全面质量管理活动的开展。

6. 创新工作思路,推进人才保障机制建设

以职业化建设为重点推进人口计生队伍建设,加大对村(居)一级干部培训力度,着力推进人口计生社工机构建设;指导基层按照有利于人口计生工作的改革和发展的原则,在街道"一支队伍、三个中心"和事业单位的管理体制改革中,确保人口计生管理队伍的稳定。

(审稿:魏伟新)

Analysis on Guangzhou Population and Borth Control in 2010 and Forecast of 2011

Guangzhou Population and Family planning Bureau,
written by Kuang Yanyang

Abstract:A good work has been accomplished in population and family planning of Guangzhou City in 2010 with respect to resolving the population problem as a whole based on stabilizing low birth. In 2011, the work in population and family planning of Guangzhou City, along with building a resourses-saved and environment-friendly society, will focus on the establishment of the population-balance society according to the thought of "centring on one goal, stabalizing the six mechanisms, and advancing the working proficiency in eight aspects". And by promoting the balance in development between population and social economy and resources environment, a good balance will be initially achieved accordingly between the quantity and quality of population, together with a better population structure and a reasonable distribution in population.

Key Words:Population and Family Planning

社会保障篇
Social Security

B.5
广州加快完善城乡社会保障机制研究*

广州大学广州发展研究院课题组

执笔：谢俊贵**

　　摘　要： 近些年来，广州在加快建立覆盖城乡居民的社会保障体系方面取得了可喜成绩，城乡社保迈上新的台阶，社保扩面取得重要进展，社保体系正在不断完善，财政投入力度不断加大，风险防范能力有效增强。然而，发展过程中也存在着诸如一城多制、尽保难推、二元分立、政策碎化、结构失衡、积累有限等问题。要加快完善广州城乡社会保障体系的步伐，关键在于统筑平台、梯度对接，创新管理、高效服务，一城一制、分步分类地推进广州城乡社会保障一体化。

　　关键词： 社会保障　城乡社会保障　一体化

---

　*　本文为广东省普通高校人文社科重点研究基地广州大学广州发展研究院研究成果之一，广州市人民政府决策咨询专家研究课题。参加本项目研究的其他人员有：陈喜强、徐军辉、周利敏、谢颖、周明成、赖礼强、白莉、马驰、袁珍、李云、邱诗武。

　**　谢俊贵，广州大学广州发展研究院研究员，广州市人民政府决策咨询专家，广州大学公共管理学院教授。

广州作为改革开放前沿的重要城市，我国五大国家中心城市之一，近年来工业化和城市化水平不断提高，城市综合经济实力不断增强，从而有效地提高了城市居民的人均收入水平和社会保障水平。但不可否认，广州城乡居民的收入差距却在增大。广州市社会科学院 2008 年发布的《广州城乡区域协调发展研究》显示，2007 年广州市民收入是农民的 2.6 倍。与此同时，广州城乡居民之间的社会保障水平也存在明显差距。社会保障既是改善民生的重要内容，也是社会安定的重要保证。党的十六届五中全会提出要解决进城务工人员社会保障问题；十六届六中全会提出 2020 年小康社会目标之一是覆盖城乡居民的社会保障体系基本建立；党的十七大更明确提出加快建立覆盖城乡居民的社会保障体系，保障人民基本生活。广州要落实和完成这个社会目标，必须认真把握社会保障现实状况，切实加强社会保障制度建设，积极拓展社会保障供给范围，统筹建构城乡社会保障体系，真正完善城乡社会保障机制。

一　广州城乡社会保障所取得的主要成就

（一）率先发展：城乡社会保障迈上新的台阶

从广州率先发展的使命地位出发，坚持解放思想、求真务实、开拓创新、先行先试，是推动社会保障事业科学发展的不竭动力。广州按照市委提出的"要毫不松懈地抓、真心实意地抓、深入细致地抓，抓出广州特色，抓出领先水平，抓出群众满意的实效"的要求，着眼社会保障事业发展，牢牢把握大局，不断解放思想，坚持真抓实干，破解发展难题，创造了许多在全省乃至全国有重要影响的新举措。单从社会养老保险方面来看，广州的新举措包括以下方面。

一是率先建立了"农转居"人员社会基本养老保险制度。2006 年 7 月，广州出台并实施了《广州市"农转居"人员社会基本养老保险办法（试行）》（穗府〔2006〕21 号），将广州市 108 个村 38 万名农转居人员、"城中村"改制人员纳入到了社会基本养老保险体系。

二是积极建立了被征地农村居民社会基本养老保险制度。2008 年 4 月，市里出台并实施了《广州市被征地农村居民社会基本养老保险试行办法》（穗府〔2008〕12 号），建立了"即征即保"工作机制，确保被征地农村居民老有所养。

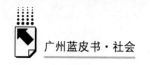

三是实施了农村社会基本养老保险制度。2008年11月，广州市出台并实施了《广州市农村社会基本养老保险试行办法》（穗府办〔2008〕54号），该办法惠及所有年满16周岁以上的本市农村户籍的农村居民（含渔民和牧民）。

四是建立城镇无定期退休待遇老年居民的养老保险办法。2008年9月，市里出台了《广州市城镇老年居民社会基本养老保险试行办法》（穗府办〔2008〕48号），对男满60周岁、女满55周岁，本市户籍满10年，不享受定期养老待遇（含其他相关定期待遇）的城镇老年居民，给予相应的社会基本养老保险保障。

（二）应保尽保：社会保障扩面取得重大进展

"十一五"期间，广州市以建设共享型城乡一体化养老保险制度为目标，不断加快统筹城乡养老保险制度建设步伐，先后出台实施了农转居人员、被征地农民、农村农民、城镇老年居民养老保险等一系列养老保险制度，从制度上建立了"广覆盖、保基本、多层次、可持续"的覆盖全体城乡居民的养老保险政策体系，实现了社会保险制度覆盖全体城乡居民，开始步入"全体社保"新时代。

在社会保险方面，扩大社会保险覆盖面取得重大进展。至2010年10月，全市各项社会保险参保总人数合计2072.12万人次（含退休金待遇人员），同比增长21.41%，提前两个月完成省、市下达的全年扩面任务。2010年广州各项养老保险参保人数已达456.92万人（含城镇职工、城镇老年居民、农转居人员、被征地农民和农村养老保险），同比增长21.19%；医疗保险参保人数为673.7万人（含城镇职工基本医保和城镇居民基本医保），同比增长23.87%；失业保险参保人数为335.95万人，同比增长14.98%；工伤保险参保人数为401.96万人，同比增长20.87%；生育保险参保人数为203.59万人，同比增长26.41%。

在城镇职工养老保险方面，广州在国际金融危机中逆势而上，扩面取得显著成效。2009年参保人数激增37万人次，年末参保人数达到352万人次。在农村养老保险方面，截至2010年6月底，全市共有52万农村居民（含被征地农民）纳入社会养老保险体系，占全市35岁以上应参保农村居民的48%。新征地项目涉及的被征地农民实行"即征即保"机制，养老保障权益得到了落实。自2006年确定农转居人员纳入养老保障体系以来，已有11万农转居人员享受养老保险待遇，其中35岁以上重点保障对象的养老保障问题已基本解决。

同时，广州市以农村居民、农转居人员、城镇无保障居民、个体工商户和城镇灵活就业人员为重点，积极开展社会基本养老保险扩面工作，取得很大成绩。至 2010 年 6 月，全市 434.72 万人纳入到养老保险体系，其中城镇职工 352 万人、农转居人员 23 万人、城镇无保障老年居民 7.9 万人、农村居民（含被征地农民）51.8 万人。农转居人员和城镇无保障老年居民实现全覆盖，城镇户籍职工覆盖率达 98.72%，农村居民（含被征地农民）覆盖率达到 47%。

（三）共享成果：城乡社保体系正在不断完善

广州认真落实科学发展观，坚持以人为本，坚持发展的成果惠及城乡全体人民，更好地改善了民生。随着广州经济社会的不断发展，广州不断提升养老保险待遇保障水平，积极扩大养老保险和医疗保险的覆盖面，使整个城乡社会保障体系不断得到完善，取得了令全市居民满意度不断提高的良好成绩。目前，广州市企业退休人员人均养老金达到 2229 元/月，是 1985 年刚实行养老保险时的 34.29 倍，是 1994 年建立调整机制前的 7.56 倍，是 2006 年连续六年调整前的 2.24 倍。农转居人员养老金由当初的 421 元/月调到 567 元/月，增幅 34.68%。目前，各类群体的养老金分别是：城镇职工 2229 元/月、农转居人员 567 元/月、城镇无保障老年居民 450 元/月、农村居民（含被征地农民）321 元/月。

（四）彰显责任：社保财政投入力度不断加大

广州市政府财政对社保的投入，有力地保证了社会保障支出的需要。近几年来，广州市不断提高筹资标准和加大财政扶持力度。2005 年以来，财政每年注入 5000 万元充实社保基金。2008～2011 年，全市财政对社保的投入将达到 65.23 亿元，比 2004～2007 年期间增长 4.1 倍。2009 年全市农村合作医疗基金筹资标准也从上年的人均筹资额 122 元提高到 212 元，增幅达 81.97%，实现了市委、市政府"惠民 66 条"和"补充 17 条"提出的人均筹资 200 元以上的目标。其中番禺区 224 元，南沙区、萝岗区、白云区、花都区、增城市 204 元。

由于广州各级财政的大力资助，大大提高了农民参加新型农村合作医疗的积极性，2009 年全市参合率达到 99.7%，农村五保户、低保户、特困户、孤儿、残疾人参合率达到 100%，农村居民人人享有新型农村合作医疗的保障。同时，通过调整报销比例，镇级医院报销比例比上年提高 5%；经济条件较好的萝岗区实行门诊统筹，白云、花都、萝岗、增城 4 个区（县级市）对部分重大疾病实行门诊费用定额补偿。住院补偿封顶线从 2008 年的 2 万～3 万元提高到 5 万元以上，接近农民人均纯收入的 6 倍，参合农民医疗保障水平得到提高。

（五）推进统筹：社保风险防范能力有效增强

为了进一步完善社会保障（含医疗保障）体系，提高医疗保障、社会保险等的统筹层次，增强社会保险基金抵御支付风险的能力，广州先后对市级一体化统筹区（包括市本级、越秀区、海珠区、荔湾区、天河区、白云区、黄埔区、南沙区、萝岗区），以及番禺区、花都区、增城市、从化市四个独立统筹区的医疗、养老、失业、工伤、生育保险实行了市级统筹，养老、失业、工伤、生育保险四个险种社保基金实行统一政策、统一征收、统一支付、统一基金管理，并逐步实现统一的信息管理系统和业务操作规范，此举大大提高了城乡居民医疗保障及社保基金的风险防范能力。根据《广州市社会医疗保险市级统筹实施意见》，广州从 2010 年 9 月开始分步实施市级医保统筹，逐步构建全市市级医保统筹体系，并计划于 2012 年实现全市医保统筹。

（六）政策储备：完善城乡社保体系目标明确

2007 年，中共广州市委、市政府出台了《关于切实解决涉及人民群众切身利益若干问题的决定》（"惠民 66 条"）。2008 年，中共广州市委、市政府又出台了《关于切实解决涉及人民群众切身利益若干问题的补充意见》，（"补充 17 条"）。"惠民 66 条"提出要"完善共享性社会保障"，要扩大医保覆盖范围，加快建立农村社会养老保险制度。"补充 17 条"中提出要"进一步完善社会养老保险体系和加快社会医疗保险制度建设"，"按照缴费及保障水平与经济社会发展水平相适应，个人缴费、集体补助和政府扶持相结合的原则，建立我市农村社会养老保险制度，并在 2008 年下半年启动实施"，且要求做到"将本市户籍学龄前儿童及未满 18 周岁的其他非在校学生、非从业人员和男年满 60 周岁、女年满 55 周岁未能按月享受养老待遇人员，以及在本市中小学校、各类高等院校、职业学校及技工学校就读的全日制学生纳入社会医疗保险参保范围，2008 年基本实现城镇居民'人人享有医保'的目标"。广州市委、市政府提出的"惠民 66条"及"补充 17 条"目标非常明确，成为完善广州城乡社会保障机制的指导思想和衡量广州城乡一体化社会保障体系建设水平的基准。

二 广州城乡社会保障存在的问题及其原因

（一）一城多制：社会保障衔接机制有待完善

广州市在推进城乡居民的社会保障方面做了多项工作，且工作成效非常显著。但是，目前的社会保障体系仍然表现出"一城多制"的特点，即在一个行政区域内实行多种社会保障制度。尽管广州全民社会保障体系已初步建立起来，但制度及其之间的衔接机制仍有待进一步完善。比如，广州虽然建立了城镇职工、农转居人员、被征地农村居民、农村居民、城镇老年居民社会基本养老保险等五个养老保险制度，实现了每个人都享有社会基本养老保险的机会，但各种制度间的缴费水平、待遇水平差距较大，衔接机制也不够完善，这些因素制约了社会基本养老保险均等化的实现。随着城市化进程的推进，各种社会保障体系之间如果缺乏科学合理的衔接制度和统一的政策平台，将难以适应社会转型发展的需要，阻碍人力资源、社会资源的优化配置，使得城乡一体化的实现更加困难。因此，要实现广州社会基本养老保险的均等化，最终还需在制度上建立一个涵盖广州市所有居民的统一的社会基本养老保险制度，以消除制度间的不均等成分。

（二）尽保难推：社会保障扩面工作仍需加强

尽管广州市已经初步建立起全民社保体系，通过应保尽保，给每个人都提供了均等的参加社会基本养老保险的机会。但在农村，由于农村居民收入过低，缴费能力不足，或由于农村居民的社保意识不强，农村社会的社保氛围不浓，农村基层的服务平台不足，受传统养老思想的影响等，很多农村居民还未加入到社会基本养老保险体系中来。因此，目前广大农村居民和农民工是广州实现社会保障全覆盖的重要对象和薄弱环节。

据统计，广州市区城镇在业人数达 186 万，参加养老社会统筹的职工只有78 万人，仅占 41.9%；全市退休人员近 50 万人，参加社会统筹的只有 32 万人，占 64%。养老保险的覆盖面仍然是以城镇在业（或退休）人员为主体，而且基本上都是公有制企、事业单位的职工。外资企业、私营企业、个体工商户及乡镇

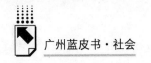

企业，还未全面实行社会养老保险制度。此外，社会化程度不高，也使社会养老保险的社会统筹、风险共担、互助互济的功能受到很大限制。

（三）二元分立：城乡社会保障待遇尚存落差

我国传统的城乡二元结构也在社会保险领域留下了深深烙印。城乡社保制度设计、待遇水平、经办服务体系等的差异也给短期内实现城乡社会保障均等化、一体化带来很多困难，增加很大难度。例如，在社会基本养老保险方面，虽然养老保险待遇逐步提高，大部分老年人能体面地安度晚年，但城乡待遇差距仍然较大，待遇均等化失衡。目前，在五个险种的五个群体之间，城镇职工待遇水平最高，农转居、城镇老年居民、被征地农村居民和农村居民四个群体依次次之。城镇职工与其他四个群体养老金水平落差太大，分别是农转居人员、城镇无保障老年居民和农村居民的 3.93 倍、4.95 倍和 6.94 倍，待遇均等化存在失衡。

从统计数据看，尽管广州市国有经济单位职工的保险福利待遇比其他经济类型单位高出 1 倍以上，但相对于城乡居民来说，差异并不那么明显。从农村地区养老保险的保金来看，大多数参保农民的保金由自己交纳，这实际上是一种以预筹积累为特征的储蓄式保险，与城镇企业职工社会养老保险相比，最大差别是不具有互济性，缺少城镇养老保险中的社会统筹部分。虽然近年来广州市加大了对农村地区养老保险的投入和扶持力度，对欠发达农村地区实行了财政倾斜，但与建立城乡居民共享的社会保障体系之间依然存在较大距离。

就医疗保险而言，外来人口和本土人口的医疗保险权利也不对等。目前广州市对城镇居民和外来务工人员的医疗保险采取的是"双轨制"政策，对两者都有明确的政策规定出台，但两者在参保缴费和享受待遇上很不一样。如对于流动性较大的外来从业人员，用人单位可按上年度本市单位职工月平均工资 1.2% 的标准为其缴纳基本医疗保险费，参加基本医疗保险，外来从业人员个人不缴费；而具有城镇户籍的在职职工个人则按其缴费基数的 2% 缴纳基本医疗保险费，用人单位则按其缴费基数的 8% 缴纳基本医疗保险费。

（四）政策碎化：社会保障制度整体安排欠缺

广州市通过出台"惠民 66 条"和"补充 17 条"，以及多项社保政策，基本实现了社会保障全覆盖，但由于万事开头难或受制于上位政策，政策"碎化"

比较明显，导出了一些不合理现象，难以为参保人所接受，亟须调节完善。如单位缴费比例不统一；新社保年度退休人员同等条件下（即缴费年限、缴费水平一致），比之前甚至前几年退休人员待遇都低的养老金倒挂问题，企业退休人员反映较热烈；实施粤府〔2006〕96号文件后，本市自谋职业者参加养老保险的标准比实施前大幅提高，大大加重了其经济负担，该类人员也有较大意见。

另外，政策"碎化"现象也与目前政出多头、部门分治现象的存在有关。就医疗保险制度来说，目前城镇居民和农民分别由劳动保障部门建立医疗保险制度和卫生部门建立新型农村合作医疗制度给予保障，两种制度体系处于由政府不同部门完全分别管治状态。国家卫生部门一直强调建立新型农村合作医疗制度，而国家劳动保障部门却要求建立城乡居民一体化医疗保险制度。这样的实际情况，使得在执行上位政策时难以拿定把握，出现政策的左摇右摆现象。

（五）结构失衡：社会保障财政支出仍显不足

政府财政积极调整支出结构，对社会保障事业投入逐年增加，这是广州社会保障事业快速发展的重要基础和动力。尽管如此，由于社会保障事业的推进往往需要巨额财政投入，而广州目前的投入比重仍显偏小，需要进一步加大。财政对社保投入，保证社会保障支出需要，是市场经济中公共财政的一项重要职能。广州近些年经济实力增强，财政收入增加，人民生活水平提高，市里对社保事业的投入也在加大，但是相对于国民生产总值、财政总收入的增长以及均等化的需求来说，投入到社保领域的比例还有待增加。建立政府对基本公共服务均等化财政投入的动态增长机制是广州城乡社会保障进一步发展的关键。各级政府要按照公共性、市场化和引导性的原则，进一步明确政府支出的范围。同时，各级政府还要加强对重点支出项目的保障力度，多向困难地区、困难群体倾斜，逐步提高社会保障事业支出占财政总支出的比重。通过财政支出、补贴补助、减免优惠等措施，建立城乡社会保障的经费保障机制。

（六）积累有限：社会保障基金筹资渠道单一

经过近年来的改革，广州市社会养老保险虽然在基金筹资模式上取得了很大的进步，但实际上仍然是由单位负担为主，个人只交纳其中的极少部分，而且个人只需交纳养老保险和医疗保险费，不必交纳其他的如失业、工伤、生育之类的保险费。政府的负担则体现在：一是政府对单位给予政策上的免税优惠；二是政府从国有资产增值中划出一部分归入社会保险基金进行增值，但这一项，目前除海珠区外，基本上还未兑现。由于社会保险基金筹资渠道单一，而且拖欠基金的现象比较严重，每年能够积累的基金非常有限。据统计，目前广州市每年积累的各种社会保险基金只有 1 亿元左右（相当于全市一个月支付的退休费）。这对于一个地域广阔、人口众多、经济快速发展的超大城市显然是很少的。造成基金积累有限的原因很多，明显的原因在于社会保障基金筹资渠道单一化。

三　加快完善城乡社会保障机制若干措施的步伐

广州市加快完善城乡社会保障机制研究的步伐，其总的目标在于通过对广州城乡社会保障现状的分析，总结广州城乡社会保障取得的巨大成就，发现广州城乡社会保障存在的体制机制问题，并根据广州建设国家中心城市、建设广东首善之区等社会经济发展的客观需要，以广州建立城乡一体化社会保障制度为导向，切实完善广州城乡社会保障的良性运行机制和各基本社会保险项目之间的衔接机制。具体的研究问题和研究内容涉及以下几方面。

（一）统筑平台：建立与经济发展相适应的社保体系

统筑平台就是要建立一个与广州经济发展相适应、与国家中心城市地位相匹配的统筹全市社会保障事业发展的平台。这一平台的建设有两层含义：一是统筹全市社会保障事业发展的统一平台；二是与广州经济发展形势相适应、与国家中心城市地位相匹配的平台。要建立一个这样的平台，关键是要切实强化政府的主导作用，加大对城乡社会保障的财政投入，提高城乡社会保障的统筹层次，并努力实现行政管理部门与经办机构的一体化整协。

1. 政府主导：加大城乡社会保障财政投入

政府主导是广州加快完善城乡社会保障机制步伐的重要保证，是做好社会保障工作的重要基础。广州从 2001 年起建立了社保风险准备金制度，且从 2005 年起，财政每年注入 5000 万元充实社保基金。据了解，为实现全民社保，改善民生，广州市财政 2008～2011 年对社保的投入将达 65.23 亿元，比 2004～2007 年期间增长4.1倍。在2008年基本建立覆盖全市城市居民的社会保险制度保险体系的基础上，市财政积极调整支出结构，加大对社会保障工作的投入力度，保障各项政策的顺利实施。

近几年来，广州市对社会保障的财政扶持力度进一步加大，筹资水平和保障水平有所提高。在实行新型农村合作医疗制度的7个区（县级市）中，白云区、番禺区、南沙区、萝岗区、增城市增加财政补助资金，提高了合作医疗基金的人均筹资水平；花都区、萝岗区、增城市提高了农民住院医药费用最高补助额度（封顶线）；白云区、花都区、番禺区、南沙区、增城市提高了农民住院医药费用补助比例。新型农村合作医疗制度受到农村居民的热烈欢迎，参合积极性不断提高，目前参合率达到86.11%，比2005年提高了14.38个百分点。

广州城乡社会保障的发展，关键要在政府的主导下，进一步加大政府对社会保障的财政投入，建立公共财政对社会基本养老保险一体化投入的长效机制。一是要根据本市经济社会发展水平和社会基本养老保险均等化的进程，建立相应的财政投入机制，确保社会基本养老保险均等化推进的需要；二是根据逐步做实养老保险个人账户的需要，建立财政投入机制，确保养老保险待遇按时足额支付的需要；三是根据养老保险支付高峰期的情况，按新增财力的一定比例，建立社保风险准备金投入的稳定增长机制，确保养老保险的持续发展；四是根据各区（县级市）的财力及均等化的负担情况，完善财政市、区分担办法和转移支付机制，保证财力比较困难的区（县级市）具有提供社会基本养老保险均等化所需的必要财力，促进地区间社会基本养老保险的均等化。

2. 市级统筹：提升城乡社会保障统筹层次

广州在社会保障市级统筹方面已经做了很多的工作。2009年，广州按照统收统支的模式，正式实施了养老保险市级统筹。市级统筹分两个阶段进行。第一个阶段，统一基金管理核算和统一政策。从2009年7月1日起，社会养老保险基金统一纳入广州市社会保险基金财政专户管理，对市一体化统筹区和番禺区、花都区、增城市、从化市的养老保险积极实施统收统支、统一核算、统一缴费基数、统一缴费比例、统一待遇计算标准。实行市级统筹前，番禺区、花都区、增城市、从化市三险社保基金中的结余，从2009年7月1日起一并纳入广州市社会保险基金财政专户管理。第二个阶段，逐步统一信息管理系统和业务操作规范。从 2009 年 8 月起，按照"成熟一个，统一一个"的原则，逐步对番禺区、花都区、增城市、从化市社会保险业务管理信息系统统一管理，并逐步统一业务操作规范。今后，广州应在更多的方面、更大的范围加强市级统筹，不断提升社会保障的统筹层次，确保各种社会保险的支付运作正常，提高水平。

3. 部门整协：行政部门和经办机构的协同

目前，广州市社会保障部门和卫生部门分别对城镇医疗保险和新农合实施管理，各有自己的经办机构。同时，各自还建设了独立的信息系统、药品目录。资源不能共享，机构重叠，投入重复，运行成本高。根据这一情况，目前，广州亟须将不同政策整合为一个制度体系。要打破参保人员类别界限，城乡居民可根据自身经济承受能力选择参保，享受相应的医疗保险待遇。同时，在目前状况下，市、区（县级市）各相关部门要加强协调，在完善制度、规范管理和建立长效机制方面共同努力，积极促进广州社会保障的统筹发展。

从农村的社会保障管理模式来讲，当前广州农村社会保障的组织管理机构较为分散，应归并不同部门的管理职能，避免多头管理和重复管理；加强对社会保障管理机构工作人员的业务培训，不断提高其综合素质；制定和完善社会保障管理机构等的各项规章制度，并监督其严格执行；设法借鉴城镇社会保障基金的管理经验，提高农村社保基金的保值增值能力；抓住"大部制改革"的机遇，成立统一的城乡社会保障管理机构（社会保障管理委员会），构建统一的广州社会保障管理与运行平台，统筹协调广州城乡社会保障事务。

（二）梯度对接：建构城乡一体化的社保覆盖模式

"梯度对接"的城乡一体化社会保障覆盖模式有三层含义。首先，它是一种城乡社会保障全覆盖模式，也即属于广州地区的所有城乡居民，都将纳入广州社会保障的覆盖范围，从而提高社会保障制度的覆盖面。其次，它是一种城乡社会保障梯度化模式，也即对于广州地区的所有城乡居民，可根据不同人群的情况设计出有差别的社会保障缴费档次和给付标准。最后，它是一种城乡社会保障对接式模式，也即在城乡或不同地区之间能方便转移、有效衔接。建构广州"梯度对接"的城乡社会保障覆盖模式，关键要抓好三项工作。

1. 建立城乡间"梯度对接"社会保障制度

"城乡一体化"的社会保障制度是由以往两种不同的城乡分立的社会保障模

式整合而成的一种新的社会保障模式。以往城乡分立的社会保障模式不仅在制度规定上具有明显差别，而且在实际操作上也有许多不同。尽管广州农村居民和广州城市居民一样，近年来已取得了"广州市居民"的称呼，但广州城乡居民之间的收入来源、生活水平、思想观念等还存在较大的差别，因而建立城乡间"梯度对接"式社会保障制度仍是完善广州城乡社会保障机制的一个重要方向和重要步骤。也就是说，广州城乡居民间的社会保障仍然需要存在一定的梯度，不能完全搞"一刀切"，但在整体上必须实行有效对接。

就城镇居民而言，未来城镇养老保险体系应由城镇企业职工、农转居居民和失地农民三个养老保险子系统构成。失地农民是有待分化的一个群体，最终大部分人将融入城镇职工保险体系内，但目前不同群体的筹资能力存在差异的事实必须考虑。为此，应依据不同群体的筹资能力设定不同的缴费档次，以及与之对应的给付标准，允许参保人依筹资能力变化、身份转换等情形变更缴费档次，分段计算不同缴费年段的替代率，最终计算出整个养老金的替代率。

就农村居民来讲，他们同样存在着群体内的筹资能力差别，对他们也应给予可选择的社会保障梯度标准，允许其做出选择。不过，在城市化速度日益加快的今天，广州必须考虑城乡间社会保障制度的对接，以利于农村居民在纯农民—失地农民—农转居居民—城镇企业职工之间合理流动。在医疗保险方面，番禺区、南沙区、萝岗区将合作医疗实施范围由农村向城镇扩展，实行城乡合作医疗制度，使城镇未参加和享受医保的居民与村改居农民都能按自愿原则参加互助共济的合作医疗制度，也不失为一种好的城乡对接办法，有一定参考价值。

2. 建立群体间"梯度对接"社会保障制度

社会群体多种多样。就职业群体来讲，目前城市社会保障所做的基本划分是国家公务人员、事业单位职工、企业单位职工、自主择业人员、无业失业人员等。但按照社会保障城乡一体化的要求，在此之上还应加上农民系列的群体，这就使城乡社会保障的对象群体结构变得更为复杂。因为农村社会保障因素的纳入，不单是增加了一个农民群体，而是增加了一个农民群类，具体包括本地纯粹农民、本地进城务工人员、征地农转居人员、失地农民、外地进城务工人员等。城乡两大群类合并，实际上构成了一个城乡社会保障的庞大服务对象体系，这必须进行整合，才能有效地开展社会保障管理与服务。按照笔者理解，当前广州社会保障全覆盖的群体类型大致分为国家公务人员、事业单位职工、企业单位职工、进城务工人员（分本地与外地）、自主择业人员、在乡务农人员、无业失业人员（含失地农民）、特殊保障人员等。针对这些类型群体的特征，整合建立一套"梯度对接"的社会保障制度应当是广州社会保障城乡一体化建设的重要一环。

3. 建立农民工"梯度对接"社会保障制度

农民工是广州城乡社会保障体系建设面对的一类特殊群体，其中既有正规就业者也有灵活就业者，既有稳定就业者又有频繁流动者，不可能用一种制度安排将所有农民工全部覆盖进来，而应区分情况，有针对性地做出制度安排，创造条件让已在城市中拥有较为稳定职业和收入的农民工进入城镇社会保障体系，与城镇劳动者一样享有参加城镇各类社会保险的权利。对于那些"候鸟式就业"的农民工，则可以建立"低门槛"的、过渡性的、方便转移和携带保险关系的个人账户制度，根据情况可实行不同档次的缴费率，并可采取按收入多少确定缴费数额的办法。同时应严格规定农民工用人单位必须根据农民工的缴费比率选择缴纳相应档次的基本养老保险费、医疗保险费，按一定比例计入农民工的个人账户，以便建立适合农民工特点的灵活机动的缴费制度，实现农民工社会保障制度的良性运行。对返回农村且达不到最低缴费年限的，在其达到退休年龄时，可以转移其个人账户与农村社会保障制度接续，并按规定计发相关保障待遇。

（三）创新管理：建立城乡统筹社会保障管理制度

社会保障城乡统筹是加快推进以改善民生为重点的社会建设的重要内容，也是基于打破我国城乡"二元"结构的目标而进行的社会保障制度创新。因此，在社会保障城乡统筹或城乡一体化的建设和实施中，必须尽快改变以往存在的落后认识，要按照社会保障城乡统筹或城乡一体化的目标，切实加强城乡社会保障的制度创新，建构一套科学化的城乡社会保障管理制度，以创新管理。

1. 加快建立城乡社会保障基金筹措制度

农村社会保障过去几乎是一片空白，农民群体的社会保障基金很少，要建立城乡社会保障统筹或城乡一体化体制，首先要考虑到农村社会保障基金的缺口问题。因为建设社会保障城乡统筹或城乡一体化，既不能把农村居民撇在一边不管，也不能将过去已有的城市社会保障基金拿来在城乡之间平均分配。这一问题如果不能很好解决，社会保障城乡统筹或城乡一体化就无从建立，无法有效实施。为此，必须从构建城乡社会保障统一平台的高度，来加快城乡统筹或城乡一体化社会保障基金筹措制度的建立。要通过筹措制度的建立，激励政府部门、企事业单位和城乡居民积极参与城乡统筹或城乡一体化社会保障基金筹措，真正实现广辟渠道、整合资源、做大盘子，顺利建立城乡社会保障基金筹措体系。

2. 切实改革城乡社会保障管理服务体制

以往的社会保障政出多门，管理效率比较低下，群众中有些说辞。而在此基础上要建立城乡统筹或城乡一体化的社会保障体系，管理服务体制改革是一个关键问题。目前可采取的办法是：第一，建立由财政、劳动、人事、民政、卫生、农业、林业、牧业、渔业、银行、税务、审计等部门组成的城乡社会保障委员会，负责社会保障城乡统筹或城乡一体化规划、政策、实施办法的制定和资金征收、管理、经营、使用情况的监督检查，以及资金保值增值的策划，解决政出多门的问题。第二，加强街（镇）社会保障服务机构的建设，配置必要资源，健全农村社会保障管理与服务体系，强化管理，服务到镇，落实到村，切实解决管理和服务效率不高的问题，确保事关老百姓切身利益的城乡社会保障顺利推进。

3. 高度重视管理协作与制衡机制的确立

为了加强农村社会保障的管理，广州市和各区、县级市政府要建立由农村工作办公室、民政局、财政局、人事局（机构编制委员会办公室）、劳动和社会保障局、国土资源局、建设局、卫生局、农林牧渔各局、人口和计划生育委员会等部门组成的农村社会保障协调联席会议制度，负责对这项工作进行组织、协调和指导。相关部门要各司其职、各负其责，加强沟通、密切配合，形成推进农村社会保障制度建设的合力。各级农村社会保险经办机构应强化服务功能，建立考核目标责任制，加强社会保险基金收缴力度。逐步建立以社会化管理为主要形式的农村社会保障管理服务体系，农村基本养老金委托银行、邮政等服务机构实行社会化发放。农村基本养老保险基金进入财政专户，实行收支两条线管理。

（四）高效服务：建设社会保障一体化的服务网络

社会保障城乡统筹或城乡一体化后，社会保障的参保人数会明显增加，没有高效的服务，没有先进技术支撑的服务，管理难度更大。尤其是农村地区的居民分散居住，参保缴费和支取保费难处颇多。在社会信息化、网络化的情况下，根据社会保障城乡统筹或城乡一体化的需要，应切实抓好全程化信息网络管理系统和服务平台的建设，以强化和规范管理，更好地服务于城乡居民。

1. 切实加强城乡社会保障信息化建设

要实现社会保障城乡统筹或城乡一体化，实现城乡社会保障管理的城乡衔接，必须建立信息化的管理平台，建立统一的、覆盖全市的社会保障信息技术支持系统。具体来讲，可将参保人的公民身份证号码作为社会保障号码，由社会保险经办机构按社会保障号码为参保人建立个人账户，如同身份证一样记录每一位参保人信息。实现"一人一账户"，实行信息化管理，将社会保障资金的缴纳、记录、支付、查询等纳入计算机信息管理系统。政府要尽快实现养老保险、医疗保险参保凭证的电子化，加快城乡社会保障的信息化建设。在硬件设施上，实现城乡社会保障各项目的计算机管理，实现各级社会保障部门内部的互联互通，提高系统内信息共享和业务管理协同工作能力。应进一步加快农村社会保障电话咨询服务，开通专用服务号码，为农村居民提供电话咨询服务。

2. 借由网络化建构社保基层服务平台

社会保障管理服务的重心要下沉，就必须加强基层服务平台的建设，尤其是信息网络服务平台建设。重点加强街（镇）、社区（村）服务平台建设，逐步将社会保险参保、缴费、待遇支付、各项社会救助政策的落实及咨询服务等基础工作转移到基层服务平台；建成覆盖市、区（县级市）、街（镇）、社区（村）的网络系统，为保障对象提供全程化信息服务，实现就业与社保、社会救助之间的信息互通共享；运用现代先进信息技术建立统一的、覆盖全市的社会保障信息技术支持系统，将包括农民工在内的各地社会保险基金的缴纳、记录、支付、查询、服务等信息纳入计算机管理系统，尽快实现全市范围内各个地区之间的信息互联互通，及时无误地处理社会保障关系在地区间的转移和接续事务，适应农民工大批量、高频率流动的特点，确保农民工养老保险的连续缴费。

3. 加强农村的社会保障服务网点建设

广州市有230万农业户籍居民，这个群体非常庞大。他们的社保意识较薄弱，且居住在农村偏远地方，加上目前缺少管理机构和服务平台，要实现覆盖全体居民目标的工作难度很大。应尽快研究建立农村社会保障经办机构和工作队伍，建立健全管理与服务网点。只有有机构管事、有人员做事，农村社会基本养老保险全覆盖的工作才有保证。因此，应将农村基本养老保险工作列入镇

（街）、村（居）年度工作考核内容，充分调动镇（街）、村（居）工作的积极性、主动性。要按照"管理上升、服务下沉"的职能定位，大力加强区、镇、村三级劳动保障机构软、硬件设施建设和投入，真正解决基层人（编制）、财（经费）、物（设施）不足的问题，扎扎实实地加强农村社会保险经办机构建设，为顺利开展新型农村社会保障工作，努力为广大农民参保提供全面、快捷、高效的服务。

（五）一城一制：逐步建立城乡统一社会保障体系

以发展的眼光来看，广州市完善城乡社会保障机制的目标，在于通过城乡统筹或城乡一体化的有效推进，最后实现"一城一制"的城乡社会保障制度，即在广州这个市级行政区域内只实行一套覆盖城乡全体居民的社会保障制度。广州市从现在起，就应切实加强社会保障城乡统筹的推进工作，充分发掘社会保障资源，逐步建立科学管理制度，尽快构建城乡一体化的社会保障体系。

1. 加强政府制度设计，实行科学的制度整合

在社会转型期，我国城镇化进程中的社会保障对象及其规模并不稳定，对于新出现的特殊群体都需要进行相应的制度设计，从而要求我们必须进行制度创新。主要的任务是：第一，现行城镇社会保障制度相对来说较为成熟，并且运行多年，因此，在构建农民工社保制度和农村社保制度时，可以思考借鉴城镇社保体系的制度模式，并且尽量避免制度模式的多元化。第二，协调统筹城乡社保制度与土地政策之间的关系。依据不少发达国家和地区将农村、农民工社保制度的提供和土地政策联系起来的经验，当政府需要进行大规模的土地经营时，就实行大量优惠的农村社会保障制度，引导农民自愿放弃土地；反之亦然。广州地区作为我国经济较为发达的地区，城市化的水平相对较高，可以借鉴这一经验。

由于历史的原因，广州市针对不同群体所出台的不同政策存在碎片化现象，有必要逐步整合广州市现行的五大群体（城镇职工、城镇老年居民、农转居人员、被征地农村居民和农村居民）的社会基本养老保险办法，使相近群体的政策趋于合理、协调、统一，形成"城镇职工"和"城乡居民"两大体系，既要与城乡经济社会发展相适应，又要确保社会基本养老保险朝着普惠化、均等化方向持续发展。为满足农村居民对社会保障的需求，以及建立广州城乡一体化的社会保障体系，广州市应逐步扩大社保覆盖范围。在医保方面，广州农村居民的医疗保险目前虽然基本可以得到满足，但城乡一体化的医疗保障机制仍然需要进行探索，须知只有创建良好的制度环境，和谐的城乡关系才会得以形成。

2. 找准突破口，实现城乡社保制度合理衔接

农民工和被征地农民是介于传统意义上城乡居民之间的两个特殊群体，妥善地解决他们的社会保障问题，将为实现城乡社会保障制度的有效衔接提供宝贵经验。因此，找准突破口，完善被征地农民和农民工的过渡性保障措施，对于引导农村社会保障制度与城镇社会保障制度接轨非常重要。广州市在此方面已做了大量工作。2006年7月起实施的《广州市"农转居"人员基本养老保险办法（试行)》和2008年11月起实施的《广州市农村社会养老保险试行办法》，就是广州市针对农转居人员、被征地农民和农村居民出台的重要社会保障制度。这些制度的建立标志着广州市覆盖城镇职工（包括外来工）、城镇居民、农村居民"三位一体"的人人享有社会养老保险的保障制度已经开始建立和实行，值得继续深入研究。

广州市应整合完善本市现有的社会保障政策，找准突破口，实现城乡社会保障制度合理衔接。在2015年底形成完善的城镇企业职工基本养老保险和城乡居民社会养老保险两个大政策体系；构建多层次的养老保障体系，推进企业年金制度的实施，探索建立地方养老保险制度；推进事业单位养老保险制度改革；实现城镇企业职工基本养老保险和城乡居民社会养老保险两大政策体系之间的有效衔接；统一城镇企业职工基本养老保险的缴费比例。在整合后的两大体系之间，必须形成完善的衔接机制，逐步形成社会保障城乡一元化结构体制。充分体现制度的人性化、公平化和可选择化原则，参保人员不管是城镇居民还是农村居民，不论是否在同一统筹地区，保障方式可允许自由选择，险种之间实现相互衔接与转换，只要是按政策规定缴费的，都可以享受相应的养老保障待遇。

3. 重视绩效，做好社会保障一体化评估工作

绩效评估是现代政府管理和公共管理中一种行之有效的方法。基本养老保险均等化标准体系和测评指标体系的建立，有助于准确衡量基本养老保险与经济社会发展的适应程度，监测基本养老保险均等化的实现状况，及时发现基本养老保险均等化过程中存在的不均等问题及原因；有助于准确把握推进基本养老保险均等化的进程。因此，要探索建立一整套衡量均等化水平和程度的指标体系，并以此标准的关联性，建立与经济社会发展水平相一致的财政投入机制，从而推进基本养老保险均等化不断向更高水平发展。

当前，广州市应遵循基本公共服务均等化的要求，研制一套科学调整养老金水平的综合指标体系，以准确衡量和评估基本养老金水平状况，及时发现基本养老金供给中不合理、不均等的相关问题，及时提高社会养老保险待遇的水平。同时，对于城乡之间的基本养老金差距，也应进行准确测算和科学分析，要通过绩效评估拿出解决问题的办法，以逐步缩小广州城乡各个地区之间、各种制度之间、各种人群之间的养老金水平差距，不断推进本市养老保险均等化水平，实现社会保障城乡统筹或城乡一体化的科学发展目标。

（六）分步分类：采取城乡社会保障合理推进策略

广州城乡社会保障在先行先试、不断创新、认真实施的过程中取得了很大成绩，城乡社会保障一体化也在"摸着石头过河"中进行了初步探索。就广州市的社会保障发展而言，现阶段当尽力加快推进的事情，就是构建社会保障城乡统筹或城乡一体化的目标模式，在此基础上分步分类逐步整合城乡两种社会保障制度，并建立基本社会保险项目的衔接机制，为社会保障城乡一体化奠定坚实的管理与服务工作基础，进而顺利建立城乡一体化的社会保障制度。

1. 时间上的分步推进策略

目前广州正在探索打破传统的、不合理的城乡二元社会保障体系的路子，积极开展广州城乡社会保障制度的合理衔接。这是一种具有创新性的分步推进的改革思路，很有理论价值和实践意义。然而我们必须"心中有数"的是，要在近期推行这种城乡社会保障制度的衔接策略，会受到多方面因素制约，这恐怕就是广州需要选择分步推进，最终统一策略的基本原因。

首先是政府财政支付能力的制约。尽管广州经过三十多年来的改革开放取得了经济发展的巨大成就和社会进步的良好成绩，但是由于政府承载着多方面的城市建设和社会建设责任，政府财政支付能力有限，一时间想要建立完善的城乡社会保障制度还存在很大困难。比如，在计划经济时代，广州的城市建设基本停止，现在，城市建设仍欠账太多，需要大量资金投入城市设施建设之中；在粗放式发展年代，广州环境污染相当严重，现在也需大量资金投入环境污染治理之中；广州农村地区经济相对落后，在许多项目上仍然需要财政转移支付，这也需大量资金投入。而且广州人口众多，以改善民生为重点的社会建设的推进也不仅仅只是社会保障一宗，还有其他大量工作要做，这些都需要政府财政的开支。

其次是相关制度不尽完善的制约。与社会保障相关的社会制度不尽完善对社会保障城乡一体化制度的建立也有重要影响。其中影响最大的是户籍制度。虽然广州已开始了统一全市城乡户籍的工作，但二元户籍制度的影响依然根深蒂固，在消除了一些显性因素的影响后，还不同程度地存在着一些隐性歧视和社会排斥。即使已经获得城市户口的农转居居民，也还与在城市拥有固定工作单位的居民相比达不到同样的社会待遇。非农化制度的不完善，是另一个长期禁锢农村人口向城市发展的原因。进入城市的剩余劳动力，面临比城市居民严重得多的各种社会风险，但我国还没有对这部分人口提供比较完善的社会保障制度。这些社会制度的不尽完善，事实上也制约着广州社会保障城乡一体化的推进过程。

最后是制度选择路径依赖的制约。制度改革需要成本，这正是人们在制度选择时往往出现"路径依赖"的原因。正如一项技术在发展初期一旦锁定，会沿着一定的路径发展演进，很难被其他更优越的技术取代一样，制度演变同样存在路径依赖。先前的制度延续下来后，要改变它必须投入巨大的人力、物力和财力，而且新制度的推行还需要人们通过学习、熟悉才能慢慢适应，况且其实际效应还很难预估，这就是制度选择路径依赖的原因。我国原有的社会保障城乡二元模式虽不合理，但因存在了几十年，其发展的路径依赖不可避免，现在要彻底改变它并非易事，其中制度改革的成本增大和制度实施的技术再造就是一些明显的障碍。这就是广州为何选择现行衔接、再行统一模式的另一个重要原因。

根据上述情况，广州城乡社会保障一体化在"十二五"期间的推进宜分三步走。第一步：2011～2012年为制度建设期。主要通过调查研究、理论探讨和政策咨询，建立一套比较完善的广州城乡社会保障一体化制度，主要政策目标是完善城乡社会救助体系，全面实现低保制度的城乡一体化。第二步：2013～2014年为试行衔接期。可将广州城乡社会保障一体化的政策出台试行，工作重点是城乡社会保障各项目之间的合理衔接，并逐步消除制度变迁过程中出现的各种新的社会不公问题。第三步：2015年全面进入整合运行期。主要按照广州城乡社会保障一体化的制度整合运行，运行过程中一旦发现新的问题，则对这些新的问题进行微调处理。同时，要积极探索广州增加社会保障项目和提高社会保障水平的途径，为建立更高层次的广州社会保障城乡统筹或城乡一体化打好基础。

2. 项目上的分类推进策略

近些年来，人们针对不同保障项目和不同保障对象的情况提出了不同的模式。广州应立足于自身实际，选择一种"有差别的统一模式"作为自己的路径选择。这种"统一"是建立在城乡有一定差别基础之上的统一，即基于不同人群属性、职业特点、收入水平，在制度形式、保障内容、保障水平、支付方式上体现出某些不同的保障策略。在制度设计上，应本着"低门槛、广覆盖、保基本、有层次、可衔接、能持续"的原则进行设计；在推进策略上，可以分项目、分人群、分阶段地推进；在推进过程上，则可从失地农民、农民工、农转居居民的社会保障制度与城镇居民的社会保障制度的融合开始，再通过农村社会保障制度与城镇社会保障制度的合一，最终实现城乡社会保障制度的一体化。

（1）不同社会保障项目分层次推进。众所周知，社会救助、医疗保险、养老保险属于基本的保障项目，而在这些项目中，又可根据轻重缓急，划分出不同层次。其中，社会救助中的低保制度属于最基本的层次；在医疗保险中，大病统筹保险属于最基本的层次；在养老保险中，基本养老金（统筹层次）属于最基本的层次。可以将低保、大病统筹保险、基本养老金（统筹层次或基础层次）三个保障项目作为重点，优先实现三大保障项目基本层次的城乡完全统一。至于其他层次或内容，包括社会救助的住房救助、教育救助、医疗救助等，医疗保险中的门诊或小病医疗，养老保险中的职业关联养老金，不一定或目前不必要实现城乡统一，可以保留一定的差异。三大基本保障项目之外的扩展项目，包括失业保险、工伤保险、生育保险等，也不一定马上实现城乡完全统一。

（2）不同社会保障范围分人群推进。要有效实施分人群推进策略，首先，应改革城镇职工社会保障制度的运行机制，找准时机，针对全市各类人群（包括农民工、失地农民、务农农民）设立基本保障制度，即不分职业与收入设立的一个人人享有保障机会的基本保障制度。这一基本保障只针对最基本的保障项目，并且要求按照门槛低、参保手续简捷、待遇领取方便的运行机制，科学灵活地设计。其次，在基本保障的基础上设立补充保障。根据职业和收入，以企事业单位为主，针对各不同人群和单位的实际情况设立不同层次的补充保障，各单位可以根据各自的不同情况为其员工选择不同的参保层次。那些没有单位的失地农民，可以根据其所在经济组织的不同经济状况进行参保。另外，对于特别贫困的无经济能力的务农农民，则以政府补贴的形式帮助其参保。

3. 操作上的相互衔接策略

城乡社会保障一体化制度真正难以操办的事情是如何实现城乡社会保障各项目之间在操作上的相互衔接。广州目前的常住居民除了城市居民外，农民占有较大比例。而农民的情况与过去不同，其结构因城市化带来的社会分化而变得复杂，他们至少可区分为四种情况，即纯粹农村居民、农转居的居民、征地失地农民和外来务工人员。广州虽然建立了针对不同农民的社会保障制度，但城乡差别依然显著。因此，如何将农村社会保障制度与城市社会保障制度有效地衔接起来，就成为社会保障城乡一体化操作层面的一个重要问题。

（1）城乡社会保障项目衔接的现实要求。近年来，广州专门为农村居民，包括纯粹农民、征地失地农民、外来务工人员等建立了相应的社会保障，这是广州改善民生建设的一大进步，它对于广大农村居民来说，当然是一件大好特好的事情。但是，为农村居民建立专门的社会保障制度，只是在当前尚未建立普惠制的基本国民社会保障体系情况下的一种过渡性设计，其目的仅在于暂时解决困扰城市化过程的一个方面的问题，其功能只是为最终实现城乡一体化的社会保障制度作制度上的准备。

诚然，这种农村居民社会保障制度本身体现的仍是社会不公，原因是这种农村居民社会保障制度与城市居民社会保障制度仍是二元化的社会保障制度，其中仍有很大的差别。以失地农民的基本养老保险为例，失地农民的基本养老保险即使与城市居民的养老保险处于同一政策水平上，但因其是自参保之日起计算，所以，一个年纪较大的失地农民不管怎样也赶不上城镇职工领取基本养老金的水平。这其中就有一个如何衔接的问题。基本医疗保险也具有同样的情况。

正因如此，加强城乡社会保障各项目之间合理衔接的研究，从政策操作层面作出适当规定，形成城乡社会保障各项目之间的衔接机制，是广州社会保障城乡一体化推进过程中一个客观现实的要求，它不仅对城乡社会保障一体化制度的建立和完善具有重要促进作用，而且对于维护社会公平也有重要现实意义。

（2）社会保障项目衔接的机制设定。社会保障制度变迁，尤其是由城乡社会保障制度分立向城乡社会保障制度整合发展的有关经验表明，社会保障项目衔接的操作是一项科学性、技术性很强的工作，必须设法建立城乡社会保障的衔接机制，才能保障城乡社会保障制度从分立化向整合化发展。主要机制有以下几种。

一是可保即保机制。广州已经开始实行"可保即保"机制，但仍有继续完善的必要。应允许农村居民按照各自的情况参加各种原来只有城市居民参加的社会保险。比如，农转居群体、失地农民群体从现在开始就应按照城镇职工基本养老保险参保。而对于纯粹农民群体和外出务工群体，是按照城镇职工基本养老保险参保，还是按照社会养老保险参保，则可由其自行选择。基本医疗保险也可以参照这一办法设计。这一机制设计的基本依据是将广州的城市居民和农村居民都统一视为"广州市居民"的理念和政策，他们之间不应再有城乡之间的户籍藩篱，当然也不应再有社会保障的制度区隔。这一机制的最大好处是可以解决城乡二元社会保障制度之间部分的过渡衔接问题，从而减少日后城乡转换过程中技术衔接上的大量麻烦，节省制度转换的大量成本。

二是补缴转续机制。补缴转续就是针对某一时间之前已经参加农保的各类农村居民，按照一定的规定补缴参加城镇职工基本养老保险，从而享受城镇职工基本养老保险。在时间规定上，全国各城市规定的情况有所不同。例如，重庆、合肥等城市，都作出相应的时间规定，主要有年龄划界规定和时间划界规定两种。农保转接城保后，经一次性补缴各年城镇企业职工基本养老保险费后，其补缴年限（不得任意缩短）作为城保的缴费年限。广州可以选择性地参考有关城市的情况，分别按照到退休时间和未到退休时间两种情况，有区别地办理城镇职工基本养老保险补缴手续，以实现城乡社会保障的合理衔接。至于基本医疗保险的转续，则可以参照基本养老保险的办法另行制定相应的办法。补缴转续机制是城乡社会保障一体化过程中最重要的一种衔接机制。

三是跨地衔接机制。跨地衔接机制是针对来穗务工人员和出穗务工人员的社会保障衔接问题而设置的一种衔接机制。这种衔接机制要求户籍在广州的出穗务工人员，其在外地的参保可以在回到广州后转入广州，并按广州的规定补缴基本养老保险的差额部分后，享受广州的基本养老保险待遇；对于户籍在外地的来穗务工人员，在穗工作期间（满1年时间及其以上者），其在外地的参保可以转入，并按广州的规定补缴基本养老保险的差额部分后，同样享受广州的基本养老保险待遇；外地务工人员离开广州，可以按照国家社会保障政策有关规定将参保缴费转出到外地，转出后的补缴转续和待遇由接收地确定。外地务工人员的跨地衔接问题是一个复杂的问题，不仅需要进行专门研究，而且需要中央政府作出明确规定，并在全国范围内做好协调工作。

（审稿：谢建社）

参考文献

石秀和等：《中国农村社会保障问题研究》，人民出版社，2006。

金刚、柳清瑞：《中国建立覆盖城乡社会保障体系的基本条件分析——基于国际比较的经验》，《人口与发展》2010 年第 2 期。

孔令玉：《我国统一城乡社会保障制度的时机选择和模式设计》，《科技进步与对策》2002 年第 2 期。

冯尚春、丁晓春：《中国特色城镇化道路与城乡社会保障制度的链接》，《思想理论教育导刊》2009 年第 2 期。

曾翔旻：《城乡社会保障一体化的探讨》，《湖北社会科学》2005 年第 11 期。

柳清瑞、田香兰：《中国建立覆盖城乡社会保障体系的基本框架与推进策略》，《天津社会科学》2008 年第 6 期。

薛兴利、厉昌习、陈磊、申海羡、于建华：《城乡社会保障制度的差异分析与统筹对策》，《山东农业大学学报》（社会科学版）2006 年第 3 期。

周国华：《构建完善的浦东城乡社会保障体系》，《浦东开发》2007 年第 3 期。

胡成：《探索城乡社会保障制度统筹发展座谈会综述》，《中国经贸导刊》2007 年第 6 期。

王程：《统筹城乡社会保障中政府的责任》，《国际经济合作》2010 年第 3 期。

谢家智：《统筹城乡社会保障制度构建中政府责任定位的思考》，《西南政法大学学报》2007 年第 6 期。

苏胜强：《城乡社会保障统筹研究：历史的路径依赖与现实选择——浙江省的实证分析》，《农村经济》2009 年第 1 期。

马斌、汤晓茹：《关于城乡社会保障一体化的理论综述》，《人口与经济》2008 年第 3 期。

陈天祥、饶先艳：《"渐进式统一"城乡社会保障一体化模式——以东莞市为例》，《华中师范大学学报》（人文社会科学版）2010 年第 1 期。

钟洪亮：《回应性治理视角的城乡社会保障》，《重庆社会科学》2008 年第 3 期。

王国军：《中国城乡社会保障制度衔接初探》，《战略与管理》2000 年第 2 期。

董冠华：《失地农民养老保险与城镇职工基本养老保险的衔接——以西安为例》，《特区经济》2009 年第 2 期。

谢俊贵：《失地农民的职业缺失与就业援助——基于调研数据与风险评估》，《湖南师范大学社会科学学报》2010 年第 4 期。

Study on Speeding up the Completing of the Social Security System of the City and the Countryside of Guangzhou

The Subject Team of Guangzhou Development Institute of
Guangzhou University, written by Xie Jungui

Abstract: Guangzhou has made inspiring progress in speeding up the establishment of Social Security System that covers both the suburb and the urban area of the city. The social security system has stepped up to a new grade; coverage of the social security system has been enlarged; social security is becoming better, budget of investment is growing; ability of risk management had been improved. Nevertheless there are still lots of problems in the course of development such as: multiple systems in one city, security has been ignored, independence of two systems, disconnection of policies, unbalance of structure, and short of capital, etc. The key to speeding up the completion of Social Security System that covers both the suburb and the urban area of the city is: build up a unified platform, connect the policies, innovation of management, high-efficiency of service, one system for one city, promotion of the integration of urban and suburb social security system.

Key Words: Social Security; Urban and Suburb Social Security; Integration

B.6

广州市城镇基本医疗保险普通门诊
统筹政策回顾与思考

广州市医疗保险服务管理局课题调研组

摘　要： 为进一步完善普通门诊统筹制度，为及时调整政策及管理方式提供科学依据，我们对普通门诊统筹政策进行回顾性分析。截至2010年6月30日，普通门诊统筹政策的实施暂未对基金运转构成压力，年终结余率达65%，实际上增加了医保统筹基金的总体结余；门诊统筹总体记账比例接近40%，一定程度上减轻了参保人门诊医疗费用负担，但仍未达到预期水平；政策实施未刺激医疗需求过度增长，但平均医疗费用增长速度较快；与定点医疗机构按人头限额结算方式实施平稳，但实际发生的年度人头费用过低；参保人就医仍集中在非基层医院，但已呈现向基层医院分流的趋势；社会对普通门诊统筹政策的总体满意度较高。

关键词： 广州市　城镇基本医疗保险　门诊统筹制度

一　前言

（一）研究背景

考虑到医保基金运行风险等因素，我国医保制度实施初期，医保支付范围以保大病、保住院为主。随着参保覆盖面的不断扩大，医保基金抗风险能力的不断提高，保障门诊小病成为进一步提高参保人待遇的重要方向。2008年8月，广东省劳动保障厅、省财政厅、省卫生厅和省物价局联合印发了《关于开展城镇基本医疗保险普通门诊医疗费用统筹的指导意见》（粤劳社发〔2008〕18号），在全省推广建立城镇基本医疗保险普通门诊统筹制度。国家新医改方案以及人力资源和社会保障部印发的相关配套文件中也一再将门诊统筹的推广作为一个重要工作。如何实施门诊统筹成为了全国各地医保管理部门关注的热点与焦点。

广州市是国内较早实施普通门诊统筹制度的地区之一，自2008年8月实施居民医保时起，已经同步实施居民医保参保人普通门诊统筹。2009年7月1日，《广州市城镇基本医疗保险普通门诊医疗费用统筹办法（试行）》（以下简称《普通门诊统筹》）正式实施，截止到2010年6月30日，已试行11个月。然而，普通门诊统筹制度的建立和运行虽然有国家和广东省的指导意见，但是国内尚未有成熟的理论和实际的经验可供参考，需要广州医保人自己进行经验教训总结，并对现行政策进行积极的改进。

（二）研究目的

通过对政策实施后客观数据的分析，以及对定点医疗机构医保管理人员、参保人关于政策评价分析，了解广州市普通门诊统筹政策实施至今的实际效果，并对所出现的问题进行回顾性分析，为进一步完善政策和经办管理提出意见、建议。

（三）广州市普通门诊统筹政策分析

1. 资金筹集方式

按照人员类别，在职职工、退休人员及灵活就业人员分别按本年度本人基本医疗保险月缴费基数和上年度本市单位职工月平均工资基数的1%，从个人医疗账户划扣或缴纳的基本医疗保险费中拨转；外来从业人员按上年度本市单位职工月平均工资的0.7%拨转。

2. 统筹基金支付标准

在普通门诊统筹药品、诊疗项目目录范围内的基本医疗费用，在职职工及退休人员按基层医院65%、非基层医院50%的比例支付；灵活就业人员及外来从业人员按基层医院55%、非基层医院40%的比例支付。最高支付限额为每人每月300元，当月有效，不滚存、不累计。

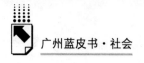
3. 就医管理

参保人可以选择两家定点医院作为其门诊就医选定医院，其中一家为基层医院，另一家为非基层医院，俗称"一大一小"。但是患专科疾病到相应指定门诊专科医院普通门急诊，不受选点限制。选点确认后，在一个社保年度内原则上不予变更，但参保人发生户口迁移、居住地变化、变动工作单位或因选定的医院资格变化等情形，可到医疗保险经办机构办理变更手续。

4. 结算方式

月度时按诊疗服务项目与定点医疗机构结算，即按医院申报已选本院的定点人数实际发生医疗费结算；年终时以社区卫生医疗机构及指定基层医疗机构400元/年、其他医疗机构600元/年为标准，按定点人数人均限额清算。

二 研究内容、对象与方法

（一）研究内容

①了解参保人普通门诊统筹选点、改点情况。

②了解参保人普通门诊统筹就诊情况。

③对普通门诊统筹医疗费用进行描述性分析。

④抽样调查定点医疗机构医保管理人员和参保人对普通门诊统筹政策的评价，并分析参保人对政策满意度的影响因素。

⑤为完善普通门诊统筹政策、调整管理方式提出建议。

（二）研究对象

1. 广州市医疗保险信息系统提取的客观数据

广州市医疗保险信息系统提取2009年8月1日至2010年6月30日就诊的所有普通门诊统筹医疗费用相关数据。

2. 广州市定点医疗机构医保管理人员、城镇基本医疗保险参保人对政策的主观评价

（1）广州市定点医疗机构医保管理人员。选取25家广州市定点医疗机构的50名（每调查单位选2名）医保管理人员进行问卷调查。

①调查对象纳入标准。熟悉"普通门诊统筹政策",直接参与了自己所在单位"普通门诊统筹政策"的启动运行工作。

②调查单位的选择。为让样本具有代表性,考虑了定点医疗机构的管理归属性质(部属、省属、市属、区属、厂矿企业医院)、地域分布(越秀区、海珠区、天河区、白云区、黄埔区、荔湾区)、医院级别/性质(三级、二级、社区、专科)等因素,分别抽取有代表性的定点医疗机构作为调查单位。

(2)广州市城镇基本医疗保险参保人。以典型抽样的方式,抽取参保人共1000名(每调查单位选取50名)进行问卷调查。具体为:500名在广州市定点医疗机构普通门诊就诊的参保人,250名退管办管理的退休参保人员(含已享受和未享受普通门诊统筹待遇的参保人),150名企业参保职工(含在职和退休),100名街道管理的参保人(含灵活就业人员和失业人员)。

①调查对象纳入标准。广州市城镇基本医疗保险参保人,排除认知障碍、老年痴呆患者。

②调查单位的选择。10家定点医疗机构(选择标准与以上"广州市定点医疗机构医保管理人员"调查单位标准一致):中山大学第一附属医院、广州医学院附属第二医院、暨南大学附属第一医院、中医药大学附属第一医院、广州医学院荔湾医院、广钢企业集团医院、红山街社区卫生服务中心、越秀区大新街社区卫生服务中心、越秀区正骨医院、中山大学眼科中心;5个区退管办(越秀区、海珠区、荔湾区、天河区、白云区);3个企业:广州广船国际股份有限公司、广州市自来水公司、广州市建筑集团有限公司;2个街道:梅花街劳动保障中心、广卫街劳动保障中心。

(三)研究方法

1. 数据分析法

通过中位数、上四分位数、下四分位数、均数、构成比、增长速度等描述性方法分析普通门诊统筹选点、就诊、门诊费用等构成情况及分布特征。

采用多个计数资料比较的 $R \times 2$ 列联表 χ^2 检验方法比较各类参保人群对政策满意度的差异;用二项 Logistic 回归分析参保人对政策满意度的影响因素。

2. 问卷调查法

定点医疗机构医保管理人员问卷调查。以电子邮件方式或当场发放调查问卷的方式，由医保管理人员自行填写完成。

参保人问卷调查。由各调查单位派出专职调查员，经过市医保局培训后，按计划向参保人员进行一对一现场问卷调查。问卷当场发放，由调查员逐条询问，代为记录。

三　结果

（一）选点及改点情况

截至 2010 年 6 月 30 日，共有 99.97 万广州市城镇基本医疗保险参保人办理了选点手续，占参保人总人数的 33.9%（见表 1）。其中，已选点的在职人员占在职总参保人数的 25.4%；已选点的退休人员占退休总参保人数的 61.4%。

已选点的参保人员中，在职人员占了 57.4%，退休人员占 42.6%；大部分参保人只选了 1 个点，占已选点人员的 78.9%。

表 1* 2009 社保年度广州市城镇医保参保人普通门诊
统筹选点总体情况（按选点数量分类）

单位：万人，%

选点情况	在　职		退　休		合　计	
	人　数	构成比	人　数	构成比	人　数	构成比
选 1 个点	49.01	49.0	29.90	29.9	78.91	78.9
选 2 个点	8.40	8.4	12.65	12.7	21.06	21.1
合　　计	57.41	57.4	42.55	42.6	99.97	100.0

＊本文中表 1 ~ 表 14 及表 17 的资料来源均是根据广州市医疗保险服务管理局的统计数据分析所得。
注：构成比 = 在职（或退休）选点人数/选点总人数 × 100%。

从医院级别分类看（见表 2），超过一半参保人选择三级医院作为门诊定点医院，选择二级和一级医院的人次数相差不大，各占总选点人次数的 20% ~ 25%（一级医院中含未定级医院，下同）。

从医院性质分类看，67% 参保人次选择非基层医院作为门诊选定医院，33% 参保人次选择基层医院作为门诊选定医院（见表 3）。

表2　2009社保年度广州市城镇医保参保人普通门诊统筹选点情况（按医院级别分类）

单位：万人次，%

医院级别	在　职		退　休		合　计	
	人次数	构成比	人次数	构成比	人次数	构成比
三级	37.70	31.2	29.21	24.2	66.91	55.3
二级	12.76	10.6	11.72	9.7	24.48	20.2
一级	15.28	12.6	14.26	11.8	29.54	24.4
合计	65.74	54.4	55.19	45.7	120.93	100.0

注：构成比＝在职（或退休）选点人次数/选点总人次数×100%。

表3　2009社保年度广州市城镇医保参保人普通门诊统筹选点情况（按医院性质分类）

单位：万人次，%

医院性质	在　职		退　休		合　计	
	人次数	构成比	人次数	构成比	人次数	构成比
非基层医院	45.74	37.8	35.24	29.1	80.98	67.0
基层医院	20.00	16.5	19.95	16.5	39.95	33.0
合　计	65.74	54.3	55.19	45.6	120.93	100.0

注：构成比＝在职（或退休）选点人次数/选点总人次数×100%。

选点人次数在持续增加，每月改点人次数不多，仅占选点人数的不到0.1%（见表4）。

表4　2009社保年度广州市城镇医保参保人普通门诊统筹选点及改点变化情况

时　间	当月新增选点人次数（万人次）	当月累计选点人次数（万人次）	当月改点人次数（人次）
2009年8月	40.18	40.18	4
2009年9月	17.11	57.29	30
2009年10月	10.28	67.57	118
2009年11月	9.20	76.77	72
2009年12月	8.35	85.12	90
2010年1月	6.48	91.60	79
2010年2月	4.55	96.15	47
2010年3月	7.64	103.79	69
2010年4月	6.30	110.08	73
2010年5月	5.83	115.91	45
2010年6月	5.02	120.93	31
合　计	120.93		658

（二）就诊情况

从总体情况上，退休人员的就诊人数、就诊人次数、就诊率高于在职人员，但是，退休人员每月人均就诊次数（每月人均就诊次数＝当月就诊人次数/当月就诊人数）与在职人员相差不大，退休人员稍高于在职人员，在1.63~2.03次的区间范围内（见表5）。

表5　2009社保年度广州市城镇医保参保人普通门诊
统筹就诊情况（按人员类别分类）

时　间	就诊人次数（万人次）		合计	就诊人数（万人）		合计	就诊率（%）		合计
	在职	退休		在职	退休		在职	退休	
2009年8月	17.29	25.01	42.30	10.25	13.34	23.59	4.6	19.7	8.2
2009年9月	21.25	31.24	52.49	11.88	15.36	27.24	5.3	22.5	9.4
2009年10月	19.92	30.22	50.14	11.60	15.47	27.07	5.1	22.7	9.2
2009年11月	23.41	32.04	55.45	13.29	16.24	29.53	5.9	23.8	10.0
2009年12月	24.77	34.01	58.78	14.06	16.97	31.03	6.2	24.8	10.5
2010年1月	23.83	35.21	59.04	13.50	17.53	31.03	6.0	25.6	10.5
2010年2月	18.81	28.04	46.85	11.56	15.48	27.04	5.1	22.5	9.2
2010年3月	28.07	37.89	65.96	15.76	18.75	34.51	7.0	27.2	11.7
2010年4月	27.41	37.24	64.65	15.58	18.76	34.34	6.9	27.2	11.6
2010年5月	28.41	37.40	65.81	16.04	18.91	34.95	7.1	27.3	11.8
2010年6月	24.93	32.81	57.74	14.73	17.74	32.47	6.5	25.6	11.0

注：就诊率＝当月就诊人数/当月参保总人数×100%。

普通门诊统筹政策实施后，就诊率呈逐月递增的趋势（除2010年2月春节假日的影响外），2010年6月的就诊率与2009年8月相比，增长了34%。在职人员与退休人员的变化如图1所示。

按医院级别分类，三级医院每月就诊人次占当月就诊总人次的50%以上；二级医院每月就诊人次稍多于一级医院，占当月就诊总人次的比例均低于25%（2009年8月除外）（见表6）。

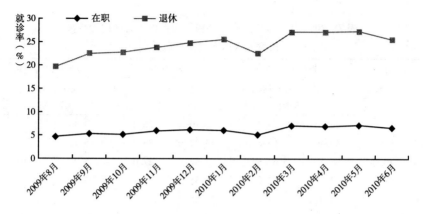

图1　2009社保年度广州市城镇医保参保人普通门诊
统筹就诊率情况（按人员类别分类）

资料来源：根据广州市医疗保险服务管理局的统计数据分析所得。

表6　2009社保年度广州市城镇医保参保人普通门诊
统筹就诊情况（按医院级别分类）

时　间	三级医院		二级医院		一级医院	
	就诊人次（万人次）	占当月就诊总人次百分比（%）	就诊人次（万人次）	占当月就诊总人次百分比（%）	就诊人次（万人次）	占当月就诊总人次百分比（%）
2009年8月	23.90	56.5	10.61	25.1	7.79	18.4
2009年9月	29.90	57.0	12.53	23.9	10.06	19.2
2009年10月	28.06	56.0	12.12	24.2	9.96	19.9
2009年11月	30.67	55.3	13.27	23.9	11.50	20.7
2009年12月	32.21	54.8	14.15	24.1	12.42	21.1
2010年1月	32.48	55.0	13.99	23.7	12.56	21.3
2010年2月	25.34	54.1	11.39	24.3	10.13	21.6
2010年3月	34.94	53.0	16.07	24.4	14.95	22.7
2010年4月	34.64	53.6	15.34	23.7	14.66	22.7
2010年5月	35.66	54.2	15.54	23.6	14.61	22.2
2010年6月	31.18	54.0	13.77	23.9	12.79	22.2
合计及合计占比	338.98	54.7	148.78	24.0	131.43	21.2

注：构成比＝当月就诊人次数/当月就诊总人次数×100%。

　　按医院性质分类，非基层医院每月就诊人次占当月就诊总人次的60%以上，逐月有微幅下降趋势；基层医院每月就诊人次占当月就诊总人次的26%～30%，逐月有微幅上升趋势；指定门诊专科医院每月就诊人次则占当月就诊总人次的9%～10%（见表7）。

表7　2009 社保年度广州市城镇医保参保人普通门诊统筹
就诊人次情况（按医院性质分类）

时　间	非基层医院		基层医院		指定门诊专科医院	
	就诊人次（万人次）	占当月就诊总人次百分比(%)	就诊人次（万人次）	占当月就诊总人次百分比(%)	就诊人次（万人次）	占当月就诊总人次百分比(%)
2009 年 8 月	26.72	63.2	11.10	26.2	4.48	10.6
2009 年 9 月	33.40	63.6	13.92	26.5	5.18	9.9
2009 年 10 月	31.38	62.6	13.52	27.0	5.24	10.4
2009 年 11 月	34.36	62.0	15.55	28.1	5.54	10.0
2009 年 12 月	36.21	61.6	16.85	28.7	5.72	9.7
2010 年 1 月	36.37	61.6	17.14	29.0	5.53	9.4
2010 年 2 月	28.77	61.4	13.77	29.4	4.31	9.2
2010 年 3 月	39.60	60.0	20.10	30.5	6.26	9.5
2010 年 4 月	39.09	60.5	19.64	30.4	5.90	9.1
2010 年 5 月	39.79	60.5	19.56	29.7	6.46	9.8
2010 年 6 月	34.74	60.2	17.21	29.8	5.79	10.0
合计及合计占比	380.43	61.4	178.36	28.8	60.41	9.8

注：构成比 = 当月就诊人次数/当月就诊总人次数×100%。

（三）门诊医疗费用情况分析

1. 门诊次均医疗总费用情况

门诊次均总费用、门诊次均总费用中位数、门诊次均总费用上四分位数和下四分位数，总体呈逐月递增的趋势。2010 年 6 月的门诊次均总费用比 2009 年 8 月增长了 16%（见表8）。

表8　2009 社保年度广州市城镇医保参保人普通门诊次均医疗总费用情况

单位：元

时　间	门诊次均总费用	门诊次均总费用中位数	门诊次均总费用上四分位数	门诊次均总费用下四分位数
2009 年 8 月	141.73	95.90	48.71	178.50
2009 年 9 月	141.06	95.30	49.50	175.78
2009 年 10 月	146.58	99.87	52.23	183.25
2009 年 11 月	145.81	99.55	52.36	182.13
2009 年 12 月	149.05	102.56	54.15	187.00

时　间	门诊次均总费用	门诊次均总费用中位数	门诊次均总费用上四分位数	门诊次均总费用下四分位数
2010 年 1 月	153.02	106.66	56.50	192.88
2010 年 2 月	154.94	108.62	57.91	196.73
2010 年 3 月	151.77	106.58	56.45	191.92
2010 年 4 月	156.12	110.32	58.78	198.14
2010 年 5 月	159.60	114.00	60.63	203.00
2010 年 6 月	164.18	117.50	63.00	208.21
合　计	150.96	105.62	55.50	192.80

门诊次均总医疗费用按医院级别比较，在不同级别的医院就诊，退休人员与在职人员相比，三级医院，高约 10 元/诊次；二级医院，低约 5 元/诊次；一级医院，基本相同。总体来说，三级医院门诊次均总费用不超过 200 元/诊次，二级医院门诊次均总费用约 130 元/诊次，一级医院门诊次均总费用约 100 元/诊次，次均总费用逐月上升的趋势均较明显（见表 9）。

表 9　2009 社保年度广州市城镇医保参保人普通门诊
次均总费用情况（按医院级别分类）

单位：元

时　间	在　职			退　休			合　计		
	三级	二级	一级	三级	二级	一级	三级	二级	一级
2009 年 8 月	175.54	124.00	76.27	174.57	110.45	73.90	175.00	115.66	74.71
2009 年 9 月	176.16	120.09	76.18	175.68	107.53	73.88	175.89	112.28	74.66
2009 年 10 月	179.85	124.73	81.60	184.61	113.76	79.21	182.56	117.94	80.04
2009 年 11 月	180.51	118.92	82.46	185.87	112.92	80.92	183.46	115.30	81.50
2009 年 12 月	184.28	120.42	85.67	189.49	115.13	85.45	187.16	117.20	85.53
2010 年 1 月	186.28	124.61	92.60	193.45	118.74	91.75	190.33	120.95	92.06
2010 年 2 月	187.24	125.36	96.68	196.69	122.54	96.63	192.67	123.58	96.65
2010 年 3 月	184.07	126.56	97.34	190.62	122.01	97.34	187.70	123.79	97.34
2010 年 4 月	188.11	129.30	101.28	195.30	125.36	102.00	192.09	126.91	101.72
2010 年 5 月	187.26	134.54	103.51	199.61	131.03	104.34	194.02	132.44	104.01
2010 年 6 月	192.52	138.30	106.25	203.32	134.73	107.95	198.46	136.15	107.29
合　计	183.79	126.05	91.00	189.86	119.59	90.12	187.17	122.10	90.45

门诊次均总医疗费用按医院性质比较，在不同性质医院就诊，退休人员与在职人员相比，非基层医院，高约 20 元/诊次；基层医院，高约 5 元/诊次；指定门诊专科医院，略低。总体来说，非基层医院约 165 元/诊次，基层医院约 85 元/诊次，指定门诊专科医院约 250 元/诊次。同样，各类别医院逐月上升的趋势均较明显（见表 10）。

**表 10　2009 社保年度广州市城镇医保参保人普通门诊
次均总费用情况（按医院性质分类）**

单位：元

时　间	在　职			退　休			合　计		
	非基层医院	基层医院	指定门诊专科医院	非基层医院	基层医院	指定门诊专科医院	非基层医院	基层医院	指定门诊专科医院
2009 年 8 月	150.63	74.70	246.33	158.23	71.71	219.98	155.06	72.70	234.78
2009 年 9 月	150.52	70.91	255.13	158.14	69.34	229.79	155.02	69.86	243.61
2009 年 10 月	154.44	75.80	250.07	165.84	74.61	235.19	161.17	75.01	243.23
2009 年 11 月	154.21	75.79	254.67	167.17	75.87	234.66	161.60	75.84	245.60
2009 年 12 月	157.48	79.17	258.80	171.92	79.98	229.45	165.80	79.69	245.74
2010 年 1 月	161.75	84.50	258.60	176.10	86.41	235.16	170.22	85.74	248.12
2010 年 2 月	161.66	87.35	260.55	178.78	90.84	239.48	171.93	89.64	251.09
2010 年 3 月	158.33	89.29	262.01	172.97	92.45	236.03	166.78	91.28	250.51
2010 年 4 月	162.05	93.35	267.37	177.11	96.81	244.29	170.72	95.52	257.21
2010 年 5 月	163.06	96.22	259.55	181.80	100.23	245.95	173.72	98.72	253.68
2010 年 6 月	167.74	98.83	265.04	185.15	103.88	250.06	177.70	102.02	258.45
合　计	157.97	84.74	257.17	171.74	86.04	235.54	165.96	85.58	247.53

2. 统筹支付比例情况

2009 年 8 月至 2010 年 6 月，各月普通门诊统筹记账比例基本一致，差别很小。按医院级别分类，一级医院最高，二级医院次之，三级医院最低；按医院性质分类，基层医院最高，非基层医院次之，指定门诊专科医院最低。基层医院与非基层医院的实际记账比例比政策规定低 10% 左右（见表 11）。

3. 费用构成情况

广州市城镇医保参保人普通门诊总费用主要由西药费、中成药和治疗费构成，其中西药费与中成药共占总费用约 70%（指定门诊专科医院除外）（见表 12）。

表 11　2009 社保年度广州市城镇医保参保人普通

门诊次均统筹记账比例情况

单位：%

项　　　目	统筹记账比例		全市定点医疗机构次均统筹记账比例
医院级别	三　　级	36.5	
	二　　级	42.3	
	一　　级	52.3	39.6
医院性质	非基层医院	36.9	
	基层医院	53.7	
	指定门诊专科医院	32.3	

表 12　2009 社保年度广州市城镇医保参保人普通门诊总费用内部构成情况

单位：%

	医院分类	西药费	中药费	中成药	检查费	治疗费	手术费	化验费	材料费	其他
医院级别	一　　级	40.1	0.3	35.5	2.2	17.2	0.3	2.5	1.4	0.5
	二　　级	31.5	1.2	35.7	6.4	18.4	0.9	3.4	2.2	0.3
	三　　级	43.8	0.9	28.1	7.5	9.8	1.4	6.8	1.5	0.2
	合计占比	40.9	0.9	30.7	6.6	12.5	1.1	5.5	1.6	0.2
医院性质	非基层医院	46.0	0.8	30.7	6.8	7.4	0.8	6.1	1.2	0.2
	基层医院	36.1	0.2	38.0	2.8	18.0	0.3	2.6	1.5	0.5
	指定门诊专科医院	24.3	1.7	22.6	9.9	28.0	3.4	6.3	3.6	0.2
	合计占比	40.9	0.9	30.7	6.6	12.5	1.1	5.5	1.6	0.2

　　从医院级别看，检查费、化验费、手术费占总费用的比例，三级医院最高，二级医院次之，一级医院最低。

　　按医院性质分类，治疗费占总费用的比例：指定门诊专科医院最高，基层医院次之，非基层医院最低；检查费、化验费、手术费占总费用的比例：指定门诊专科医院最高，非基层医院次之，基层医院最低。

（四）普通门诊统筹基金结算与收支情况

1. 普通门诊统筹基金结算情况

　　普通门诊统筹与定点医院（指定门诊专科医院除外）采取按年度人头限额方式结算，标准为基层医院 400 元/人·年、非基层医院 600 元/人·年。实际发生的年度人头费用，基层医院为 223.84 元/人·年、非基层医院为 313.84 元/人·年，均低于年度人头限额（见表 13）。

表 13　2009 社保年度广州市普通门诊统筹基金总体结算情况

医院类别	就诊总人次数 （万人次）	每诊次均总费用 （元/诊次）	统筹基金 支付率(%)	选点人数 （万人）	年度人头费用 （元/人·年）
非基层医院	380.42	165.96	36.9	80.98	313.84
基层医院	178.37	85.58	53.7	39.95	223.84

注：年度人头费用＝就诊总人次数×每诊次均总费用×统筹基金支付率/选点人数×12 个月/11 个月。

2. 普通门诊统筹基金收支情况

广州市 2009 社保年度普通门诊统筹基金收支情况如表 14 所示。

表 14　2009 社保年度广州市普通门诊统筹基金收支情况

单位：万元，%

收入	支出	节余	节余率
118626.77	41960.18	76666.59	65

（五）调查问卷的结果

1. 定点医疗机构医保管理人员对普通门诊统筹政策的评价

（1）社会人口学特征。被调查的 50 名定点医疗机构医保管理人员中，三级医院 28 人（56.0%）（其中含肿瘤、眼科专科 4 人），二级医院 12 人（24.0%）（其中含骨科专科 2 人），社区及视同社区医院 10 人（20.0%）；性别：男 16 人（32.0%），女 34 人（68.0%）；年龄：最大 55 岁，最小 24 岁，均数为 38.7，标准差为 8.1；文化程度：中专及以下 2 人（4.0%），大专 6 人（12.0%），本科 30 人（60.0%），研究生及以上 12 人（24.0%）。对"待遇政策"表示"熟悉"，且直接参与了自己所在单位普通门诊统筹政策启动运行工作的有 47 人（94.0%）。

（2）政策满意度情况。定点医疗机构医保管理人员对普通门诊统筹政策总体评价为"满意"或"基本满意"的共 47 人（94.0%）。医保管理人员对政策条款中的划扣个人账户、月度最高记账金额的认同率较高，达 80% 以上；对统筹记账比例、月度限额滚存有效、选点及改点的认同度也在 50% 以上。25% ~ 30% 的医保管理人员希望能不限定选点数量，估计与希望以此减轻控制门诊费用压力有关。

2. 参保人对门诊统筹政策评价

（1）社会人口学特征。发出问卷 1000 份，收回 1000 份，应答率 100%；经检查合格 997 份，合格率 99.7%。合格问卷中，性别：男性 350 人（35.1%），女性 647 人（64.9%）；年龄构成：19 ~ 39 岁 266 人（26.7%），40 ~ 59 岁 440 人（44.1%），60 ~ 79 岁 255 人（25.6%），80 ~ 91 岁 36 人（3.6%）；文化程度：小学及以下 98 人（9.8%），初中 176 人（17.7%），高中或中专 335 人（33.6%），大专 222 人（22.3%），本科及以上 166 人（16.6%）；供职情况：在职人员 443 人（44.4%），退休人员 471 人（47.2%），失业人员 25 人（2.5%），其他 58 人（5.9%）；家庭人均月收入：500 元以下 8 人（0.8%），500 ~ 999 元 58 人（5.8%），1000 ~ 1999 元 235 人（23.6%），2000 ~ 2999 元 304 人（30.5%），3000 ~ 9999 元 357 人（35.8%），1 万元及以上 35 人（3.5%）；参保类型：城镇职工 907 人（91.0%），灵活就业 83 人（8.3%），外来从业人员 7 人（0.7%）。

（2）政策知情度和满意度的描述性分析，包括以下三个方面。

一是政策总体知情度和满意度。对政策的总体评价："满意" 104 人（10.4%），"基本满意" 646 人（64.8%），"不满意" 121 人（12.1%），"不予评价" 126 人（12.7%）；普通门诊统筹知情度："了解" 251 人（25.2%），"了解一些" 675 人（67.7%），"不了解" 71 人（7.1%）；获取政策相关信息的主要渠道：报纸 555 人次（55.7%），电视 436 人次（43.7%），定点医疗机构 301 人次（30.2%），工作单位 269 人次（27.0%），亲戚朋友 265 人次（26.6%），医保宣传单 174 人次（17.5%），网络 121 人次（12.1%），医保经办机构 77 人次（7.7%）。

二是政策引导下的就诊情况。是否已选点："已选点" 752 人（75.4%）；"还没选点" 236 人（23.7%），未选点的原因大部分为 "没有生病，暂不需要办理"，其次为 "不知道如何办理"；"不清楚是否已选点的" 9 人（0.9%）。选定医院类型："仅 1 家基层医院" 265 人（26.6%），"仅 1 家非基层医院" 192 人（19.3%），"基层和非基层医院各 1 家" 295 人（29.6%），"不清楚的" 245

人（24.5%）。倾向到哪类定点医院就诊："基层医院"515人（51.7%），"非基层医院"419人（42.0%），"其他"63人（6.3%）。就诊次数是否增加："没有"882人（88.5%），"有"115人（11.5%）。负担是否减轻："较大减轻"73人（7.3%），"减轻一点"731人（73.3%），"没有减轻"193人（19.4%）。

三是对政策具体条款的评价。个账划扣：认为"合理"480人（48.1%），认为"不合理"468人（46.9%），"其他"49人（5.0%）。

记账比例："维持现状"402人（40.3%），"需要改变"595人（59.7%）。认为"需要改变"的参保人中，期望基层医院记账比例调整为80%的有195人（33.3%），其次为调整到70%的有111人（18.9%），总体而言，共有469人（80.0%）期望基层医院记账比例调整到80%以下。期望非基层医院记账比例调整为80%的有144人（24.6%），其次为调整到60%的有103人（17.6%），总体而言，共有493人（84.1%）期望非基层医院记账比例调整到80%以下。

月度限额滚存有效："不滚存，当月有效"103人（10.3%），"季度内可滚存使用"192人（19.3%），"一个社保年度内可滚存使用"702人（70.4%）。

每月最高报销金额："建议调整到500元"的人数最多，为423人（42.4%），其次为"认为目前300元合理"的是142人（14.2%），再次为"建议调整到600元"的是87人（8.7%），另外，有24人（2.4%）希望能不设最高记账金额。总体而言，共有659人（66.1%）期望每月最高报销金额不高于500元。

选定医院：在政策引导下，83.8%参保人表示常去1家或2家医院就诊，其中约50%参保人选择基层或非基层医院各1家。约70%参保人期望政策允许选择4家医院，其中基层和非基层医院各2家。

（3）政策满意度的比较。采用多个计数资料比较的 R×2 列联表 χ^2 检验方法，分别检验参保人的社会人口学特征、就诊情况、对普通门诊统筹政策知情度及对政策各条款的评价，是否存在对政策总体满意度的差异。经检验，有统计学差异的结果如表15所示。

由表15可见，本调查中社会人口学特征不同的参保人，对普通门诊统筹政策的总体满意度没有不同。对政策了解程度越高，对政策的满意度也越高；认为门诊费用负担减轻程度越大的参保人，其对政策的满意度也越高；认为划扣个账合理或不置可否的参保人，比认为不合理的参保人的满意度高；认同现行记账比例的参保人比认为应调整现行记账比例的参保人满意度高；认同现行门诊最高支

表 15* 　不同分类参保人群对政策总体满意度比较

项　目	分　组	满意率(%)	样本量	χ^2	p
是否了解政策	了　解	82.5	251	25.076	<0.001
	了解一些	74.8	675		
	不了解	53.5	71		
负担是否减轻	较大减轻	89.0	73	96.200	<0.001
	减轻一点	81.0	731		
	没有减轻	48.2	193		
个账划扣	合　理	89.2	480	101.613	<0.001
	不合理	60.9	468		
	其　他	75.5	49		
记账比例	维持现有比例	82.6	402	19.586	<0.001
	需改变现有比例	70.3	595		
滚存有效	不滚存当月有效	80.6	103	29.179	<0.001
	季度内滚存使用	89.1	192		
	社保年度内滚存使用	70.7	702		
月度最高支付限额	不高于300元	78.9	161	21.409	<0.001
	高于300元且不高于500元	79.7	498		
	高于500元	65.7	216		
	不设月度限额上限制	58.3	24		
	没填写限额	71.4	98		

　　*表15~表16的资料来源于广州市医疗保险服务管理局在2010年5月至2010年8月进行的广州市基本医疗保险普通门诊统筹制度实施情况问卷调查。

付限额当月有效不滚存或期望季度内滚存使用的参保人，比期望社保年度内滚存使用的参保人满意度高；对月度最高支付限额期望值越高，对政策满意度越低。

　　（4）参保人对政策满意度影响因素分析。以对普通门诊统筹政策的总体满意度作为因变量（不满意：$Y=0$，满意或基本满意：$Y=1$），各影响因素为自变量，将可能影响满意度的因素进行单因素二分类 Logistic 回归分析。参保类型（X6）、人员类别（X7）、是否了解政策（X8）、倾向到哪类医院就诊（X10）、负担是否减轻（X12）、个账划扣（X13）、记账比例（X14）、滚存有效（X15）与对普通门诊统筹政策总体满意度的关联之间具有统计学意义，均有 $p<0.05$。

　　为全面了解影响政策总体满意度的影响因素，采用强行进入法（Enter），将单因素分析中有统计学意义的因素引入 Logistic 回归方程进行多因素分析，结果如表16所示。

表16 影响政策总体满意度多因素分析结果

因 素	系数值	标准误	Wald 卡方值	优势比	95% 可信区间	p 值
X12 负担是否减轻(参照组:较大减轻)						
减轻一点	0.249	0.412	0.364	1.282	0.572 ~ 2.875	0.546
没有减轻	1.528	0.435	12.324	4.611	1.964 ~ 10.824	<0.001
X13 个账划扣(参照组:合理)						
不合理	1.372	0.190	52.348	3.944	2.720 ~ 5.720	<0.001
其他	0.133	0.422	0.100	1.143	0.500 ~ 2.611	0.752
X14 记账比例(参照组:维持现有比例)						
需改变现有比例	0.514	0.183	7.914	1.672	1.169 ~ 2.392	0.005

结果显示,负担是否减轻、认为个账划扣是否合理和记账比例是否需要改变,是影响政策总体满意度的有统计学意义的因素。排除混杂因素后,与以上 $R \times 2$ 列联表的 χ^2 检验结果不同的是,对现有政策有意见的参保人,实际上对政策的满意度比对现行政策无意见的参保人满意度更高。如在负担是否减轻因素中,认为没有减轻的参保人的满意度是认为负担较大减轻的参保人的 4.611 倍。调查表中显示,参保人认为负担没有减轻的原因比较多的是认为药费、检查费较贵,或者是很少看病等,并不是认为政策对他们没帮助。另外,认为划扣个账不合理的参保人对政策的满意度是认为合理的参保人的 3.944 倍,认为需改变现行记账比例的参保人的满意度是认同现行记账比例的参保人的 1.672 倍,反映了这部分参保人实际上对门诊医疗需求更大,因此对政策的期望值较高,希望能通过不划扣个人账户和提高记账比例来进一步减轻门诊医疗负担。

(5)调查对象反映较突出的问题,包括以下方面。

①定点医疗机构医保管理人员反映较突出的问题。一是定点医疗机构的结算方式。非基层医院对现行结算方式比较认同,甚至希望以定额方式结算,费用未超定额的,按选点人数总定额数支付给定点医疗机构。基层医院则对现行结算方式意见较大。据反映,到基层定点医疗机构就诊的大部分是老年人,人均限额 400 元/人·年,额度较低,建议提高年度人均限额,或按服务项目结算。二是宣传工作方面。对参保人的政策宣传要全面,不要仅强调每月最高限额,建议宣传重点应放在因病施治、合理用药、合理检查、规范行医方面,避免参保人由于对政策了解不全面,产生对医保基金不用白不用的心态,在医保待遇达不到其期望

时对医院形成负面评价，增加医患矛盾。

②广州市城镇基本医疗保险参保人反映较突出的问题。一是对政策条款的意见。参保人认为划扣个人账户对没有就诊的参保人不公平。建议对当月有门诊就诊的参保人，可在下月划扣个人账户，没就诊的不划扣个人账户；或者为鼓励节约，建议对于当月没就诊及统筹金记账少于300元的，将划扣的金额部分返回个人账户。对于每月门诊最高记账金额，大部分参保人希望能滚存使用，因为并不是每月都需要门诊就医，但一旦有需要时，可能会超过当月最高限额。二是对普通门诊目录范围的意见。参保人认为普通门诊目录范围不够，一些常见的检验（如乙肝两对半等）、检查治疗（心电图、胃肠镜、导尿等）、专科治疗（如口腔专科等）都不在目录范围内，较多参保人希望能将体检、理疗、康复治疗及CT、MR等检查纳入普通门诊统筹报销范围。

③医院限制处方、控制费用的问题。参保人反映，基层医院因与医保经办机构按年度人头限额方式结算，对参保人限制门诊处方量和费用，造成参保人就医不方便。

四　结论与讨论

（一）政策实施暂未对基金运转构成压力，结余率较高情况需进一步关注

目前，普通门诊统筹基金每月收入约1.1亿元，支出约3600万元，除2010年4月外，每月基金的结余率均超过60%，年终结余率达65%，对基金的运转未构成压力。同时，基金收入中来源于个人账户划转部分达9.75亿元，而基金支出为4.19亿元，即普通门诊统筹的实施实际上增加了医保统筹基金总体结余。

对目前结余率较高的情况需作全面分析。第一，目前的情况尚未能全面反映医疗消费的真正水平。政策实施时间较短，医、患双方对政策掌握程度不高，一方面，定点医疗机构基于限额控制下对医院影响不明朗，因此对医疗费用控制较严；另一方面，参保人医疗需求的自我控制仍未放松，因此医疗消费的欲望仍不高。同时，由于选定医院等措施的限制，以及部分参保人对自身权益的熟

知程度还有限，部分人员放弃享受普通门诊待遇，改用个人账户资金或现金就医、购药等形式。第二，基金的高结余与通过普通门诊统筹降低基金结余率的期望有较大差距。因此，建议对基金的收支情况进行全面监测，及时提出调整措施。

（二）一定程度上减轻了参保人的门诊医疗费用负担，支付比例仍未达预期水平

2009 年 8 月至 2010 年 6 月，参保人到基层医疗机构、非基层医疗机构总体的待遇享受情况如表 17 所示。

表 17 参保人到医疗机构的总体待遇享受情况

单位：元，%

项 目　　医院性质	基层医疗机构	非基层医疗机构	合计
次均门诊总费用	85.58	165.96	150.96
次均记账费用	45.96	61.24	59.78
自付费用	39.62	104.72	91.18
记账比例	53.70	36.90	39.60
自付比例	46.30	63.10	60.40

通过表 17 反映，普通门诊统筹政策实施后参保人负担切实得到减轻，80.6% 的被调查参保人也认为政策实施对减轻门诊医疗费用负担有一定的帮助。但是同时可看出，目前两类医疗机构的记账比例比政策规定的 65%、50% 约低 10 个百分点，而认为政策实施后负担减轻较大的受访参保人仅为 7.3%，同时有 19.4% 的参保人认为没有减轻。

对此，我们认为，一是目前的普通门诊统筹水平虽然低于政策设定水平，但医疗保险对门诊的总体保障水平仍较高。按目前每月人均就诊次数 1.63~2.03 次测算，参保人在基层医疗机构、非基层医疗机构就诊每年需自付的费用分别为 774.97~965.14 元及 2048.32~2550.98 元。根据目前个人账户资金平均每人每年注资约 1545 元看，职工医保应可基本实现对普通门诊的医疗保障。从调查情况看，对待遇水平不满意的参保人实际上对政策的总体满意度反而较高。因此，参保人对待遇偏低的评价也与其个人主观期望有关。二是需综合考虑参保人医疗

费用负担因素。由于个人账户资金仍需用于支付个人住院、门特、门慢等治疗重病、多发病发生的自付部分医疗费用，而灵活就业人员、外来就医人员均无个人账户，因此也需考虑目前普通门诊统筹支付水平不高对参保人医疗费用负担压力的影响。三是分析造成现行待遇支付比例不高的原因。目前，医疗费用中有约30%的费用属诊疗项目，但纳入普通门诊统筹支付范围的诊疗项目仅占医保目录的7%，因此对普通门诊的支付率造成较大影响。

（三）政策实施未刺激医疗需求过度增长，但平均医疗费用增长态势值得关注

1. 就医量保持平稳

普通门诊统筹政策实施 11 个月以来，就诊人数及人次数保持相对平稳，主要维持在 30 万～40 万人次的水平，未随选点人数的逐月增加而同步增加。同时，80.2%的受访参保人也表示，门诊统筹后并未增加就医次数，显示参保人的就医需求仍保持在较理性的水平，未因政策的实施而过度释放。

2. 平均医疗费用逐月增长

参保人平均医疗费一直低于卫生局公布的同期全市门诊医疗费用人次平均水平，但是总体呈逐月递增趋势。2010 年 6 月，普通门诊平均医疗费用比 2009 年 8 月增长了 16%，这应与随着参保人与定点医疗机构逐渐了解政策后，医疗费消费需求有所提升、医疗费用控制意识有所下降有关，需要引起重视并开展监控。

（四）按人头限额结算方式实施平稳，但实际发生的年度人头费用过低需引起重视

1. 限额标准满足使用

政策实施初期，媒体及不少医院都认为基层医疗机构 400 元、非基层医疗机构 600 元的限额会使医院面临"做得多，亏得多"的局面，故此质疑较多。然而经统计，按前 11 个月的选点人头实际发生费用来看，基层医院仅为 223.84 元，非基层医院仅为 313.84 元，不存在政策实施初期部分定点医疗机构担心的不足问题。

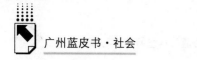

2. 实际发生费用远低于限额标准

目前，非基层医疗机构及基层医疗机构的实际年度发生费用分别比限额标准低 47.7%、44.0%，而受访参保人则对部分医院因限额原因控制参保人处方及次记账额意见较大。因此，需要检讨目前的限额标准是否设定过高，或是否是因定点医疗机构因限额问题过度控制参保人的正常医疗消费，甚至将应由医保支付的费用转由参保人自费而造成了目前限额过高的假象。

（五）就医行为仍向非基层医院集中，并呈现向基层医院分流趋势

根据统计，目前参保人选择非基层机构作定点医院的比例为 67%，实际就诊人次比例为 61.4%，分别比基层医疗机构高 34%、32.6%，显示参保人仍主要倾向到"大医院"就医。这主要是因为参保人就医意向的习惯性，以及目前基层医院与非基层医院的技术、综合管理水平差距仍过大所致，基层医院难以吸引参保人前往就医。

但是，到非基层医院就诊人次呈逐月微幅下降趋势，2010 年 6 月比 2009 年 8 月降低了 3%；反之，基层医院则逐月上升，2010 年 6 月比 2009 年 8 月上升了 3.6%（指定门诊专科医院下降了 0.6%）。这显示参保人的就医行为可能在政策引导下发生转变，逐渐向基层医院分流。

（六）社会对政策的总体认可度较高，医、患双方对完善、调整政策要求有较大差异

75.2% 的受访参保人及 90.4% 的受访定点医疗机构工作人员对政策总体评价满意或基本满意，参保人对一些敏感性条款的评价的认可比例达到近五成，如应否以个人账户资金缴交普通门诊统筹费、目前记账比例是否合理，比调研前的预计要高，说明政策认可度较高。

同时，参保人及定点医疗机构工作人员对待遇及管理条款的认同度差异较大，如参保人对提高记账比例、每月最高报销金额、延长月度限额有效期、增加选定医院等方面的期望较高（分别为 59.7%、53.5%、89.7%、70%），而多数医保管理人员则认为上述规定合理。这可能是参保人的要求不合理，也可能是定点医疗机构从自身的限额控制压力出发，不期望满足参保人的合理需求。这从侧面反映出医、保、患三方利益关系平衡的复杂性，需要进行进一步的跟踪分析。

（七）参保人对政策的知悉度不断上升，认知的准确度有待提高

从调查看，参保人对政策的知情度达92.9%，选点人数也每月增加，反映出随着宣传的持续，参保人对政策的知悉度不断上升。但是参保人选点就医欲望偏低（选点率仅为三成）、对政策期望偏高、对部分条款不了解，以及定点医疗机构医保管理人员反映部分参保人片面强调可享受的每月最高限额等的情况也反映了目前政策的宣传力度仍不足，宣传内容不够全面，宣传的有效性也有待提高。

五　建议及下一步工作

（一）对参保人提高普通门诊统筹待遇的需求及可行性进行跟踪分析

目前，待遇支付比例较低、基金结余较多，参保人建议应适当提高待遇的呼声较高，但一方面由于政策实施时间尚短，另一方面参保人的门诊保障除门诊统筹外还有个人账户资金保障，而且从2010年11月起将实施包括降低乙类药品及诊类项目先自付比例在内的一系列减负政策，对参保人的就医需求可能有叠加的释放作用，因此暂时不宜即时调整待遇。但应进行进一步的跟踪分析，并针对参保人的需求对三方面的措施作重点研究。一是可否适当扩大门诊目录范围。将部分在门诊可进行、常用的诊疗项目纳入门诊支付范围，进一步扩大参保人可享受待遇范围。二是可否提高统筹基金记账比例。可否在原基础上增加10%～15%的比例（专家建议值为70%～80%，高于这个比例容易发生道德风险）。三是可否调整每月限额的待遇支付方式。鉴于参保人个体门诊就诊率的不稳定性以及相对集中，使得参保人尤其是年轻的参保人往往面临平时不享受待遇，需享受待遇时每月限额不足支付的局面，故可研究将每月限额改为季度限额或年度限额。

（二）研究取消或降低门诊统筹资金划扣比例的可行性

门诊统筹政策测算时预计基金支出将达27亿元，故综合考虑基金支出风险及用活个人账户等因素，从参保人个人账户资金或统筹金中划拨1%（职工医保

及灵活就医人员医保参保人）或 0.75%（外来从业人员）用于普通门诊统筹。但目前实际基金支出为 4.19 亿元，仅为测算时的 15.5%，且 2010 年 11 月将实施扩大个人账户使用范围的措施，个人账户的使用空间大大增加，故建议在监测2010 社保年度普通门诊统筹金收支情况的基础上，研究取消或降低个人账户划扣比例的可行性。

（三）研究适当调整结算方式或限额结算标准

由于政策实施时间短，尚不能判定目前的限额结算标准是否合理。需要监测2010 社保年度各定点医疗机构限额费用情况，并综合考虑各项因素，最终确定新的限额标准。

（四）加强对医院的实时性和动态性监管，提高监管效率

普通门诊是各项医保待遇中监控难度最大的险种。为满足参保人合理医疗需求，并防范各种道德风险，保证政策实施到位，需进一步加强对定点医疗机构的监控。一是运用信息手段，开发相关系统模块，建立门诊监控指标（如门诊次均费用、门诊就诊人次人数比、门诊药品费用比等），加强对医院进行实时性和动态性监管；二是开展普通门诊实施情况的专项检查，对部分医疗机构的医疗行为（包括是否不合理采取限额措施、是否过度消费等）进行现场检查。

（五）抓住有效渠道重点宣传，全面宣传政策内容

一是从宣传手段看。据调查，参保人获取政策信息的渠道主要是报纸和电视，因此，今后要进一步加强媒体宣传，实行连续性宣传策略，开展政策实施前的基本知识宣传、政策实施中的重点问题宣传、政策实施阶段期的回顾性宣传，从而加深和提高参保人对政策认识的深度和准确度。另外，也要针对重点人群，继续通过编印宣传单张、编制动漫片等方式加大宣传的力度。二是从宣传内容看。提高政策宣传内容的全面性，从保、医、患三方角度出发，不但强调医保待遇，而且必须引导参保人合理利用医疗资源，加强医保经办部门和医院的沟通、合作，避免矛盾产生。

（审稿人：谢建社）

参考文献

韩凤：《基本医疗保险费用结算办法对医疗机构和参保患者行为的影响》，《中国医院》2001 年第 5 （7） 期。

杭政办〔2006〕43 号《杭州市人民政府办公厅关于印发杭州市企业在职人员门诊医疗费社会统筹暂行办法的通知》。

湖政办发〔2009〕57 号《湖州市区企业职工基本医疗保险门诊医疗统筹暂行办法》。

温政令第 115 号《温州市区城镇职工基本医疗保险门诊医疗统筹办法》。

茂劳社〔2010〕17 号《茂名市城镇职工基本医疗保险普通门诊统筹试行办法》。

建政函〔2008〕127 号《建德市企业职工门诊医疗费社会统筹办法》。

穗劳社医〔2009〕4 号《广州市城镇基本医疗保险普通门诊医疗费用统筹办法（试行）》。

珠府〔2009〕74 号《珠海市人民政府关于印发珠海市社会基本医疗保险普通门诊统筹暂行办法的通知》。

舟政发〔2009〕78 号《浙江省舟山市人民政府关于进一步完善舟山市城镇职工基本医疗保险制度的意见》。

呼政发〔2009〕62 号《呼和浩特市人民政府关于转发〈呼和浩特市城镇职工基本医疗保险门诊统筹暂行办法〉的通知》。

宁劳社医〔2009〕1 号《南京市城镇职工基本医疗保险门诊统筹暂行办法》。

珠海市基本医保普通门诊统筹政策指南。

陈树贤、蔡峰、沈裕彭、竺小方：《"改良按项目付费"试解医保难题——温州市职工医保门诊结算方案》，《中国社会保障》2008 年第 4 期。

张瑞宏、唐新民、王艳君：《对云南省城镇居民基本医疗保险门诊统筹的思考》，《卫生经济研究》2009 年第 3 期。

张开金、王敏、姜丽、邱晓艳：《构建门诊统筹管理促进个人账户利用与社区卫生服务结合的必要性和可行性》，《中国全科医学》2009 年第 12 （4A） 期。

王敏、张开金、姜丽、邱晓艳：《门诊统筹模式的建立与思考》，《中国全科医学》2009 年第 12 （4A） 期。

周召梅、徐林山、汪利民：《定点医疗管理下的门诊服务利用与费用分析：以杭州 A 医院为例》，《中国卫生政策研究》2009 年第 2 （2） 期。

林枫：《门诊也该"统筹"》，《中国社会保障》2008 年第 7 期。

林枫：《门诊统筹需要先做"减法"》，《中国社会保障》2008 年第 10 期。

陈启鸿：《门诊医疗费用构成比较分析及政策的选择》，《卫生软科学》2001 年第 15（3） 期。

许芬：《医院门诊病人费用调查分析》，《中国医院统计》2002 年第 9 （1） 期。

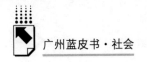

广州蓝皮书·社会

张玉海、许勇勇、刘利华、唐晓东:《影响医院门诊病人就诊费用的因素浅析》,《解放军医院管理杂志》2002 年第 9(2)期。

Consideration of General Outpatients' Pooling Account of Basic Medical Insurance Service in Guangzhou

Bureau of Medical Insurance Services and Management of Guangzhou Municipality

Abstract:For purpose to provide scientific basis as to consummate the general outpatient's pooling account (cost reimbursement) system and adjust policies and management methods in time. Such review has been carried out. Till June 30, 2010, implementation of policy hasn't carried so much pressure on fund operation. The year-end balance rate is 65% , which actually increase the balance of health insurance fund; outpatient cost reimbursement rate reaches nearly 40% , which has reduce the medical costs for insured patient, but have not yet reached the expected level; policy implementation does not stimulate excessive growth of medical needs, but the average health care cost increases faster; and the method of limited reimbursement per person through designated medical institutions carried smoothly, but the actual annual cost was at a low level; The insured person still concentrated to receive treatment in non-basic level hospital, yet showing a trend to concentrate in basic level hospital; the public overall satisfaction against our policy is high.

Key Words:General Outpatients' Pooling Account; Outpatient Medical Expenses; Policy Evaluation

B.7
广州市以社区为基础的人口
生殖健康公共服务体系研究

卢祖洵 石淑华 刘军安 周宏峰 段建华 杨 健 张 恒*

摘 要：通过对广州市生殖健康公共服务需方、供方、管理方进行现场调研，系统分析广州市生殖健康公共服务发展现状和问题，为优化广州市生殖健康公共服务体系提供政策依据。研究发现，社区居民生殖健康公共服务利用率偏低，且对社区卫生服务中心的信任度不高；街道计划生育机构提供的生殖健康公共服务内容单一，不能满足居民生殖健康需求；卫生和计生部门在社区生殖健康公共服务建设上，各自为政，自成体系，系统之间缺乏联合机制。建议政府应该以社区卫生服务系统为主导，对社区卫生服务中心和街道计生服务站进行资源和服务整合，构建以社区为基础的生殖健康公共服务体系，以满足广州市居民日益增长的生殖健康公共服务需求。

关键词：生殖健康 公共服务 体系 社区

早在 20 世纪 80 年代末，世界卫生组织（WHO）就提出了"生殖健康（Reproductive Health）"的概念，认为生殖健康不仅仅是生殖过程没有疾病和失调，而是生理、心理和社会的一种完好状态。该定义突破了单纯的生物医学观点，将生殖健康的概念扩展为以人为中心的社会定义，将生殖权利作为生殖健康的核心。由于该概念所涉及的妇女、儿童、人口、社会、卫生保健、可持续发展等问题多属于世界性的公共问题，因此，该概念一经提出，很快就成为人口与计划生育、妇女、卫生保健等领域的热点问题，并引起世界各国的普遍关注。如何

---

* 本课题负责人：卢祖洵，教授，博士研究生导师，华中科技大学同济医学院社会医学研究所所长，主要从事社会医学与卫生政策研究。

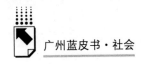

促进我国生殖健康公共服务的均等化和可持续发展，目前已经成为我国各级政府提高居民健康水平和构建和谐社会的重要议题。

一 研究目的与数据来源

（一）研究目的

在1994年开罗召开的国际人口与发展会议上，生殖健康理念被正式写进了联合国文件《国际人口与发展行动纲领》之中，明确提出了到2015年"人人享有生殖健康保健"的目标，意味着生殖健康已经成为全球的共同承诺。我国作为一个负责任的人口大国，非常重视妇幼卫生事业和计划生育事业，积极接纳了生殖健康概念并向全世界庄严承诺，将致力于执行《国际人口与发展行动纲领》，努力提高人口的生殖健康水平。目前，我国已颁布执行了一系列与生殖健康关系密切的法律法规和政策，如《中华人民共和国妇女权益保障法》、《中华人民共和国母婴保健法》和《中华人民共和国人口与计划生育法》等，为提升我国人口生殖健康水平提供法律支撑和保证。在我国多部门、多系统、多机构共同努力下，我国生殖健康和生殖保健工作已经取得了显著成绩，并打下了一个良好的工作基础。

人口生殖健康是关系到国家和民族生存和发展的大事，理应纳入国家卫生服务体系中来，特别是生殖健康公共服务，应该由政府主导，向社区居民和家庭提供均等化服务。当前，我国正在进行新一轮医药卫生体制改革，其目标就是要建立健全覆盖城乡居民的基本医疗卫生制度，为群众提供安全、有效、方便、价廉的医疗卫生服务。目前，广州市正在完善社区卫生服务网络。截至2010年，社区卫生服务中心已达128家，社区卫生服务站达109个，社区医疗服务覆盖了95%以上的街道，初步形成了社区卫生服务与医院服务合理分工、密切协作的新型城市卫生服务体系。这为构建新型生殖健康公共服务体系提供了较为坚实的基础网络。

虽然广州市的人口生殖健康及计划生育公共服务有了很大发展，但是与发达国家相比，还是有一定距离。而且随着我国社会经济发展，广大群众对生殖健康公共服务的需求正在日益增加。社区卫生服务的完善和全民医疗保障制度的确立，为建立人口生殖健康公共服务体系提供了新的基础平台和政策环境。本研究通过现场调查，旨在掌握广州市人口生殖健康公共卫生服务的需要、资源分配和利用的基本信息和状况,为构建和谐社会目标下的广州市人口生殖健康公共服务体系提供科学依据。对于广州市来说,在新医改框架内,对人口生殖健康公共服务进行系统规划,以社区卫生服务为主导,建立新型生殖健康公共服务体系,对节约公共卫生资源,优化区域卫生服务体系,促进 2015 年人人享有生殖健康保健目标实现,具有非常重要的现实意义。

(二) 数据来源

1. 居民抽样调查

广州市人口发展战略研究办公室于 2009 年 12 月进行了广州市人口生殖健康公共服务体系现场调查,如无特别说明,本文出现的表 1 ~ 表 10 数据均来源于本次调查。调查对象为在广州市居住 6 个月以上的成年居民,年龄在 18 ~ 50 岁,包括户籍人口和暂住人口。考虑到抽样误差,按照统计学要求再增加 10% 居民保证样本的代表性。通过公式计算 $N = 1067 + 106 = 1173$,大约需要调查 1200 名居民。具体抽样方式:在广州市 12 个行政区(县)中,根据经济发展状况和新老城区情况,抽取白云、黄埔、越秀、荔湾和海珠等五个行政区,在五个行政区中,根据社区的经济状况不同在每个行政区抽取 2 个社区,共 10 个社区。在每个社区采取整群随机抽样方式进行,由调查员进行集中讲解和指导,由被调查者自行完成问卷。本研究实际抽取的有效样本为 1247 例。

样本量的计算公式如下:

$$N = \frac{u_\alpha^2 \pi (1 - \pi)}{\delta^2}$$

$(\alpha = 0.05, \pi = 0.5, 容许误差 \delta = 0.03)$

2. 服务机构调查

对广州市的白云、黄埔、越秀、荔湾和海珠等五个行政区的街道计划生育服务站和社区卫生服务中心进行调查,其中街道计生服务站 41 家,社区卫生服务中心 10 家,了解社区生殖健康公共卫生资源配置情况、能力建设,以及工作开展情况和存在问题。

3. 工作人员访谈

对广州市卫生局和计生局,以及白云、黄埔、越秀、荔湾和海珠区卫生局和计生局的有关管理人员进行访谈,共计 20 人左右。同时,对社区卫生服务机构

和计生服务机构的相关管理人员及从事生殖健康公共服务的工作人员进行问卷调查，共计525人。

二　广州市居民对生殖健康公共服务的需求与利用情况

社区居民对生殖健康公共服务的需求与利用情况，是构建生殖健康公共服务体系的基础指标。只有以居民生殖健康需求为导向，才能设计出合理可行的生殖健康公共服务模式，确保社区居民的生殖健康需求得到有效满足。

（一）居民的社会人口学特征

本次共调查1247人，来自广州市的天河、白云、黄埔、海珠、荔湾等五个行政区，调查居民分别占21.5%、18.3%、18.8%、20.2%和21.3%。其中：户籍人口794人，占63.7%，暂住人口453人，占36.3%；男性为320人，女性为927人，分别占25.7%和74.3%，女性多于男性，符合生殖健康服务的主要服务人群特点。调查对象年龄在18～50岁之间，其中，18～29岁为324人，占26.0%，30～39岁为495人，占39.7%，40～50岁为428人，占34.3%。调查对象婚姻状况以已婚为主，占82.2%，其次为未婚，占14.2%，离丧占3.6%。调查对象的文化程度较高，但户籍人口文化程度高于暂住人口的文化程度，高中及以上学历有914人，占73.3%，其中户籍人口高中及以上学历有650人，占81.9%，暂住人口高中及以上学历有264人，占58.3%。调查对象职业分布较为广泛，其中灵活就业、事业单位、企业职工、家务人员、服务业、行政单位、无业（退休）及其他职业分别占19.4%、13.8%、12.0%、13.7%、10.7%、7.1%、6.0%和17.3%。

（二）居民的生殖健康意识及对生殖健康的知晓情况

1. 居民生殖健康意识自我评价

调查发现，居民生殖健康保健意识偏弱，只有36.1%的居民具有较强的生殖健康意识，60.1%的居民生殖健康意识"一般"，另外，还有3.8%的居民基本没有生殖健康意识；居民对家庭成员的生殖健康重视程度也偏低，只有33.2%的居民持"重视"态度，有61.8%的居民处于"一般"状态，还有5.0%的居民不重视家庭成员生殖健康。在鼓励家庭成员利用生殖健康服务中，有 57.4% 的居民持鼓励态度，34.2% 的居民处于"一般"态度，8.4% 的居民认为没有必要鼓励。总的说来，户籍人口生殖健康意识稍好于流动人口。

2. 居民对生殖健康知晓情况

（1）居民对生殖健康服务知晓情况。调查发现，居民对生殖健康服务相关内容了解程度偏低，只有 48.3% 的居民知道生殖健康服务，51.7% 的居民不清楚生殖健康服务内容。户籍人口对生殖健康服务知晓情况（52.0%）好于暂住人口（41.7%），提示有必要加强生殖健康公共服务的宣传工作。进一步分析显示，居民对生殖健康服务具体内容的知晓程度也不高，知道包含新婚保健的为 33.8%，知道包含生殖道感染防治的为 33.0%，知道包含计划生育服务的为 41.6%，知道包含性病皮肤病防治的为 29.8%，知道包含孕产妇保健的占 34.9%，知道包含儿童保健的为 35.2%。

（2）居民对生殖健康知识的知晓程度。从整体上看，居民对生殖健康知识的了解程度也不太理想，有 67.2% 的居民了解计划生育方面知识，有 55.0% 的居民了解新婚保健方面的知识，有 43.4% 的居民了解生殖道感染防治方面的知识，有 40.7% 的居民了解性病皮肤病防治方面的知识，有 49.6% 的居民了解孕产妇保健知识，有 53.5% 的居民了解儿童保健方面的知识。而且分析发现，户籍人口对生殖健康知识的了解程度高于暂住人口。另外，居民对生殖健康技能的掌握也不尽如人意，基本掌握验孕技能、避孕技能、安全性生活技能、孕妇营养搭配技能、胎儿早教技能、儿童营养搭配技能的居民分别为 40.7%、57.5%、48.4%、23.8%、21.3% 和 25.7%。调查发现，大部分居民对生殖健康技能只是一知半解，甚至根本就不知道。而且同样的情况是，户籍人口对生殖健康技能的掌握情况要好于暂住人口。

3. 居民获取生殖健康知识的渠道和来源

调查发现，居民希望得到生殖健康知识的渠道主要有计生机构（54.1%）、妇幼保健机构（41.8%）、医院（40.2%）、广播电视媒介（40.2%）等。值得注意的是，希望从社区卫生服务机构得到相关知识的居民只占 38.3%，提示社区卫生服务机构的健康教育功能实现程度不太理想。调查显示，当居民遇到性与生殖健康问题时，主要是找医生（75.9%），其次是家人（33.9%）、再次才是，计生工作人员（30.3%）和自己找书看（30.1%）。因此有必要进一步加强社区卫生服务建设，提高社区医生素质，增加居民对社区生殖健康服务的利用。

（三）居民对生殖健康服务的期望、及选择意愿需求情况

1. 居民对生殖健康服务的期望

调查发现，大部分居民（77.7%）是需要生殖健康公共服务的，而且户籍人口（77.2%）和暂住人口（78.6%）的需要程度基本一致。这说明了在社区层面开展生殖健康公共服务的必要性和紧迫性，因为社区卫生服务就是以需求为导向，社区卫生服务机构应该满足居民的生殖健康公共服务需要。分析显示，社区居民对6类生殖健康公共服务的需求程度都较高，都达到了65%以上，其中对计生服务（71.8%）、儿童保健（71.7%）和生殖道感染防治（71.7%）的需求都到70%以上，其次是新婚保健（67.7%）、孕产妇保健（67.4%）和性病皮肤病防治（67.2%），显示生殖健康公共服务在社区居民中具有较高的需要程度。

2. 居民对生殖健康服务机构的选择意愿

从对提供生殖健康服务机构的选择上看（见表1），居民对计生服务、新婚保健、生殖道感染防治、性病皮肤病防治、孕产妇保健和儿童保健提供机构的选择有所不同。有45.9%的居民选择计生机构来提供计生服务，分别有44.8%、69.0%和56.5%的居民选择妇幼保健机构来提供新婚保健、孕产妇保健和儿童保健服务，分别有61.1%和69.7%的居民选择专科医院来提供生殖道感染防治和性病皮肤病防治服务。调查显示，居民并不认可社区卫生服务来提供相应的生殖健康服务。这种现实状况对构建以社区为基础的生殖健康公共服务来说，是一个不小的挑战，提示社区卫生服务机构要想取得居民信任，还需要做进一步努力，搞好自身建设。

表1 居民对生殖健康公共服务提供机构的选择意愿

单位：人，%

项　目	综合性医院		专科医院		妇幼保健机构		社区卫生服务机构		计划生育服务机构		其他机构	
	人数	占比	人数	占比	人数	占比	人数	占比	人数	占比	人数	占比
计生服务	85	6.8	147	11.8	243	19.5	190	15.2	572	45.9	10	0.8
新婚保健	117	9.4	169	13.6	559	44.8	195	15.6	178	14.3	29	2.3
生殖道感染防治	132	10.6	762	61.1	198	15.9	91	7.3	47	3.8	17	1.4
性病皮肤病防治	160	12.8	869	69.7	89	7.1	77	6.2	24	1.9	28	2.2
孕产妇保健	77	6.2	149	11.9	860	69.0	85	6.8	55	4.4	21	1.7
儿童保健	110	8.8	249	20.0	704	56.5	131	10.5	28	2.2	25	2.0

3. 居民对生殖健康公共服务的需求情况

表2显示，2009年，分别有37.9%、16.6%、26.9%、13.0%、16.8%和35.2%的居民在计生服务、新婚保健、生殖道感染防治、性病皮肤病防治、孕产妇保健和儿童保健方面有过生殖健康需求和健康问题。分析发现，居民生殖健康公共服务的需求并没有全部得到满足和解决。在上述6个方面，分别有8.9%、10.6%、23.0%、27.2%、13.8%和20.7%的居民的需求或问题没有得到满足和解决。主要原因是感觉病情轻或是小事情（31.1%）、没有时间（21.4%）、经济困难（16.5%）、机构没有解决办法（13.96%）、去机构不方便（8.8%）、需要手续（证明）怕麻烦（6.4%）、隐私不想让人知道（3.7%）以及其他因素（5.1%）。

表2 居民对生殖健康公共服务的需求情况

单位：%

项　目	户籍人口		暂住人口		合　计	
	人数	占比	人数	占比	人数	占比
计生服务	289	36.4	184	40.6	473	37.9
新婚保健	126	15.9	81	17.9	207	16.6
生殖道感染防治	225	28.3	110	24.3	335	26.9
性病皮肤病防治	107	13.5	55	12.1	162	13.0
孕产妇保健	126	15.9	84	18.5	210	16.8
儿童保健	293	36.9	146	32.2	439	35.2

（四）居民对生殖健康公共服务利用情况

1. 居民利用医院和妇幼保健机构生殖健康服务情况

调查发现（见表3），2009年，居民在各级医院的生殖健康服务的平均总利用率为1.87次，其中，计生服务为0.50次，新婚保健为0.14次，生殖道感染防治为0.23次，性病皮肤病防治为0.11次，孕产妇保健为0.26次，儿童保健为0.63次。在妇幼保健机构的生殖健康服务的平均总利用率为1.27次，其中，计生服务为0.35次，新婚保健为0.10次，生殖道感染防治为0.15次，性病皮肤病防治为0.08次，孕产妇保健为0.19次，儿童保健为0.40次。调查显示，居民对医院和妇幼保健机构生殖健康服务不满意的原因，依次是服务价格较贵（39.1%）、不方便（17.2%）、沟通不够好（15.4%）、服务态度差（15.3%）和技术水平不够好（13.4%）。

表3　居民利用医院和妇幼保健机构生殖健康服务情况

项　目	医　院		妇幼保健机构	
	总人次	人均次数	总人次	人均次数
计生服务	626	0.50	434	0.35
新婚保健	174	0.14	125	0.10
生殖道感染防治	286	0.23	191	0.15
性病皮肤病防治	138	0.11	104	0.08
孕产妇保健	330	0.26	237	0.19
儿童保健	783	0.63	503	0.40
合　计	2337	1.87	1594	1.27

2. 居民利用社区卫生服务机构生殖健康服务情况

调查发现（见表4），居民对社区卫生服务机构的生殖健康服务利用程度偏低，平均为1.32次，低于医院（1.87次），但高于妇幼保健机构（1.27次）。这证明了社区卫生服务机构生殖健康公共服务提供能力相对不足，其服务并没到得到社区居民的广泛认可。另外，调查显示，居民对社区卫生服务机构提供的生殖健康服务的满意度评价不高，对生殖健康服务"满意"的只有37.4%，"一般"的占37.2%，"不满意"的占4.1%，还有21.3%的居民表示"不清楚"。其中，对工作态度满意度为45.5%，方便性满意度为40.2%，服务环境满意度为37.9%，服务安全性满意度为37.4%，技术水平满意度为33.8%，服务设备满意度为33.4%，服务价格满意度为31.4%。

表4　居民利用社区卫生服务机构生殖健康服务情况

项　目	户籍人口		暂住人口		合　计	
	总人次	人均次数	总人次	人均次数	总人次	人均次数
计生服务	378	0.48	303	0.67	681	0.55
新婚保健	58	0.07	38	0.08	96	0.08
生殖道感染防治	93	0.12	58	0.13	151	0.12
性病皮肤病防治	46	0.06	21	0.05	67	0.05
孕产妇保健	81	0.10	63	0.14	144	0.12
儿童保健	302	0.38	199	0.44	501	0.40
合　计	958	1.21	682	1.51	1640	1.32

3. 居民利用计生服务机构生殖健康服务情况

调查发现，居民最常去的计划生育服务机构是街道计生服务站，占46.8%，其次是区级计生机构（15.9%）和市级计生机构（10.2%），但也有27.1%的居民没有去过计生服务机构。从表5可以看出，计生机构涉及的生殖健康公共服务主要为计生咨询、查环查孕、术后访视、发放避孕药具等，人均利用率为2.31次，其中户籍人口为2.24次，暂住人口为2.44次，相对于居民对社区卫生服务机构生殖健康公共服务的利用，其利用率要高。总的来说，有51.9%的居民对计划生育服务机构提供的服务"满意"，有33.4%的居民满意度"一般"，"不满意"的居民为2.2%，但也有12.5%的居民对计生机构提供的服务不清楚，不能做出判断。居民对计划生育机构生殖健康服务不满意的原因，依次是服务价格贵（13.6%）、技术水平不够好（11.5%）、医疗设备落后（8.3%）、不方便（6.5%）、服务态度较差（5.6%）、卫生环境较差（5.1%）、解释沟通不够好（5.1%）、服务安全性不够好（4.8%）、对隐私保护不够好（3.2%）及其他（1.0%）。

表5 居民利用计生机构的生殖健康公共服务情况

项 目	户籍人口		暂住人口		合 计	
	总人次	人均次数	总人次	人均次数	总人次	人均次数
计划生育咨询	343	0.43	248	0.55	591	0.47
上环/取环	97	0.12	55	0.12	152	0.12
查环/查孕	595	0.75	304	0.67	899	0.72
计划生育手术	67	0.09	69	0.16	136	0.11
术后检查	63	0.08	26	0.06	89	0.07
产后检查	54	0.07	38	0.08	92	0.07
生殖道感染的诊治	47	0.06	38	0.08	85	0.07
领取避孕药具	281	0.35	188	0.42	469	0.38
办理相关证明	233	0.29	139	0.31	372	0.30
合 计	1780	2.24	1105	2.44	2885	2.31

三 广州市社区生殖健康公共服务资源 配置及服务能力现状

从国家新医改的目标来看，让社区成为生殖健康公共服务体系的基础是现实选择。目前，在社区从事生殖健康公共服务的机构主要是社区卫生服务机构和街道计生服务站。因此，这些机构的资源配置和服务能力将直接影响居民对生殖健康公共服务的利用度和认可度。

（一）社区人力资源配置情况

本次调查的机构服务人员共525人，其中社区卫生服务机构406人，计生服务机构119人（见表6）。分析发现，社区工作人员的学历和职称水平普遍较低。机构服务人员学历以大专和中专为主（63.0%），其中社区卫生服务机构为63.8%，计生机构为60.5%，而具有本科学历的为33.1%。在职称方面，则以初级及无职称为主（占65.9%），其中社区卫生服务机构为64.6%，计生机构为70.6%；高级职称的卫生技术人员尤为缺乏，仅为6.7%，其中社区卫生服务机构为7.4%，计生机构为4.2%。在人员编制上，正式和临聘职工分别为50.7%和49.3%，社区卫生服务机构的临聘人员比例要高于正式职工。另外，社区从事公共卫生的人员所占比例偏低，仅占18.2%，不利于公共卫生服务的开展。总之，目前社区层面的卫生技术人员素质偏低，结构不合理，而且临聘人员过多，将直接影响社区生殖健康公共卫生服务的提供能力。

表6　社区卫生服务机构和街道计生服务站人力资源情况

单位：人，%

项　　目		社区卫生服务机构 (N=406)		计生服务站 (N=119)		合　计 (N=525)	
		人数	占比	人数	占比	人数	占比
分管工作	临床服务	143	35.2	24	20.2	167	31.8
	公共卫生	74	18.2	1	0.8	75	14.3
	护理服务	108	26.6	15	12.6	123	23.4
	医技服务	56	13.8	32	26.9	88	16.8
	其　　他	25	6.2	47	39.5	72	13.7
学历情况	研　究　生	5	1.2	0	0.0	5	1.0
	本　　科	134	33.0	40	33.6	174	33.1
	大　　专	155	38.2	50	42.0	205	39.0
	中　　专	104	25.6	22	18.5	126	24.0
	其　　他	8	2.0	7	5.9	15	2.9
职称状况	高　　级	30	7.4	5	4.2	35	6.7
	中　　级	114	28.1	30	25.2	144	27.4
	初　　级	211	52.0	48	40.3	259	49.3
	无　职　称	51	12.6	36	30.3	87	16.6
编制情况	正式职工	193	47.5	73	61.3	266	50.7
	临聘人员	213	52.5	46	38.7	259	49.3

进一步分析发现（见表7），在社区从事生殖健康服务的工作人员占24.6%，但其中社区卫生服务机构的生殖健康专职人员仅占2.5%，而且，只有12.8%的人员经常参与有关的生殖健康服务工作。在最近一年参加过生殖健康培训的人员占36.8%，大部分社区卫生服务机构工作人员没有参加过相应的培训的。同时，调查发现，对生殖健康服务工作有兴趣的工作人员占45.9%，其中社区卫生服务机构的工作人员仅占37.4%。能胜任生殖健康服务人员占54.9%，其中社区卫生服务机构能胜任人员占48.0%，说明目前社区卫生服务机构对生殖健康服务并没给予足够重视，同时也缺乏从事生殖健康服务的工作人员。

表7 社区工作人员对生殖健康公共服务参与情况

项 目		社区卫生服务机构（N=406）		街道计生服务站（N=119）		合 计（N=525）	
		人数	占比（%）	人数	占比（%）	人数	占比（%）
从事生殖健康服务情况	专职工作	10	2.5	119	100.0	129	24.6
	经常参与	52	12.8	0	0.0	52	9.9
	偶尔参与	162	39.9	0	0.0	162	30.9
	从不参与	182	44.8	0	0.0	182	34.7
培训参加情况	参加过	101	24.9	92	77.3	193	36.8
	没参加过	305	75.1	27	22.7	332	63.2
对生殖健康服务感兴趣情况	有兴趣	152	37.4	89	74.8	241	45.9
	一般	182	44.8	28	23.5	210	40.0
	缺乏兴趣	72	17.7	2	1.7	74	14.1
对生殖健康服务胜任情况	能胜任	195	48.0	93	78.2	288	54.9
	一般	139	34.2	23	19.3	162	30.9
	不能胜任	72	17.7	3	2.5	75	14.3

（二）社区生殖健康设备配置情况

现场调查发现（见表8），社区用于生殖健康服务的设备非常有限，一些重要的基本的妇科检查设备和妇幼保健设备，在一些社区卫生服务中心甚至没有配置，如手术床，平均为0.6台，新生儿暖箱平均为0.2台，阴道镜平均为0.4台，新生儿访视箱平均为0.6件等；而街道计生服务站也只是拥有一些计生设备，如B超和上环取环等设备，其他基本的妇科和妇幼保健设备大多不具备。因此，在社区层面从事生殖健康公共服务，需要进一步加大对社区卫生服务机构生殖健康方面基本设备的投入，以提高其生殖健康服务的能力。

表8 社区卫生服务中心和街道计生服务站生殖健康设备配置情况

项 目		社区卫生服务中心 （N = 10）		街道计生服务站 （N = 41）	
		总数	平均数	总数	平均数
妇产科设备	手术床(台)	6	0.6	5	0.12
	麻醉机(台)	3	0.3	0	0.00
	呼吸机(台)	5	0.5	0	0.00
	产床(台)	5	0.5	3	0.07
	B超(台)	17	1.7	199	4.85
	电动吸引器(台)	15	1.5	6	0.15
	新生儿暖箱(台)	2	0.2	1	0.02
	新生儿心电监护仪(台)	1	0.1	1	0.02
	胎儿监护仪(台)	3	0.3	1	0.02
	阴道镜(台)	4	0.4	2	0.05
	妇科检查床(台)	37	3.7	30	0.73
	妇科常规检查设备(件)	27	2.7	292	7.12
	妇科治疗床、鹅颈灯(台)	29	2.9	17	0.41
	妇科治疗设备(件)	17	1.7	66	1.61
	妇科冲洗床(台)	9	0.9	7	0.17
	妇科冲洗设备(件)	9	0.9	5	0.12
	骨盆测量仪器(台)	7	0.7	0	0.00
妇幼、儿童保健设备	红外线乳腺诊疗仪(台)	10	1.0	9	0.22
	生殖健康知识挂图(件)	11	1.1	103	2.51
	新生儿访视箱(件)	6	0.6	1	0.02
	成人体重秤(台)	20	2	6	0.15
	儿童磅秤(台)	11	1.1	0	0.00
	卧(立)式身长计(台)	9	0.9	0	0.00
	听力筛查仪(台)	6	0.6	0	0.00
	灯光视力表(台)	8	0.8	0	0.00
	弱视诊疗仪(台)	2	0.2	0	0.00
	体弱儿童保健设备(件)	2	0.2	0	0.00
	微量元素分析仪(台)	1	0.1	0	0.00
计生设备	妇科手术床(台)	11	1.1	35	0.85
	上取环设备(件)	35	3.5	190	4.63
	人流吸引器(台)	8	0.8	11	0.27
	计划生育手术包(件)	37	3.7	267	6.51
健康教育设备	电视机(台)	24	2.4	48	1.17
	录像机(台)	7	0.7	24	0.59
	投影仪(台)	9	0.9	18	0.44
	VCD(台)	14	1.4	40	0.98
	电脑(台)	115	11.5	88	2.15

（三）社区生殖健康公共服务开展情况

从总体上看（见表9），社区卫生服务中心提供的生殖健康公共服务量偏低，而街道计生服务站的服务主要集中在计划生育服务方面。调查发现，社区卫生服务中心的服务内容一般都集中于门诊疾病治疗，而在预防、保健、康复、健康教育等方面所开设的服务项目则极为有限，并未真正实现"六位一体"的综合服务功能。在生殖健康教育方面，社区卫生服务中心平均每年举办4.2次关于生殖健康的讲座，每年参加生殖健康教育讲座人次数为71.9人次，而街道计生服务站平均每年举办关于生殖健康讲座为4.8次，参加人次数为534.2人次。社区卫生服务中心在妇女病普查和新婚指导方面的平均服务人次数也低于街道计生服务站。在计划生育服务项目中，社区卫生服务中心服务量也明显低于街道计生服务站。但社区卫生服务中心在产前检查、产后访视、儿童保健和儿童体检方面的服务量较高，街道计生服务站基本没有从事此方面的相应工作。可以看出，社区卫生服务中心和街道计生服务站的服务内容之间具有一定互补性，如果进一步在社区层面进行整合，将会进一步提高社区生殖健康公共服务能力，使服务内容更趋系统化。

表9　社区卫生服务中心和街道计生服务站生殖健康公共服务开展情况

项　　目	社区卫生服务中心(N=10)		街道计生服务站(N=41)	
	总数	平均数	总数	平均数
关于生殖健康讲座次数(/年)	42	4.2	197	4.8
参加生殖健康教育讲座人次数(/年)	719	71.9	21904	534.2
妇女病普查人次数(/天)	7894	2.16	119141	7.96
新婚咨询指导人数(/天)	1178	0.32	16669	1.11
产前检查人次数(/天)	401	0.11	0	0.00
产后访视人次数(/天)	1240	0.34	14049	0.94
儿童常规体检人次数(/天)	24881	6.82	0	0.00
儿童保健人次数(/天)	23762	6.51	0	0.00
计划生育咨询人次数(/天)	1585	0.43	71519	4.78
免费发放避孕药具人次数(/天)	3985	1.09	233835	15.63
上环人数(/天)	477	0.13	4941	0.33
查环人数(/天)	2549	0.70	301234	20.13
查孕人数(/天)	7306	2.00	380248	25.41
计划生育手术人次数(/天)	1374	0.38	593	0.04
计划生育手术随访人数(/天)	1677	0.46	45807	3.06

（四）社区生殖健康服务能力情况

社区生殖健康服务能力是社区卫生服务机构和街道计生服务站从事生殖健康公共服务的技术保障。分析发现（见表10），社区卫生服务中心的计生服务能力、孕产妇保健能力、妇科病检查能力、生殖类疾病诊治能力、优生优育能力都明显不足，能开展的生殖健康服务工作非常有限，这将影响到社区居民对生殖健

表10　社区卫生服务中心和街道计生服务站生殖健康服务能力情况

单位：个，%

项　　目		社区卫生服务中心（N=10）		街道计生服务站（N=41）	
		具备的机构数	占比	具备的机构数	占比
计划生育服务能力	避孕药具提供	10	100.0	41	100.0
	人工流产术	5	50.0	8	19.5
	引产	3	30.0	0	0.0
	女性节育术	4	40.0	2	4.9
	男性节育术	3	30.0	1	2.4
	放环术	8	80.0	17	41.5
	取环术	8	80.0	17	41.5
	皮埋	3	30.0	0	0.0
孕产妇保健能力	早孕检查	10	100.0	27	65.9
	产前检查	6	60.0	1	2.4
	正常接生	3	30.0	0	0.0
妇科病检查能力	妇科检查	10	100.0	18	43.9
	滴虫霉菌涂片检查	7	70.0	13	31.7
	内生殖器B超检查	5	50.0	7	17.1
	乳房诊断仪检查	8	80.0	8	19.5
	宫颈癌初筛	4	40.0	2	4.9
生殖类疾病诊治能力	生殖道感染诊治	8	80.0	12	29.3
	性传播疾病的诊治	3	30.0	1	2.4
	不孕不育诊治	8	80.0	1	2.4
优生优育能力	孕产妇梅毒检查	4	40.0	0	0.0
	出生缺陷初级筛查	2	20.0	9	22.0
	优生实验室检查	2	20.0	1	2.4
	胎儿B超检查	10	100.0	4	9.8
生殖健康教育与咨询能力	生殖健康教育	10	100.0	38	92.7
	优生咨询与指导	10	100.0	37	90.2
	避孕节育咨询	10	100.0	41	100.0

康公共服务的需求。街道计生服务站与社区卫生服务中心相比，其生殖健康服务能力更是严重不足，只能满足居民计生方面的基本需求。

四　广州市生殖健康公共服务体系存在的主要问题

经过对居民对生殖健康的需求和利用情况、生殖健康公共服务提供情况，以及组织管理等方面的现场调研和系统分析，当前广州市生殖健康公共服务体系存在的主要问题体现在下列几个方面。

（一）服务系统呈分割态势，管理系统间缺乏有机的联系机制

目前，整个生殖健康公共服务工作主要由卫生系统和计生系统承担（见图1）。在卫生服务系统内，生殖健康服务由医院、妇幼保健机构和疾病预防控制机构共同承担。虽然妇幼保健机构是关键服务载体，但在整个生殖健康公共服务中并没有起到主导作用。而且在社区层面，社区卫生服务机构的生殖健康公共服务能力低下，也缺乏技术和财政支持。

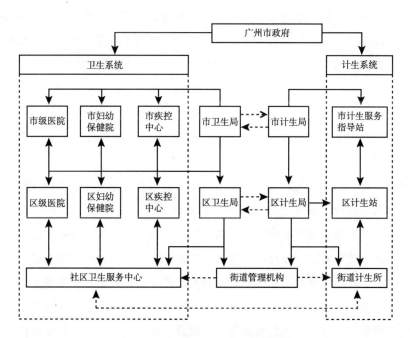

图1　传统生殖健康服务模式

与此同时，计生系统也承担了大量的生殖健康公共服务，这对实现国民低生育水平和提高居民生殖健康水平发挥了不可替代的作用。目前，计生服务机构借助市场经济体制和"一法三规一条例"的政策优势，使计生服务范围由单纯的生育调节逐步扩展到医疗卫生领域，向妇女病防治、出生缺陷、性病防治、优生优育等领域拓展，这给卫生服务系统，特别是给妇幼保健机构带来了较大压力和冲击，出现了计生和卫生"争、抢"生殖健康服务市场的现象，重复检查和过度提供时有发生，浪费了大量的卫生资源。

从宏观管理层面上看，计生系统和卫生系统缺乏正式的联系机制，两者的行政管理机构之间的制度化联系不够紧密，在政策制定和执行上缺乏有效沟通。在社区建设上，两个部门各自为政，自成体系，没有进行资源的良性整合，街道计生服务站和社区卫生服务机构之间只具备非正式的松散联系，凭人情和朋友关系进行自发式合作。总的来看，广州市的生殖健康公共服务体系呈现一种分割的态势，生殖健康服务体系没有发挥最大集约效应。

（二）计生系统的生殖健康公共服务能力相对不足

与广州市居民的生殖健康公共服务需求相比，目前计生系统的生殖健康公共服务能力是不足的，而且其服务范围主要集中在计划生育服务领域，生殖健康公共服务的其他领域，如出生缺陷、性病防治、妇女病筛查和防治的能力相对不足。仅凭计生系统是不可能满足社区居民生殖健康公共服务需求的，需要联合卫生系统的生殖健康公共服务力量。调查发现，计生服务机构人员的学历、职称偏低，具有本科以上学历的仅约占33.6%，初级和无职称的占70.6%，高级职称的仅占4.2%，而且非医学学历的工作人员偏多。

调查发现，街道计生服务站所从事的生殖健康公共服务主要为计生咨询、查环查孕、术后访视、发放避孕药具等，其他生殖健康公共服务基本没有能力开展，一是缺乏生殖健康方面的人员，二是缺乏妇幼保健、妇科设备，其相应的检查、诊断能力严重不足。通过访谈发现，多数计生工作人员认为没有必要扩大服务领域。鉴于计生服务机构在生殖健康公共服务领域的设备和服务能力不足，盲目引进人员和设备会造成卫生资源的浪费，因此，计生系统开展生殖健康公共服务应该与卫生系统合作，进行合理分工，联合起来向社区居民提供生殖健康公共服务。

（三）社区卫生服务机构的生殖健康公共服务基础薄弱

目前，社区卫生服务机构的生殖健康服务基础极为薄弱，生殖健康公共服务能力不足。调查发现，社区卫生服务中心就医环境欠佳，业务用房紧张，多数没有房屋产权，为租赁房，楼龄较长，排污、排水等基础实施落后，而且医疗、保健、康复等基本设备简陋，各中心更新设备、增加服务功能的经费无从落实。虽然有些中心，如沙园街、红山街等社区卫生服务中心规模较大，设备较齐全，服务能力较强，但多数社区卫生服务中心的基础设施较差，业务用房紧张，不能达标。

调查显示，在社区卫生服务中心从事预防、保健、康复、健康教育的卫技人员数目偏少（不足30%），各中心仍以提供门诊治疗服务为主。社区卫生服务中心的人员学历、职称偏低，本科以上学历的仅占34.2%，高级职称占7.4%。社区卫生服务机构临聘员工较多（53.5%），且正式员工多数是被医院淘汰下沉到社区的医务人员。此外，由于待遇低、评职称难以及进修机会相对较少，优秀人才一般不愿进社区。

不管是国家所有，还是集体所有的社区卫生服务机构，由于政府长期以来投入严重不足，其服务公益性较差，属于民营性质和股份合作性质的社区卫生服务中心，趋利性更是明显，对公共卫生服务并不热心。目前，社区卫生服务中心是社区最主要的生殖健康服务承担者，但调查发现，社区居民对其信任度并不高，只有53.4%的居民认可社区卫生服务中心提供的生殖健康公共服务，37.0%的居民对其的信任度"一般"，9.6%的居民持"不信任"态度。

目前，妇幼保健机构、社区卫生服务机构和计生服务机构都在提供生殖健康公共服务，但服务在社区层面缺乏有效整合，没有形成合力。调查发现，所有的社区卫生服务机构都希望与街道计生服务机构进行资源和服务整合，提高社区生殖健康公共服务能力，但也有部分计生服务工作人员（30%）并不愿意与社区卫生服务机构进行紧密整合，主要是认为社区卫生服务机构缺乏公益性，甚至是民办医疗机构，而计生服务机构主要免费提供服务，担心影响计生服务工作的开展。

五 广州市新型社区生殖健康公共服务体系构建

目前，广州市生殖健康公共服务资源和技术力量分散在各级医疗保健机构和计生服务机构中，服务能力和服务项目没有得到整合。政府只有整合来自卫生部门和计生部门的卫生资源，切实提高社区生殖健康公共服务能力，才能真正有助于提高居民的生殖健康水平。当前中央提出的"保基本"和"强基层"的新医改方向，为构建以社区为基础的生殖健康公共服务体系提供了发展机遇。

（一）构建原则

1. 以人为本原则

以居民生殖健康为中心，以生殖健康需求为导向，尊重居民生殖健康权利，把平等、尊重、保密等人性化原则贯彻到服务的各个过程和层面中，不断改善居民的就医环境，更新服务理念，变被动服务为主动服务。

2. 资源整合原则

资源整合是构建社区生殖健康公共服务体系的内在要求。要打破部门隔阂，把隶属于卫生部门、计生部门及其他部门的资源进行合理规划，打破不同所有制之间的隔阂，对社区卫生机构的布局，卫生资源的分布、结构进行合理调整。

3. 社区主导原则

在社区层面提供服务是构建生殖健康公共服务体系的关键环节，计生系统和卫生系统要共同以社区为平台，依托社区卫生服务机构，把优质的生殖健康公共服务资源向社区倾斜，并开发适用于社区特点的服务模式。

4. 公益服务原则

政府要合理解决生殖健康公共服务的经费、场所、设备、人员等相关问题，实现基本生殖健康公共服务的均等化，要求服务机构不以营利为目的，以人为本，以公众利益为重，体现社会效益，确保生殖健康公共服务的公平性和可及性。

5. 多部门合作原则

生殖健康公共服务涉及卫生和计生部门，还与民政、妇联、公安、教育等部门有较为密切的关系，因此，由计、卫联手建立多部门合作机制，发挥部门优势，共建社区生殖健康公共服务体系。

6. 家庭参与原则

生殖健康需要家庭参与，在服务体系建设中，要建立家庭参与的生殖健康公共服务机制，提高家庭对生殖健康服务的满意度，促进家庭生活幸福。

（二）新型社区生殖健康公共服务模式

1. 模式的基本内涵

以目前的社区卫生服务体系为依托，建立卫生系统和计生系统的联合机制，把生殖健康公共服务纳入社区卫生服务中来，对社区卫生服务中心和街道计生服务站进行资源和服务整合，形成一种新型的社区卫生服务机构——"社区人口健康服务中心"（名称暂定）。该服务中心的指导思想是"关注健康，预防疾病，合理医疗"，主要服务对象是健康人、亚健康人和病人。在中心内设置生殖健康公共服务基地，在上级妇幼保健机构和计划生育服务机构的技术指导下，以居民生殖健康为中心，关注重点服务人群，以公益性为主导，以家庭保健服务为内容，以主动服务、上门访视和健康指导为方式，向全体居民提供高质量的生殖健康公共服务（见图2）。

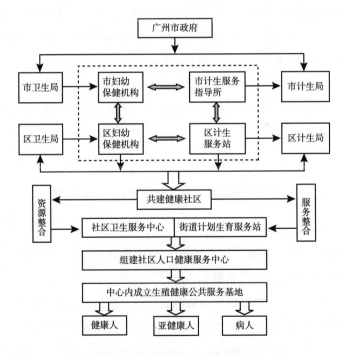

图2　新型生殖健康公共服务模式框架

2. 模式的关键环节

关键环节之一：在行政管理层面上，计生系统和卫生系统要在生殖健康公共服务上达成共识，形成制度性联系机制和政策沟通机制；关键环节之二：在技术指导层面上，妇幼保健机构和计生服务机构加强合作，在可能的情况下，组建妇幼与生殖健康服务中心，指导本辖区的社区生殖健康服务工作；关键环节之三：在社区建设层面，计生系统要积极参与社区卫生服务建设，以社区卫生服务中心为依托，对街道计生服务站与社区卫生服务中心进行资源和服务整合，成立社区生殖健康公共服务基地；关键环节之四：在服务提供层面，要形成令社区居民值得信任的工作团队，包括全科医生、社区护士、妇幼保健医生、社会工作者等，全面系统地开展生殖健康公共服务。

（三）社区生殖健康公共服务工作内容

在上级管理机构（市、区卫生局、计生局等）领导和上级服务机构（如市、区妇幼保健机构和计生服务机构等）指导下，"社区人口健康服务中心"主要从事最基本的生殖健康公共服务，大致包括下列 13 个方面：①开展计划生育、优生优育、生殖保健等知识宣传和健康指导；②青少年性与生殖健康知识的社区健康教育；③成人性健康与性和谐的社区咨询；④孕、产妇保健；⑤儿童保健；⑥新婚咨询与指导；⑦开展查环、查孕；⑧意外妊娠、节制生育的社区计划生育服务；⑨出生缺陷、生殖道感染、人工流产、不孕不育的社区干预；⑩生殖系统疾病、性病、性功能障碍的社区防治；⑪生殖健康医疗技术服务后的社区回访；⑫避孕药具的社区供应；⑬计划生育信息管理与行政服务。

（四）社区生殖健康公共服务的工作平台和机制建设

1. 社区工作平台建设

（1）资源整合。要坚持"以人为本"与实现优势互补和资源共享的原则，对社区卫生服务机构和街道计生服务站进行全面资源整合，包括技术资源、人力资源、设备资源、场所资源以及网络资源。计生部门具有政策优势、财力优势和网络优势，卫生部门具有人力资源优势（包括设备和人力资源）和技术优势，只有进行整合，才能凸显资源共享、优势互补的效力。目前在进行资源整合时需要克服一些障碍：一是部门之间的障碍，特别是卫生部门和计生部门之间存在一定的部门利益；二是所有制之间的障碍，街道计生服务站是全民所有制机构，而社区卫生服务中心却存在多种所有制形式在资源整合时，需要克服不同所有制之间的隔阂。

（2）服务整合。生殖健康服务是系统化服务过程，体现在生命的各个阶段，而不仅仅是生育阶段。同时，生殖健康服务也不仅是健康问题，还是社会相关问题。计生服务和妇幼保健服务要进行整合，从家庭生成到死亡，都需要生殖健康的系统化服务。科学设置服务项目、流程，一切从服务对象的需求出发，拓展服务功能，使产前、产中、产后及妇女"五期"保健服务自成一体。在服务整合上，要重视建立生殖道感染防治、出生缺陷干预、孕产妇分娩、出院护送、产后访视、母乳喂养指导等管理系统。

2. 社区工作机制建设

（1）财政支持机制。社区生殖健康公共服务是社区卫生服务的重要组成部分，需要政府财政支持。计生部门和卫生部门要通力合作，积极争取政府增加对社区生殖健康公共服务的预算，以保障生殖健康公共服务的公益性和均等化。

（2）技术支持机制。社区生殖健康公共服务需要上级技术中心指导，要与市、区医疗服务机构建立必要的转诊机制。妇幼保健机构和计生服务机构要定期对社区工作人员进行培训，派人到社区进行工作指导，以提高社区生殖健康公共服务的整体能力。

（3）家庭参与机制。生殖健康公共服务需要家庭有效参与，要探索以家庭保健为重点的服务模式，利用利益诱导机制，优化服务内容，激励社区家庭参与生殖健康公共服务，确保社区生殖健康服务发挥应有作用。

（4）满意度评价机制。要建立居民满意度评价机制，定期测量居民对社区生殖健康公共服务态度、内容、技术、价格的满意程度，积极改进存在的问题，并以满意度为考核依据之一，对社区生殖健康公共服务工作进行奖惩。

六 政策建议

第一，政府应成立协调领导小组，建立计、卫合作机制，在现有生殖健康公共服务体系的基础上，构建以社区为基础的卫生服务和生殖健康公共服务的工作平台，共建"社区人口健康服务中心"。

广州市生殖健康公共服务体系由市、区和社区三个层面构成，目前应该按照新医改的"保基本"和"强基层"要求，强化社区建设，构建以社区为基础的基本卫生服务和生殖健康公共服务的工作平台。该平台的建设，需要卫生部门和计生部门的合作。市政府应该成立领导协调小组，整合社区卫生服务机构和街道计生服务机构的资源，共同打造"社区人口健康服务中心"（名称暂定）。

第二，在社区服务体系建设上，逐步整合来自卫生系统和计生系统的卫生资源、计生资源和技术力量，以广州市现有的社区卫生服务机构为基础，科学设置社区人口健康服务中心和分支机构，打造"网格化"的社区卫生服务及生殖健康公共服务平台。

目前，由广州市卫生部门主导建设的社区卫生服务体系已经基本建成，该体系建设按照区域卫生规划要求，考虑城市发展、人口规模、人口密度、地域环境、服务半径等因素，机构设置较为科学合理。"社区人口健康服务中心"建设应该以现有的社区卫生服务机构为基础，将街道计生服务站和其他社区生殖健康服务机构进行整合，在全市形成"网格化"服务平台，创造"10分钟就医圈"，确保居民方便地利用社区卫生服务（包括生殖健康公共服务）。在机构设置上，要不留死角，在中心不能全覆盖的区域，合理设置分支机构。

第三，制定适于社区开展的生殖健康公共服务包，以生殖健康指导和家庭访视为切入点，配置必要的生殖健康服务指导员和咨询员，带动社区生殖健康公共服务水平的全面提高。

社区生殖健康公共服务要以生殖健康指导和访视为切入点，配置生殖健康指导员和咨询员，多渠道开展生殖保健指导和咨询工作，如利用妇科门诊、围产期保健、计划免疫、儿童保健、产后访视等向育龄妈妈宣传计生知情选择及生殖保健知识。另外，在上级机构（如市、区保健院和计生服务机构）指导下，利用孕期、产后和术后上门访视的机会，积极开展生殖健康家庭保健服务，做好诸如出生缺陷干预、妇科病社区干预等工作。

第四，全面优化社区生殖健康服务资源的配置水平，改善服务环境，增设基本设备，引导优秀人才向社区流动，转变被动服务的工作模式，调动工作人员主动服务和上门服务的积极性。

目前，社区生殖健康公共服务资源配置显得薄弱，缺乏必要的妇科设备和妇幼保健设备，而且工作人员也较为缺乏，特别缺乏高素质的业务人员。在街道计生服务站和社区卫生服务中心整合的基础上，应该进一步优化和提升社区生殖健康公共服务的设备配置水平，改善工作环境，使之更为温馨和人性化。在社区建设上，要保障足够的公共健身场所，并配置健康锻炼器材供居民使用。在服务模式上，要针对不同年龄阶段人群的生殖健康需要，制定服务套餐，积极开展主动服务和上门服务活动。

第五，积极制定基本生殖健康公共服务保障制度，提高社区生殖健康公共服务的福利化和均等化程度；严格社区生殖健康公共服务绩效考核制度，促进社区生殖健康公共服务质量和效率的提升。

目前，最基本的公共卫生服务主要由政府实行免费提供或进行服务购买（如计划免疫、查环查孕等），但还有大量的基本生殖健康公共服务要由居民自己进行支付（如咨询、产检等项目），这不利于提升居民生殖健康水平。因此，政府要及早制定基本生殖健康公共服务保障机制和办法，提高社区生殖健康公共服务均等化和福利化程度。同时，政府要制定社区生殖健康公共服务的绩效考核制度，科学制定评价标准，促使服务机构不断提高服务质量和服务效率。在考核方式上，要杜绝走形式，既要重视机构建设评价，更要重视居民调查，关注居民满意度和幸福度。

（审稿：谢建社）

参考文献

曹力、曹学建：《生殖健康的理论与实践》，《成都医药》2001 年第 3 期。

彭光辉：《社区生殖健康服务——一种新型的生殖健康服务模式》，《中国计划生育学杂志》2002 年第 1 期。

冯琪：《女性生殖健康面临的问题及生殖健康促进策略》，《中国健康教育》2002 年第 2 期。

程颖莲、莫瑞豪：《坚持"计卫联手""育医结合"做好社区计划生育优质服务》，《中国妇幼保健》2004 年第 9 期。

周坚、高坤凡、姚敬：《以生殖健康为切入点　探索社区卫生服务新模式》，《中国妇幼保健》2000 年第 8 期。

关颖、张金华、罗春贺等：《广州市社区卫生服务现状调查及对策研究》，《实用全科医学》2008 年第 3 期。

陈强、凌曙群、朱莲英：《探索妇幼与生殖健康服务新模式的体会》，《中国初级卫生保健》2006 年第 11 期。

高慧兰:《卫生与计生联合 打造妇幼保健服务新平台》,《中国妇幼保健》2004 年第 12 期。

王爱婷、苏玲玲:《"卫计联手""育医结合"促进妇幼保健工作开展》,《中国妇幼保健》, 2006 年第 16 期。

Research on Community-oriented Reproductive Health Public Services System in Guangzhou

Lu Zuxun   Shi Shuhua   Liu Jun'an   Zhou Hongfeng

Duan Jianhua   Yang Jian   Zhang Heng

Abstract: By field investigation to demanders, providers and managers of reproductive health public services (RHPS), the authors conducted a systematic analysis on the development statuses and problems of RHPS to provide policy advices on RHPS system optimization in Guangzhou city. It was found that community residents had both lower levels of RHPS utilizations and confidence to community health services centers (CHSC); the RHPS provided by street family planning stations (SFPS) were too simple to match community residents' needs of reproductive health; departments of health and family planning constructed RHPS system separately, not on a cooperative mechanism. It was suggested that dominated by community health services system, the government should integrate health resources and services of CHSCs and SFPSs to construct a community-oriented RHPS system, so as to meet the increasing demands on RHPS of residents in Guangzhou city.

Key Words: Reproductive Health; Public Services; System; Community-oriented

B.8
工伤保险基金对广州大中型企业
工伤预防的激励机制探讨

余飞跃　陈泰才　肖健年*

摘　要：工伤保险预防费要按照企业的安全状况探索分类激励措施，广州市大型企业建立了较为健全的安全生产管理制度，实施了较为健全的劳动防护，其进一步预防面临的最大障碍是预防技术与知识的缺乏。工伤保险预防费在激励本市安全达标企业方面的主要手段是：建立电视、公益网站与入厂宣传相结合的职业伤害及预防信息获知渠道；采取免费提供培训资料、师资、咨询服务的入厂培训方式；资助企业检测与体检项目作为监控职业病的数据获取手段；对后期企业治理提供适当比例的配套资金及免费的技术咨询服务。

关键词：工伤保险基金　工伤保险预防费　大中型企业　激励机制

一　工伤预防费激励原理

（一）职业伤害预防体系中的工伤保险激励机制

职业伤害（工伤与职业病的通称）本质上是劳动者在与资方订立劳动合约后，劳动者拥有的人力资本在非买断合约中资产受损。劳动者与资方对职业伤害所造成的损失预期差距很大，双方事先无法达成一个都能接受的价格，所以在劳动合约订立前无法就职业伤害的赔偿协商一致。然而，事前不能协商并不会阻止

---

* 余飞跃，博士，华东师范大学公共管理学院社会保障所研究所，讲师，社会保障专业，研究方向为公共政策、工伤保险；陈泰才，广州市人力资源社会保障局工伤和生育保险处，处长、主治医师；肖健年，广州市人力资源社会保障局工伤和生育保险处，主治医师。

职业伤害的发生，职业伤害发生后一定要达成赔偿的协议。在职业伤害预防的早期阶段，法院对侵权案件的判决为职业伤害赔偿提供了一个参考的价格即赔偿水平（俗称命价）。损害赔偿法律作为对权益受损者的救济保障机制同时也是对侵权行为的阻止，其具备预防功能。

法律作为合约失败后对工伤者的救济机制，同时也是对侵权者的归责机制与惩戒机制，成为了预防职业伤害的第一道防线。法院判决是否及时，以及赔偿水平的高低决定了劳动者与企业预防水平的高低。当补偿水平低且获得补偿耗时长时，劳动者的预防水平就提高，而企业的预防水平会相应下降；反之，企业预防水平相应提高，而劳动者会降低预防水平。

由于在职业伤害致因中，物的不安全状态、环境纰漏、管理缺陷都与企业相关，企业在预防与减少这些致因方面成本更低，因此职业伤害归责普遍采纳了雇主无过失责任原则。在职业伤害发生后，企业预防投入的大小直接取决于法院判决时间的长短及补偿水平的高低。

诚然，法律机制是一种事后的预防机制，对于已经发生的伤害无能为力。而企业主在进行预防投入后通常会低估风险，并且相信企业能够侥幸幸免。因此，如何防止事故发生，就要求将预防关口前移，由此国家管制出现。管制是利用第三方的专业知识，制定安全标准，识别职业伤害风险，强制企业遵守执行，将企业主预防投入的自由裁量控制在一个既定的标准之内。国家管制从制定"工厂法"开始，权限与规模不断扩张，直到20世纪70年代，美国通过了全国统一的《职业安全卫生法》，此后，各国纷纷仿效，管制达到空前规模。

无论经验调查的结论如何，在理论层面，管制对于职业伤害预防的积极作用不言而喻。然而，人们对传统的命令与控制型管制手段的诟病愈来愈多。第一，行业的事故发生机制不一样，安全生产标准也不一样。如果规定统一的管制内容，必然因其普适性而放弃针对性，或者导致管制标准大而空，企业无法细化实施。相反，标准设置过程复杂烦琐，相对于处于动态变化的工场来说，其执行往往会出现"时滞"。第二，针对每一行业的标准在执行中要求细致，从而管制的规定必然因穷尽而烦琐，不可避免地使管制内容膨胀，最终带来工作的无效率。第三，由于标准在各行业无法穷尽，实际工作中往往赋予执法人员以较大的自由裁量权。但麻烦也跟随而至，政府管制机构集执行权、自由裁量权、准立法权、准司法权等于一身，因而伴随着管制过程的是大量的寻租行为，管制者也往往被受管制者"俘获"，从而使政府管制偏离社会福利目标，最终不得不收紧裁量权。第四，由于执法人员人数受编制的限制，加上管制名目繁杂，出现大面积的执法真空，或有意识地选择性执法，这为管制制度埋下更深的腐败隐患。第五，行政管制以行政权力为矛，以制裁为盾，具有强制性与威胁性，故执法部门与企业是管制与被管制的互不信任的对抗关系，立法愈多，企业主愈反感。

企业主以达到行政管制的最低标准为安全的尺度，在行政管制下，并无进一步改善工作环境的动力与动机。现实中，管制朝企业自我管理方面发展。如何激励企业主动、自愿预防，成为降低管制成本的必然出路。总结当前各国的经验，激励机制主要有以下几种：预防投入贷款利率优惠、改良与革新设备的补贴或租税优惠、工伤保险的激励机制。自 20 世纪 90 年代以来，欧盟国家将工伤保险的激励机制作为预防职业伤害的主要经济诱因，强调在完善经验费率的基础上从保费中提取部分工伤预防费，以激励企业的预防行为①。

利用现成的工伤保险激励机制的主要原因有以下几方面：其一，激励机制是现成的，无须另设立一个制度，减少新制度的制定成本。工伤保险经验费率机制在大多数国家一直存在，虽然有些仅作为保费缴纳的工具，但其本身固有的预防激励一直存在。其二，大多数欧盟国家采取的工伤保险模式是国家集中运营的模式，方便统一提取工伤预防费以激励企业预防行为。其三，从工伤保险基金中提取工伤预防费，并不会增加政府的财政负担。激励机制通过经济诱因激励雇主主动预防，赋予企业主自由选择适合企业特征的预防方案，弥补了管制机制的不足，这成为了职业伤害预防的第三个关口。

职业伤害预防是劳动者与企业主共同作用的过程。作为职业伤害的承受者，劳动者是生产过程的直接参与者，对生产过程中的职业危害因素最为熟悉，如果劳动者能够参与预防，利用其掌握的最充分的预防信息，在最初的时间点上堵住职业伤害的漏洞，则预防成本会大大降低。同时，如果劳动者在参与预防的基础上，形成集体协商与集体决策机制，与企业主自愿达成预防的协议，则会进一步降低管制与激励的成本。因此，劳动参与预防成为职业伤害预防的第四个关口。

---

① the European Foundation for the improvement of Living and Working Conditions 在 1993～1996 年资助出版了 5 个关于如何利用工伤保险预防机制进行职业伤害预防的研究报告。详见 http：// www. eurofound. europa. eu／。

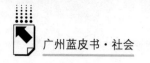

上述四种制度安排构成了一个职业伤害预防的社会系统，激励机制在其中不可或缺。（见图1）

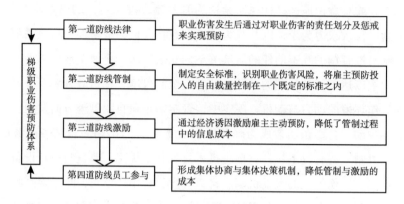

图1 职业伤害预防体系

（二）工伤保险制度中的预防机制

1. 什么是工伤预防费

工伤预防费是指从工伤保险基金中提取一定比例用于激励企业进行预防的费用。按提取工伤预防费的主体性质不同，工伤预防费分为三类：一类为私营保险机构从保费中提取一定比例预防费用，例如美国雇主责任险的私立保险机构每年从保费中提取5%左右的预防费；一类为国家保险行政部门（或委托经办机构）从保费中提取一定比例的预防费用，如法国提取的工资总额1.5%的工伤预防费；一类为集体保险的经办机构从保费中提取一定比例的预防费用，如德国工商业同业公会每年从保费中提取8%的工伤预防费。

2. 为什么要提取工伤预防费

工伤归责原则在不断的演变过程中，最终统一为无过错原则下的雇主严格责任。无过错雇主责任原则的确立，加重了雇主的负担，为满足雇主分摊风险的要求，雇主责任保险出现。为了防止雇主投机心理和低估风险的倾向（如不足量购买保险），大多数国家采取了强制保险的原则。然而，商业保险公司会遭遇破产等不可抗力的风险，为了避免商业保险公司的承保失败风险，保护工伤工人获得足额赔付，不少国家实行国家统一经办的方式（也有部分国家基于历史因素而直接采用国家经办方式，如德国），或者允许私营和国家经办两种形式的保险机构同时存在，共同竞争，如美国的部分州。

本报告所指的工伤保险仅指国家经办的工伤社会保险。这是一种由公共部门强制实施的以保险的形式筹资的工伤赔付制度。依据具体的筹资方式，工伤社会保险可分为两类：一类是统一费率制（Flat Rating），统一费率制的工伤保险本质上保险的成分少，如英国将工伤保险纳入国民保险体系，工伤保险已经远离了保险的本质；一类是经验费率制（Experience Rating），经验费率制是根据企业事故历史记录进行保费费率调整的筹资方式。工伤风险高的企业保费费率高，工伤风险低的企业，保费费率相应也低，并且费率随着一段时间内工伤风险的变化而浮动。一般来说，经验费率的灵敏度（对事故历史的反应）愈高，工伤保险的保险性质愈强。

人们普遍认为工伤保险降低了企业主的预防动机，即发生所谓的"道德风险"[1]，而采取经验费率制度会促进企业主关注预防。那么采取了经验费率机制的工伤保险制度为什么还需要提取工伤预防费来进行激励呢？这是由经验费率机制本身的局限性决定的。

经验费率作用的原理是：在经验费率的刺激下，雇主将关注当前事故记录与历史记录的对比，采取措施促进安全，而这些措施将会影响最终的安全绩效（如伤害率、赔偿总额等）。由此可见，费率激励要求具备以下条件：企业事故统计是精确的，并且事故的发生与雇主预防努力之间有较确定的数量关系。雇主只有在可能计算出安全投入的成本与收益时才会对经验费率作出反应，但做这种成本与收益的计算需要风险定量评估，如估计某类事故的可能性、事故的破坏后果、保费可能的减少量等。

然而，现实中并非所有企业都能达到这些严格的条件，如大多数中小企业就存在先天性的缺陷。一方面，中小企业一般用工不规范且缺乏职业安全与卫生组织，事故记录不完整；另一方面，中小企业事故发生的方差[2]大，导致事故历史统计数据无法准确预测事故发生的趋势。即使是大企业，一定时间内，雇主预防行为与事故结果之间也非完全对称，尤其是在职业病预防方面出现的预防结果滞

---

[1] 所谓道德风险是指投保人在投保后，降低对所投保标的预防措施，从而使损失发生的概率上升，给保险公司带来损失的同时降低了保险市场的效率。

[2] 方差是衡量企业事故发生波动大小的量。

后，导致现有的费率机制对职业病预防效果不佳。

从工伤保险基金中提取一定比例的工伤预防费的目的是弥补经验费率的上述局限。现有提取工伤预防费的国家都强调将工伤预防费用于激励企业主的预防行为而不是以事故率为基础的结果，在对象上主要向职业病预防①倾斜，向中小企业倾斜，如图2所示。

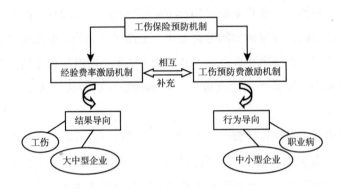

图2 工伤预防费激励原理

工伤预防费在促进企业改善安全卫生条件的同时，也可进一步提高企业的竞争力，其原理如下。

假设：企业的竞争力由成本（C）的大小表示，C愈大，则企业竞争力愈弱；相反，则企业竞争力愈强。假设企业在预防投入会降低职业伤害发生率。企业是否进行预防投入取决于预防成本与职业伤害发生后的费用比较。假设企业在现行的规模与职业伤害状况下，企业预防投入成本是C_1，预防投入代表先进技术、工艺改良、设备更新、人员培训、企业组织改革等方面的投入总和（总称为设备）。事故发生后的费用支出是C_2，则$C = C_1 + C_2$。$C_2 = p \times c$，p代表职业伤害发生率，c代表单位职业伤害的补偿标准，C_2的变化由p的大小决定。

当企业改良设备时，预防投入的成本为C'_1，在此投入下，事故发生率为p'（$p' < p$），则补偿费用为C'_2，且$C'_2 = p'c$，企业新的成本投入为$C' = C'_1 + C'_2$。企业投资预防取决于：$C'_1 - C_1 < (P' - P) \cdot c$。一般说来，投资预防的收益远大

---

① 职业病预防主要取决于工场环境的改善，这依靠职业安全卫生机构的行政管制。然而，不符合管制条件与逃避管制的往往是中小企业，因此职业病风险也相对集中于中小企业。

于成本，但在短期内，职业伤害率受到多种因素的影响，其下降与投资大小并非直接对应，同时预防投资的回报有时需要一个较长期的过程，收益结果远远滞后于投资。中小企业普遍性的资金紧张，缺乏（$C'_1 - C_1$）预防成本投入。工伤保险工伤预防费的提取即是为了补充中小企业的预防投入。

假设：工伤保险工伤预防费投入本企业的单位基金数为 f，f 即补充企业的预防投入（$C'_1 - C_1$），以促成企业职业伤害率的下降。其中，f 的提取比例各国有别，其大小主要取决于各国内政治力量协商的结果。例如，意大利的工伤保险基金中每年有 5% ~ 10% 用于工伤预防；日本每年从劳灾保险基金中获得一部分经费资助，用于开展劳动灾害预防和促进安全卫生事业；新西兰由事故补偿协会提取工伤保险基金的 5% 用于预防；法国的社会保障机构建立了专门的工伤预防费，雇主缴纳工资总额的 1.5%，并与对不遵守职业安全的雇主的罚款共同构成基金来源；德国最大的同业公会每年提取工伤保险基金的 8% 左右用于预防；美国私人保险每年将保险额 1.1% 左右的资金资助工伤预防工作；美国俄亥俄州的保险计划委员会成立了安全和健康基金会，该基金会每年拿出其财政收入的 1% 作为工伤预防费；加拿大哥伦比亚省工人赔偿委员会每年安排 3.48% 的事故预防费。

各国工伤预防费的支出途径主要有：对中小企业主的预防行为进行奖励；为中小企业提供无须担保的资金援助、进行培训与教育的资助。当然，也有对企业组织结构提升提供资助的（职业安全卫生不仅可通过改善工场的技术条件获得，还可通过组织的提升与成员行为的改变而获得）。

二　广州市大中型企业职业伤害及其预防现状

本研究以企业为调研单位，以企业负责人与企业农民工为调研对象。首先用筛选法根据工伤与职业病发生率筛选出广州市制造业与建筑业（建筑业另行研究）为总体样本（这两个行业是广州市职业伤害高发行业）。抽样方法采用分层抽样与非随机抽样相结合。从制造业大类中根据工伤与职业病发生率筛选出电子、机械、制鞋、塑胶、橡胶五个分类行业。五个分类行业再按规模分层为大、中、小型（依据国家企业规模分类 2003 年标准），去除大型企业，对保留的中、小型企业样本再次根据安全状况进行分层，在大中型企业层内分别选择一个代表性企业（选择最终样本时考虑了调研的方便），共计 10 家样本企业。对样本企业内的农民工采用问卷调查法，根据样本企业农民工人数以 20∶1 的比例抽样，共发放问卷 250 份，回收 242 份，其中，有效问卷 228 份。

对样本企业内的企业负责人（主要是企业安全生产负责人和社会保险负责人）采用访谈法，首先让被访谈者填写结构式访谈问卷，其次对负责人进行平均不少于 60 分钟的深度访谈。共计采集访谈样本 16 个。

（一）职业伤害现状

工伤事故方面，被调查企业中，2009 年零事故企业仅 2 家，占总调查单位的 20%。其余 8 家被调查企业工伤共计 20 起（1 家企业未填写，访谈过程中较含糊，表示"每年有四五起"，即以 5 起计算），这些数据都是较保守的计算。职业病方面，虽然无一例申报职业病，但我们以广州市 2009 年试点的基金资助免费体检的结果为例，职业病危害仍然普遍存在（见表 1），且这一结果并没有完全概括现状。调研过程中有单位管理者认为应该扩大体检的面，不少非体检岗位的工人同样面临有毒有害物质扩散的侵蚀和粉尘飘散的污染等。

表 1　2009 年基金资助免费体检结果

单位：家，人

参加企业数量	检查人数	疑似职业病人数	禁忌证人数
38	4837	82	151

另外，农民工问卷调查的一组数据间接说明包括工作、居住、饮食在内的工作环境并不理想。有接近一半（44.3%）的被调查农民工认为自己身体状况与进城前相比更差了，而认为相较进城前身体状况更好的比例仅为 8%（见图 3）。

而影响自己身体健康（导致比进城前更差）因素的分布中（见表 2），有48.9%人次选择了饮食条件，而 46.8% 的人次选择了工作条件，27.7% 的人次选择了居住条件，由此可见，农民工身体健康的关键因素分别是饮食条件和工作条件。

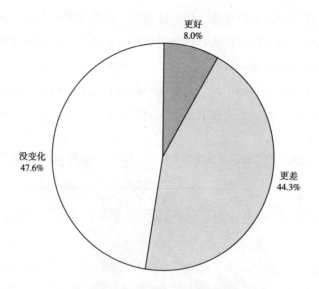

图3　农民工进城前后身体状况感觉比较

表2　导致农民工身体较进城前更差的影响因素分布

单位：%

内　　容	人次	占比
饮食条件	46	48.9
工作条件	44	46.8
居住条件	26	27.7
治安环境	10	10.6
其　　他	8	8.5

（二）职业伤害预防现状

　　所有调研企业无一例外建立了较为完善的安全生产管理与职业危害预防制度。具体制度如下：设立专门的安全管理科室，聘任专职的安全管理人员；与员工签订劳动合同，为员工购买了包括养老保险、医疗保险、工伤保险、失业保险与生育保险在内的五险；为职业危害岗位配备防护用品，建立危害岗位轮班、换岗制度；企业三级培训制度健全；设立全员安全奖励金制度，建立安全教育激励制度，有的企业员工参加年度安全教育会计算双薪或加班工资，有的企业负责人会定期与员工进行面对面的交流。访谈过程中，访谈对象对本企业的职业伤害风险认知十分清晰，每一位被访谈者都能清晰描述本单位生产工序流程，以及每道生产工序上的工伤或职业病风险。

被调查企业在配备防护用品、岗前安全培训、定期体检与定期安全教育方面有较为健全的制度安排，员工多数认可（见表3）。

表3　企业为员工提供的安全防范措施（219个有效样本，9个缺失值）

单位：%

内　容	人次	占比
配备防护用品	182	83.1
岗前安全培训	194	88.6
作业监督	141	64.4
定期体检	167	76.3
定期安全教育	155	70.8
什么都没做	10	4.6

另一组数据也从侧面证明了企业拥有较为健全的预防制度。所有受调查企业的员工对岗位风险认知都较为清晰，仅有2.6%的被调查对象对自己当前岗位上的工伤或职业病风险"不知道"（见图4）。

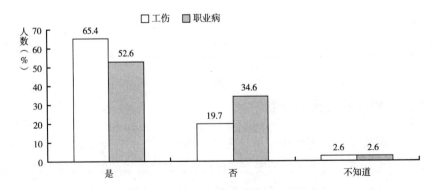

图4　工作岗位工伤与职业病风险认知情况

并且，员工对有关工伤与职业病风险知识的获取途径主要是单位告知，如图5所示。

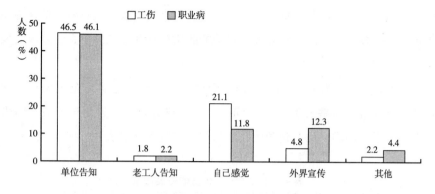

图5 工伤与职业病风险知识的获取途径

（三）预防制度的特征与困难

被调查企业全部为"合资"企业，企业预防制度的特征十分明显。预防特征可根据企业的性质分类，一类是跨国企业内部安全标准延伸，一类是全球客户外部安全标准植入。

第一类企业是跨国生产企业的分厂，生产车间与企业管理制度基本上按原生产地复制，企业安全生产管理者会定期接受原生产地的培训，本地企业得接受原生产地安全生产管理机构代表的不定期检查。原生产地一般具有较发达的自由市场经济，国内立法相对更健全，安全生产管理制度更为成熟。另一类是国外品牌产品委托制造与加工企业，如从事品牌鞋的制造与加工。这类企业的管理制度按客户的要求建立。作为全球知名品牌，厂家为了维护产品的信誉，在国际市场上保持持久竞争力，对委托制造加工企业进行严格的安全监督检查与安全培训，以达到国际认可的安全标准。这些企业往往是当地私营中小企业安全管理的标杆，是当地安全监管部门推荐学习的对象。这些企业对于改善国内中小型私营企业的安全管理起着示范与带动作用。

相对于国内私营企业，外资或合资企业的管理更加规范，企业主更加重视安全管理，并愿意足额进行预防投入，企业都设置了相关的安全生产管理专职部门，人手不乏。然而，作为此类企业的安全管理人员，也因此面临不少的有别于其他企业的困难与挑战。首先，有些国际安全标准无法与国内安全法规接轨，安全管理人员有时会面临两难困境。其次，由于我国安全标准化建设刚刚起步，安全管理人员很难从国内相关部门寻求技术与管理支持。被访谈对象一致认为安全监察部门有待提高人员的专业素质，当前的队伍现状并不能满足企业要求的技术指导与咨询服务。

对企业负责人与管理层结构性访谈问卷中，针对"您认为企业进一步预防的困难主要表现在哪些方面"这一问题，多数被访谈者认为预防的最大障碍不是资金、人手的问题，而是预防的技术与知识的匮乏（见表4）。

表4　企业进一步预防的主要困难

内　容	企业负责人次	内　容	企业负责人次
没有时间	0	员工不配合	0
没有资金	3	管理不太规范	3
没有预防的技术与知识	9	其　他	0
没有人手	1		

在与企业管理层访谈中，这些困难进一步细化为：①缺乏培训资料，找不到合适资料的购买途径；②针对安全管理者的培训缺乏更新的知识与内容；③外部获取咨询与指导的渠道匮乏；④有些工序的防护设备昂贵，企业负担过重或无力负担；⑤有些企业中层管理者不配合，安全生产制度推行受阻；⑥有些企业削减安全投入的成本，制订的制度在执行层面形式化；⑦农民工的安全意识不强，安全素质参差不齐，违规行为难以消除。

（四）预防困难现状原因分析

职业伤害致因涉及不安全的物、不安全的人、管理的缺陷等多个方面。职业伤害预防相应地是个多方参与的过程，是个社会系统工程，我国当前安全管理面临很多掣肘。

首先，管理落后。我国企业管理整体上与发达国家差距甚大，与科学管理相距甚远，作为企业管理的重要组成部分——安全生产管理更不例外。在片面追求经济效益的社会意识影响下，企业安全生产管理更是被边缘化。政府安全监察也受制于整体行政能力与水平，现行的安全生产监察部门人员编制、人员素质、管理方式都不能很好地适应企业的需要。

其次，安全意识与文化薄弱。尊重生命的教育没有得到应有的重视，中小学课本中也没有普及国民安全教育，各种传播媒介没有形成常规的安全宣传教育机制，国民获知安全与职业伤害预防信息的获知渠道狭窄。

再次，安全管理人员培养机制未成熟。安全管理专业刚刚新兴，远未成熟，不能适应市场的需要。安全管理人员预防技术与知识的匮乏从一个侧面说明，我国安全生产管理与国外相比差距还很大。安全生产研究与教育落伍，不能适应这类企业的需要。现有在岗安全管理人员的培训因培训内容重复、针对性欠缺而广被诟病。

最后，安全体制未理顺。安全生产监察与职业卫生监察被分离后，部门职责界定长期处于混乱状态，导致不少地方职业卫生监察仅停留在法律与规章层面，很少甚至从未得到执行。职业伤害预防与工伤保险分离，无共享信息机制导致工伤保险沦为了事实上的赔付机制，预防功能受滞。与职业伤害预防系统被分割相伴随，培训资源耗散严重，各个部门都在进行培训，互不承认对方的培训资格，培训的内容囿于部门利益，单一而片面，导致培训的效益低下，资源重复与浪费较为严重。

当然，安全与职业伤害预防是个系统工程，企业所处的社会、经济、政治环境决定了企业对待安全的态度，以及安全在国民经济中的地位，优先生产还是优先安全是个嵌入在经济体制与政治体制内的系统问题。

三　工伤预防费激励手段政策设计

政策设计遵循以下路径：首先，基于上述的现状与原因分析，提出政策设计的思路。其次，收集政策相关者的需求与建议。最后，根据预防成本大小选择最优的政策路径。

职业伤害的最终承受者是员工，工伤预防费在激励企业预防投入时，最终都要落实到员工职业伤害防护上面。企业预防行为的效果必须与员工的安全需求契合才能发挥更佳效果。调查过程中，农民工认为"政府部门减少企业工伤事故最有效的办法"从高到低前三位分别为：安全生产知识与技能培训、加强安全生产管理与监督、政策信息宣传（见图6）。

本研究通过问卷调查获知农民工了解安全知识与政策信息的渠道。以了解工伤保险政策为例，对信息获取途径进行统计，结果如图7所示（187个有效样本，38个缺省值），位列前四位的主要获取途径分别为：企业培训，网络，报纸、广播、电视以及朋友告知。

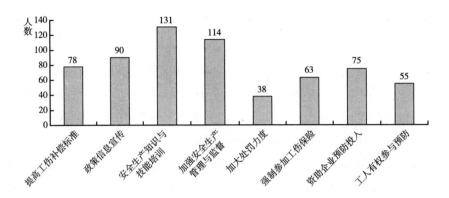

图6 企业员工认为政府部门减少工伤事故最有效的办法

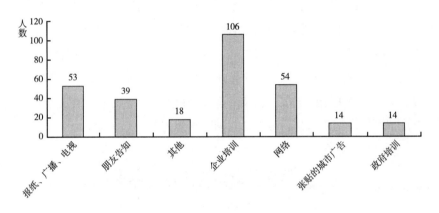

图7 农民工了解工伤保险政策的途径

当问及农民工"希望通过什么途径获知工伤保险政策"时，大部分对象选择了企业培训，余下依次为政府培训、电视与网络。（见图8）

工伤预防激励的对象是企业，如何制定符合企业实际需要的激励计划，这要求在了解企业职业伤害风险与预防现状的基础上，收集与归纳企业负责人的看法与建议。在结构性问卷中，企业负责人认为政府部门减少工伤事故最有效的办法主要有三项，分别为安全生产知识与技能的培训、对企业预防行为提供资金支持、加强安全生产管理与监督（见表5）。

同时，本研究通过对10个样本企业共16位访谈对象进行深度访谈，归纳企业负责人对工伤预防费用途的主要建议如下：首先，资助企业培训与进行职业伤害预防知识的宣传教育；其次，用于检测与体检；最后，资助企业后期治理，如

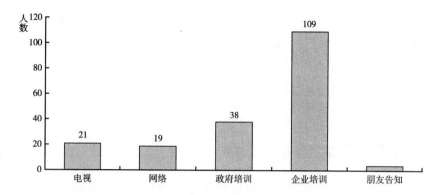

图8　农民工希望获知政策信息的途径

表5　企业负责人认为政府部门减少工伤事故最有效的办法

内　容	人　次	内　容	人　次
提高工伤补偿标准	2	加强安全生产管理与监督	8
政策、信息的宣传	3	强制参加工伤保险	4
检查与处罚	4	让工人有权参与预防	0
安全生产知识与技能的培训	11	其　他	0
对企业预防行为提供资金支持	9		

一些昂贵的防护设备与防护用品的部分资助购买，提供治理知识与技能的咨询与指导服务。

　　通过总结与归纳这些激励相关者的需求现状，本研究对这些需求进行了预防的成本比较。预防总是需要成本的，职业伤害的归责制度决定预防成本由谁承担。企业主希望减少预防的投入，安全管理者希望企业增加投入，希望员工遵守规章，员工则希望获得最大的工资报酬与工作的舒适，每一主体都希望预防的成本不要落在自己身上，因此，如何设计最符合利人利己原则的公共政策，就必须对各方预防成本进行比较，最终决定由预防成本最小方承担此成本。例如在调查过程中，企业安全管理者一般都会抱怨"违规操作"导致工伤事故，认为工伤预防费应该投放在对员工的安全素质教育上。而一部分员工则认为工时过长，规则过于烦琐，不"违规"，相应地工资就会降低；一部分员工则认为遵守规则太麻烦，太烦人，不舒适。如何比较其中的预防成本呢？首先，如果工时过长导致工人违规，那么预防的成本只需要改变工作时间，采取轮换、间歇的方式即可预防，企业预防成本较小，预防成本就应由企业承担，相应地，预防应该采取改变该工种的工作时间的措施；如果工人认为遵守规则太麻烦而违规，则工人预防的成本最小，理应由工人承担预防的成本，相应地，改善政策是培训与教育工人养成遵守规则的意识。本研究遵循这一原则，尝试提出工伤预防费激励的具体手段。

（一）职业伤害及预防知识宣传

宣传教育是一种投资少、收益广的信息获知与职业伤害预防途径。根据调查，本研究认为应该优化传统的职业伤害及预防信息获知渠道，宜选择电视宣传与网站宣传相结合的方式，宣传内容主要是通识性的职业伤害及预防知识。

1. 电视宣传

员工希望的日常获得安全与保险方面政策的信息渠道主要是电视与网络（见图8）（而企业培训与政府培训主要是专门的与企业生产相关的职业伤害知识培训）。电视的受众范围最大，尤其对于工厂农民工，电视是其主要的信息获知渠道与首要的文娱消遣方式。可以学习香港职业安全卫生局的宣传方式，以公益广告（或宣传短片）植入的方式进行，宣传内容主要是职业病方面的知识与预防技巧。同时在广告内插入公益网站地址的链接，以方便希望获取更多相关信息的农民工容易找到相关的资料。

2. 公益网站宣传

相较于第一代农民工，第二代与第三代农民工越来越多地选择网络作为信息获知与社会交往的主要方式之一。工伤预防费可资助建立专门的职业危害知识与预防公益网站。网站要求名称简洁、界面亲切、内容浅显而丰富。主要版面内容为：职业危害的种类、症状、相关工种、如何预防，如何检测，以及劳动者的权益等。还可在界面上提供相关的专门链接，以满足需要进一步获取专业知识与咨询服务的要求。

3. 入厂宣传

制作通俗易懂的企业宣传画册或画报，在厂区内张贴或向企业员工发放。宣传内容为一般性的安全知识与职业伤害预防知识，要求图文并茂、生动有趣，可以学习消防部门制作宣传画册。

（二）职业伤害及预防知识与技能培训

培训方式宜采取入厂培训形式。调查过程中，相关方代表一致认为安全意识最好是在中小学国民教育课本中予以强调，这是治本之策。比较当前不少职能部门进行的劳动力输出地培训或输入地培训，以及在进城前或进城后找到工作前的培训，都无法达到培训的效果。一方面，农民工对职业伤害没有主观的感受，太过虚渺；另一方面，农民工在找到工作前的重心是寻找工作，无心培训，因为入城后的基本生存需要远大于安全的需要。

培训应该在农民工入厂后，由相关培训人员入厂进行培训，由工厂提供场地与设备。培训内容尽量与企业实际职业危害相结合，主要为与岗位职业伤害及预防相关的专业知识。要做到两者的结合，培训前应该与企业共同制订培训计划，以企业培训为主，工伤预防费提供免费的培训资料、免费的师资、免费的咨询与指导。

（三）职业病风险干预与排查

继续并不断改善现行的检测与体检资助项目。首先，进一步明确该项目的目标为：建立职业病监控的数据库，为制定科学的职业病防控政策提供数据支撑；建立企业员工健康监护档案，动态跟踪职业病的发病情况，为工伤保险基金的安全运行提供数据支撑。其次，进一步完善检测与体检之后的整改报告，为企业提供更为详细的整改建议。现行的整改意见往往比较笼统，操作性不强，如何结合企业财力、技术、人力，提供更为详尽的可供选择的治理方案，是对现有的职业病预防部门提出的挑战。

检测与体检资助项目是一项耗资较大的工伤预防费支出项目，但随着重点监控工序与岗位的不断明晰，以及企业治理方面的不断努力，这笔费用支出会愈来愈小。

（四）职业危害治理

检测与体检的基本功能是对职业危害因素进行排查。然而，排查的最终目的是治理，其目标是消除或减少职业伤害风险，从根本上省工伤保险基金的补偿支出，保护劳动者的职业健康。检测与体检为企业提供更为科学的职业伤害风险信息，附带的整改建议为企业后期整改提供方向性参考。但检测与体检在激励企业后期治理方面作用有限。企业后期治理除了信息匮乏外，重点面临的是财力、物力与人力的约束。适当的资金支持与免费的技术咨询服务是激励企业进一步削减危害因素的必要措施。协助企业生产负责人制订可操作的治理方案，为治理过程提供技术咨询与指导服务，在某些项目治理过程中提供一定比例的资金援助，会成为激励企业进一步预防的有效诱因。

（审稿：谢建社）

Research on Prevention Fund Incentive to the Large and Medium-sized Enterprises in Guangzhou

Yu Feiyue   Chen Taicai   Xiao Jiannian

Abstract：Preventive fund must be classified according to enterprise's condition of exploring, large enterprises establish a relatively perfect safety production management system and implement a relatively perfect labor protection in Guangzhou, However, the biggest obstacle to further prevention is lack of knowledge and prevention technology. The main means of motivating these enterprises would to setting up information learned channel, innovating training mode, establishing source-monitoring occupational disease of data acquisition method, providing fund and free technical advisory services in late enterprise management.

Key Words：Industrial Injury Insurance Fund；Prevention Fund；Large and Medium-sized Enterprises；Incentive Mechanism

劳动人才篇
Talents

B.9

2010 年广州市新生代农民工
调查报告

广州市总工会课题组*

摘　要： 2010 年 1 月 31 日，国务院发布中央一号文件《关于加大统筹城乡发展力度，进一步夯实农业农村发展基础的若干意见》，首次使用了"新生代农民工"的提法，要求采取有针对性的措施，着力解决新生代农民工问题，让新生代农民工市民化。本调研报告着眼于综合全面地把握广州市新生代农民工的基本状况和利益诉求，为更好地理解和解决广州市新生代农民工问题特别是发展问题提供支持，并从逐步给予新生代农民工市民待遇，扫除新生代农民工发展之路上的障碍，新生代农民工发展的角度提出切实可行的意见和建议。

关键词： 新生代农民工　维权　工会

* 课题组成员：刘小钢，广州市总工会常务副主席；张青蕾，广州市总工会办公室副主任；王新剑，广州市总工会办公室调研组副主任科员。

2010 年中央一号文件提出，要"着力解决新生代农民工问题"。这是党的文件中第一次使用"新生代农民工"这个词，传递出中央对约占农民工总数 60% 的"80 后"农民工的高度关切。各级政府、工会组织和包括理论界在内的社会各界对新生代农民工问题也给予了高度关注。

我们对"新生代农民工问题"有两个层次的理解。首先是个人的层次。对新生代农民工个人而言，他们的问题包括就业问题、工资问题、婚恋问题、居住问题、社交问题、身份问题、心理问题、子女教育问题、养老问题，以及由此而衍生的犯罪问题等，而把这些问题归结起来，实质和核心就是发展问题（第一代农民工的问题主要是生存问题）。① 其次是国家的层次。全国有新生代农民工将近 1.2 亿人，他们是一个占全国人口 1/10 的庞大群体，是中国产业工人的一大主体和生力军，很多人已经或正在成为家庭栋梁，负有上养老下养小的重担。他们的问题，是农村问题的延续，是城乡二元问题的发展，是贫富两极问题的深化，关系到经济社会的可持续发展，关系到国家政治的长治久安，当然也关系到党的最终目标（人的全面发展）的实现。

从这种认识出发，为综合全面地把握广州市新生代农民工的基本状况和利益诉求，从而为更好地理解和解决广州市新生代农民工问题特别是发展问题提供支持，广州市总工会于 2010 年 4 月组织了专项调查。调查以问卷方式进行。广州市总工会委托市统计咨询公司在广州市三个区（开发区、海珠区、荔湾区）和一个集团公司（广汽集团）开展了问卷调查。受访对象均为 1980 年后出生的农民工，既有来自于外资企业的，也有来自于民营企业的；既有来自于新兴支柱产

---

① 新生代农民工的问题主要是发展问题，这一观点包含了两方面的含义。首先，并不是说所有的新生代农民工都不必再为生存问题担忧，而是说大部分新生代农民工通常不必为基本生存问题担忧，虽然有一些新生代农民工在某些时候要为自身、父母和子女的基本生存问题担忧。相应地，也不是说第一代农民工都没有涉及发展问题，而是说改善基本生存条件，是第一代农民工的主要目标。从马斯洛的需求层次理论出发，可以说第一代农民工的行为动机基本是出自生存，而第二代农民工则较多地考虑了安全、社交、尊重和自我实现的需要，也就是说，在生存得到基本保障的基础上，渴望发展自身，获取尊严和体面，实现自身价值。其次，对于我们的国家而言，发展是解决一切问题的根本办法。对于新生代农民工而言，这一结论也是适用的。新生代农民工面临的诸多问题，根源就在于其个人的发展缺乏方向、缺乏资源、缺乏支持、缺乏渠道。因此，解决好新生代农民工问题的基本思路，就是要紧握发展这把钥匙，研究他们的诉求，把握他们的需求，了解他们的希望，并采取务实的、合理的、可行的方法和手段来支持、促使、引导他们去实现自己的希望，使其在发展自己的同时，也促进社会的发展。

业的，也有来自于传统劳动密集型产业的。共回收有效问卷 993 份。

需要特别说明的是，本次调查所得到的数据，由于地域和时间差异的影响，与已有的一些研究结果并不完全相同，有的结果甚至差异颇大。另外，与现在流行的单方面突出新生代农民工之"新"的研究取向有所区别，我们的调研力图全面地了解他们的特点，把握他们的诉求，认识他们的问题，在发现其"新"的同时，并不主观地割断其与第一代农民工①的思想意识观念的传承关系以及乡土情结，也不主观地把所有的新生代农民工都置身于城乡夹缝的边缘化处境中，我们认为，只有这样才能够为务实有效地解决新生代农民工问题提供更客观、坚实的基础。

一　广州新生代农民工的基本情况

- "80 后"是主流。从数据来看，广州市新生代农民工中，"80 后"占 85.3%，"90 后"占 14.7%。
- 男性比例较高。受访者中男性比例为 55.8%，女性为 44.2%。
- 近1/3 学历在初中以下。受访者的学历文化程度在初中以下的占 31.3%，其中小学文化占 1.5%；高中占 14.6%，中专占 19.9%，中技占 11.9%；大专占 15.8%，大学以上占 6.6%。②
- 八成在农村长大。受访者中有 80.2% 表示一直在农村长大，有 6.2% 的受访者是从读中学起随父母在城里长大，而从读小学起就跟随父母在城里长大的有 5.8%，有 4.4% 的受访者表示一直跟随父母在城里长大。
- 一线生产和服务岗位居多。受访者中一线的生产工人占 47.4%，服务人员占 13.8%，技术人员占 14.9%，管理人员岗位占 12.8%，其他占 11.1%。
- 普遍收入比较低。受访者工资在 860 元以下的有 4.4%，在 860 ~ 1030 元之

---

① 关于农民工的代际划分，一直没有统一的说法。有研究者把"90 后"农民工称为第三代农民工。本文把"80 后"、"90 后"农民工统称为第二代农民工或新生代农民工，而把此前的农民工统称为第一代农民工或传统农民工。

② 传统的对农民工的研究，一般把小学及以下学历的单独列出，而把初、高中学历的并列。我们这里考虑到义务教育的普及和整个社会的进步，针对新生代农民工，把义务教育，也就是初中和小学教育合并研究，都视作初等教育，而把中专、中技与高中合并研究，视作中等教育，大专以上视作高等教育。

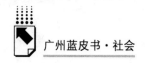

间的占 11.6%，1030～1500 元的有 28.5%，1500～2000 元的占 34.6%，2000～3000 元的有 17%，3000 元以上的有 3.9%。

- 七成半尚未成婚。受访者中未婚的占 75.7%，已婚的占 24.3%。

二 广州新生代农民工的主要特点

根据本次调查数据，并与以往农民工调查的数据进行比较，可以看出新生代农民工的几个特点。

一是"90 后"新生代农民工占比明显偏低。广州市"80 后"、"90 后"新生代农民工的比例关系为 85.3∶14.7。以 16 周岁为合法招工年纪来计算，即使加上正在接受高等教育、尚未进入劳动力市场的约占 20% 的那部分，"90 后"农民工所占比例明显偏低。有一些研究者认为，全国"90 后"新生代农民工总数已达 4000 万人，即其占比为新生代农民工总数的 1/3。为什么广州市"90 后"新生代农民工占比明显偏低，是产业转移和升级导致"90 后"农民工较少进入广州，还是计划生育政策导致人口红利萎缩的结果，抑或其他，具体原因有待继续研究。

二是性别构成男多女少。接受本次调查的广州市"80 后"农民工中男性比例为 55.8%，女性为 44.2%。而据可查资料，2005 年，广东省"80 后"农民工中，女性是明显多于男性的，性别比例为 54.8∶45.2。这两个比例关系几乎正好颠倒。上述对比关系由于统计范围的差异，并不具备精确的解释力，但是农民工性别比例向"男多女少"的方向倾斜，这是一个可以普遍观察得到的事实。如更早时期的 2000 年"五普"（第五次全国人口普查）统计显示，广东省 15～24 岁年龄段的流动人口性别构成，女性比男性多出近一半，性别比为 59∶41。近年来，屡有企业管理者谈到，年轻女工难招，某些工作岗位不得不用男性工人来替代，这也可视为新生代农民工性别构成男多女少的一个佐证。

三是文化程度明显提高。仍旧用"五普"数据与我们的调查数据进行对比分析。根据五普数据，2000 年，广东流动人口的受教育程度以初中和小学为主体，两者共占 78% 左右，接受高等教育的只占 3.19%。对比来看，2010 年广州市新生代农民工的文化程度要高出许多，小学及以下、初中文化程度的比例较小，小学及以下仅为 1.5%，初中文化程度的占 29.8%；高中（中专、中技）、大专以上的比例较大，分别占比 46.3% 和 22.4%，已经成为绝对的主体。学历提高趋势的另一个表现是，小学及以下学历的全部为 20 世纪 80 年代后 90 年代前人员。当然，相对于城市同龄人而言，他们的总体教育水平仍然是较低的。

另外一个值得关注的数据是，接受过专业技能教育（中专、中技）的比重为 31.8%，比 2000 年的全省数据 12.88% 也高出许多。虽然总体而言，目前企业的专业技能人才仍然供不应求，但结构性失业依然存在。

四是乡土观念相对淡薄。为了分析新生代农民工与家乡的联系，我们从受访者的成长环境和家庭土地情况两个方面进行调查。

调查显示，16.4% 的人或者从小就和父母一起在城市里生活，或者在读小学、中学时就已经来到城市，他们对于农业生产应该是比较陌生的。在此之外，80.2% 的人虽然一直在家乡长大，或者在年纪更大时才进入城市，但是其中12.8% 的人家庭里已经没有土地（占总样本的 10.3%），另有 7.8% 的人不知道家里是否还有土地。对 7.8% 的这部分样本作一个合理性估计，如果他们在成年后曾经从事过农业生产，那么应该会对家里的土地情况有所了解；反过来说，既然他们不知道家里是否还有土地，也就意味着，他们已经远离了农业生产。将这三项指标合并计算可知，约有三成的人已经远离了乡土（或者没有土地，或者基本不懂农业）。[①]

五是近三成成为技术人员或管理人员。与传统农民工相比，新生代农民工从事简单体力劳动的比例已经大大降低，一线工人和服务人员的比例合计只有61.2%，技术人员和管理人员占比将近三成。

为发现教育程度与就业岗位的关系，我们按教育程度对新生代农民工的就业岗位进行了分类统计。结果显示，在服务人员和其他岗位（如质检、销售等）上，高等教育程度（大专以上）、中等教育程度（高中、中技、中专）、初等教

[①] 目前的研究，对于新生代农民工回乡意愿的调查统计存在着概念上的分歧。一是把回乡和务农联系在一起。回乡的意思就是回农村去从事农业，因此统计结果显示出，新生代农民工回乡意愿非常低，甚至出现了"99% 的新生代农民工不愿再回乡"这样的统计结果。二是把回乡的意思纯粹理解为地域特性，而不带职业趋向，因此回乡只是说回到本乡本土（包括了小城镇），而他们回乡后，大多数会从事第二、第三产业，只有少数人会考虑从事农业。本调查报告采取后一种理解。

育程度（初中及以下）三类人员比例几乎相当；在技术人员和管理人员岗位上，三类教育程度人员分别占比44.6%、41.7%和13.7%；在一线工人岗位上，三类教育程度人员分别占比6%、57.1%和21.8%。

上述数据反映了三个要点：一是在管理和技术岗位上，中等教育程度人员可以与高等教育程度人员在数量上平分秋色，虽然能够从事管理和技术岗位的中等教育程度人员只占所有中等教育程度人员的24.8%，而高等教育人员的这一比例为53.8%；二是中等教育程度人员已经成为新生代农民工就业的主力；三是部分高等教育程度人员缺乏相应的岗位，而是进入一线工作岗位，从事简单体力劳动。

六是收入仍然较低，普遍没有积蓄。有16%的新生代农民工的工资收入低于调查时或即将调整的最低工资标准。月收入1030～2000元的占63.1%；2000～3000元的只占17%，超过3000元的仅有39人，占3.9%。2008年广州在岗职工月平均工资已达3809元，如果按最低工资为社会平均工资40%～60%的国际标准来计算，则能达到广州市社会平均工资60%标准即2285元的，占比不超过两成。

进一步，我们把新生代农民工的收入分为四个部分：一是寄钱回家的部分，二是子女教育和消费的部分，三是存储部分，四是个人消费部分。统计结果显示，能够寄钱回家的新生代农民工，比例仅为33.6%；需要为子女教育和消费支出的，比例为8.1%；能够有所存储的，比例为36%；而所有支出都用于个人消费的（伙食、交通、医疗、通信、上网、购物、娱乐休闲等），占比高达43.4%。

这些数据的要点是，一方面，超过四成的新生代农民工的工资收入仅够其个人支出；另一方面，大部分新生代农民工负担较重，能够在个人和家庭消费（包括寄钱回家和子女消费）之外有所存储的，只有1/3多。

七是已婚农民工多与配偶在一起。2010年，广州新生代农民工的成婚率为24.3%。在已婚的新生代农民工中，有63.4%的人基本上一直与配偶在一起，其中，4.2%的人能与配偶一起住进用人单位提供的夫妻房。夫妻分居时间较长的，也即半年、一年、两年以上没有与配偶团聚的人所占比例分别为11.4%、5.1%、1.1%，总计占比达17.6%。这一数据与传统农民工普遍已婚、分居打工的状况（丈夫外出打工，妻子在家务农和抚养子女）相比，改善是很明显的。

三 广州新生代农民工的主要利益诉求

为了解决新生代农民工在城市工作和生活所面临的各种问题，我们设置了"出门打工，您所遇到的困难主要是什么"的排序选择题。根据统计，首先，有38.47%的人认为最大困难来自于工作领域。其中，22.96%的人认为工作机会不多、工作压力太大、竞争激烈是最大的困难，15.51%的人认为单位给予不公正待遇、工资福利保障不够是最大的困难。其次，有31.22%的人认为最大的困难来自于生活领域。其中，18.53%的人认为最大困难来自于他们在城市生活中所受到的不好待遇，如城市对他们施加的限制、不合理收费或歧视等；12.69%的人认为最大的困难是居住条件。此外，有11.88%的人认为最大困难是孤独寂寞感；11.78%的人认为最大困难是子女教育问题。

而对于"目前最迫切需要解决的问题"的多项选择题，78.4%的受访者选择了"增加收入，改善生活"；24.4%的人选择了"找份更喜欢干的工作"；8.6%的人选择了"永久居住城市"；6.2%的人选择了"子女进城读书"；还有4.0%的人选择了"外来工身份歧视"。根据这些总体数据，并结合下面将要展示的分项数据，我们认为，新生代农民工主要有如下利益诉求。

（一） 就业遇到双重压力

与传统农民工缺乏技能和学习能力，因此多数仅能在制造业、建筑业谋职相比，新生代农民工的就业期望已经发生了巨大的改变。一是虽然生产制造业依旧是首选行业，但其占比只为29.5%，与建筑业合计计算，比例也仅为33.2%，不到1/3；二是现代服务业、高端服务业不再高不可攀，有12.7%的农民工希望进入金融保险等现代服务业，10.5%希望进入通信行业；三是总体而言，服务业（包括传统和现代、高端和低端）的吸引力明显增强，把选择文化娱乐业、美容美发、餐饮等行业的样本合计计算，比例高达45.7%。应该说，这样的职业期望与广州的产业结构分布和调整方向是基本符合的。然而问题是，虽然新生代农民工的学历已经有了明显的提高，但他们面临的是产业结构调整的复杂环境，他们除了需要提高自己的技术素质外，还面对着大学生的竞争。由于我国目前高端产业发展严重不足，难以吸纳较多高端人才，因此博士生挤掉硕士生，硕士生挤

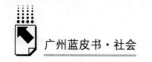

压大学生，而大学生则去和农民工"争饭碗"的情况比较常见。这表明新生代农民工的就业受到自身素质和大学生群体就业要求的双重压力，使两成多新生代农民工认为出门打工遇到困难主要是工作机会不多、压力太大、竞争激烈。

（二）劳动保障方面仍不理想

调查显示，有22%的新生代农民工没有与用人单位签订劳动合同。与历史记录比较，新生代农民工的合同签订情况要好于第一代农民工，大企业的合同签订情况要远远好于小企业，但仍有1/5没有签订合同，新生代农民工的劳动保障明显不足。

社会保障方面也如此。新生代农民工享受工伤、医疗、失业和养老保险的比例分别为48.3%、56.1%、26.8%和51.9%。四险全有的仅占20.6%，没有享受任何社会保险的占19.5%，都分别约为总人数的两成。至于不参加社保的原因，首先是制度原因——接续或转移麻烦；其次是政策执行力度原因，用人单位逃避交纳义务；最后是工人们个人的原因，或者嫌费用太高，或者不信任社保，更愿意把钱留在自己手里。

由于大量的农民工从事的是苦累脏险的工作，且流动性较大，对他们而言，这四个险种都不可或缺，因此有关部门要进一步督促企业为职工缴纳社保。比如就医疗方面的情况而言，参保比例是最高的，但是一般在生病的时候，仍有20.3%的人不会去医院或小诊所就医，而只靠自己的经验去买药或者采取其他方式应对，37.4%的人不会去正规医院就医。

（三）工资福利方面遭受不公正待遇情况比较严重

调查显示，40.3%的新生代农民工曾经遭遇过同工不同酬的待遇，这是新生代农民工在不公正待遇方面反映最强烈的问题。22.5%的人的加班费没有得到及时足额的支付；16.6%的人甚至还有过被无故克扣和拖欠工资的经历。合计来看，共有59.88%的人在工资福利方面遭受过不公正待遇，将近六成。

（四）住宿情况有所改善，但仍不能满足新生代农民工要求

调查显示，有41.8%的人居住较为自由，他们单独租房或者与人合租；另有41.8%的人住在正规的集体宿舍；还有4.8%的人住在临时工棚和车间、仓

库、宿舍"三合一"的地方。总体来看，绝大部分新生代农民工的居住方式还是比较正规的。但是统计结果表明，新生代农民工对这样的居住条件并不是非常认可。表示满意或很满意的新生代农民工比例为18.6%，而表示一般认可的比例为60.7%，有20.7%的人表示不满意或很不满意。

对上述情况作更进一步的分析，我们发现，除了自购房居住方式之外，每一种居住方式都有人表示不满意；居住条件的恶劣程度与不满意程度基本上成正比。居住在集体宿舍的，不满意的比例最小（广州市工会在创文工作中承担的两项主要职责与此相关，应该发挥了一定的作用）；单独租房或与人合租的，不满意的比例居然也高达20%多，这反映了新生代农民工对居住条件的改善要求比较高。

（五）期望子女接受城市教育的意愿较明显

子女教育问题受到新生代农民工一定程度的关注。有11.7%的受访者认为，这是他们出来打工遇到的最大困难。

受访者中有45.4%的人明确希望子女将来能在城市接受教育，其中，28.5%的人希望子女将来能够在城市公立学校就读，11.5%的人希望子女可以在外来工子弟学校念书，还有5.4%的人希望子女能够接受私立名校教育。但是，他们也普遍认识到了让子女来城市接受教育的困难。68.7%的人认为城市教育花费太高；60%的人承认，自己流动性较强，且工作繁忙，这些不利于子女在城市就读。正是因为认识到这些困难，所以虽然只有12.6%的人肯定农村教育，但明确希望子女来城市就读的只有45.4%，只有34.1%的人明确希望政府帮助解决农民工子女就读问题。

（六）业余生活普遍比较单调

在缓解工作和生活压力的方式方面，新生代农民工普遍相对匮乏。我们为其提供了12个业余休闲娱乐活动选项，包括找老乡和朋友聊天，找老乡和朋友吃喝，上网，逛街购物，看录像，看电影，唱卡拉OK，跳舞，去公园或游乐场玩，到处闲逛等。统计结果显示，12.9%的人没有任何娱乐休闲活动，只是纯粹地休息；28.3%的人只有一项休闲活动；28.7%的人有两项休闲活动；其余的有三项以上休闲活动的比例总共只有30%。

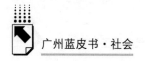
（七）缺少并远离公共服务

新生代农民工享受到的免费公共服务依然很少。以外出务工过程中最基本的几项公共服务需要为例，除接受过免费健康检查服务的人接近 1/3 之外，接受过就业咨询、培训等免费服务的人数都不超过 1/4；有 35.8% 的人没有接受过上述任何免费公共服务。公共服务的缺乏导致了他们在遇到困难时，一般都习惯从个人的社交圈子里寻求帮助，主观上没有寻求公共服务的意识，仅有 6.5% 的人会想到向政府部门寻求帮助，知道向工会求助的，占比 26.1%，虽然情况要好一些，但仍然不容乐观。

四　新生代农民工所面临问题的成因分析

（一）较深的乡土烙印与一定的城市梦想之间的矛盾

虽然如前所述，新生代农民工的乡土意识逐渐淡薄，约三成的人已经渐渐远离了乡土（或者没有土地，或者根本不懂农业），但是在看到这一迥异于第一代农民工的"新"特点的时候，我们也不能忽视另外的更大的那一部分，也就是说，还有约七成的新生代农民工依然有着比较深的乡土烙印，这影响着他们在如下问题上的倾向与选择。

在结婚对象选择方面，首选"老乡"的有 22.1%，而首选"回家乡选"的有 19.2%，合计占比高达 41.3%。

对于希望自己的孩子在哪里上学的问题，表示到"家乡的县城"的占 42.4%，到"老家的村镇"的占 12.2%。换言之，过半数新生代农民工希望让自己的孩子回家乡读书。

而对于将来的打算，表示"挣够钱就回家，自己创业当老板"的占 42.4%；表示"到一定年龄就回家找份工作，不再外出"的占 13.2%；而表示"到一定年龄就回家，继续务农"的有 4.3%。也就是表示要"回家"的新生代农民工有近六成。

上述三个数据是相关的，反映了新生代农民工对个人未来的职业、婚姻和家庭的思考和选择。它们表明，尽管新生代农民工在城市工作生活一段时间了，尽管部分人的乡土观念开始逐渐薄弱，但更多的人的乡土烙印依然较强，而且继续影响他们的思想、行事，大部分人对自己的未来归属问题有着明确的认识而不是彷徨无着。

因此，对于众多研究者热议的农民工城市化问题，我们认为，让农民工城市化是一个太过于模糊的命题，容易导致虽然善意，但也主观、片面的认识。如果严格区分城镇化和城市化两个概念①，那么就要承认，解决新生代农民工问题，首要的是城镇化，其次才是城市化，并以城市化带动城镇化。至少就广州市新生代农民工而言，在目前的条件下，乡土意识已经比较淡薄的比例只有三成左右，明确表示自己当前的最迫切的问题就是"永久定居城市"的，占比只有 8.6%；而有六成左右的人，目前是把自己的未来明确定位在乡土的（如前所述，这并不意味着回家务农，而更多地是指回家乡城镇从事第二、第三产业乃至自己创业）。②

（二）较强的发展期望与较弱的进取精神之间的矛盾

几乎所有的农民工都是怀着巨大的期望和憧憬来到城市的，但与第一代农民工相比，新生代农民工的期望和憧憬已经有所不同，这体现为他们有着较为明确的发展需求。在短期职业规划方面，除 78.4% 的受访者选择了"增加收入，改善生活"外，有 24.4% 的人明确地期望找到更喜欢干的工作；在培训发展方面，

---

① 从狭义上来理解，"城镇化"与"城市化"是有区别的。"城镇化"着重强调农村人口向城镇聚集，以致城镇人口增加、城镇数量增多、城镇用地规模扩大、城镇初级产业相对发达、城镇基础设施相对完备、城镇景观逐步改进的过程；"城市化"则指与大中城市有关的规划、建设、管理等进一步优化的过程。

② 诚然，新生代农民工的入户意愿并不是一成不变的，会受到入户政策的重大影响。因此有的研究者从经济社会发展大局出发，主张实行更宽松的乃至完全放开的入户政策，提高新生代农民工的入户意愿，积极引导和促进农民工市民化。我们认为这是一种崇高的理想，在目前的条件下，对于广州这样的大城市而言，常住人口已经超千万，面临着资源和环境等压力，也面临着公共服务的压力，如果人为地推动和促进农民工市民化，必然会导致各种城市病更加恶化，并且随着产业转移等一系列重大经济社会发展战略的实施，部分人将来又会需要逆城市化。何况，如果完全放开入户政策，必然需要切割现有的城市居民的利益，虽然在道德的层面上说应该如此，但是在实践的层面上，我们必须承认，这是不可行的。至于那种要求把户口与福利脱钩的主张，我们认为也是过于激进而不具备可行性的。

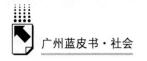

高达 78.7% 的人希望参加职业技能培训。①

但是，与上述较强的发展期望构成强烈反差的是，新生代农民工普遍缺乏实际行动。在所有近期对职业发展有所希望（增加收入或者找到更喜欢干的工作）的人中，20.7%（占所有新生代农民工的 19%）对职业技能培训没有提出要求，因此他们的职业发展期望也就只是一种非常消极的梦想和奢望；其他的在主观上有参加学习培训意识的人之中，仅有 12.5% 的人有学习培训支出，学习培训的主动性仍然是比较弱的。而所有在学习培训方面有所支出的人占全体新生代农民工的比例只有 12.8%。

但同时，几乎所有的调查都显示，新生代农民工对现代城市生活方式有着趋同的倾向。比如，在本次调查问及"休息时间一般干些什么"时，回答"逛街购物"的达 40.4%，排在"只是休息"和"找老乡和朋友聊天"之后，排第三；而随后排第四的是"去网吧上网"（占 23.8%）。另外在回答"获得政府政策等新闻信息的途径"时，有 78.5% 的人选择了"电视"；58.6% 的人选择了"报纸"；52.0% 的人选择了"互联网"；31.0% 的人选择了"手机短信"。与第一代农民工挤在小商店或有电视的家庭门口看电视的方式获取社会信息和进行社交的方式相比，新生代农民工的信息来源和对外沟通比较多地借助了"互联网"和"手机"等现代方式。

对于这种反差，我们的理解是，新生代农民工在城市工作和生活中，虽然已不仅仅是在"谋生"，同时是在习惯、学习城市生活，并希望拥有更美好的未来，希望谋求更好的发展，但是他们常常是消极被动的，被城市的发展带动，在城市的发展中被动地享受着现代生活，更多的只是接受和模仿了城市生活的光鲜的表层方式，而没有真正理解现代城市经济社会发展的实质，因此也就不懂得主动地去追求自己的理想和未来。

---

① 事实上，尽管作为一种抽象的表达，第一代农民工也普遍希望增加收入，改善生活，但是如果仔细分析新生代农民工的消费构成就可以发现，在这一抽象表述下，他们的需求已经不同于第一代农民工。所有调查样本每月平均需要支出 1917 元，除去个人衣食住行、寄回家乡和子女教育费用外，用于娱乐休闲、书报、学习培训、上网及通信等方面的消费，平均为 270 元。这和省吃俭用，在基本生活之外几乎没有任何支出的第一代农民工相比已经有了巨大的差异。而且无须赘言的是，即使是他们在衣食住行方面的需求，也不是第一代农民工的那种基本生存意义上的，而是更多地带上了个性色彩。

（三） 较强的维权意识与较低的组织意识之间的矛盾

新生代农民工的权利意识明显提高。让我们感到意外的是，有 44.8% 的人认为"同工不同酬"是自己在工作中遇到的不公正待遇，远远超过工资问题（16.63%）和加班费问题（22.47%）。在"希望政府提供的服务"项目中，有 48.3% 的人希望政府为自己"改善社会处境，提高社会地位"，有 27.4% 的人希望参加"维权的相关知识培训"。

但这里也存在着一个反差，即他们的组织意识仍然是比较低的。调查显示，受访者中有 54.9% 是工会会员，有 35.7% 表示自己不是工会会员，有 9.4% 则表示不知道。在被问及"在工作和生活中遇到困难，会向谁寻求帮助"时，有 26.1% 的人表示会找工会组织，排在找"家人和亲戚"（50.5%）和"朋友"（45.4%）之后，居第三。可以认为，新生代农民工对工会还是有认识有期待的，只是这种期望还是不高，"家人和亲戚"和"朋友"仍是他们信任的主要对象，即使是工会会员，有困难的时候，也不是都去找工会寻求帮助。

五　解决新生代农民工问题的对策建议

发展是当代中国的主旋律，新生代农民工的发展是其题中应有之义。我们认为，解决新生代农民工诸多问题的关键，也正在于支持、促进和引导其发展。也就是说，只有抓住了发展这把钥匙，才能解开新生代农民工的就业问题、工资问题、婚恋问题、居住问题、社交问题、身份问题、心理问题、子女教育问题、养老问题，以及由此而衍生的犯罪问题等。当然，必须明确的是，解决新生代农民工问题是一个系统工程，必须从城乡统筹、城镇化/城市化、工业化的高度着眼，多管齐下，全方位地考虑产业布局调整、用工制度完善和户籍制度改革等问题。各地区，从大城市到中小城市到小城镇，也应该把农民工发展问题与其自身发展问题结合起来。就广州而言，我们对解决新生代农民工问题有如下建议。

（一） 逐步给予农民工市民待遇

1. 适度放松入户政策"高压线"

广州市积分入户政策把入户原则确定为"控制总量、优化结构"，我们认为这是非常务实而正确的（如前所述，新生代农民工中乡土意识已经比较淡薄的比例只有三成左右，明确表示自己当前最迫切解决的问题就是"永久定居城市"的，占比只有8.6%）。同时，广州市积分入户政策划定了五条"高压线"：违反计划生育政策、有犯罪记录、没有办理广东省居住证、没有缴纳社会保险，以及没有签订一年期及以上劳动合同的，有这五种情况中的一种，都不具备积分入户的资格。对于其中的"违反计划生育政策"和"有犯罪记录"这两条"高压线"，我们认为是可以适度放松的。毕竟，人的思想品行是动态的，已有违法犯罪记录者也不等于他必然还要去违法犯罪。一个良好的制度应该更有利于改造人、提高人、发展人，如果将曾经违法犯罪者一概拒之门外，那么他们的生存和发展之路是否会越走越窄呢？所以我们建议：对有过违法犯罪记录的，可以实行减分；或者，对于曾经违法犯罪，但在一定年限内已完全改过自新，不再有违法犯罪事实的，应当不予追究。

2. 加大力度落实社保政策

2010年10月28日，十一届全国人大常委会第十七次会议高票通过了《社会保险法》，首次以国家法律的形式，确立了我国所有公民和劳动者在年老、失业、患病、工伤、生育等情况下，可以获得一定经济保障的制度，特别是对于养老保险转移接续和医疗保险异地结算进行了规定，这对于千千万万的新生代农民工无疑是极大利好。我们建议，一是根据广州实际，督促有关部门尽快清理目前广州市相关法规政策中与《社会保险法》相抵触的内容；二是针对部分地方党政负责人依然痴迷于廉价劳动力的比较优势，漠视农民工参保工作的错误思维，加大监督检查力度，进一步扩大农民工社保参保率。

（二）切实扫除新生代农民工发展之路上的障碍

1. 发动社会力量解决农民工子女教育问题

农民工子女教育问题近年来受到高度重视，其是农民工在城市安心工作和生活的一大障碍。2011年初，广州下发了《关于进一步做好优秀外来工入户和农民工子女义务教育工作的意见》。各项措施和要求，我们是很赞同的。但是目前广州市公办学校学位有限（大批增加也不现实），解决农民工子女就学问题主要是依靠民办学校，而民办学校教育质量又不高，因此，绝大部分农民工子女将很难得到实质的好处。我们建议，不但政府要在人财物方面给予民办学校更多的支持，在管理方面督促其规范，而且要充分动用社会力量来提升民办学校教育质量。

一是充分发挥高校学生的力量，动员广大青年和学生走进民办学校支教。在方式方面，既要扩大现在的结对帮扶活动规模，也可以探索由师范类学生进行助教活动（特别是毕业班学生，这对于他们将来走上教师岗位也是非常有益的）。广州目前有大专院校在校学生 100 万人左右，而全市农民工义务教育阶段子女只有 40 万人左右，如果能够将学生普遍动员起来，农民工子女教育问题必可得到较大程度的缓解，对于促进学生认知社会和培养社会和谐气氛也不无裨益。

二是进一步加大公办学校师资力量对民办学校的支持，出台相关政策，鼓励公办学校的优秀教师合理调配时间，到民办学校授课。

三是从更长远的角度来说，把农民工子女教育问题与户籍问题脱钩，实行无条件的公平义务教育，是更优的选择，但这需要国家层面上的统筹。有关部门要进一步提高对农民工子女教育问题紧迫性的认识①，进一步推动中央完善农民工子女教育机制，实行义务教育全国统筹，其核心即实行义务教育经费"钱随人走"的财政转移支付制度，设立农民工子女教育专项资金，以流入地农民工子女的规模为依据，逐年核拨，分担流入地政府财政压力等。这样，地方政府也有能力和动力去提高民办学校教学质量。

2. 通过企业和职工文化建设促进农民工心理健康

富士康跳楼事件，暴露了很多企业长期忽视员工心理和精神需求，员工缺乏正常的沟通和舒缓渠道的现实。我们的调研也发现，11.88% 的新生代农民工认为"孤独寂寞"是他们在穗打工的最大困难。这种亚健康或不健康的心理和情绪状态，不仅不利于职工身心健康，也不利于企业的经营发展，而且可能对社会产生威胁。因此我们建议，党工团及有关部门联手推进企业和职工文化建设，缓解新生代农民工心理问题，并通过文化建设使农民工进一步融入社会。

一是鼓励和支持大中型企业开展企业文化建设，建立"员工帮助制度"。

二是发挥各级工会组织扎根企业、联系职工的优势，加强对青年职工特别是新生代农民工的心理疏导，加大对他们心理健康的关注和投入，帮助他们搞好自

---

① 近年来的一项调查显示，广州监狱中近80%的年轻囚犯都曾在成长阶段被进城务工的父母留在农村，以至于有媒体形容道："外来工子女填满广州监狱。"

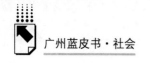

我管理、自我调适，缓解心理压力，提高耐挫能力，营造良好的人际关系。

三是劳动人事部门在对进城务工人员进行培训时，除进行专业技术、劳动法规的宣讲培训以外，应开设心理辅导等专门课程，教授农民工自我减压、自我心理调适等相关知识和训练，加强生命教育和价值观教育，帮助其树立正确的人生观、价值观和健康生活方式。

四是大力丰富青年农民工休闲方式，倡导健康、积极的文化生活，特别是要有针对性地组织新生代农民工参与文体和社交活动。这不仅有利于新生代农民工缓解心理压力，而且可以扩大他们的社交面，打破工厂围墙的束缚，为他们解决婚恋问题创造条件。

（三）有效地为新生代农民工的发展提供支持

1. 以行业、区域性工会为主要形式将新生代农民工组织起来

谈到农民工维权问题，一般研究者总是强调要加大劳动法律法规的贯彻执行力度，保障他们民主参与企业管理的权利等。这一思路虽然正确，但并不具备可行性。实事求是地说，当前我国的劳动人事部门，在人财物方面根本不足以应对劳资领域多年来积累起来的矛盾。我们认为，要真正解决问题，还是要提高新生代农民工自身的维权意识和能力，因此，必须加强工会组织建设，将农民工更好地团结起来，从而更好地增强他们维护自身权益的意识和能力。

一是大力推行行业性工会的组织形式，将新生代农民工更好地组织起来，发挥行业工会独特的专业性和独立于企业之外等优势，切实有效地履行工会的维权职能。

二是对于较小区域范围内的大量的微型、小型企业，要以属地（如工业园、楼宇、市场等）职工为对象，将包括农民工在内的职工最大限度地维系在区域性工会组织周围，以此来维护和争取他们的利益。

而要做到上述两点，除了工会组织自身的努力之外，还需要党政方面对工会的组建工作和作用发挥予以支持，使工会真正成为农民工利益的代表者和维护者。

2. 以加大就业培训服务力度为重点为新生代农民工发展提供支持

第一代农民工是短缺经济时期的产物，新生代农民工所处的则是过剩经济时代和产业结构调整的阶段，对于职业技能的要求比他们的前辈要高。但调查却显示，他们学习培训的意识比较弱，如何提高他们的学习意识应该是政府、企业和工会组织积极做好的工作。目前，党政部门、工青妇以及一些社会组织，都比较重视新生代农民工素质建设，都有自己的相应的职工素质建设项目，但同时也具有缺乏组织协调和统筹的弊端。

因此我们建议：以工会及其职工素质工程为核心，成立全市职工素质工程领导小组，负责全市职工素质建设工程的总体规划、统筹协调和工作实施，推动形成党委领导、政府支持、工会牵头、各方参与的职工素质建设工程工作格局。领导小组要整合各类教育培训资源，如各类职工院校、企业职工学校、农民工学校、职工技能培训基地、职工教育网等，为增强农民工的岗位实践能力、创新能力和就业能力提供条件，打造多样化、广覆盖、开放式的晋级平台，积极为农民工提供培训和就业服务，让他们适应产业升级和调整落后产能的客观要求。

3. 以普遍推行工资集体协商制度为核心发挥工会的维权作用

在市场经济条件下，平等协商与集体合同制度是调整劳资关系、保护工人权益的重要制度，特别是其中的工资集体协商制度对于弥补市场化工资制度的不完善具有重要作用。2010 年以来的一系列重大劳资事件，基本上都与工资有关，并且也都通过工资集体协商得到了较好的解决，充分证明了这一制度的有效性。

为更好地推行工资集体协商制度，我们建议：

一是推进行业协会建设。工资集体协商，首先应该是行业层面的协商，由行业工会与行业协会进行协商，确定行业工资水平及劳动定额等基本事项，然后才是企业层面的协商。目前，广州市行业协会建设相对滞后，导致行业工会没有对等的协商对象，协商工作也就难以进行。

二是将劳务工工资问题纳入工资集体协商，克服同工不同酬问题。《劳动合同法》实施后，许多企业（包括国企）实行了劳务用工，由于劳务工与企业不存在劳动合同关系，部分用工单位在进行工资集体协商时，把劳务工排除在外，导致同工不同酬现象进一步恶化。因此，将劳务工工资问题也纳入工资集体协商是有必要的，这对于解决农民工与企业之间其他方面的矛盾也是有益的。

总之，农民工是我国工人阶级的重要组成部分，新生代农民工是我国未来产业工人的重要主体和生力军，重视他们的发展问题，我们责无旁贷。我们不能再仅仅看到人口红利，仅仅把新生代农民工当做生产要素，仅仅把他们当做城市过客。不论他们是愿意融入城市，还是愿意回归乡土，我们都应该为他们创造良好

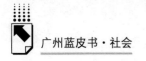

的工作和生活环境，给予他们人文关怀，保障他们的合法权益，为他们的发展创造条件，让他们感到城市的温暖。伴随着城市的发展，他们自身也能不断发展，绝大部分问题也可以通过发展得到解决。

（审稿：魏伟新）

Survey on Guangzhou New Generation Migrant Workers in 2010

The Subject Team of Guangzhou Federation of Trade Unions

Abstract: On January 31 2010, State Department issued Central 1st Document "Some Opinions on attaching Greater Importance to Planning Urban and Rural areas for Balanced Development and Further Strengthening Agricultural and Rural Development Foundations", for the first time using the notion of "new generation migrant workers". The document calls for pertinent measures to solve the problems of new generation migrant workers, citizenizing new generation migrant workers. This research report looks at a comprehensive grasp of fundamental conditions, interests and demands of Guangzhou new generation migrant workers, providing support for better understanding and solving problems in particular for development problems of new generation migrant workers in Guangzhou. It also brings forward practical advice and recommendations on gradually offering citizens' treatment to new generation migrant workers, and removing obstacles on the development road of new generation migrant workers, all for the perspectives of better development of new generation migrant workers.

Key Words: New Generation Migrant Workers; Maintain Rights; Trade Unions

广州市集体劳动争议和职工群体性
自发停工事件状况与对策

广州市总工会课题组 *

摘　要：集体劳动争议和职工群体性自发停工事件是劳动关系不和谐的一种较为极端的表现形式。本研究报告以广州市工会参与调处集体劳动争议和职工群体性自发停工事件的实践为基础，论述了广州市集体劳动争议和职工群体性自发停工事件的基本情况和主要特征，分析了其形成根源和发展趋势，系统地提出了工会应对集体劳动争议和职工群体性自发停工事件的思路，就如何进一步构建和谐劳动关系，更好地发挥工会在参与调处集体劳动争议和职工群体性自发停工事件中的作用提出了建议。

关键词：集体劳动争议　职工群体性自发停工事件　和谐劳动关系

2010年，受南海本田自发停工事件和深圳富士康跳楼事件影响，珠三角地区发生一系列职工群体性自发停工事件，广州市汽车配件、机电等行业也出现群体性停工事件过百宗。面对外部环境变化对经济社会发展和职工队伍稳定的影响，广州市总工会认真分析劳资纠纷和群体性停工事件的特点和原因，及时传达省委、省政府和市委、市政府有关文件精神，要求各级工会贯彻"以职工为本、主动依法科学维权"的方针，明确工会在处理劳资纠纷过程中的立场定位，坚持运用劳资协商、政府调解的新机制化解劳资矛盾。在市总工会的统一部署和具体指导下，各级工会把维权作为维稳的前提和基础，上下联动，主动介入，思路清晰，定位准确，措施有效，应对自如，化解了多起争议和事件。南沙区总工会

* 课题组成员：刘小钢，广州市总工会常务副主席；易利华，广州市总工会副主席；卫宝铭，广州市总工会副巡视员；钟志强，广州市总工会生活保障部部长；张青蕾，广州市总工会办公室副主任；王新剑，广州市总工会办公室调研组副主任科员。

成功化解了电装等 8 家企业的停工事件；萝岗区、花都区总工会妥善处理重大劳资纠纷案件 70 多宗；广汽集团工会不但采取有效措施化解了本企业、本行业内的劳资矛盾，而且在南海本田等事件的处理中发挥了积极作用，体现了广州市工会"打造作为工会"的勇气与魄力，抓住时机凸显了工会处理重大劳资纠纷的能力和智慧。其他各区（县级市）总工会，以及轻工、纺织等产业（集团）工会积极开展劳资矛盾排查活动，依法履行职责，化解潜在矛盾，为保障职工队伍和社会稳定作出了重要贡献。为更好地指导各级工会构建和谐劳动关系、参与调处群体劳动争议和职工群体性自发停工事件，市总工会在总结前期参与调处集体劳动争议和职工群体性自发停工事件实践的基础上，出具此研究报告。

一 广州市企业及工会组织建设基本状况

根据《广州市第二次全国经济普查公报》，广州市共有企业法人单位 138175 家，其中，国有控股企业 4779 家，集体控股企业 12437 家，私人控股企业 109197 家，港澳台商控股企业 4357 家，外商控股企业 2947 家，其他企业 4458 家，分别占比 3.5%、9.0%、79%、3.2%、2.1% 和 3.2%。全市法人单位从业人员共计 533.22 万人，从业人员较多的依次是天河、越秀、番禺和白云区，合计占比将近 60.0%。

工会组织建设方面，截至 2010 年第三季度，全市共有独立基层工会 3.48 万家，联合基层工会 2343 家，涵盖单位 13.05 万个，有会员 260.30 万人。在国有和集体控股企业，工会和女职委组建率均达到 100%。区域、行业性工会联合会建设迅速推进，全市已建立 7 个市级行业工联会，192 个区县级行业工联会，175 个区域工联会。市、区两级环卫行业工会联合会均已建立，12 个区、县级市全部完成建筑工地工会联合会的组织架构建设，部分区、县级市成立了餐饮行业工会联合会、教育行业工会或百货零售业行业工会。全市民营出租车企业工会等正在组建之中。

二 近年来广州市集体劳动争议和职工群体性
自发停工事件主要特征

1. 从数量方面看

集体劳动争议和职工群体性自发停工事件保持高发状态。2008 年、2009 年、

2010 年 1～4 月，广州市集体劳动争议案件数量分别为 331 宗、126 宗、72 宗，涉案劳动者人数分别为 22598 人、11461 人和 3656 人。2009 年后的数据看似急剧变少，实质上却是集体劳动争议统计口径由 3 人以上共同诉求调整为 10 人以上共同诉求。所以，结合同期职工群体性自发停工事件的数据可以大致估计，2009 年集体劳动争议和职工群体性自发停工事件只是略有减少。2010 年前 4 个月的数据已经超过了 2009 年总量的 1/3，而 5～7 月间又是集体劳动争议和职工群体性自发停工事件集中爆发时段，因此估计全年的数据应该不会低于 2009 年。

2. 从内容方面看

集体劳动争议和职工群体性自发停工事件呈复杂化趋势。过去，集体劳动争议和职工群体性自发停工事件基本上只涉及解除劳动合同经济补偿和追讨欠薪问题，而近年来，则也会涉及劳动条件、社会保险、加班工资、住房货币补贴、住房公积金等多个方面的问题。但是，劳动合同经济补偿和追讨欠薪问题依然是最主要的诉求。

3. 从影响方面看

集体劳动争议和职工群体性自发停工事件的牵涉面更广，破坏性更大。随着社会矛盾的积聚，集体劳动争议和职工群体性自发停工事件极易演变为严重的社会问题和政治问题，并且由于现代媒体传播的快速性、便捷性，集体劳动争议和职工群体性自发停工事件很容易成为社会矛盾的焦点，造成巨大的影响，引起更大范围内的连锁反应。

4. 从调处难度方面看

集体劳动争议和职工群体性自发停工事件矛盾尖锐，对抗性强，调处难度大。群体一方对案件处理结果往往寄予很高的期望值，不容易被说服。据广州市法院方面提供的信息，与婚姻家庭、继承等民事案件相比，集体劳动争议的上诉率比较高，历年均保持在 20%～30%。

5. 从分布情况方面看

就行业而言，集体劳动争议和职工群体性自发停工事件多发生在外贸加工、制造、餐饮服务、环卫等劳动密集型行业；就地域而言，多发生在经济较发达、用工量或用工密度较大的区（县级市）；就涉案对象而言，多为处于弱势的外来务工人员，其文化水平较低、法律意识较强，但法律知识欠缺，容易偏执过激。

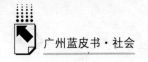

三 对广州地区集体劳动争议和职工群体性
自发停工事件原因的分析

根据我们近些年来的相关调研，广州地区集体劳动争议和职工群体性自发停工事件的成因主要有如下几个。

1. 宏观经济背景的不利变化

特定的经济背景是导致集体劳动争议和职工群体性自发停工事件大量发生的根本原因，特定的经济政策或经济大事件是集体劳动争议和职工群体性自发停工事件大量出现的导火索。我国当前正进入一个生产要素成本周期上升的阶段，成本推动的压力趋于加大。而自 2008 年以来，先有《劳动合同法》的颁布，后有国际金融危机的来袭，部分企业体质虚弱，难胜其寒，把职工当做压缩成本的对象，进而引发集体劳动争议和职工群体性自发停工事件。比如 2008 年，为规避《劳动合同法》，出现了大量"逼辞"事件；2008～2009 年金融危机期间，广州市有 497 家企业老板欠薪逃逸，这些都很容易引发集体劳动争议和职工群体性自发停工事件的发生。

2. 改制改革中各种历史遗留问题的暴露和新问题的产生

企业改组改制、兼并关闭过程中的历史遗留问题一直是引发集体劳动争议和职工群体性自发停工事件的重点。并且在广州市政府实施"退二进三"战略和"调整资产结构、转变发展方式、提产业水平"过程中，一部分企业实施停产、转型，随着职工安置工作的推进，一些历史遗留问题也凸显出来。此外，近年来，广州市在逐步推进事业单位改革，一些行业、单位在制订改革方案、推行绩效工资时也出现了较大的问题，引发了一些集体劳动争议和职工群体性自发停工事件。

3. 部分企业的用工行为长期不规范导致的矛盾积累而突然爆发

部分企业用工长期不规范，弱势群体的利益受损害或被忽视，产生被剥削感，不满和对抗情绪积累太久，就可能以集体纠纷和职工群体性自发停工事件的形式迸发。比如南沙先锋停工事件中，虽然资方支付加班费不足的现象已存续了两年，但工人们一直忍而不发而当生产厂长兼工会主席被厂方强行驱逐之时，300 多名工人赶来声援，终于引爆了长期的矛盾。

4. 劳动者方出现了一些新的易于诱发集体劳动争议和职工群体性自发停工事件的条件

首先是劳动者维权意识和能力大大增强。长期的普法活动确有实效，特别是《劳动合同法》公布之后，社会各方激烈辩论，持续半年多，高潮迭起，波及全社会，对于广大劳动者而言，不啻为一次声势浩大的启蒙运动和思想洗礼。其次是劳动者博弈力量在变强。这主要是得益于其组织性的加强，系列劳动法律法规的出台激发了劳动者争取合法权益的底气，劳动力结构性或周期性短缺增添了劳动者讨价还价的筹码。最后的结果是，他们懂得并敢于采取集体行动来进行劳资博弈。

5. 集体劳动争议和职工群体性自发停工事件化解机制的运行依然不够顺畅

首先是部分工会组织不能充分发挥作用。有些基层工会没有完整的机构，没有足够的经费和人员，甚至工会领导人都是由企业指派，劳动者对工会的信任度下降。其次是劳动保障部门的行政监管薄弱。由于立法的原因，劳动保障部门的行政执法权力相对软弱，强制性手段有限。同时，一些地方党政机关片面担心区域投资环境受影响，往往采取过多的干预政策，使劳动监察职能严重缺位。

6. 职业诉讼人日益增多，也对集体劳动争议和职工群体性自发停工事件的高发有一定的推波助澜作用

现阶段有一些职业诉讼人，法律素养较低，对劳动法律法规一知半解，往往误导工人，提出远高于其正当权益的协商目标，加大了化解矛盾的难度。

7. 一些特殊的情绪和观念，可能会把集体劳动争议演化为罢工等较极端的职工群体性自发停工事件

首先是群体非理性的情绪。总体而言，劳动者的维权意识有了很大的进步，但这种进步还是有限的，在纠纷未能得到预期的解决或者败诉后，部分劳动者的非理性情绪很可能暴涨，彼此鼓动，集体采取罢工、堵路等极端行为，给企业和政府施压。其次是事情闹大了有利于解决的思维和法不责众的观念也导致劳动者倾向于把集体劳动争议恶化为极端行为。

四 工会应对集体劳动争议和职工群体性自发停工事件的思路

近年来，为有效应对集体劳动争议和职工群体性自发停工事件，广州市工会已经形成了预防为主、防调结合的基本思路。近期多起职工群体性自发停工事件发生之后，广州市工会进一步加大了工作力度，主要包括如下五个方面的措施。

1. 形式多样地开展法律宣传教育活动

目前采取的普法形式主要有四种：第一，深入基层送法给一线职工，深入工业园区、工厂，举办多次大型法律宣传活动，开展劳动法律咨询等服务。第二，充分利用互联网进行普法宣传，利用工会网站，开设"法律援助"、"政策法规"等栏目。第三，开展法制培训专题讲座。邀请专家学者为工会干部举办"劳动争议调解工作"等讲座。第四，利用广播、电视、杂志等媒体扩大法律宣传效果。如市总工会在2010年就协助市人大常委会和广州电视台录制了主题为"贯彻《劳动合同法》，构建和谐劳动关系"的《羊城论坛》电视节目。

2. 加强工会劳动法律监督工作

一是工会劳动法律监督网络不断健全。截至2009年底，各区（县级市）总工会及大多数产业、直属单位工会均成立了工会劳动法律监督委员会或监督小组。二是工会干部劳动法律监督能力不断提高。各级工会组织选派干部参加"工会劳动法律监督工作"等课程的学习，对合格工会干部核发"工会劳动法律监督员证"，不断提高其开展劳动法律监督的能力。三是积极配合有关部门开展劳动法律监督检查，对违反劳动法律法规、侵犯职工合法权益的行为及时予以制止和纠正，推动劳动法律法规的有效落实。抽查结果显示，多数工会合格履行了劳动法律监督职能，及时纠正了用人单位在制定规章制度、签订和履行劳动合同等方面的违法违规行为。

3. 建立集体劳动争议和职工群体性自发停工事件预警机制

市、区（县级市）工会积极建设工会劳资信息网络，建立劳动信息联络员、工会维权监督员队伍，并充分发挥信息联络员队伍、维权监督员队伍、劳动争议调解组织、职工法律援助中心和法律援助站的预警功能，及时掌握企业劳资信息，针对不稳定倾向和苗头，迅速介入，开展沟通协调，预防集体劳动争议和职工群体性自发停工事件发生。如海珠区江南中街道总工会在300多家企业内建立了劳动保障监察信息员队伍，白云区广泛推行了均禾街向村工联会派驻联络员的做法。

4. 健全职工群体性（停工）事件快速反应和应急处理机制

市总工会制定了《广州市工会处理突发事件办法》，市、区（县级市）总工会和产业、集团工会均成立了处理突发事件工作领导小组，落实了领导带案工作责任制，明确了层级职责和分工，建立起职工群体性自发停工事件快速反应机制和处理机制。各级工会按要求逐步建立领导值班、来访接待、来信处理、登记报告、部门联动等制度，并切实增强政治敏锐性和责任感，严格遵循接报、上报、处置、善后工作的程序和要求，认真落实应急预案，强化快速反应理念，加强配合和联动，积极做好疏导化解工作，及时介入和妥善处理了一批职工群体性自发停工事件。

5. 深入开展工会劳动争议调处工作

一是积极推进劳动争议调解组织建设。逐步完善区（县级市）、镇（街）、基层单位劳动争议调解三级网络，与司法等部门合作，建立职工法律援助中心，构建劳动争议调处整体联动机制。如开发区自 2008 年在全市率先设立"劳动争议巡回法庭"，推行"调、裁、审一体化"办案模式，使部分集体争议案件在进入诉讼阶段前被成功化解。二是加强劳动争议咨询和法律援助工作。2009 年，仅市总工会职工维权中心就接待职工来信来访来电 3943 件，接待、解答各类法律咨询 714 宗，受理法律援助申请并经市法援处审核批准 3 宗，为各级单位工会和职工提供法律咨询服务和法律帮助 60 宗。

五　工会应对集体劳动争议和职工群体性自发停工事件的主要经验

截至目前，已经出现的职工群体性自发停工事件，绝大多数已经得到了圆满解决。工会参与协调处置集体劳动争议和职工群体性自发停工事件的主要经验，概括地说，就是"运用劳资协商、政府调解的新机制，从源头上构筑和谐劳动关系，化解劳资矛盾"。具体包括如下四个要点。

一是快速反应，及时介入，多级工会联动。事件发生后，各级工会要切实履行第一知情人、第一报告人职责，层层上报情况，上一级工会领导要第一时间亲自赶赴现场，全程参与事件处理。市、区（县级市）总工会要与相关部门紧密配合，及时给予指导。

二是立足大局，稳控事态，赢取职工信任。工会干部到达事发现场后，要指导企业工会积极行动起来，深入职工群众，反复做疏导工作，听取职工群众诉求，讲解工会主张，逐步取得职工的信任，做好职工情绪安抚工作，同时要向职工表达工会坚决维护他们的合法权益的立场，提出工会解决问题的思路，引导职工群众回到理性争取权益的轨道上来。

三是上下齐心，依法依规，推动开展协商。工会在稳定事态的同时，要努力与职工和企业进行沟通，推动开展集体协商，依法依规加紧做好各项准备工作：向企业递交要约书，组织全体职工推选协商代表，召开会议为协商代表讲授集体协商知识，研究制订协商方案，收集整理职工书面意见。通过协商使劳资双方最终达成协议，从而化解矛盾，平息争议。

四是立足长远，坚定维权，做好后续工作。劳资双方达成协议后，工会要抓住时机，在督促企业落实协议的同时，加紧建立健全相关制度，依法落实有关法律法规，如建立厂务公开民主管理制度，设立专职工会主席或其他专职工会干部等，为劳资双方今后更好地进行沟通、避免矛盾打下坚实基础。

在上述经验中，最重要的一点就是要重点推行平等协商、签订集体合同制度。依法推动企业普遍开展工资集体协商，从源头上构筑和谐劳动关系，从源头上化解劳资矛盾，把维权作为维稳的前提和基础，把"防火"的重要性置于"救火"之前。在代表职工推行平等协商制度的过程中，各级工会要把握好以下五个重点要求。

1. 平等，不仅是一种制度要求，也是职工的心理诉求

劳动立法明确了劳动者与用人单位之间在劳资关系中的平等主体关系。工资集体协商相关法律法规也明确要求，职工代表与企业代表进行平等协商，在协商一致的基础上签订协议。因此，平等是一项基本的制度要求，只有首先确立了平等的主体关系，协商才可能公正公平。但是，平等更需要在工作生活中的平等人格待遇。特别是新生代农民工，对于自身价值的实现比他们的父辈有更明确和更高的诉求，对他们来说，体面劳动不仅意味着合理的薪酬、完善的保障，也意味着能够平等地与企业沟通，有尊严地工作。如果企业单方面决定职工工资福利而缺少与职工沟通，则必然会导致矛盾积聚，甚至引发群体性事件；如果企业在职工日常工作和生活中不能给予其平等人格待遇，与其进行平等对话，职工就可能会以其他方式来寻求人格平等。比如在电装（广州南沙）公司自发停工事件中，在企业工会代表职工提出的诉求和反映的意见迟迟得不到答复后，职工们自行采取了集体停工的行动来迫使公司正视他们的诉求和意见。职工停工后，公司总经理单方面提出给职工加薪 450 元，立即给职工宿舍装空调，并要求职工限时表态是否同意。这一行为再次激怒了职工，引起了职工的强烈不满，全体职工不约而同地举手表示反对。而在协商圆满成功后，职工们不仅为争取到合理利益而高兴，更为等级观念森严的日本管理层对待他们的态度明显改善而高兴。

2. 代表，不仅需要宏观上的把握，也需要细节上的落实

工会在事件处理过程中要态度鲜明，始终坚定地站在职工一边，指导职工争取合理的利益，真正成为职工的"代表者"和"代言人"，不仅要从大局上考虑如何去代表职工利益，而且注意把"代表"二字落实到具体工作细节中，赢得职工的信赖和拥护。比如，在部分停工事件处置过程中，为了保证事件处于可控状态，派出所希望工会通知带头静坐的职工到派出所谈话。而事实上，工会经过努力争取到职工的信任不容易，如果工会承担了这项任务，那么就很有可能被职工误解，前期工作的成果会因此半途而废，因此，原则上工会不能接受此等任务。

3. 参与，不仅需要积极的合作，也需要坚守自己的立场与职责

重大劳资关系事件的处理，往往需要党、政、工多方同心协力。因此，各级工会在参与调处劳资纠纷时，必须积极主动地配合其他部门做好工作。但是，配合不能盲目，不是什么事都去做，而是要明确自己的职责，真正做到既各司其职又紧密合作。如部分自发停工事件发生后，有关部门出动了警力。对此，市总工会明确表达了自己的立场：对于突发事件应该有相关的应急预案，但是否要动用警力，时机是否适当，需要冷静分析，审慎做出决定。在电装（广州南沙）公司自发停工事件中，当公司总经理请求警力驱赶静坐职工、打通货运通道时，区总工会领导直接与其沟通，认为这个做法暂时没有必要，完全可以通过工会劝说工人争取合理诉求不能用非法手段来解决，最终企业和工人都接受了工会意见，防止了矛盾的激化。又如，在开展工资集体协商时，有同志主张由工会担当主持人的角色。而根据集体谈判的一般原则，会议主持人起着居中协调的作用，只有超脱于资方和职工两方利益之外的"第三方力量"，才能站在中立立场担当好这一角色，劳动部门负责人更适合担当主持人的角色，而工会应该谨守自己作为职工方利益代表的定位和职责，作为谈判一方而不是主持人。

4. 协商，不仅需要工会代表职工，也需要职工发挥主体作用

集体协商的劳方，职工是主体，而工会只是其代表。在协商工作中，工会不

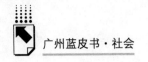

仅要做好组织工作，更要发挥职工的主体作用。

首先，必须民主选出职工信赖的协商代表。要均衡公司全体人员，按部门、按人数以一定的比例公开公平地选举产生工资集体协商的职工代表，确保协商代表的代表性和广泛性，而不能仅以带头静坐职工为代表。

其次，必须广泛征求职工意见。集体协商的根本目的是维护和争取职工利益，集体协商的诉求必须来自于职工。工会不能想当然认为职工需要什么，不能"大致如此"，而要充分调查，认真整理，并分清主次缓急，对职工的诉求有全面、准确地掌握。

最后，协商准备工作必须依靠职工。在协商前的信息搜集工作中，必须通过多种渠道掌握企业生产经营和行业相关数据，尤其要重视通过职工获取有关信息。要充分发挥职工作为各个劳动环节的切身参与者，对于劳动生产率、劳动标准、行业工资福利水平等情况比较了解和熟悉的优势，发动他们提供资料和数据，为劳方确定协商条件和协商策略提供不可或缺的支撑。

5. 谈判，不仅需要据理力争，也要有利有节

集体协商需要劳资双方以坦诚、谅解的态度来进行协商。一方面，谈判代表要做到有理有利有节，努力争取我方利益，同时兼顾对方利益，既充分考虑职工的利益诉求，也兼顾企业行政方面的利益诉求，在利益分歧中找到利益结合点。对部分职工过高的、不合理的要求，要将其搁置并作出解释；对部分职工的不当认识和行为，要指出其错误并加以纠正。对于职工的多种诉求，分清主次缓急，抓住主要诉求，解决主要问题；对于次要、一时难以解决的诉求，与企业约定择机再谈，使集体协商朝着双方共同受益的目标迈进。另一方面，谈判双方也要努力营造友好平和的氛围。友好平和的氛围有利于矛盾双方把劳动争议控制在法律允许的框架内，实现劳资共赢，也有利于消除双方的防范、戒备、抵触甚至敌对心理，达成协议。所以工会干部在引导职工和推动企业开展工资集体谈判时，要以对话等方式耐心劝导职工边复工边协商，缓解对立情绪；在谈判进行过程中，要努力向职工传达合作双赢的理念，防止职工做出激烈破坏性行为，导致劳资对立极端化，影响集体谈判的进程；面对谈判中可能的分歧，要综合考虑多种因素，准备多套方案，对企业可能坚持的利益和可能做出的让步进行分析，制定我方的让步策略；在协商陷入困境时，要善于采取休会等办法，缓解紧张气氛，争取重新统一思想的时机。

六　工会应对集体劳动争议和职工群体性
自发停工事件的局限与相关思考

当前，广州市正处于经济社会发展的重要战略机遇期和社会矛盾凸显期，我们必须充分认识劳动关系矛盾的广泛性、持久性和长期性。分析工会在参与调处集体劳动争议和职工群体性（停工）事件时的局限和不足，采取措施进一步发挥工会在构建和谐劳动关系、协调劳资矛盾中的作用，是我们无法回避的一个重要问题。

1. 工会参与调处集体劳动争议和职工群体性自发停工事件的局限

（1）基层工会干部在劳资纠纷过程中角色定位不清晰，位置难以摆正。工会干部的定位，其实法律早已有清晰的表述，但现实工作中，由于体制制约，大多数工会及其干部，特别是基层工会及其干部，不敢明确地表明工会作为工人利益的代表者的立场，最终使工会在维护职工合法权益问题上经常出现缺位现象，因而也就在职工心目中失去了其应有的地位、威信。工会干部维权难，已是一个普遍现象。以职工群体性自发停工事件为例，2008 年、2009 年和 2010 年 1～4 月，工会参与调处集体劳动争议和职工群体性自发停工事件的比例分别是21.9%、51.1% 和46.9%。虽然参与调处的比例翻番了，但从历次调研的结果来看，在大多数集体罢工事件中，基本上都看不到工会干部能真正发挥什么作用，而且越往基层走，工会及其干部能发挥的作用也就越小。

（2）基层工会干部自身的合法权益在维权过程中受侵害现象依然较普遍。基层工会干部的工资福利由企业负担，工会干部与企业之间存在一定的人身依附关系，履行维护职工合法权益的职责受到限制。如果工会干部凭借其正义感、责任感而为工人利益挺身站出来，则很容易招致企业的打击报复。近年来的一些典型案例中，如广州化学试剂厂工会主席被违法解除劳动合同案，广东三向教学仪器制造公司工会主席被非法免职和解除劳动合同事件，花都日特固公司罢免工会主席事件，花山朗盛水产养殖场工会主席被解除劳动合同案等，工会主席的合法权益几乎被企业完全漠视。虽然事件发生后，市总工会都采取有效措施介入，每年都成功处理数起类似案例，但是也不能不承认，总有个别案例结果令人遗憾。一旦企业与工会主席之间的矛盾极端化、公开化，即使上级工会出面，有效地依

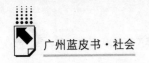

法维护了企业工会主席的权益，工会主席也很难再在企业继续做下去。

（3）党政对工会参与调处劳资群体纠纷的态度和立场也限制了工会作用的发挥。在当前广州深化经济体制改革、推进经济结构调整的进程中，仍有部分地方党政领导的唯 GDP 政绩观没有得到本质上的改变，由此导致了劳动部门、司法部门、工会在劳动争议和职工群体性自发停工事件中的两难选择。

2. 相关思考和建议

上述限制工会发生作用的因素，有着深刻的历史根源，要消除其影响，不是一朝一夕的事情。但经济社会发展到今天，政治文明发展到今天，社会矛盾积累到今天，如何改善党对工会的领导、改变党组织对工会的领导方式；如何从党管工会转变为党领导工会，使工会围绕党的方针更好地独立自主地开展工作；工会举什么旗、走什么路，回答这些问题，已到了刻不容缓的时刻。希望各级党委对工会给予更大支持，鼓励、帮助、指导工会走出官办工会的怪圈，使工会实现群众化，克服行政化。但同时，各级工会干部也不能坐等机会来临，而必须积极主动地加强作为，积极推动工会组织体制、工作机制改革。

（1）逐步推行基层工会干部民主选举制度。在地方工会主席等主要领导人选坚持党管干部的原则之外，企业工会组织负责人的产生，原则上应该自下而上地用民主集中制的办法选举产生。企业同级党组织可与上级工会协商，建议工会主席、副主席人选，最后由上级工会广泛征求民意，并决定候选人。同级党组织不应包揽同级工会的日常事务，而应让工会有更多的充分的自主性。基层工会主席的选举、罢免，应交由职工和上级工会协商解决。同级党组织对工会实行思想政治领导，可以组织工会会员对工会干部进行评估，并对工会发挥作用情况作出公正客观的评价。基层工会干部管理由上级工会主管，由同级党组织协管，党管干部主要体现在对地方工会干部的管理上，而不是企业工会干部上。

（2）普遍推行行业工会联合会。一般而言，同一行业内的职工诉求、行业劳动标准、职业行为、职业道德规范都比较一致，行业工会联合会可以较好地代表行业会员与雇主组织保持沟通和协商，代表和反映行业职工的利益诉求。通过这样的对等协商，可以把大量的劳资纠纷解决在事发之前。行业工会直接接受地方总工会的领导和管理，摆脱雇主的控制，具有较强的独立性，可以在维护职工合法权益上真正理直气壮。

（3）支持工会依法收缴工会经费，确保各级工会有足够的财力支撑运作。

各级政府及有关部门、企事业单位要按照《中共广州市委关于加强和改进工会工作的意见》（穗字〔2009〕8号）要求，支持工会依法收缴工会经费。各区、县级市政府要加大对区、县级市一级工会工作经费的补助力度，区、县级市总工会要争取更多资源用于街（镇）、行业工会的建设。非公有制经济为主的区和县级市，可以探索实行工会经费税务代收，从而使工会组织的干部集中精力处理劳资矛盾和劳工事务，发挥更大的作用。

（4）正确处理维权和维稳的关系。长期以来，一些地方政府过分重视招商引资，片面追求GDP，而忽略职工的合理诉求，甚至以牺牲劳动利益去换取投资环境的改善，简单地利用所谓的比较优势去发展地方经济，因而积累了大量的、潜在的劳资矛盾。而一旦执法严明，可能会引发更大范围的劳资纠纷的群起，形成维稳和维权的矛盾。法院不敢公正判决，劳动仲裁经常迁就资方，这又使一些无良企业由于违法成本低而更加肆无忌惮地去违法。如此循环往复，劳资矛盾潜伏因素日益积累，又会造成更大的社会不稳定因素。因此，要使社会稳定，就必须做好日常的维权，并加大对违法现象的处罚力度，才能解开恶性循环的"死结"，从根本上保证劳资关系的和谐。

（5）大力推进分配体制改革。当前，出现劳动集体纠纷和职工群体性自发停工事件的原因主要是薪酬过低，因此必须在确保最低工资标准严格执行的基础上，普遍推行工资协商制度，弥补最低工资标准被企业当做最高工资标准来滥用的实践缺陷。要在推进前述诸项改革的基础上，加紧推进《广州市劳动关系集体协商条例》立法，力争实现全国总工会提出的三年内80%的企业实行工资协商制度的要求，把协商落到实处，使其产生实实在在的效果。

（6）各级党政在协调劳动关系、处理劳资问题时，要把工会摆在劳动者一方，而不是把工会放在中间调停人的位置上。工会不代表劳动者的利益，就失去了存在的合法性；工人不听工会的话，不信任工会，工会实质上就没有存在的必要。各级党政应该鼓励和支持工会干部大胆开展工作，更好地代表劳方说话办事，在职工群众中树立威信，这样，工会才能在劳资关系中对职工发挥疏导、教育的作用。工会要主动地把劳资纠纷引向理性协调的轨道，而不是在集体劳动争议和职工群体性自发停工事件发生后，被动地充当"救火队"。

（审稿：魏伟新）

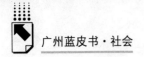
Research on Situation and Countermeasures of Collective Labor Disputes and Employees' Collective Events (stoppage) in Guangzhou

The Subject Team of Guangzhou Federation of Trade Unions

Abstract: Collective labor disputes and employees' collective events (stoppage) are the extreme expression form of unharmonious labor relations. On the basis of mediation practice involved in collective labor disputes and employees' collective events (stoppage) GZFTU has participated in, this research report illustrates the basic situation and main features of collective labor disputes and employees' collective events (stoppage) happened in Guangzhou. It also analyzes their formation roots and development trends and systematically brings forward the measures trade unions should have to deal with collective labor disputes and employees' collective events (stoppage). The research report put forward the suggestions on how to further build harmonious labor relations, and better exert the functions of trade unions in participating in mediation of collective labor disputes and employees' collective events (stoppage).

Key Words: Collective Labor Disputes; Employees' Collective Events (stoppage); Harmonious Labor Relation

社会管理篇
Social Management

B.11

广州创新社会组织管理机制研究

彭 澎 范修宁*

摘 要： 目前，我国经济社会发展处于新的历史时期，伴随着政治体制和社会管理体制改革的不断深入，各类社会组织纷纷登上历史舞台，活跃在社会每个角落。日益活跃的社会组织，呼唤着新一轮的社会管理体制改革的到来。经过多年的努力，广州社会组织发展取得了不错的成效。本文在总结借鉴省内外社会体制改革试点情况的基础上，探索广州市社会组织管理的新机制，先行先试，为全国社会组织管理创新提供新的经验。

关键词： 社会组织 管理机制 创新

一 社会组织是加快社会发展和管理的关键环节

"社会组织"这一说法在中共十七大上得到确认，之后各级政府逐步将之前

---

* 彭澎，管理学博士，广州社会科学院高级研究员，主要研究公共管理、政府创新等问题。范修宁，华南理工大学行政管理与城市规划专业研究生。

的非政府组织（NGO）、非营利组织（NPO）、第三部门、独立部门、公民社会、志愿者组织等说法统一改为"社会组织"。目前较为常见的提法是，社会组织包括依照法律规定在民政部门登记注册的社会团体、基金会、民办非企业单位，以及民间自发组建但未在民政部门登记注册的非营利组织等。随着社会组织参与社会公共事务的范围不断扩大，发展的不断成熟，社会组织作为社会发展和管理中的关键环节这一角色越来越明显，主要体现在如下几个方面。

（一）聚集社会资源，满足多元服务需求

随着社会经济的发展进步，广大群众的社会需求激增，多元化、多层次的需求成为趋势。政府作为公共服务的主要提供者，理应提供尽可能多的服务。然而，由于资源的稀缺性及政府管理服务的缺位，单靠政府已无法满足社会大众的需求，多元化、多层次的服务体系构建成为必然的发展趋势。并且随着社会管理方式方法的转变及公民社会的发展，政府大包大揽的管理方式方法已经过时，将部分政府无力承担的职能交由社会成为必然。

一方面，社会组织作为新型的组织平台，聚集着大批政治、经济、科技、体育、文化、医药卫生等领域的不同年龄层次、不同知识背景的各类人才的智慧和力量，能为公益事业、就业、文化交流等作出积极的贡献，促进就业难、看病难、上学难等问题的解决，推动公共服务的均等化发展。

另一方面，社会组织的发展弥补了有限的政府力量，发挥着沟通社区居民的桥梁作用，并增加了社区居民参与社会公共事务的渠道，帮助社区居民表达意愿和维护自身权益，较好地处理政府、市场不能或无力处理的问题和矛盾，提供多元化的、廉价的、优质的公共产品和公共服务，满足社会各种层次人群方方面面的需求。随着各种社会组织的发展，一个完整的服务体系也会逐步建立起来，多元化的社区服务体系成为现实。

（二）增强城乡服务功能，提高城市竞争力

随着经济社会的发展进步，人民群众社会需求的激增，现有的城乡服务体系越来越受到考验。而如雨后春笋般出现的各种社会组织，以其不同的服务宗旨、服务内容及服务范围，参与到社会生活的各个角落，发挥着协调城乡发展、调整经济结构、缓解社会矛盾、满足城乡百姓公共服务需求的作用。随着社会组织的

不断发展壮大，公众参与社会管理和公益服务的热情不断提高。社会组织对增强城乡服务体系功能的作用越来越明显，逐步发展成为增强城乡服务体系功能的生力军。并且，随着一些较有影响力的社会组织登上国际舞台，在国际社会的影响力逐步提高，其对提高城市国际竞争力也产生重要影响，成为连接政府与国际社会的桥梁和纽带。

（三）有效反映公众诉求，促进社会公平

我国正处于社会转型的关键阶段，高速发展与矛盾凸显并存。在建设和谐社会成为全社会共识的今天，建立和完善解决利益矛盾、摩擦的协调机制、利益表达机制，显得尤为重要。而分布在社会各个领域、各个角落的社会组织，最贴近社会基层，发现问题最直接，动员社会最普遍，往往最了解民情、民意，最能反映公众的真实诉求、新诉求。特别是各种社会公益组织，通过组织化、法治化的表达手段，提高表达的有效性和合法性，能够减少非理性冲突。同时在很大程度上弥补了政府能力的不足，能够及时有效地为弱势群体提供必要帮助，缓解了政府压力，缓和了社会矛盾，促进了社会公平。各种社会组织的存在与发展一再表明，其具备协调利益主体与政府的关系、协调利益主体与市场的关系、充当利益表达的工具等基本职能，是公民个人与政府之间的"缓冲器"。

（四）促进"社会治理"新格局的形成

我们知道，发展社会组织，完善社会管理机制，是社会管理创新的重要内容。社会管理的目的，就是要在社会领域或社会发展领域建立起各种能够合理配置社会资源的社会机构、社会机制，形成各种能够良性调节社会关系的社会力量和社会中介。传统的管理型社会管理模式中，"①政府是管理的主体；②政府的管理无所不在；③政府管理的职能迅速分化为许多专门的领域；④政府膨胀的趋势不可遏制；⑤在担负管理职能时往往有着公共预算最大化的倾向，造成高成本、低效率"。① 政府部门在社会管理中"越位"、"缺位"、"错位"的现象十分普遍。

相对于管理型社会管理模式，社会治理模式的特点主要体现在治理主体与治理手段的变化上。社会治理模式之下，一是治理主体由单一向多元转变，由政

---

① 张康之：《社会治理的历史叙事》，北京大学出版社，2006，第176页。

府、市场化组织、公民社会整体对社会公众负责，从而建立起多元主体，以及与之相应的广泛的社会公共责任机制，构成了与政府的良性互动，有利于形成新型合作治理模式。二是要求治理手段由单一向多重转变，广泛运用法律、经济、行政、道德等手段提供社会所需的公共产品和公共服务。也就是说，公共产品和公共服务"既有政府通过行政或借助市场手段提供，也有市场化组织通过市场手段提供，还有非营利组织通过市场化手段或社会动员的方式来提供"。① 显然，这与传统的管理模式是截然不同的。政府不再是经济社会唯一的主体，政府也不再大包大揽，社会参与度提高。社会组织的发展，将搭建起一个全新的公共管理平台，使得政府不再是公共事务管理的唯一主宰，将促成以政府为主导、市场作调节、民间广泛参与的社会治理结构和治理模式的形成。同时，在社会组织的带动之下，社会组织成员参与社会事务管理的能力及张力大大提高，将有力地促进民主管理机制建设。

二 广州法定社会组织的现状

（一）广州社会组织发展概况

广州社会组织管理和发展起步较晚。伴随着《社会团体登记管理条例》（1998 年 10 月 25 日国务院第 250 号令）、《民办非企业单位登记暂行条例》（1998 年 10 月 25 日国务院第 251 号令）、《基金会管理条例》（2004 年 3 月 8 日国务院第 400 号令）等的颁布，广州社会组织管理和发展才真正步入正轨。特别是近几年来，广州社会组织发展取得了喜人的成绩。

近年来，广州重点培育行业协会、农村专业经济协会、社区社会组织、公益慈善类等社会组织，取得了一定成效。"截至 2007 年底，广州全市登记在册的社会组织共 3422 家，其中社会团体 1258 家，民办非企业单位 2164 家。"到 2009 年底，社会组织总量已达 3825 家（见表 1），"截至 2010 年 2 月 28 日，全市性社会团体 521 个，全市性行业协会 98 个；截至 2010 年 3 月 31 日，全市性民办非企业单位 323 个"。②

① 覃正爱：《社会治理创新要实现三大转变》，《学习时报》2006 年第 5 期。
② 广州市民政局网站，http：//www.gzmz.gov.cn/wsbs/wsbs.aspx？type＝社会组织。

而截至2009年底，广东省"各级民政部门登记的社会组织共25800家，其中，社会团体12644家，民办非企业单位13113家，基金会175家"。① 可见，广州社会组织在全省中占据着较大的分量。

另据统计，目前广州市社会组织每年以100多家的速度递增，如2008年新增登记社会组织192个，2009年新增登记社会组织209个。社会组织总量居全省首位、居全国前列，几乎覆盖了广州市经济社会生活的各个领域。

表1　广州社会组织发展情况

年度	社会组织数量(个)			合计(个)
2007 *	社会团体	民办非企业	基金会	3422
	1258	2164	—	
2008 **	社会团体	民办非企业	基金会	3616
	1313	2303	—	
2009 ***	社会团体	民办非企业	基金会	3791
	1375	2416	—	

*广州市民政局：《广州市民政局2007年工作总结》，2008。
**广州市民政局局长李治臻在2009年全市社会组织工作会议上的报告，2009年3月。
***《广州年鉴2010》。

伴随着社会组织的发展，初步建立起法人治理机制，从业人员年龄知识结构不断优化，自律意识和诚信观念不断加强，创造出的社会效益越来越显著。例如，2007年全市民办学校的在校学生达40多万人（多数是外来工子女），为广州的教育事业作出了很大贡献。特别是在吸纳民间资金、整合社会资源方面，有效地弥补了政府对教育经费投入的不足，弥补了政府功能的缺位。又如，全市各类社会组织从业人员超过9万人，其中仅民办非企业单位解决的就业人数就有4万人以上。再如，2008年广州全市的近200家行业协会、商会招商引资88次，组团考察831次，举办或组织会展204次，协调消费纠纷898起，应对国际贸易纠纷16起。总之，广州社会组织在繁荣社会事业、促进经济发展、参与公共管理、开展公益活动和扩大对外交往等方面都发挥着越来越重要的作用。

然而，虽然近些年广州社会组织发展速度较快，但与"日本平均400人、美

① 广东省民间组织管理局：《广东省社会组织在社会公共服务中的作用》，《广东民政》2010年第5期。

国平均不到 200 人、英国平均 100 人就拥有一个社会组织"① 相比，广州约 1 万人才拥有社会组织 3.5 个的水平还显得很薄弱，在社会功能上也是整体处于以救济、帮扶等辅助服务功能为主的初级阶段，在全市重大公共事务治理中的主体地位非常有限，对政府决策影响力、监督力微弱。

（二）广州社会组织发展的特点

1. 培育发展力度明显加大

目前，广州市已经出台了有关行业协会商会，教育类、体育类、科技类民办非企业单位，社区社会组织管理办法等一系列政策措施。2007 年 8 月，广州市财政局、市发改委、市民政局、市编委四家联合印发了《关于落实促进行业协会商会改革发展财政扶持措施的意见》，对行业协会进行财政扶持。如对行业协会商会承接政府职能所需经费，由市财政局会同有关部门核定；对行业协会商会建立公共服务平台等，给予单个项目 20 万元以内的补助；对新成立的行业协会商会，给予 10 万元以下的补助。2008 年 12 月，广州市出台了《广州市社区社会组织管理试行办法》，采取创新管理模式、明确主管单位、降低准入门槛、简化登记手续等办法，实行社区社会组织登记管理和备案管理相结合的方式，促进社区社会组织发展。此外，还要求各级人民政府和有关部门采取措施鼓励社区社会组织发展，可通过奖励、补贴或者购买服务等方式扶持社区社会组织发展，支持社区社会组织承接政府公共服务和社区公益服务。重点培育发展有利于促进公益慈善事业发展的社区公益慈善类社会组织；与社区居民生活密切相关，服务社区群众尤其是困难群众、老年人、残疾人、青少年的社会组织；社区群众参与面广，具有群众基础的社区文化体育类社会组织；有利于促进社区居民就业的社会组织等。

2008 年，广州市根据《关于落实促进行业协会商会改革发展财政扶持措施的意见》，"先后为 17 个行业协会办理了 34 项申请扶持的项目审核。围绕社会组织培育发展和管理监督等问题开展了系列调研，加大了对非法社会组织和社会组织非法活动、违规行为的查处力度"。② 2009 年 3 月，广州市出台的《关于进一步促进公益服务类社会组织发展的若干规定》（粤民民〔2009〕96 号）提到，

---

① 贾西津：《公民社会的中国现状及前景》，《社会学家茶座》2008 年第 1 期。
② 广州市民政局：《广州市民政局 2008 年工作总结》，2009。

对于面向社会，为社会公众和社会发展提供公益慈善服务，具有社会性、保障性和非营利性特点的社会组织，包括基金会、公益性民办非企业单位和公益性社会团体等公益服务类社会组织，简化登记程序，具备设立条件的可直接向登记管理机关申请注册登记。

此外，广州市还"启动了市级行业协会商会承接政府职能转移、社区社会组织管理试点、政府购买社会组织服务试点，以及行业协会商会'五自''三无'（即'自愿发起、自选会长、自筹经费、自聘人员、自主会务'，'无行政级别、无行政事业编制、无行政业务主管部门'）改革等工作"。①

2. 管理体制改革逐步深入，门槛逐步放松

广州市按照《中共广东省委、广东省人民政府关于发挥行业协会商会作用的决定》、《广东省行业协会条例》、《中共广东省委办公厅、广东省人民政府办公厅关于发展和规范我省社会组织的意见》等政策法规精神，大力推进双重管理体制改革，特别是异地商会和公益性社会组织改革，并逐步建立起政府职能转移和购买服务机制。特别是在《中共广州市委办公厅广州市人民政府办公厅关于发展和规范我市社会组织的实施意见》中提出，"进一步降低登记门槛、简化登记手续，试行社区社会组织备案管理制度，实行异地商会和公益服务类社会组织将业务主管单位改为业务指导单位，直接向民政部门申请登记工作"。

（三）广州社会组织发展面临的机遇和挑战

1. 发展机遇

——法律法规架构初步建立。在《社会团体登记管理条例》、《基金会管理条例》、《民办非企业单位登记管理暂行条例》等法律法规的指导下，广州也相应出台了一些配套政策措施，如《关于发展和规范我市社会组织的实施意见》（穗办〔2010〕3号）、《广州市社区社会组织管理试行办法》等。其中，《关于发展和规范我市社会组织的实施意见》将全市社会组织分为公益服务类、行业协会商会类、学术联谊类、咨询经纪类、鉴证评估类、律师公证仲裁类等六大类，提出要加快政府职能转移，推进政府向社会购买服务，对非营利性社会组织实行用水、用电、用燃气价格优惠及按规定给予税收优惠，以此培育发展社

---

① 《广州市副市长陈国在2009年全市社会组织工作会议上的讲话》，2009年3月。

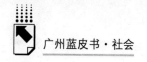
会组织。

——各级政府普遍重视。从十七大报告提出"要健全党委领导、政府负责、社会协同、公众参与的社会管理格局，健全基层社会管理体制"，到广东省《关于发展和规范我省社会组织的意见》，再到广州市《关于发展和规范我市社会组织的实施意见》、《广州市社区社会组织管理试行办法》等，都可以看出各级政府对于社会组织发展的高度重视。正是由于各级政府的高度重视，给社会组织发展赢得了发展机遇。

——行政体制改革的有力推动。目前，广东省、广州市正在进行的大部制改革、简政放权等，逐步将部分职能转移出来，交由基层及各类社会组织，特别是行业协会商会管理。这种职能转移、"放权"，增加了社会组织的参与权，也使得部分公共事务管理职能从政府事务中分离出来，交给社会组织管理，为社会组织赢得了发展空间。

——《广州贯彻落实〈珠江三角洲地区改革发展规划纲要（2008～2020年）〉实施细则》的推动。2009年初，《广州贯彻落实〈珠江三角洲地区改革发展规划纲要（2008～2020年）〉实施细则》中提出，要"形成与社会主义市场经济体制相适应的社会管理体制"，要求市民政局、市卫生局、市司法局牵头，"开展社会管理综合改革试点，重点在社会组织、社区建设、社会工作等领域先行先试，深化社会福利、社会救助、医疗卫生、社区建设、社区矫正、养老服务、政府购买服务、社会组织、社工、志愿者队伍和残疾人服务组织建设等方面改革，推进越秀区全国民政改革试点等工作，建立具有广州特色的社会管理体制机制"。① 同时，由市民政局、市发改委牵头，"积极培育社会组织。加大政府职能转移力度，推进政府购买社会组织服务，建立行业决策征询制度，加大对社会组织特别是非营利性、社会服务型组织发展的政策扶持力度，逐步建立完善的慈善捐赠机制。制定《广州市行业协会、商会管理办法》，研究制定社会组织管理地方性法规。开展珠江三角洲城市异地商会登记。围绕建立现代产业体系，重点培育发展现代服务业、高新技术产业、现代农业等新兴行业协会、商会。吸引全国性行业协会落户广州，推动在广州设立珠三角区域性行业协会、商会，重点加

---

① 广州市政府：《广州贯彻落实〈珠江三角洲地区改革发展规划纲要（2008～2020年）〉实施细则》，2010。

强与港澳商会和行业协会的合作，共同促进区域经济技术合作"。① 这对广州社会组织的发展产生了很大的影响。

——各地经验提供了良好的借鉴。如深圳、南京等市，在支持发展社会组织方面进行了有益的探索，制定出相关的优惠政策，尝试在放松登记注册门槛、政府购买服务等方面给予更大的支持。

2. 面临挑战

近几年来，尽管广州市政府对社会组织的发展给予很大的支持，广州社会组织发展迅速，数量和质量都大大提升，逐步发挥了在社会管理中的作用，但总体上，广州社会组织数量偏少、体系发育欠成熟、管理水平滞后等问题依然存在，社会组织应有的功能没有得到很好的发挥，这与《珠江三角洲地区改革发展规划纲要（2008～2020年）》中对广州要"增强文化软实力，提升城市综合竞争力，强化国家中心城市、综合性门户城市和区域文化教育中心的地位，提高辐射带动能力。强化广州佛山同城效应，携领珠江三角洲地区打造布局合理、功能完善、联系紧密的城市群。将广州建设成为广东宜居城乡的'首善之区'，建成面向世界、服务全国的国际大都市"的城市定位极不相称。

——进入门槛设置过高，行政障碍多。尽管广州已经出台了一些规范社会组织发展的政策，但从最新出台的《广州市社区社会组织管理试行办法》、《关于发展和规范我市社会组织的实施意见》等来看，广州对社会组织的发展仍未能大幅放开，限制性条件仍较多，尚存较大顾虑。

——政府色彩过浓。目前广州有影响力的社会组织与政府的关系过于密切，政府有关人员在社会组织中的重要岗位任职，掌控着社会组织的话语权。特别是行业协会类的社会组织，这种现象最为明显。广州现有行业协会、商会的民间化和社会化有着很长的路要走。

——政策支持力度弱，社会组织地位提升慢。首先，尽管政府在优惠政策方面有不少提及，但是往往没有详细的、具体的落实配套措施。社会组织作为弱势的一方，为了一丁点的优惠不得不在各职能部门之间奔走。其次，某些理应及时支付的所谓补贴资金迟迟不到位，大大打击了社会组织的积极性。最后，政府购买

---

① 广州市政府：《广州贯彻落实〈珠江三角洲地区改革发展规划纲要（2008～2020年）〉实施细则》，2010。

服务不足。政府掌控着太多的职能，众多理应交由社会组织处理的公共事务都由政府包揽，社会组织处于不被信任的尴尬位置，地位提升慢。

——社会组织专业化程度普遍较低。由于资金、人才、管理制度等多方面原因的影响，广州真正有影响力的社会组织不多，大部分社会组织专业化程度仍比较低，仅能满足小范围的自娱自乐式的需求，而较大范围内的社会服务能力不足。不少社会组织由于长时间得不到发展，生命周期较短，社会影响力非常有限。

——观念陈旧，过于依赖政府。受市民自我管理和自我服务意识较差，自身力量解决问题的组织能力不足，社会组织公信力不高、服务水平较低等原因的影响，广州市民普遍依赖于政府，大事小事都爱找政府，以为政府什么都能解决。

三 加强广州法定社会组织培育和管理的建议

（一）转移和承接部分政府职能

20世纪六七十年代，在西方国家兴起了一场规模宏大的"新公共管理运动"，"政府再造"成为热门口号。政府在改革过程中逐步"放权"，大量政府做不好、市场不愿意做的公共事务出现了，客观上给社会组织的发展提供了发展空间。一方面，随着我国社会体制改革的不断深入，"强政府——强社会"成为改革的目标与共识，进一步转变政府职能，加快建设服务型政府已经成为社会发展的客观要求和必然选择。在充满复杂性、多元化的社会环境中，政府不再是唯一的公共服务提供者，变"无限政府"为"有限政府"，与社会组织亲密合作，共同管理社会事务成为趋势。另一方面，政府也满足不了广大群众多样化、多层次的社会需求，是时候学习国内外做法，将不该管、没能力管好的职能，诚心诚意地转交给社会组织了。这方面，中国香港地区有较好的经验值得借鉴。

因此，广州要在现行市建委、交委、经贸委、农业局、环卫局、新闻出版和广电局等六个部门将资质核准、行业统计、业务培训等职能，移交和委托给市建筑、汽车摩托车维修、物流、饲料、环卫、出版印刷等六个行业协会商会的基础上，利用当前深化行政管理体制改革的有利时机，推进政府向社会组织转移职能，将社会服务、医疗、教育、帮残助弱、环境保护、公民教育、医疗服务等更广泛的职能转交给社会来管理。

第一，建立互信合作的平台。广州社会组织的发展首先要克服长期以来对社会组织的"不信任感"，放开手脚不断完善社会组织的管理体制，让社会组织有充分扮演"政府社会职能转移的促进者与主要承接者"角色的余地。广州要从加快推进行政体制改革、转变政府职能的角度出发，推动政社分离，将社会组织视为社会主体自主管理、自我服务的组织形式，并建立互信合作关系及合作平台，将更多的与民生密切相关的服务职能、服务项目，通过公开招标、购买服务等形式转移给社会组织，给社会组织足够展示自我价值的平台。而且，要完善各项政策，提供政策指导、人才培育和输送等配套服务，为社会组织的申请建立、成长壮大提供一个优良的环境。同时，及时兑现政策优惠承诺，消除社会组织及有关人员的后顾之忧。

第二，开展更广泛的政府购买服务。参照国内外一些城市的做法，在更大范围内将传统做法中由政府承担的职能逐步交由社会，如养老服务，转移或委托给社会组织来承担，以公开招标、合同管理的方式，向社会组织购买服务。如香港政府，社会福利和社会救济等，普遍实行向民间组织购买服务的方式来开展。由民间组织履行社会服务的功能。其中的好处至少有以下四点：一是政府从繁杂的社会事务中解脱出来，促进职能转变；二是提高资金的使用效率，促进政务公开透明，制约部门利益膨胀，避免滋生腐败；三是，"转移支付"的过程，实质上是服务项目"公开招标"的过程，可以极大地促进民间组织提升工作质量；四是促进一批支持性的社会中介组织发育，包括能力建设、组织评估、专业人才市场、会计审计、法律服务等，从而完成民间组织的社会职能分工，形成一个完善的民间组织运行体系。目前由政府职能部门直接运作的农村扶贫款、社会救济款、贫困家庭学生助学金，以及福利彩票公益金、体育彩票公益金等，都可以尝试采用政府购买服务的方式，使资金效益更优化。①

第三，事业单位中可由社会组织承担的社会管理和公共服务事项，以及将来新增的一些社会管理和公共服务事项，凡可委托社会组织承担的，都可以转移或委托给社会组织承担。甚至社区社会组织备案咨询收件、信息反馈及数据统计工

---

① 顾晓今：《发挥民间组织在社会治理中的作用》，中国青少年发展基金会网站，http：//www.cydf.org.cn/shiyong/html/lm_144/2007-08-06/092635.htm，2007年8月。

作等社会管理职能，也可以交给社区社会组织综合服务机构进行管理。当然，在转移职能的最初几年，转出职能的业务主管部门应设立一定年限的指导期，对社会组织加强资质审查、业务指导、服务协调和绩效评估等。

（二）降低设立门槛，试行备案制

一方面，长期以来，我国社会组织管理体制都实行"双重管理"——登记注册部门是民政部门，主管部门则由相应的政府部门承担，即"归口管理，双重负责"。如《社团管理登记条例》规定，"申请成立社会团体，应当经其业务主管单位审查同意，由发起人向登记管理机关申请筹备"。也就是说，成立社团必须先找到对口的行政机构作为主管单位，然后才能在民政部门办理登记。这种明显带有双重管理的规定、管制，极大地限制了社会组织的发展。另一方面，目前，社会组织登记注册的限制条件较多，如注册资金、会员数量、活动场所、业务主管单位、专职人员等，都有严格的要求，而且在登记、批准、公告等环节手续较繁，需要较长时间的等待。

促进社会组织的发展，应逐步降低行政门槛，着重于自下而上地发展和扶持社会组织。国内一些城市已经有了较好的探索，如深圳市，"从2004年开始到2008年，深圳市在相关制度改革方面连续走了三个'半步'。先是对行业协会放开，取消一个行业只能有一个协会的规定；其次是建立民间组织管理局；然后是对工商经济类、社会福利类以及公益慈善类等三类组织放开登记，即不再需要行政主管单位"。[1] 又如《南京市基层民间组织备案管理暂行办法》规定"三简、四免、五宽、六许"[2]，"三简"就是简化程序、简化材料、简化公示。"四免"就是免收登记费、免收公告费、免独立场所使用权证明、免本社区户籍的发起人和拟任负责人身份证明。"五宽"就是资金放宽——社区社团有1000元活动资金即可登记，社区民办非企业（后简称民非）有5000元活动资金即可登记；会员数量放宽——有30个以上的个人会员或者10个以上的单位会员即可登记为社区社团；办公场所放宽——只要有活动场所就行，不限面积；业务主管单位放

---

[1] 郭巍青：《深圳社会组织新政实现多赢》，2010年1月26日《东方早报》。
[2] 赵军、符信新：《南京市社区民间组织管理工作的"五个创新"》，《社团管理研究》2009年第1期。

宽——业务主管单位可以由县（市、区）的相关部门担任，也可委托所属镇政府或作为政府派出机构的街道办事处担任；验资放宽——只要业务主管单位出具活动资金证明即可，不需要会计师事务所的验资报告。"六许"就是允许设立地域性分支机构；允许民非办民非；允许基层群众自治组织举办民非，同时接受政府委托；允许非本社区居民在本社区举办社区民间组织；允许多个社区民间组织合署办公；允许同一街道办事处辖内跨社区申请设立社区民间组织。再如香港，其制度环境对民间社会组织的制约较宽松，主要有四个条例来约束，包括《社团条例》、《公司条例》、《工会条例》以及组织自己制定的条例，如《东华三院条例》、《保良局条例》等。成立民间组织的有关法律程序、手续简单，没有过多的不合理限制，过程透明度也很高。此外，《香港税务条例》规定，对所有慈善组织或非营利组织免除许多税项。

在当前情况下，广州社会组织发展最需要的是宽松的制度环境，而备案制无疑是放宽社会组织登记的门槛、培育更多活跃的社会组织的做法。

第一，出台社会组织登记和备案管理暂行办法。"所谓备案，是指对在经济社会发展中应运而生的具有社会团体、民办非企业单位基本特征的社会组织，进行基本信息的登记，认可其存在的合法形式。"[①] 对街道（或社区）范围内由自然人、法人和其他社会组织自愿组成，并在街道（或社区）范围内开展活动，但尚不具备登记条件的社区社会组织实行备案管理，放松资金、场地等方面的限制，鼓励社会组织为社区提供培育、发展、服务、评估、预警等综合性服务，如活动指导、政策咨询、党建、人力资源管理、培训业务咨询等。同时，政府应给予社会组织更多的话语权，给予新社会组织合法、合理的社会地位。

第二，对活动在农村基层，活动资金、固定办公场所、业务主管单位等达不到或不能完全达到《社会团体登记管理条例》所规定的登记条件的，实行备案制，镇（街道）、社区（村）"两级备案，两级管理"，减少筹备审批或免除公告环节。

第三，积极建立重大活动备案制。各类社会组织的重大活动，如大型学术交流会、年会、重大活动等，要报登记机关备案，把好监督关。特别是在实行备案

① 刘卫：《城乡基层社会组织发展和管理体制研究》，中国社会组织网，2009 年 1 月 18 日。

制的初期，为防止管理制度漏洞、监督人手不足等带来的纰漏，必须要求社会组织在开展重大活动前进行备案。

（三）加强和改善政府管理部门的服务

管理和服务是发展社会组织的重要方面，然而，纵观以往情况，广州社会组织的政府主管部门、登记部门普遍存在"重登记、轻管理、轻服务"的通病，这对于处于初级发展阶段，在社会上作用没完全显露的社会组织来讲，是非常不利的。因此，加强对社会组织的管理和服务功能就显得更为迫切。

一要健全监管机制。要积极改变"重登记、轻管理、轻服务"的做法，逐步由重入口登记向兼重准入和日常管理转变。在加强对社会组织年检的基础上，加强制度建设，实行重大活动报告制度、现场监督制度、等级评估制度和达标评比备案制度，强化针对社会组织行为的制度建设。要建立信息公开制度，加强社会监督，拓展政府监管方式，健全社会组织评估体系，加快推进社会组织评估，促进社会组织能力建设和诚信建设。要通过开展年检、专项整治行动等，查处那些长期不活动、没有完成宗旨目标及开展违法违规活动的非法组织，不断提高行政效率和依法行政水平，为合法的社会组织做好服务。

二要加强面向社会组织的服务，加大对政策、资金及设施等的支持力度。各业务主管部门和登记部门之间加强交流沟通，克服以往一些在社会组织在申请成立时，因业务管辖界限模糊等出现的互相推诿情况，减少各部门之间的行政障碍。在政策支持、技术指导、协调沟通等方面，给予社会组织周到的服务，扶持其发展壮大。例如，在政策咨询方面，为申请成立的社会组织开设绿色通道，提供政策咨询、业务指导和初步资格审查等服务；在联系沟通方面，业务主管部门积极拓宽沟通渠道，明确业务界限，并尽量缩短变更登记、年度检查、财务清算等过程的等待时间。在资金、政策及设施等方面，首先，针对广州目前政策扶持面偏窄、力度欠缺等问题，完善各项扶持社会组织发展的政策并将其落到实处，这无疑是对社会组织最大的支持。其次，扩大资金资助面。将广州市财政资助资金、民政部门每年社会福利彩票公益金资助面扩大到"孵化基地"及公益慈善类社会组织和民办社会福利机构以外的社会组织，按评估结果进行资助；财政部门对行业协会商会的组建、参与处理国际贸易纠纷以及提供公共服务等，给予更大额度的经费补助；税务部门应细化落实各项税收优惠政策，最大限度扶持社会组织发展。

三要加强舆论宣传，引导人们观念的转变。社会问题复杂多样，需求具有多元化、多层次特征，而政府的能力有限。针对目前群众普遍对政府过于依赖，而广大群众自我管理、自我服务的意识和能力大大提高的情况，广州市应构建起电视、电台、网络、报刊、宣传栏等立体化的宣传体系，引导群众参与到社会组织中来，做自我服务的践行者。同时，广州应让更多的社会组织参与公共事务管理，对参与各种公共活动中的那些管理规范、贡献突出、功能强大的社会组织加以表彰、宣传，提高广大群众对社会组织的认知度，提升社会组织的影响力。

（四）对各类社会组织进行分类指导、分类评级，推进改革

1. 分类指导

民政部部长李学举曾指出，"健全组织，要讲分类指导。根据社会组织的不同种类、不同特点和不同作用，围绕人民群众的迫切需要，突出重点、分类发展。要着力按市场化原则改革和发展行业协会商会，积极培育农村专业经济协会，加大扶持公益慈善类社会组织，鼓励社会力量兴办民办非企业单位，支持发展城乡社区社会组织，引导和规范科、教、文、卫、体等社会组织，以及随着人民生活水平提高而逐渐涌现的新型组织"。[①]

2010 年初颁布的《中共广州市委办公厅广州市人民政府办公厅关于发展和规范我市社会组织的实施意见》将社会组织分为六类：公益服务类、行业协会商会类、学术联谊类、咨询经纪类、鉴证评估类、律师公证仲裁类。在此基础之上，广州应研究制定社会组织发展规划和发展目标，进一步按照社会组织的活动范围、功能作用等来科学调控，形成合理的布局，以政策来引导其合理发展。总体上，可尝试建立涉及各类社会组织的发展专项资金，按照社会组织的属性、功能、发展前景等进行严格评估。对社会需求大、管理规范、贡献突出的社会组织进行重点培育和扶持，对一般性社会组织进行引导性扶持，鼓励其发展壮大。对那些在成立条件上存在一定困难，但群众反响热烈、需求巨大的社会组织，如社区社会组织，可适当在房屋租赁、场地使用、设施配备等方面给予支持，满足基

---

① 李学举：《用十七大精神统一思想　充分发挥社会组织在现代化建设中的重要作用》，2007 年 11 月 21 日。

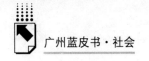
层群众的社会需求。具体方面如下。

——加大支持公益服务类社会组织的力度。要加强政策扶持，制定落实配套政策，尤其是税收优惠政策，增加税种，实行用水、用电、用燃气价格优惠及按规定给予税收优惠政策等。要完善激励机制，切实提高公益服务类社会组织公信力和美誉度，发展非公募基金会等慈善类社会组织，扶持发展基层公益服务类社会组织，逐步形成种类齐全、布局合理、功能完善的公益服务结构体系。通过完善并落实优惠政策，在广州范围内扶持一批在安老扶弱、救济赈灾、劳动就业、教育培训、环境保护等方面具有明显示范效应的公益服务类社会组织。

——鼓励发展行业协会商会类社会组织。在市场经济一体化、国际化贸易迅猛发展及贸易保护主义抬头的今天，贸易争端剧增。在此背景下，行业协会商会类社会组织对广州经济社会发展的贡献、对维护行业利益的作用日趋明显，应加大支持力度。要进一步强化行业标准建设，通过督促、检查和运作机制的探索，确保这类社会组织作用的发挥。

——规范各类社会中介组织的发展。规范社会中介组织的规章制度，积极培育一批管理规范、机制健全、社会公信力强的中介社会组织。通过健全信息披露、财务监督等制度，加强财务检查、财务培训等措施，促进各类社会中介组织发展。

——积极培育基层社会组织。要进一步贯彻落实国务院《关于加强和改进社区服务工作的意见》的精神，强化社区公共服务，大胆放开各类公益性社会组织的发展，支持和鼓励社区成立形式多样的社会组织参与社区服务，给予这类组织在法律框架内最大限度发挥积极性和创造性的机会，为社会提供更多的服务。要降低登记门槛，简化登记程序，建立和完善城乡社区平台，培育服务类城乡社区社会组织，如卫生、教育、科研、慈善、社区、文化、福利等各类从事社会服务的社区组织，形成功能齐全、服务完善、依法运作的基层社会组织体系和运行机制。而对于有可能会影响社会稳定的带有政治性质的社会组织，应予以限制发展。

2. 分类评级

要进一步深化社会组织的分类管理和分类评级，可参照新颁布实施的社会组织分类标准，逐类研究制定管理措施和相关发展政策。建立对基层民间组织的评估监管体系，明确谁来监管，解决监管的主体问题；明确监管什么，建立民间组织的评估指标；明确怎么监管，完善监管的方式和渠道，以科学地衡量其作用是否发挥。对各类诚信守法、纪律严明、作用显著、社会影响力大的社会组织，以及贡献突出的有关人员，要大力表彰和宣传。

（五）创建社会组织培育"孵化器"和发展"加速器"

目前，深圳市已经在规划建设"社会组织孵化基地"，通过政策、资金、硬件设施的扶持促进协会、商会等社会组织发展，而广州依然存在公益性捐赠税收政策导向作用不明显，民办非企业单位享受的税收优惠政策限制过多等问题，大大阻碍了社会组织的发展。因此，广州有必要加强调查和研究，制定有针对性的管理措施和法规政策，创建社会组织培育"孵化器"和发展"加速器"。

一是筹建"广州市社会组织孵化基地"。提供办公场所、办公设备、能力建设、经费补贴、协助注册等支持，减少社会组织发展初期的困难；提供专业培训、组织孵化、社会服务、管理咨询等服务，优先满足公益服务类、行业协会商会类、公益慈善类和城乡基层社区服务组织的进驻。同时，重视建立相应的社会组织信息管理系统，搭建社会组织信息服务平台，为广州各类社会组织提供信息采集、发布、咨询、交流等公共信息服务。在经过一系列的孵化过程后，还要对所孵化的社会组织的表现进行综合性评估，评估合格的，才可以"出壳"。当然，"出壳"后还要进行一定时间的跟踪指导。这样，才能将"广州市社会组织孵化基地"真正打造成专业化、系统化的社会组织孵化基地。

二是创建社会组织发展"加速器"。首先，建立更广泛的政府购买服务机制，为社会组织发展壮大提供广阔空间。着力研究向社会组织转移职能和购买服务的政策体系，加强与社会组织的合作，将更广泛的适合社会组织承担的职能转移给运营规范、服务过关的社会组织，充分调动其发展壮大的积极性。着手建立起"政府采购、定项委托、合同管理、集中支付"的公共服务方式，重点向行业协会、行业商会从事的政府转移项目、社区公共服务项目等领域购买服务，由政府支付相应的服务费用。其次，加强与财政、税务部门沟通协调，解决社会组织发展中遇到的税收优惠、票据发放管理等问题，为社会组织发展提供良好的政策环境和政策氛围。再次，提升社会组织的地位。对诚信守法、自律严格、作用突出、社会认可的社会组织给予褒扬和奖励，大力提升其社会价值和社会地位。

最后，要积极探索设立社会组织发展基金，推动建立公共财政对社会组织的资助和奖励机制，解决困扰社会组织发展的突出问题，在专职工作人员社会保障、职称评定、职业建设等方面取得重大进展，为社会组织的发展提供良好的政策保障。

（六）在党代会、人大、政协中增加社会组织的功能组别

实际上，社会组织的发展进程较慢，在参与公共事务管理过程中争取到的资源过少，地位得不到有效提升等问题，与社会组织在党代会、人大、政协中的代表的比例过低、参政议政机会较少、社会话语权不足有着密切的联系。

2010年3月，深圳市出台了《深圳市社会组织发展规范实施方案》，给出多项措施扶持社会组织的发展，包括"积极探索社会组织参政议政的新渠道，争取在党代表、人大代表和政协委员中增加社会组织的比例和数量；探索建立重大行业决策征询行业协会商会意见的制度及重大公共决策社会组织参与和利益表达机制；在行业协会商会试行建立行业发言人制度，发布相关行业涉及公共利益的重要信息，成为政府发言人制度的有益补充，扩大行业协会商会影响力"。①

因此，广州要着手考虑开辟社会组织参政议政新途径。

首先，可考虑将社会组织列为党代会、人大代表、政协委员中的一个界别，并分配一定比例与名额，具体人员由社会组织登记管理机关按照代表（委员）名额、条件和程序组织推荐。借此让社会组织的代表充分参与政府决策过程，参与有关制度的建设，从而解决制度分配和政策决策问题，影响政策议题的设定和政府对社会资源的分配，最终争取更多的资源，满足社会需求。

其次，建立和完善社会组织利益表达机制。疏通沟通渠道，发挥社会组织的利益表达、利益协调和利益平衡功能，认真听取他们的意见和建议，让社会组织的声音通过社会组织代表或发言人之口上传到政府决策层面，扩大公共政策的透明度。通过社会组织与公民有效沟通、平等交流、民主商谈，减少公共政策执行中的阻力，实现从管理型向服务型的转变，也利于社会组织争取到更多的社会资源，并维护其发展利益。

---

① 深圳市政府：《深圳市社会组织发展规范实施方案》，深府办〔2010〕19号。

总而言之，政府不断地创新社会管理机制体制，为社会组织创造发展条件，营造发展氛围，以及引进优秀人才实行科学管理等举措，必然能提升广州社会组织的社会影响力，充分体现社会组织的价值，推动社会组织繁荣发展。

（审稿：谢俊贵）

参考文献

国务院：《社会团体登记管理条例》，中华人民共和国国务院令第 250 号，1998。

国务院：《民办非企业单位登记管理暂行条例》，中华人民共和国国务院令第 251 号，1998。

国务院：《基金会管理条例》，中华人民共和国国务院令第 400 号，2004。

广东省民政厅：《广东省民政厅关于异地商会登记管理的暂行办法》，粤民民〔2009〕79 号。

广东省民政厅：《广东省民政厅关于进一步促进公益服务类社会组织发展的若干规定》，粤民民〔2009〕96 号。

中共广东省委、广东省政府：《中共广东省委广东省人民政府关于发挥行业协会商会作用的决定》，2007。

广东省：《广东省行业协会条例》，广东省第十届人民代表大会常务委员会公告第 53 号，2005。

广东省政府：《中共广东省委办公厅、广东省人民政府办公厅关于发展和规范我省社会组织的意见》，粤办发〔2008〕13 号。

广东省财政厅：《关于开展政府购买社会组织服务试点工作的意见》，粤财行〔2009〕252 号。

广州市：《中共广州市委办公厅广州市人民政府办公厅关于发展和规范我市社会组织的实施意见》，穗办〔2010〕3 号。

广州市民政局：《广州市社区社会组织管理试行办法》，穗民〔2008〕313 号。

嘉兴市委、市政府：《关于扶持和促进社会组织发展的若干意见》，嘉委办〔2009〕77 号。

南京市民间组织管理局：《南京市基层民间组织备案管理暂行办法》，2006。

张康之：《社会治理的历史叙事》，北京大学出版社，2006。

夏书章主编、张瑞莲副主编《行政管理学》，中山大学出版社，2008。

北京市社会科学院：《现代城市运行管理》，社会科学文献出版社，2007。

安树伟：《大都市区管治研究》，中国经济出版社，2007。

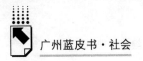
Study on Guangzhou Innovating Social Organization Management Mechanism

Peng Peng   Fan Xiuning

Abstract: At present, China's economic and social development in the new historical period. AS Chinese political system and the system of social management reform deepening, all kinds of social organizations appear constantly, and play a positive role in the society. Increasingly active social organization, calls for a new reform of the social management system. After years of hard work, social organization has achieved great development in Guangzhou. Base on reference The experience of other, this paper tries to explore the new mechanism of social organization management in Guangzhou, and provide new experience for the social organization management.

Key Words: Social Organization; Management Mechanism; Innovation

B.12
创造广州社区治安的新机制
——基于广州市社区治安建设的研究与分析

何　靖[*]

摘　要：社区是整个社会的基本单元，也是社会治安的基本单元。本课题从社区警务建设的角度出发，创新适应新形势下的社区安全机制，促进共同解决社区治安问题，强化社区在预防与打击犯罪中的作用，探索建立政府和社区沟通顺畅、合作无间的社区警务新机制。

关键词：广州　社区治安　社区警务　创新机制

一　广州市社区警务的实践与成效

广州市自20世纪90年代初期就积极探索以社区为单位的综合治理模式，从最初的在治安复杂社区实施的安全小区试点（1990～1994年）、安全文明小区建设（1994～2002年）到社区警务室（2002年以来）的建立，标志着广州市立足于社区，立足于事前预防的适应新形势需要的新型警务模式的探索由浅入深、逐步深化，并逐步确立、完善。广州市在推行社区警务制度中，按照社区常住人口以及其他要素（管辖面积、治安状况等），在不同的社区实行一区一警、一区二警或者一区多警配置。社区警务室均设立在社区居委会或居民容易接近的地方，以方便居民来访、求助。同时，采取激励措施和考核办法，确保有较强组织能力的民警下沉社区。通过社区居民家访、召开由社区居民参加的警民联席会等形式，通报社区治安情况、收集社区信息、听取社区居民意见、了解居民需求，为

---

* 何靖，广州市公安局党委副书记、副局长。

社区居民提供治安防范教育、咨询、办事、收集社区治安信息等服务。通过依托社区，社区民警得以组织、动员社区组织和居民开展社区联防工作，社区的群防群治队伍力量不断强大。目前，广州市一共有社区治安联防队员近2.4万人，这些社区联防队员在社区民警的组织领导下，开展各种巡防活动，成为社区治安的主要力量，发挥着重要作用。

通过推进社区警务建设，有力地推动了社区治安状况的好转。根据广州市公安局的统计，在已经建立社区警务室的社区中，零案社区达到207个，无毒社区达到942个，四无（无恶性案件和重大可防案件、无黑势力犯罪、无毒品、无邪教组织）社区达到555个。可以说，社区警务建设是广州市新时期预防、打击犯罪，改善社会治安的主要经验。

二 广州市社区警务机制存在的问题

尽管目前广州市社区安全治理在制度建设、组织构建、管理运行方面取得了突出的进展，但在具体实施过程中仍存在组织协调不顺、资源整合不力、社会资本开发不足等各种问题。具体来看主要有以下几点。

（一）社区基层组织执行保障力不足，影响社区治安的良性运作

1. 组织的合法性权威不足，导致主体权责不一致

组织的合法性保障指的是在法律法规和组织制度中明确赋予组织的合法性权力，这是作为科层制组织得以存在的前提与基础，也是组织履行职责最重要的权力来源。公安部门在法律上被定义为社区治安的主管部门，负责社区治安的行政管理以及相关执法的职能活动。在组织结构上，作为上级公安机关派出机构的派出所的相关负责人和社区民警被制度性纳入街道综治委和居委会班子成员，主管辖内治安执行工作。这种条块结合模式在行政上是一种非常松散的结合方式，公安机关在有关社区治安的资源控制、人力配置、管理权限上的作用是非常有限的，可以说在社区治安的防范过程中，派出所只具有指导权和极其有限的组织权，缺乏调动各方资源的组织合法性权威。

作为市区政府的派出机构，目前的街道办事处对社区管理的法律依据是全国人大常委会于1954年颁布的《城市街道办事处组织条例》。街道综治委主导

社区安全的政策依据是 1991 年通过的《广州市社会治安综合治理条例》，在这些政策法规中，虽然非常粗泛地规定了街道办事处、街道综治委以及各相关部门与单位在社区治理中的职能，也明确了"谁主管、谁负责"的属地管理原则，但是这个"谁"——管理主体——既包括街道、职能部门，也包括各团体、企事业单位，而"主管"又交叉着"辖内主管"、"职能业务主管"和"对象主管"等。同时，在街道层次的这些主体中，又不存在一个真正能统管与负责的主体——因为街道只是一级派出机构，辖区内的各个职能机构也是区级政府职能部门的派驻机构，街道办事处与其辖区内的各职能部门之间是"条块结合"关系，本身并不具备科层制分层管理的制度"合法性"权威；又因街道综治委并非一个常设机构，只有一个负责日常工作组织与协调的综治办，这个办公室的"组织合法性"权威更弱，只有协调权限而无监督、执行权力，而且目前广州市街道的综治办专职人员人手严重不够。这样，对于一项需要齐抓共管的综合治理工作，在"属地管理"的原则下，众多主体承载了齐抓的责任，却没有主体获得相应独立的制度合法性保障力，导致权责不一致。

2. 合法性制度不足，导致管理趋向软约束

社区治安管理的软约束是指各主体之间的协调和日常工作缺乏制度约束，协调主要靠关系沟通与情感维系。虽然从形式上看，广州市社区治安管理已经建立了完备的层级化与部门化的体制，但实际上，公安部门与其他职能部门之间，街道办事处与辖区内各个派出机构之间，公安部门、街道办事处与驻区单位之间都缺乏合作的制度性保障，行政组织的权力运行仍呈现出严重的人情管理和感情管理倾向，尤其是条块之间与块块之间的合作，关系、人情往往代替制度和规则成为行政权力运行的依据，制度性约束薄弱。

3. 缺乏一套行之有效的考核机制，同时激励机制乏力

科学有效的考核制度是社区安全长效工作机制的保证。广州市目前社区治安的部分考核制度中存在责权考核不统一、考核主体倒挂、考核指标不合理的问题，而且激励机制乏力。例如，在考核中要求发案率只降不升，否认案件的发生存在一定的反弹规律。另外就是做表面文章，在各级考核中玩数字游戏和文字游戏，使基层的精力过多地用于整理材料和应付检查，不去追求真正做得好，而是怎样让材料说得好。

（二）资源配置不合理，制约社区治安的持续运作

1. 多头管理，社区治安的资源整合难度大

由于单位制的长期运作以及强调"条条管理"的管理模式，在区级政府以下，广州市与其他城市一样，"条条管理"支配着城市行政系统的运作，主要资源和主要权力都由"条条"拢着，社区治安的人力、物力、财力等也不例外。但是在社区治安的管理中，各种矛盾和事务交织在一起，在社区层次很难再进行"条条分割"，社区治安不仅需要"以块为主"的管理体制，而且需要建立与之相配套的资源整合方式。目前这种多头管理、资源分散同时又缺乏强有力的整合主体的状况阻碍着社区治安的协调运作。

2. 治安经费筹措困难，且来源不稳定

目前的社区治安经费主要来自市区财政拨款，以及街道筹措的治安费用、社区收取的治安联防费用等，基层治安经费总体上存在大量缺口，尤其是在社区安全基础设施的建设费用上。目前，绝大多数社区都收取治安联防费用，但由于没有明确的法律规定，大多数社区的治安联防费筹措难度大，而且来源不稳定。一是社驻区单位往往以社会治安属于政府职责而对这种行政事业收费的合法性与合理性提出质疑。二是需要从居民渠道筹措治安联防费用的社区，往往是城中村、老城区等物业管理没有进入的社区，这些社区居民收入相对较低，或者居民来源复杂、流动性大，收取成本高，一个围闭小区的建成往往要耗费大量的人力进行发动、劝说等工作。同时，治安经费的使用没有根据社区、街道需求进行合理配置，重复建设严重。例如，公安部门和街道各自依据不同的经费来源建设监控视频系统，但是互不兼容，而且街道的系统运行缺乏后续资金保障。

3. 人力资源配置不合理，而且缺乏有效配合

目前，广州市城市社区的群防群治队伍既包括派出所民警、治安协管员、保安队、治安联防队，以及群众性的志愿者组织等直接队伍，也包括与治安密切相关的队伍，如出租屋管理中心人员、城市管理与司法等队伍。这些队伍构成了基层的平安和谐力量。但是，群防群治队伍在人员的配置上并没有一个合理的标准，没有仔细考虑社区类型、社区人员构成、社区环境和管理的实际难度，而且社区的各类治安队伍虽然在名义上是由派出所统一管理和

业务指导，但因为大部分社区的专区民警在社区管理中权限薄弱，在日常管理中仍然是"谁家的孩子谁负责"，由于人员归属和使用各异，缺乏有效整合，治安漏洞多。

4. 信息资源共享平台缺乏，影响社区治安的形势研判

各社区安全主体都按照自己的工作范围与工作职责收集安全信息，信息仅在内部滞留，各主体各自为政，有些地方甚至相互不配合，导致在实践中缺乏信息共享平台。同时，不同部门的信息口径、指标体系不一致，也导致数据不能共享；最后，没有一个部门或单位拥有完备的信息资料，信息统一和归口部门缺席，使得单一部门需要信息时只能各自重复布置收集，影响治安部门对治安形势的研判。

（三）信息排查工作滞后，矛盾调解职能履行不到位

在社区治安的治理中，虽然各级政府以及公安部门都强调治安预防工作，但总体来看，社区治安仍存在"重打击、轻防范"、"重硬件建设、轻矛盾调解"的倾向，在防控体系的"人防"、"物防"、"技防"建设中仍存在"防控跟着案情走"的被动局面，哪里有矛盾爆发了，相关部门的工作人员便匆忙集中处理，哪里案件发生了，哪里才加强防控。正如我们前面分析的那样，社会治安是各种社会矛盾的综合体现，要搞好治安，就必须重视矛盾信息的排查和及时的纠纷调解，做好预先防控，将矛盾化解在萌芽之中。但目前广州市社区治安的矛盾排查工作比较滞后，矛盾调解的组织设置、专业人员的配备、调解权威的确立等方面都还存在这样或那样的问题，在矛盾的调解过程中，行政调解与司法调解被动且效率低下，人民调解不得力。

（四）片面理解属地管理，基层治安压力过大

广州市目前的社区治安管理体制是一种行政化主导的社区管理体制在社区治安管理中的体现。在条块结合、多重管理的作用下，越到基层，事务越杂、越细，责任越多，而事实上，社区治安的许多工作在一定程度上是交织在一起，很难按职能再细分，这客观上造成了社区层次的工作人员承揽了过多业务工作，疲于应付。例如，社区民警除了日常的警务活动外，还要参与社区的纠纷调解、群众解困、协助抓计生、查无牌无证、清理乱摆乱放等许多非警务活动，工作压力

大。另外，社区治安工作是一项系统工程，涉及多个部门的立体管理，需要各级各个部门的协调运作，尤其是一些需要各执法部门或上级部门才能解决的问题，更不是一句"属地管理"就能由"属地"解决的。在这种片面强调属地管理的体制下，上级职能部门将街道、社区变成自己的派出机构，造成基层工作人员有责无权，有些甚至无端受过。

（五）社区基层警务的内部运作机制不合理，影响社区治安的效能发挥

尽管社区警务已经在广州市推行了数年时间，但是由于种种原因，社区基层警务的内部运作机制仍然存在一些不合理的现象。例如，上级部门对基层工作重视不够，激励机制乏力；警务实施过程中重打击轻防范，重控制轻治理，群防群治工作开展不利，社会支持不够；警力配置较少考虑人口构成、地理位置、社区类型等直接影响社区安全的因素；下沉社区的民警的时间没有保障，各种台账报表繁多，警务与非警事务交杂在一起，导致基层民警压力大。工作自主性空间小；这一系列警务运作的不合理现象，不仅不符合社区警务制度的初衷，而且影响了社区安全的效能发挥。

（六）社区社会资本发掘不力，影响群防群治的有效开展

社会学家发现，人与人之间的互动将会带来超越互动者理性计算的外部性，这种外部性可以为个体带来行动的便利。社区居民在长期的互动中，也会形成有利于社区发展的力量，这种力量包括互惠的网络关系、信任等。这种基于地缘的关系网络可以带来丰富的有利于社区居民共同行动的资源，这种资源就是社区的社会资本。随着中国经济的市场化以及人口城市化进程的加快，人口在空间的流动加速，基于地缘关系形成的网络关系日益减少，导致社区社会资本总体上呈现下降的趋势。这种社区社会资本的下降对社区安全制度的建设会产生不利的影响：政府主导型的社区建设与居民需求相互脱节，大多数社区居民没有形成共同的社区利益，缺乏社区认同感和归属感，也就缺乏在社区建立地缘关系的冲动，更加缺乏支持社区安全建设的动力，导致社区居民对社区建设关心不多，社区建设包括社区安全建设仅成为政府的"独角戏"。

三 创新社区警务体制的对策

（一）创新社区治安的管理体制

当前的社区治安管理体制暴露出组织结构不合理、条块矛盾突出、权责不一致等问题，导致街道一级的社会治安综合治理机构协调不顺，或有协调但难以决策。这些问题归根到底是管理体制不顺的问题。要有效动员社会各界力量，单靠公安机关的行政管理以及执法活动是不够的，必须改革现有的管理体制，从街道社区的层次来考虑整个社区治安的组织架构和社区治安运行体制。

1. 借鉴香港经验，超越属地管理，可以根据不同行政区域自身特点，建立一定数量和不同职能的治安咨询委员会

香港的社会管理模式特点是政府主导、社会组织与公民共同参与。只有政府、公民都承担政治角色和责任时，双方才容易互相理解、互相支持，社会运作才会有效率，政府才能真正实现有为而治。例如，香港政府的咨询管理制度是可以给予我们重要借鉴的一种模式。咨询委员会是政府部门根据行政决策的需要主持建立的，也可以调整和撤销，咨询委员由政府委任，从相关领域的社会组织和民间精英中选拔，委员会主席通常由相关政府部门的主要负责人担任。目前香港政府设立的咨询委员会有 375 个，其中有 233 个法定组织（即在其专业领域内具有一定的管理权和决策权，如房委会、大学资助委员会等）。

因此我们认为，根据一定区域的特征和人口构成，建立一定数量的治安咨询委员会，不仅可以实现政府和民间的双向沟通，其也是政府控制和社会稳定的重要手段。咨询委员会的委员都是社会各阶层的精英分子和各种非政府组织的领导人，精英人士通过各种委员会联结成广阔的社会网络，而政府往往会在这个网络当中直接选择合适人士担任问责官员或其他政治及行政架构的职位，从而使政府、社会精英、社会大众互相联结形成合作关系。治安的社会综合治理，就其本身而言，是一个大的操作性命题，动员社会各阶层人士的参与，也正是破解这一命题的重要手段。

2. 基于地域空间特征，重心下移，提高街道作为基层社会政权建设的资源整合能力

在街道层次上建立协调有力、决策迅速、执行有力的社区安全与建设管理委员会。在社区层次，相对于公安派出所而言，街道在人、财、物等资源的配置和动员上有着更为有利的条件，而且从法理和实践的角度来看，政府为社区治安提供资源和条件是其必然的义务。因此，在社区安全的提供中，政府无疑负有组织与领导的责任。我们的建议是：依托现有的综合治理委员会，建立社区安全与建设管理委员会；依托现有的街道综治办，建立和充实社区安全与建设管理办公室，作为委员会的常设办事机构。

该委员会的主要职责是：建立制度化的协作机制，通过定期或不定期的集中办公，收集社区居民与驻区企业、事业单位对社区安全的意见；研究、审议街道范围内社区安全基础设施建设；决定社区安全基础设施和建设项目、社区安全经费的筹措、使用、落实及其督促检查；制定应对社区治安的重大决策和指导意见；协调驻区单位与街道有关职能部门的关系等；协调社区治安有关机构人员的调配使用，以及制定相应的激励、考核制度。

目前，街道综治委几乎都是由政府或相关政府职能部门的人员构成，社区治安的领导机构体现了强烈的政府主办和政府一意推进色彩。在社区治安多元主体并存的前提下，政府必须寻求与其他主体的合作与协调。因此，在社区安全与建设管理委员会的人员组成中，必须包括其他多元主体的代表。我们的设想是：街道党工委书记担任社区安全与建设管理委员会主任，街道办事处主任、派出所所长等担任副主任，其组成成员要从街道所属的政府派出机构扩展到街道内有关的企事业单位、物业管理公司与居民代表，扩大其代表性。委员会要大力吸收辖区内重要单位、各民营和新经济组织、社会组织与居民参加社区治安建设，并调动其积极性。在大企业、辖区单位等内部建立治安法人代表责任制，推动建立内防机构，在小企业和组织内部建立综合治理联络员，扩大社会安全与建设成员的覆盖面。

3. 利用社会参与和社工组织手段与技术，开展社区治安信息公开和建设，提高居民的社区治安评价

在现代社会，信息公开和透明具有重要的政策性意义，同时也具有重要的社会意义。从数据结果上显示，居民对于治安的评价，在一定程度上受到治安信息和状况不了解的限制，因而表现出对整体城市安全的怀疑态度，这一影响是具有统计显著性的。因此，在未来的发展中，我们要着重考虑如何建立一个警民互动的平台，达到互助互信，从而进一步改善广州市的治安状况。从社区参与治安建设情况上看，当前居民与治安部门以及基层组织的互动，大部分只在被动接受和意见投诉的阶段。事实上，对于整体社区治安而言，社区文化中人们团结得越紧密，就越不会给犯罪分子可趁之机。我们认为，当前的广州需要逐步建立一系列的社区互动平台，给予社区居民自我参与、自我管理的机会，从而提高整体治安的效能。例如，可以考虑利用专业化的社区工作者队伍，以开展社区矫正、团体工作、社区工作的形式，利用专业化的技能和手段，化解社会矛盾，开展丰富多样的社区活动，与社区的宣传教育相结合，改变以往呆板的传统宣传模式，传递社区治安的基本知识和信息公开，从而带动社区居民的整体参与。

4. 建立分工明确、协调有致的社区安全与建设工作小组，逐步形成长效的社区治安打防控机制、联动的社区大调解机制，以及有序的社区矫正机制

由于影响社区治安的主要因素有个人安全问题、公共安全与稳定问题，以及特定人群管理失序事件，因此可以在街道社区安全与建设管理委员会下设社区治安组、社区调解组和社区矫正组等三个社区安全建设功能小组作为执行机构。

社区治安组由派出所负责牵头，其他相关职能部门配合、驻区内企事业单位和居民参与，负责社区治安的执法职能和社区治安的防范体系构建。社区调解组由综治部门牵头，司法部门、居委会主办，其他核心组成部门的作用依据社区类型不同而有所区别。其中，在物业与业主纠纷容易爆发的商住社区，其组成单位可主要由街道的建设部门为主导机构；在辖区内工厂较多、容易产生劳资纠纷隐患的城中村社区，其组成单位可主要由街道的劳动保障部门为主；在商业机构较多、容易产生消费者纠纷的繁华社区，则应当以工商、城市管理和司法等机构为主。社区调解组主要负责组织社区内矛盾和纠纷排查，化解矛盾纠纷，并着力构建人民调解、行政调解和司法调解紧密衔接，多种方法、多种力量联动的大调解机制。社区矫正组主要由司法所牵头，居委会、专业社工组织主办，其他相关企事业单位和职能部门参与配合，主要负责辖区内特殊人群的帮教。

5. 建立社会工作组织体系，引入社会工作专业方法，以社会工作组织介入为突破口，凝聚社区居民和发展社区志愿者，共创和谐社区氛围

当前，对社区内居民的发动和社区志愿者的招募主要是通过居委会以及基层民警等人员来实施的，在很多社区甚至带有强烈的行政色彩。由于长期以来

"重管理、轻服务"的基础组织工作特征，使居民对民警、居委会工作人员或多或少存在一定程度的抵触情绪，而且这些人员由于缺乏专业方法的训练，在凝聚社区居民、发展志愿者、营造社区和谐氛围等方面缺乏有效的方法。但以"助人自助"为核心价值，熟谙社区发展策略的社会工作专业组织和专业人员，则可以利用其掌握的社会学、管理学、心理学等专业知识，通过社会中介组织或以个人身份介入社区发展，既使得社区发展和社区融合有了合适的组织和责任载体，也可以打消居民的心理隔阂，吸引、凝聚居民志愿者参与社区建设。广州市越秀街道通过购买服务的方式在社区设立了阳光社工站，进行和谐社区的建设，取得了很好的效果。当前，广州市可以通过政府向社区派驻专业社工或以向社工组织购买服务的方式引入社会工作专业组织并依托专业社工组织，凝聚和发动居民。建立完善居民参与社区安全事务的志愿服务制度，在志愿者队伍的组织、技术装备、培训、人身保险等方面，街道社区安全与建设管理委员会尤其是公安部门要给予支持和帮助，以此挖掘热心社区事务的社区居民，建立一支有素质、常规化的民间志愿者队伍，推动其承担一定的居民联防、社区居民矛盾化解与特殊人群的帮教任务。只有社区和谐了，社区居民的归属感才会增强，居民的信任感和亲密感才有可能建立起来，社区治安才会真正好起来。

（二）创新社区治安的保障机制

1. 完善社区治安的制度保障

制度建设是社区治安运行机制规范化和可持续的保证。为确保社区安全与建设的有效运作，一是要在制度上保证社区安全与建设委员会在社区治安中的组织合法性权威，具体是要求在制度规范上确认该委员会对相关职能部门派出机构、相关企事业单位和个人具有一定的人事、财务管理权限或治安考核权限；二是要在制度上保障社区治安的财政投入，具体是将社区治安的工作经费纳入上级财政预算，对基层社区的社区治安工作经费给予补助；三是保证社区治安各功能组以及功能组内部的协调运作，建立健全协作联动工作机制，要出台一系列切实有效的配套责任制度、考核奖惩制度规范。

2. 创新社区治安的资金筹措机制

创新资金的筹措机制，主要是要保证社区安全经费的筹措有一个预算化的、稳定的财政体系。一是要调整财政支出结构，加大财政对社区安全建设的投入力度。在国家规定的社区建设经费和其他社会管理经费财政预算中，按一定比例安排资金，用于社区安全设施和文化服务设施建设，并纳入区级预算，接受人大代表监督。二是要求街道在其经费中制度性安排一定比例的社区治安资金。三是制度性要求街道辖区的企业事业单位和团体参与社区安全和社区文化建设投入，并且给予一定的政策倾斜，多渠道筹集资金。四是发动辖区单位组织、居民进行募捐、义演、拍卖等活动，建立社区建设发展基金会，募捐所得用于社区建设，并完善资金管理使用制度，促进社区安全的发展。五是动员社区居民集资兴建社区公益事业，增加社区居民的互动机会，促进社区社会资本的产生与增长。六是利用市场化手段按照"谁受益、谁出资"的原则提供一些特殊的、有偿的治安服务。

（三）创新社区治安的差异化管理模式

各种治安因素对广州市社区安全的影响是全面和深远的，但不同社区在人口构成、社区关系、社区环境、社区发育等方面存在差异，且社区本身也呈现多元化和多样化特点。在不同类型的社区中，社区安全因素的影响并不均衡，所展现的问题也必然会不一样，因此社区安全防范也应随之实施分类管理模式。

1. 依托市场化主体对商住型社区实施托管型管理

商住型社区是随着住房制度改革后住房市场化形成的新型社区，实行市场化的物业管理模式。由于物业管理公司拥有自己的保安队伍，居民与治安管理主体间为购买与提供服务的关系。这类社区的治安完全可以依托市场化主体实施间接管理，将该区域内的社区治安托管给物业公司，由物业公司负责人对该社区内的治安负责，治安主力为物业公司保安，公安部门的日常防范工作主要是指导物业公司实施人防、物防和技防，指导居民之间开展互动交流。

2. 依托单位后勤部门对单位制社区实施责任制管理

单位制社区是历史形成的特定类型社区，社区居民的主体主要由基本属于一个企事业单位或机关单位工作的人员构成。尽管由于住房产权的改革单位社区内部的人员构成已经发生了一些变化，但是单位职工聚居的特征仍然比较明显。该类社区的社会治安管理事务可以委托单位内部保卫与后勤机构承担，建立社区治安的法人代表责任制，可以通过政府或单位主管部门对该单位及其负责人的治安责任履行状况进行考核，公安部门对社区治安进行指导和服务。

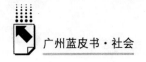

3. 依托经联社对城中村社区实施精细化管理

城中村社区脱胎于传统的农村社区，是由于过快的城市化进程而产生的兼有城市与农村特征的独特的城市社区。这类社区呈现人员结构外来化和犯罪集中化的特征。从人口结构看，由于该类社区物业租金相对低廉，因此吸引了大量外来人口。我们认为，这种社区的治安应该实施精细化管理模式，加大警力、治安经费投入，分级分类落实摸排管控，对重点人口、要害部位、重点目标的治安防范应精密布置，尤其需要加强出租屋和流动人口的治安防范和服务工作。

4. 依托居委会对传统社区实施服务型管理

传统社区多分布在老城区，由不同类型的单位宿舍、私人住宅混合组成。老社区住房设施差，公共服务设施不足，部分有能力的社区居民搬迁后出现少量出租屋及外来人员，造成社区人口主体逐渐以退休、失业人口等老年人口为主，社区居民人口老龄化程度进一步提高，社区经济呈现衰败趋势。由于该类社区形成历史较长，居委会实施的社会服务比较全面，居委会与居民之间的联系较紧密。因此，公安部门对这类社区的治安管理应该多依靠社区居委会，社区警务以服务为主，提供防范技术，培育社区组织，走社区自治道路。

（四）创新社区资本的打造方式

增加社区社会资本，调动社区居民参与社区安全建设的积极性和主动性，有序发展社区治安巡逻队、治安信息员、楼长、综合治理协管员等各种形式的群防群治队伍建设，是当前社区安全建设的一项重要任务。为此，我们认为需要进行以下四个方面的建设。

1. 打造和培育社区自治组织，调动居民参与社区治安的积极性和主动性，逐步形成社区治理的群防群治局面

具体设想是，依托专业社工组织、社区民警，以及其他相关组织给予支持，根据社区的不同特点，立足社区实际，引导居民、驻区单位建立各种新兴的社区自治组织。在出租屋多、流动人口多的城中村社区，可以按照"谁出租，谁管理"的原则，引导、推动出租屋业主建立业主管理会，通过出租屋业主组织强化流动人口管理和服务；在社区形成时间长、居民相互熟悉程度高、流动人口少、居民普遍收入低的传统城市社区，则可以立足于社区居民自治模式，动员一些威信较高、组织能力强的居民加入社区治保会，引导居民以楼宇甚至以单元楼为管理单元，自我组建物业管理小组，自筹经费，聘请社区中的下岗失业人员或者低保人员作为保安人员，推进实行围院式管理；在收入相对较高、人员素质较高的社区，也可以根据居民的要求，成立业主委员会，引导居民引入市场化的物业管理模式，以提高社区治安管理的质量；在流动人口多的地方，可以将流动人口的同乡会、威信较高的同乡整合进社区安全的相关组织，调节矛盾纠纷以及维护社区治安；在工厂、商业较为集中的地区，可以发展和依靠行业协会组织、兴趣爱好组织、社会服务组织等。

2. 变管理监控为帮教服务，依托专业社工组织或人员对社区特殊人群施与更多人文关怀，减少社区治安隐患

目前，对特殊人员的帮教主要由公安人员、司法部门、社区居委会实施（更多的是监控和管理）。从教的角度看，对公安和司法这些科层组织人员而言，以往工作都是以严格执法为内容，在与公众的接触中往往是以违法现象的打击者这一身份出现，无形中增加公众对这些人员的抵触情绪，而且他们往往只熟悉本工作岗位的有关知识，帮教效果并不理想。而以社区居委会这一群众更认可其为行政组织而非社区组织的社区居委会人来进行教育，同样遭遇信任危机。因此，选择专业化的、民间的组织和专业人员承担特殊人员的教育刻不容缓。为此建议，借鉴上海的做法，通过政府购买服务的方式，引入专业社工组织，通过运用专业的社工手法，以平等的方式，对特殊人员进行感化，从根本上解开特殊人员的心结，促使其改造自己，回归社会。

（审稿：梁柠欣）

Creating a New System of Public Security in Communities of Guangzhou

—A Study and Analysis Based on Construction of Public
Security in Communities of Guangzhou

He Jing

Abstract：Community is the basic unit of the whole society and of the public security. Beginning with the construction of police affairs, the subject puts forward an idea of how to innovate the security system of community to cope with the new situation, to solve together problems of public security in community, strengthen the function of the community in prevention and strike-out of crimes. It discusses about establishing a new system of police affairs in community through the government and community could cooperate without obstacles.

Key Words: Guangzhou; Public Security in Community; Police Affairs in Community; Innovation of System

B.13

广州市街居工疗站残疾人社会
工作岗位设置的若干建议*

广州大学广州发展研究院课题组　执笔：谢建社 等**

摘　要： 为了将残疾人社会工作纳入市委市政府的"惠民 66 条"，提升工疗站服务质量，改变目前工疗站只是"托残所"、"养残院"的低效状况，迫切需要社会工作者介入。建议用三年时间，政府通过购买社会服务方式，分期分批分步骤在广州市 160 多个工疗站设置社会工作岗位，委托专业服务机构实施，并经专业培训，且配备督导，严格准入制度。在总结经验、进行评估的基础上，逐步在全市街居工疗站推开，每个街居工疗站均设社会工作岗位，开展街道内残疾人社会工作。

关键词： 残疾人社会工作　广州街居工疗站　岗位设置

根据第二次全国残疾人抽样调查数据显示，广州市残疾人为 52.12 万多人，其中，视力残疾有 60927 人、听力残疾有 112839 人、言语残疾有 10529 人、肢体残疾有 121074 人、智力残疾有 25592 人、精神残疾有 70675 人、多重残疾有 119564 人（见图 1）。残疾人的生存与发展关系到整个社会的稳定与和谐。2010 年 5 月 17 日下午，广州市委副书记、市长万庆良主持召开市政府常务会议，讨论并原则通过了《关于加快推进社会工作及其人才队伍发展的意见》及 5 个配套实施方案（简称"1 + 5"文件）。以创新社会管理格局、提高社会服务水平、

＊ 本课题为广东省普通高校人文社科重点研究基地广州大学广州发展研究院研究成果。

＊＊ 调研组主要成员：谢建社、周琳、马焕英、陈作裳、陆飞燕、谢宇、李学斌、陈小茗、万春灵、姜露兹、赖建锋、邓俊、郑文芳等。执笔人：谢建社，广州大学广州发展研究院教授，社会学博士，主要研究方向为城市发展与弱势群体研究等。

增进民生福祉为目的，以建立健全社会工作制度为重点，以加强教育培训、完善岗位设置、培育社会组织、推行政府购买服务机制为手段，推进社会工作职业化、专业化进程，努力建设一支规模宏大、结构合理、素质优良的社会工作人才队伍，为构建和谐广州、建设全省"首善"之区提供强有力的人才支撑。残疾人社会工作将是当前重点运用领域，现在的问题是如何采取行之有效措施，进一步推动广州残疾人事业上新的台阶。

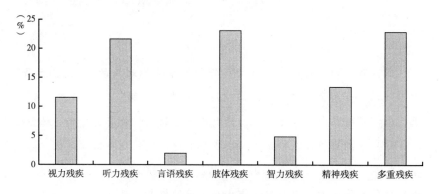

图1 广州市残疾人分布情况

资料来源：通过广州市残疾人工疗站于2010年8月开始的"广州残疾人生存与发展状况调查"获得。

街居工疗站是指街道、居委会设置的为精神病患者和智力残疾人提供以职业康复训练为主要形式的康复及辅助性就业的残疾人社会福利服务机构。广州市现有街道居委会工疗站（简称街居工疗站）160多家（含24个镇级康园工疗站），4140名残疾人入站进行工疗康复和辅助性就业，解决了500多个社区就业岗位，也为残疾人提供康复、训练和就业服务，保障他们顺利回归社会起到了重要作用。

广州街居工疗站运用了"工疗、娱疗及康复"三种形式竭诚为工疗人员服务，获得了社会各界的高度重视和广泛好评。先后有国际特奥官员及上海世界特殊奥运会执委会社区接待部等官员，中国残疾人联合会王新宪书记、汤小泉理事长、孙先德副理事长，广东省领导汪洋书记、黄华华省长、朱小丹副省长、李容根副省长，广州市万庆良市长、陈国副市长以及广东省、市残疾人联合会等领导先后到康园工疗站视察，对康园工疗机构服务模式给予了充分的肯定，正如张广宁书记在视察工疗站时所指出的那样，"让政府的阳光洒在每一位残疾人的身上"。

按穗府办〔2006〕12号文件要求，工疗站配置专职工作人员4~6人，其中至少 1 人为社工（康复）专业人员。然而，真正意义上的社会工作介入残疾人事业还没起步。社会工作者的介入则可增强残疾人的社会功能，让残疾人把残疾带来的能力丧失的影响降到最低程度，从而更好地发挥其潜能，更有机会重新就业、回归社会和有体面的劳动、有尊严的生活。

本课题组成员先后在广州天河区、白云区、沥湾区、越秀区和番禺区 10 余家工疗站进行抽样调查，通过实地观察、个案访谈，发现目前工疗站残疾人社会工作还存在诸多问题，为了将残疾人社会工作纳入市委市政府的"惠民 66 条"，提升工疗站服务质量，改变目前工疗站只是"托残所"、"养残院"的低效状况。为此，我们认为，用三年时间，政府通过购买社会服务方式，分期分批分步骤在广州市 150 多个工疗站设置社会工作岗位，委托专业服务机构实施，并经专业培训，且配备督导，严格准入制度。在总结经验、进行评估的基础上，逐步在全市街居工疗站推开，每个街工疗站均设社会工作岗位，开展街道内残疾人社会工作。

一 广州街居工疗站存在的主要问题与分析

近三年来，广州街居工疗站在市委市政府的关怀下，在市残联的直接领导下，在市康园工疗站服务中心的组织下，取得了重大的成就。但是，广州街居工疗站发展参差不齐，突出问题主要体现在以下几个方面。

（一）资金严重缺乏

按照规定，根据实际入站的工疗人员人数，每个工疗站都有康复训练经费，但是工疗站需要支出的地方很多，开销很大，政府的补贴除了交场地租金和其他开支外，所剩无几，很多活动经费都难以支撑，严重制约了工疗站的发展。由于资金缺乏，很难租到一块合适或标准场地，难以请到好的师资，难以购买一些康复治疗设备等，导致服务水平难以提高。

广州街居工疗站在创建时，政府相关职能部门给予了一定的启动资金，并对工疗站进行规范管理。如聘请工疗站管理人员，让街道福利企业与工疗站联手，为工疗站提供劳动技能训练。然而，随着工疗站事业的发展，工疗站人员的需求提高，因此，工疗站的场地、服务技能、服务方式都有待进一步解决，这些都需要经费的保障。目前，工疗站存在的比较突出的问题是经费紧张。

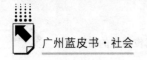

（二）场地难以达标

有关文件规定，社区工疗站场地由所在街道无偿提供，工疗站面积不少于60平方米。在调查中，工作人员都普遍反映工疗站的面积不达标，场地需要高额租金。于是，工疗站只能将精神、智力残疾人员放在一个狭小的空间里进行康复治疗或者是分批进行治疗。由于受到空间规模限制，工疗站接收能力已趋于饱和，很多精神、智力残疾人在外排队几年进不了工疗站。荔湾区昌华街康园工疗站由于场地很小，为了让更多的学员加入进来，他们把学员分成两批，上午一批，下午一批。据2008年广州某区残联的"区残疾人'人人享受康复服务'"调查显示，该区需要精神康复服务的残疾人有1723人，但全区的17个镇街中，接收的工疗人员一共仅有184人，多数工疗站因规模所限接收能力已趋于饱和。工疗站的接收能力远远不能满足对残疾人康复服务的需求。当然，广州市工疗站处于这样的一种状况：在老城区，学员好找，场地难求；在新城区，场地好求，学员难找。

调查发现，工疗站学员一般是三年一轮换，但一些学员不愿离开，因此工疗站的接收能力远远不能满足社会的需要。现有的工疗站数量与场地都是一个问题，很多中心城区的工疗站面积一般比较小，有些工疗站根本没有达到政府文件规定。

调查数据显示，总体来说，残疾人对各种扶助服务的需求比例高于接受过服务的比例。受访残疾人表示需要的比例排前四位的需求是：贫困救助与扶持、医疗服务与救助、就业安置、社会服务。

（三）工作人员不稳

2006年4月6日，广州市政府办公厅转发市残联等部门关于加强康园工疗机构建设工作方案的通知（穗府办〔2006〕12号）要求，工疗站配置专职工作人员4～6人，其中至少1人为社工（康复）专业人员。从当下的情况来看，街居工疗站专职工作人员多是1～3人，一般由外聘人员组成，为了节省开支，聘用退休人员，这些人员很不稳定，流失量加大，流动速度加快，有的工作不到1个月就离岗，使工疗站的业务水平和康复质量长期处于低水平状态。

（四）学员文化程度偏低

很多工疗站的学员年龄结构差距比较大，18～60岁不等，文化程度也是参差不齐，从小学到大学不等（见图1）；学员中有些是智障人士，有些是精神病人。因此，工疗站如何做到因人而异、分类施教，这些都是一个挑战。

调查数据显示①，在受访残疾人中，多数受教育程度为中学，其中初中和高中学历各占三成左右；拥有大专学历的有6.1%，本科及以上学历的有2.0%；只有小学文化程度的占17.1%，另有8.1%没有上过学（见图2）。

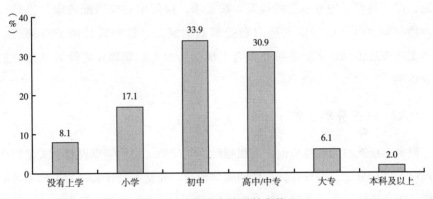

图2 受访残疾人的受教育状况

没受过正式教育的残疾人中，在问及没有上学的原因时，54.2%的人表示是由于"身体状况不方便"，26.4%的人认为是"没有适合的学校"，12.5%的人说"上课和考试时有障碍"，11.1%的人是由于"经济不允许"，另有近两成的人出于其他原因（见图3）。

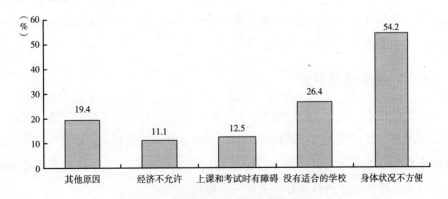

图3 受访残疾人没有上学的原因

---

① 广州市社情民意中心：《广州市残疾人抽样调查》，2009年5月。

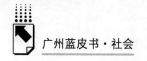

（五）师资结构不合理

康园工疗站的工作人员少且结构不合理。第一，工作人员与服务对象严重不匹配，师资知识结构极不合理，工疗站普遍缺乏营养、医疗、心理、社工方面的老师。管理人员少，特别是社工专职人员不到1%。专职人员不到位、不稳定，严重妨碍了服务水平的提升。按要求，康复中心应当配备康复治疗师和职业指导师，但是由于资金所限和受编制的制约，这些人员都是很缺乏。第二，文化程度不高，多数老师是没有正规学历或专业职称，更没有经过严格的专业培训。

（六）缺乏分类工疗

很多工疗站因为各种原因，未根据性别、年龄、患病轻重程度、文化程度等对残疾人进行分类，进行有针对性的康复治疗，而是不管什么样的工疗人员都做同样的康复治疗，这就使得一些有能力回归社会的人员没有被发掘出来，治疗效果打折扣，服务质量很难上水平。

（七）服务效率不高

目前工疗站尚处于"护残所"、"托残院"状态，不能满足残疾人的根本需要，更难体现服务效率。特别是在经济物质条件还有困难的时期，工疗站残疾人服务如何发挥真正作用，迫切需要社会工作的介入。因为社会工作方法与技巧的运用，可以使现有资源发挥极致的作用。

（八）相关政策滞后

相关政策滞后主要表现在两个方面，即残疾人工疗站事业滞后于地方经济社会发展水平，及残疾人工疗站政策又滞后于地方社会发展要求。这说明残疾人工疗站事业的任务还很艰巨。由于政策的滞后，使得工疗站工作缺乏实质性的支持，因此工疗站工作的效率有待于进一步提高。

广州街居各级政府及有关部门虽然高度重视工疗站的建设和管理，但大多停留在口号上，经济投入不足，有关精神没有得到有效落实，缺乏实质性的支持。第一，行政协调不力，主管部门和相关部门的职责不明确是政府支持不够的重要表现。第二，资金投入不到位。第三，工疗站的市场准入机制不健全，导致很多不符合条件，没有资质的"工疗站"大量出现，一方面影响了精神、智力残疾人的康复，另一方面导致政府的有限资金分散化，真正需要资金扶持的工疗站却没有得到资助，制约了康复治疗水平的提高。只有政府真正重视工疗站的工作，把各项工作落到实处，工疗站才能走上良性发展的轨道。

我们建议，基于广州市残疾人政策结构的视角，政府应从资金供给支持政策、需求支持政策和匹配支持政策三个方面对残疾人事业发展给予政策支持，建构残疾人工疗站社会工作服务支持体系，即残疾人社会工作支持体系、残疾人社会政策支持体系、残疾人社会发展支持体系。

二 设置社会工作岗位的若干建议

（一）设置工疗站社工岗位的重大意义

社会工作者是工疗站残疾人进行康复服务、社会心理指导和社会就业不可或缺的重要工作人员，社工有能力充分调动各类社会资源运用专业方法为残疾人服务。

1. 提升工疗站服务质量

随着经济社会的发展，工疗站工作职能相应转变，工疗站服务职能相应提升，这就要求工疗站工作必须专业化、制度化、规范化。残疾人的康复与就业问题是一个综合性和复杂性的工作，社会工作介入残疾人工疗站有利于服务质量的提升。社会工作是以利他主义为导向，以"助人自助"为宗旨，综合运用各种专业知识、科学方法进行助人活动和公益服务的职业工作。

2. 提升工疗站工作理论水平

工疗站迫切需要专业的社会工作理论作为指导，如人道主义理论、以人为本、增能理论、正常化理论都从不同角度论述了残疾人事业发展的理论内涵。社会工作介入，就是将社会工作的理论、方法和技巧运用到工疗站中，为残疾人提供更好的发展环境，通过理论指导与服务而取得的社会认同。

3. 提升工疗站解决问题的能力

在服务过程中，社会工作者与残疾人之间的交流互动，通过支持和鼓励缓解

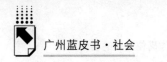

其生活压力,并有利于残疾人自我价值的实现。社会工作者协助残疾人解决生理、生活、医疗、社会、经济、心理和自我价值的实现等问题,改善残疾人的生理、心理卫生保健,社会、经济状况和生活环境,使其有尊严地、有体面地、有价值地生活(见个案1)。

(二)设置工疗站社工岗位的主要原则与步骤

针对目前工疗站专业社工不足的现实,必须大力推进社会工作职业化进程。"建设宏大的社会工作人才队伍",建立健全以培养、评价、使用、激励为主要内容的政策措施和制度保障,确定残疾人社会工作职业规范和从业标准,加强专业培训,提高残疾人社会工作人员职业素质和专业水平。

与此同时,还必须提高社会对残疾人社会工作专业及职业的认同度,健全残疾人社会工作职业制度体系,明确残疾人社会工作者(人才)的岗位设置,让更多的专职社工进入工疗站为残疾人服务。

1. 实施原则

选择工疗站较为集中、残疾人较多、问题较突出、人力物力资源较丰富的工疗站作为设置社工岗位的试点单位,分步实施街居工疗站社会工作者介入计划,环境、条件和时机成熟后推广。

第一,政府购买原则。工疗站设岗主要是以政府购买服务的方式,由政府职能部门组织实施。

第二,街居配套原则。凡是以政府购买服务的岗位,街居基层政府要予以一定的人力、财力和物力的配套。

第三,财政分摊原则。残疾人社会工作者岗位所需费用,采取市、区、街三级按比例分摊。

第四,公平公正原则。残疾人是当今社会最大的弱势群体,是话语权丧失的群体,他们能否享有公共服务均等权利,公平公正原则尤其重要。

第五,效果评估原则。残疾人社会工作通过社会服务机构招标方式来检验社会工作者服务的效率和残疾人需求满足的程度。

2. 实施步骤

根据广州残疾人事业发展的实际,我们选择分步实施计划,逐年实现工疗站社会工作服务专业化、职业化。

第一步，在条件比较成熟的越秀区、天河区和荔湾区，每1个工疗站设1个社会工作岗位，也就是在2010～2011年率先在以上3个区工疗站设60个社会工作岗位（见图4）。

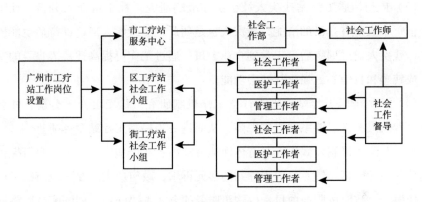

图4　市区街工疗站工作者团队

第二步，2012～2013年，逐步在全市街居工疗站推开，每个街工疗站均设社会工作岗位，开展街道内残疾人社会工作。

（三）社会工作介入工疗站的有效路径

残疾人社会工作是围绕残疾人及残疾人家庭、群体以及相关的社会组织和社区开展的专业性助人活动，社会工作者除了运用个案工作、小组工作和社区工作方法外，还做个案管理、方案评估和研究工作。具体而言，残疾人社会工作就是要通过研究与分析残疾人心理、社会方面的问题，帮助残疾人克服在康复、教育、就业、婚姻家庭生活、社会文化生活和环境方面遇到的障碍。

1. 社工研究：广州街居工疗站残疾人社会工作介入理念

（1）广州街居工疗站残疾人社会工作行政研究。社工可介入分析：根据残疾人做手工操作的情况，评估残疾人的身体、心理和职业能力状况进而提供必要的适应性训练、身心技能的调整以及正规的职业训练，与残疾人一起订规划未来的职业生涯。

（2）广州街居工疗站残疾人社会工作策划研究。社工可介入分析：社会工作者运用社工理念，负责工疗站重大活动的策划。社工根据残疾人的需要有目的地制订活动方案，通过活动达到一种治疗目的。在活动中，社工用一些专业的工作手法引导残疾人发挥其潜能，融入到活动中。通过活动，社工可观察某些在活动中表现消极的残疾人并在事后跟踪进行个别的辅导。

（3）广州街居工疗站残疾人社会工作战略研究。社工可介入分析：社工始终坚信每个人都有自己的潜能，残疾人也是如此，故残疾人通过训练后也能胜任工作，残疾人通过训练后可正常到企业上班。通过工作可提高残疾人自身的幸福感、成就感和自信心，强化其社会功能。

（4）广州街居工疗站残疾人社会工作机制研究。社工可介入分析：社会工作介入残疾人工作需要系列机制保障，从而进一步提高工疗站服务质量。

第一，购买机制。残疾人要有体面地劳动、有尊严地生活，需要政府提供更多的公共服务质量。针对目前工疗站的多元诉求，政府应大胆探索政府购买服务的运作模式，政府按服务项目，以购买服务的方式解决问题。即国家政府将社会保障的一部分功能、职责让渡给社会，由社会组织去承担。通过把有关残疾人社会服务的内容进行项目招标的形式，把残疾人的社会工作委托给专业性的社团组织，由它进行社会化、专业化、职业化的运作，而政府进行协调、监督、评估，从而使残疾人获得专业、高效的社会服务。

第二，服务机制。扩宽工疗站社工服务渠道，工疗站可以与设置有社会工作专业的高校合作，让社工专业学生去工疗站实习，他们为"工疗站"的发展提供了相对专业的服务，也解决了工疗站专业人员的不足。在"工疗站"经费紧张的情况下，与高校的合作，可以降低"工疗站"的服务成本。

第三，激励机制。工疗站残疾人社会工作并非完全是政府的事情，它是我们在整个经济和社会发展中的社会福利政策的一个体现。鼓励社会力量参与工疗站残疾人社会事业，引入社会资金，培育民间非营利机构，建构激励机构，为街居工疗站残疾人服务。

第四，就业机制。工疗站的服务除了必要的身体理疗、娱乐之外，还应该促进残疾人的就业服务，以职业重建为中心，让他们认识到自己的劳动价值。残疾人的职业重建要针对残疾人的个别状况，由工疗站的社会工作者协助拟订个别的就业服务计划，包括辅导残疾人参加职业能力测评、进行工作配对分析、协助参加职业锻炼，拟订职业重建计划、辅导安置就业、结合岗位再设计方案使他们适应工作环境与发挥工作能力等，对有需要就业服务或职业方面的支持的残疾人提供服务。残疾人职业重建的服务内容包括向残疾人提高就业信心、就业能力以及适应能力等。具体包括：做好残疾人的就业准备，对于残疾人进行相关基础训练；协助残疾人就业调适、训练与进修，取得相关学校的相关职业的结业文凭；提供社会支持，协助残疾人维持或获得劳动岗位，让他们早日回归社会。

2. 社工实务：广州街居工疗站残疾人社会工作介入路径

（1）工疗站残疾人社会工作介入新方法。工疗站残疾人社会工作介入新方法主要有：①个案工作方法，深入探索个人和家庭的需求，量体裁衣拟订工作方案，并与残疾人一起实施方案，在实施过程中社工提供支持和帮助。个案工作方法所提供的接纳、尊重、温暖、关怀、积极肯定起很大的作用。②小组工作方法，把有相同类别残疾人、相同残疾程度的人和相似需求的残疾人聚集在一起，组成一个小组，提供分类指导、分组活动、分层交往、分组学习、分区就业等。③社区工作方法，注重从较为宏观的层面评估残疾人群体的需求，制订工作方案，解决并消除工疗站残疾人的各种问题，提供良好的康复和发展机会。

（2）工疗站残疾人社会工作介入新角色。以以下十种角色进行介入。

引导者的角色。社工引导工疗站建立其发展目标，主动发现工疗站问题并引导工疗站制定策略，调动社区资源，解决工疗站问题，实现工疗站与残疾人及其家庭共同目标。

社工联系康复技师为康复治疗和医学功能训练的残疾人实施康复治疗和训练。对肢体障碍者，进行运动功能、生活自理能力和社会适应能力等训练；指导精神病患者合理用药；组织病情稳定的精神病患者和智力残疾人开展工疗、娱疗和其他康复活动；指导聋儿家长进行听力语言康复训练；组织社区内盲人开展定向行走训练。通过组织与策划并实施上述系列活动，从而提高精神病患者、智力残疾人的社会适应能力，提高他们的生活质量，减轻社会及家庭负担，减少"关锁"精神病患者、智力残疾人的现象。

专家的角色。社工通过工疗站现状分析与问题诊断，给予工疗站残疾人专业指导，对他们的身体功能和心理功能进行全面评估，以充分了解他们的身心发展特点，然后进行个案分析，为每一个残疾人"量身定做"一套个别教育训练方案并组织实施，真正做到因材施教，以满足智障人士、精神病康复者的教育和发

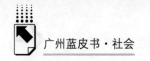

展需要，为确保每一个智障人士都得到不同程度的进步，帮助他们树立自立意识、掌握自立技能。

宣传者的角色。社工采取有效的措施，通过社区宣传、活动、讲座等方式为残疾人创造一种适合其生存、发展、实现自身价值的环境，使残疾人全面参与社会生活，消除社会上对残疾人的歧视和偏见，并激励他自立自强，建立起和谐的家庭生活和社会生活环境。社工需要了解和掌握政府的相关政策，因为社会工作很大程度上是落实社会政策，社工需要把有利于残疾人的政策带给受助者，在政策许可的范围内更好地为残疾人服务。

计划者的角色。社工负责残疾人的信息采集、整理工作，及时掌握思想动态，按时向有关职能部门反馈，并配合有关部门做好有计划工作。社工定期向街居残联组织汇报工作情况，让领导和有关职能部门管理者了解工疗站残疾人的生活、工作状况，从而更好地支持工疗站残疾人工作。

倡导者的角色。社会工作的基本原则是"案主自决"，在社工的帮助下，让残疾人自己走出困境，在残疾人的能力和环境允许的前提下，倡导一种新的行为，让他们自己走出困境。

管理者的角色。社工在工疗站做一名管理者角色，辅助其他管理人员管理的部分事务，促使工疗站工作流程的实施，提高工疗站的工作效率，促进工疗站目标的实现。

辅导者的角色。负责对街道、社区残疾人工作者及义务工作者（志愿者）进行培训工作，提高业务素质和专业水平。并为工疗站的残疾人建立档案，做好工作记录，动态掌握残疾人的康复需求与服务情况。

服务者的角色。社会工作者坚持公平的价值原则，面对残疾人的需求，利用专业知识和技能为他们提供服务，解决生活中遇到的各种障碍。社工专业服务是以一定资源为基础。当一个服务目标确定以后，社会工作者就要围绕既定的目标来组织和争取必要的资源。例如社工会联系区残联、街道、社区为残疾人争取一些物质资源和人力资源。

支持者的角色。鼓励残疾人自强自立，克服困难，最终达到"助人自助"的目的。

维权者的角色。发挥社会工作者作用，为残疾人合法权益保护开展一定的工作并取得一定的成效。

（3）工疗站残疾人社会工作介入新任务，有以下八种新任务。

第一，调查分析工疗站残疾人问题。残疾人项目策划的实质步骤是从残疾人问题的调查分析开始的。残疾人社会政策和社会服务项目的一个重要流派是强调解决残疾人中存在的问题，通过社会政策和社会服务项目来解决残疾人群体面临的共同问题。

第二，界定工疗站残疾人需求和目标。寻求到残疾人的问题之后是分析残疾人群体的需求和计划要达到的目标。界定残疾人群体的需求包括两个部分：一是残疾人群体的条件，谁具有什么样的条件是该服务的群体；二是残疾人群体的需求，根据布雷德肖（J. Bradshaw）的划分，需求分规定性需求（由专家或社会所确定的需求）、自觉性需求（自己觉察的需求）、要求性需求（透过行动去表达的需求）、比较性需求（与某一标准比较时出现的差距所表达的需求）。当然在残疾人服务项目中，关键是界定清楚残疾人群体需求的性质、满足手段和数量等。界定了残疾人群体的需求，然后是分析服务方案要实现的目标，通常表现为在多大程度上，通过什么手段，以满足残疾人群体的需求，解决他们的问题。

第三，摸清工疗站社工可动员的资源。摸清工疗站所拥有的和可以动员的资源，使之充分有效地运用到工疗站残疾人服务项目上。一个机构会有很多服务项目，为了新的服务项目需要多少资源，已经有多少资源，有几种资源筹集方式，可以筹集到多少资源等。这都是社会工作者必备的素质和能力。

第四，优选工疗站服务方案。工疗站每一项活动的开展，社会工作者都要根据不同的情境，预设几个服务方案，包括各个方案的资源投入、产出形式和产出数量以及受环境因素的波动概率等，通过与站管理人员和督导共同商讨，然后进行成本收益分析、风险敏感分析，选择一个成效高、风险敏感度低的方案。

第五，测试和调整工疗站方案。在选择出工疗站优秀方案后，还要有一个小规模、小范围的测试，评价方案的实际运行情况，作出调整，才能正式推行。

第六，执行工疗站优选方案。根据工疗站预定的计划，社会工作者组织实施方案，通常包括工作的指挥布置、人事的激励、工作进度的监测、工作质量的控制和服务对象的意见调查等任务。

第七，完善工疗站服务方案。方案的反馈、调整也可以说是方案执行过

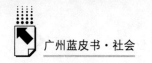
程中的一个程序，是社会工作者根据工疗站对工作进度、工作质量和服务对象的意见调查，及时反馈给决策部门，调整、完善服务方案，保证服务成效最佳。

第八，评估工疗站服务方案。在工疗站服务方案执行阶段或结束时，对工疗站服务方案进行评估，以评价工作成效、资源消耗、相关的社会影响，对相关工作人员进行激励。评估分工疗站工作投入评估、工作产出评估、工作成效评估等。

（审稿：梁柠欣）

参考文献

廖靖文：《专职社工进驻工疗站疏导残障人士》，2010 年 6 月 7 日《广州日报》。

易松国：《深圳：政府购买社工服务的方式及问题》，《中国社会工作》2009 年第 8 期。

肖萍：《社会工作视野下城市残疾居民的福利促进——以南京白下区残疾居民福利调查为例》《学海》2009 年第 6 期。

沈晖：《构建政府、福利组织与高校的联动机制——系统论视角下的我国社会工作发展思路》，《社会工作》2008 年第 8 期。

贾西津：《谁能决定工疗站的命运》，《社区》2005 年第 10 期（上）。

Suggestions about Setting the Social Work Position for Disabled of Work-rehabilitation Centers in Streets

The Subject Team of Guangzhou Development Institute of Guangzhou University, written by Xie jianshe etc.

Abstract: To add the social work for disabled into "Huimin article 66" issued by Guangzhou municipal government, to improve the quality of service in the work-rehabilitation centers, and to change the current inefficient situation of the work-rehabilitation centers, it urgently needs social workers to be involved. So, we propose to set social work position in more than 160 Work-rehabilitation centers in Guangzhou step by step, by purchasing social service by the government within 3 years. And we will authorize professional institutions to implement after professional trainings under supervision with strict access system. On the basis of experience and assessment, social work will be gradually promoted in all streets in Guangzhou.

Key Words: Disabled Social Work; Block Work-rehabilitation Centers; Post Setting

B.14

黄埔区关于推进基本公共服务
均等化调研报告

广州黄埔区基本公共服务均等化专题调研组

摘　要： 本文通过对黄埔区当前基本公共服务均等化的现状进行深入调研，在全面分析全区公共教育、公共体育、公共文化、公共交通路网、公共卫生医疗、劳动就业保障、住房保障等方面的基础上，就当前该区在推进基本公共服务均等化服务过程中存在的问题与困难进行探讨，提出了一系列对策措施，作为该区未来一段时期推进基本公共服务均等化服务的辅政参考。

关键词： 黄埔　公共服务均等化

一　基本公共服务建设现状

近年来，黄埔区高度重视民生工作，不断更新发展理念，加大民生投入，探索建立高效、长效机制，大力推进基本公共服务的载体和设施建设，注重服务质量和均等化，基本公共服务建设取得长足发展，公众满意率进一步提高。

（一）全区上下形成合力推进基本公共服务建设

1. 民生为重的理念得到强化

近年来，黄埔区积极贯彻国家、省、市精神，积极贯彻市"惠民66条"和"补充17条"，坚持理念先行，树立"富民优先，民生为重"的民生工作理念，将民生工作作为政府工作重要的落脚点和主要的成效评价内容。同时，强化基本公共服务的均等化理念，大力推进市民享受基本公共服务的机会均等和结果均等。

2. 区、街道、社区联动推进基本公共服务建设

近年来，黄埔区公共财政对民生和各项社会事业支出的投入不断加大。2008年支出86779万元，占一般预算支出的69.8%，2009年支出101362万元，占一般预算支出的74.6%，2010年支出106791万元，占一般预算支出的73.9%。安排各种专项资金扶持各类基本公共服务。实行服务重心下移，将各项服务的提供落实到各街道、社区，加强基层卫生服务中心、卫生服务站、文化站、文化室、社区就业服务机构、社区道路等的基本公共服务设施建设，初步形成公共卫生、公共文化体育、住房保障、就业保障、医疗保障等的区、街道、社区三级联动工作机制，有力推进黄埔区基本公共服务建设。

3. 社会力量进一步参与基本公共服务建设

积极引导社会力量广泛参与民生事业，鼓励区内企业和民间组织支持基本公共服务建设。大力支持广东狮子会、区慈善会等公益团体在黄埔区合作开展社会服务活动。积极开展慈善募捐工作，在全社区广泛进行慈善宣传，成功举办慈善募捐文艺晚会等募捐活动，引导全区民众关心、关注基本公共服务建设。

（二）全区基本公共服务取得长足发展

1. 公共教育服务水平迅速提升

全区共有学校（包括幼儿园）100所，其中，中职学校1所、独立普通高中1所、完全中学2所、公办初中6所、公办小学21所、九年一贯制学校1所、公办幼儿园1所、民办中小学16所和其他办幼儿园51所。全区在校中小学生（包括幼儿）57651人。"十一五"期间，黄埔区公共教育发展迅速，一是基础教育成效显著，学前教育规范发展。二是义务教育均衡发展。结合厂校接收，合理调整全区学校布局，积极筹建区特殊教育学校，全区公办小学优质学位占全区公办小学总学位的48.12%，公办初中优质学位占全区公办初中总学位的47.81%。三是高中教育水平整体提升。普通高中优质学位占全区普通高中总学位的72.26%，高中教学质量逐年攀升。四是职业教育稳步发展，办学条件不断改善，办学规模不断扩大。五是民办教育管理进一步加强，各民办学校的办学行为日趋规范。六是重视外来工子女教育问题。公办学校提高外来工子女的入学比例，义务教育阶段公办学校外来工子女入读比例达34.3%。

2. 公共卫生服务网络初步形成

建立了由区疾病预防控制中心、区卫生监督所、区妇幼保健院，以及各社区卫生服务机构组成的公共卫生服务体系。全区共有区疾病预防控制中心、区卫生监督所、区妇幼保健院、区慢病站等4个公共卫生医疗单位；共有中大型医院8家，其中区属医院2家、驻区医院6家；已建成街道社区卫生服务中心8家、社区卫生服务站16个。基本建立了重大疾病防控体系和突发公共卫生事件应急机制。加强基层卫生服务机构建设，社区卫生服务网络基本覆盖全区。各类人群的健康档案建档率均超过市的指标要求，成功创建全国中医特色社区卫生服务示范区。医疗服务水平不断提高，中山大学附属第一医院黄埔院区等5家医院加入广州市120急救网络，急救网络逐步完善。完成全部区属医疗机构和20家社区卫生服务机构的光纤接入和局域网建设，卫生信息化建设初见成效。计划生育优生优育工作成效明显，政府购买公共服务，推行一系列免费医学检查、优生检测服务，优生优育优教服务链初步形成，成功创建国家计划生育优质服务先进单位，黄埔区被国家人口计生委选定为国家孕前优生健康检查试点单位。

3. 医疗保障服务进一步优化

积极加强城镇居民基本医疗保险工作，推进医疗保险扩面工作，做好医疗保险的参保动员、政策解答、参保登记工作，推进医保定点医疗机构服务网建设，努力提高居民的参保积极性。2009年城镇职工医疗保险和居民医保净增参保35015人，超额完成任务，全区医疗保障工作取得新进展。

4. 公共文化体育事业加快发展

黄埔区人民政府印发了《黄埔区进一步加快文化事业和文化、旅游产业发展的实施意见》，努力建立覆盖全区的公共文化服务体系。全区建有文化馆、图书馆、博物馆、文化信息资源共享工程支中心，完成了9个街道创建省特级文化站建设及57个社区文化室全覆盖工作，实现了全区100%的街、社区建有共享工程基层服务点，建成"社区书屋"36个、"绿色网园"38个，全区基本实现"10分钟文化圈"。支持群众开展文化活动，出台了《关于进一步加快群众文化体育工作的若干意见》，群众性文体活动蓬勃发展，全区共有业余文艺团队240个。基本实现全区已通电自然村全部通广播电视（下沙社区大吉沙村除外）。全区有国家级青少年体育俱乐部等群众体育组织约160个、职业篮球俱乐部1家，每年开展群众体育活动约300项。公共体育设施不断完善，人均体育用地一直名列全市各区（县）前茅。国民体质监测合格率达 95.3%。

5. 公共交通路网架构进一步完善

大力完善区域路网架构建设，目前，区内有 34 条主要市政道路，全长约 52 公里；现已开通的地铁有 5 号线，在黄埔区设有 4 个站点，区内里程约 6 公里；即将开建的地铁有 7 号线和 13 号线，其中 13 号线在黄埔区设有 6 个站点，区内里程约 15 公里；BRT 快速公交在黄埔区设有 12 个站点，全长约 11 公里。积极推进护林路三期、护林路二期（天河段）、大沙东路三期、镇东路、文冲中路、石化北路等市政道路建设。完成体育中心公交枢纽站建设，结合地铁和 BRT 快速公交开通，进一步优化调整公交线路。开展港前路延长线等疏港道路的建设和优化，逐步推进生活通道与货运通道分离。进一步加强社区道路建设，推进转制社区道路市政化改造，完成了 7 项水浸街改造工程、23 个片区雨污分流工程，初步改善了黄埔区转制社区道路标准低、路况差、排水不畅的情况，加快了转制社区城市化进程。

6. 生活保障服务体系更加完善

逐步建立起以最低生活保障为基础，生活、医疗、教育、临时救助等相配套的社会救助体系，对低保、低收入困难家庭成员实行分类救济，应保尽保。2008 年 5 月，黄埔区在全市率先将月收入 500 元以下人员和特殊困难家庭纳入低保"边缘群体"范围，实施了实物、重大疾病、学杂费减免等救助措施（后两项按低保、低收入户标准的 70% 实施），有效解决了这类人群的生活、医疗、子女就学问题。2010 年，救助对象扩大到家庭人均月收入 580 元以下人群。逐步建立起以居家为基础、社区为依托、机构为补充的养老服务体系，通过政府购买服务的方式开展居家养老服务，建成星光老年之家 96 个。积极开展慈善募捐工作。建立优抚对象抚恤补助标准自然增长机制，建立和完善优抚对象医疗保障体系，实现优抚对象与当地群众的生活水平同步增长，困难群体、优抚群体的保障水平逐步提高。按照"扩面、调待、拾遗、补缺、优服"的工作思路，积极构建覆盖全体城乡居民的养老、医疗保险政策体系。

7. 住房保障服务取得突破

积极推进保障性住房建设，落实了大田花园新社区项目、万科西北地块项目等两个保障性住房建设项目。其中大田花园新社区项目属于配建廉租房项目，由市财政出资建设，建成后可解决 98 户低收入家庭住房困难问题。大沙东保障性住房项目（即万科西北地块）投资 82350 万元，总用地面积 153481 平方米，建成后可供约 2 万人居住，目前已进入了实质性的全面施工阶段，预计 3 年后完工。亨元和庙头项目已列入新社区住宅建设计划，预计可建面积达 7.96 万平方米。认真开展保障性住房审核工作，累计已解决 795 户廉租家庭的住房困难，完成了目标任务的 84.1%；有 868 户申请家庭经"二审二公示"后获得了经适房准购证，截至 2009 年底，已有 211 户购得经适房。

8. 就业保障服务成效明显

公共就业服务功能不断完善，就业服务覆盖率持续提高。为城乡劳动者提供全免费失业登记、职业指导、职业介绍、职业培训和用工备案等各项公共就业服务，建起"三个平台，四级网络"，形成具有黄埔特色的就业服务体系。100% 的街道、社区就业服务机构具备公共就业服务功能，实现了基本公共就业服务覆盖全区所有常住人口的目标。全面完成了市就业工作领导小组下达的 8 项考核指标。依托健全的市人力资源市场信息服务网络体系，在全市率先实现了"数据集中、服务下延、全市联网、信息共享"的目标。

二 存在问题及不足

当前，黄埔区基本公共服务发展还存在着不足，这些不足带有强烈的区域发展特点。由于地理位置特点和长期的经济发展模式，黄埔区的基本公共服务缺乏整体规划，区域内部发展存在较大的差异性，财力投入与基本公共服务需求之间的矛盾也日益显现。具体来讲，有以下几个方面。

（一）基本公共服务滞后于现实需要

黄埔区目前的部分基本公共服务设施（载体）已经不能满足现实需要，如全区公共体育设施不够完善，街道社区可提供建设公共体育设施的场所较少，不少社区健身点不完整，部分社区更是没有配备健身点；区内缺乏足够数量和质量的换乘设施，公交系统的发展受限，城市道路网及公共停车场等的建设与作为交通枢纽、产业基地的交通要求及规划临港商务区的交通需求之间仍有较大差距；部分学校专用室场未达到省教育装备专用室场建设标准，教学用房建设标准落后于发展需要。部分设施（载体）建设甚至处于空白状态，制约了基本公共服务水平的进一步提高。同时，基本公共服务的信息化建设需进一步提升。目前，黄埔区基本公共服务信息化建设仍待加强，信息化的作用在基本公共服务中仍未得到全面、充分体现。如医院信息化建设还比较薄弱，电子病历仍未能全面推进，集医疗、预防保健、疾病监控、卫生监督、卫生管理等内容为一体的卫生信息化系统尚未建成。区内常规公交仍暂无信息服务系统，道路（除广园快速路部分路段）路面交通诱导信息服务、停车指引信息服务仍未建立。

（二）基本公共服务发展不平衡

黄埔区基本公共服务资源主要集中于中心城区，其他地区基本公共服务水平落后于中心城区，外来人口、农转居人员所享受到的基本公共服务与城镇居民相比也存在一定的差距，部分基本公共服务尚未完全实现全覆盖。区内医院的分布欠平衡，主要是黄埔、大沙街等中心区域相对集中，长洲岛和东部片区相对薄弱，部分基层医疗机构规模较小，设备配套有的未达到市级统筹要求。区内转制社区的交通硬件和软件部分与城区相比都有较大差距，公交服务发展水平不均等。BRT快速公交的站点仅分布在中山大道东、黄埔东路等，其他街区的居民乘坐不便。地铁5号线仅覆盖中心城区等小部分地区，其他区域现在都处于无轨道交通覆盖的状态。教育存在"西强东、南弱，公（办）强民（办）弱"的问题。教育投入重点安排在中心城区学校，公共优质教育资源向中心城区高度集中，中心城区学校办学和师资水平都较高，中心城区学校生源多，不堪重负，而偏远学校优秀教师相对缺乏，办学条件较差，在校生逐年萎缩。公共文化服务设施发展不平衡，零散片区可开辟为公共文化活动的地方少，公共文化服务设施建设相对落后。劳动者在享受公共就业服务上还存在差异，公共就业服务机构偏重于对城镇劳动者的服务，转制社区劳动者享受的就业服务仍然偏少。

（三）基本公共服务的运行机制有待进一步完善

部分基本公共服务运行存在制度漏洞，相关的工作程序不科学，有碍基本公共服务的均等、高效供应。如住房保障服务中，黄埔区各街道未能纳入住房保障资格"市—区—街"三级联网审批系统，影响了审核效率和准确性。就业保障中创业机制不够完善，对自主创业的组织引导力度不够，对中、小企业创业者发展缺乏有效的政策支持。社区卫生服务运行机制尚未完善，仍有5个社区卫生服务中心未能按照建设基本标准做到独立场所、独立核算、独立管理，人员、场地、业务、收支难以划分，优惠政策难以落实。生活保障中的困难群众子女学杂费减免申请手续繁杂，学杂费需要申请人先垫付后方可凭发票予以报销，这种先垫付后报销的方式对困难家庭造成了很大的困扰。低保、医疗、住房、教育等专项救助的配套协调机制不顺畅，救助配套措施的合力不足，未能有效发挥救助整体功效。

（四）组织协调和服务水平有待进一步提高

黄埔区部分基本公共服务（住房保障、公共卫生应急等）尚未成立专门的服务机构，或者是虽然已经成立了专门的机构但因办公场所受限或专门人员、专项管理资金缺位等，服务水平难以进一步提高。如街道就业服务机构与社区服务中心合署办公，部分街道服务场地不足，窗口设置不够，网络服务、"一站式"服务未能充分体现；基层文化站、室、社区书屋等公共文化设施基本没有专职管理人员，社区一级负责文化工作的人员缺乏文艺专才及相应的组织、协调、开展基层文化活动和服务工作的综合能力。社区劳动保障工作站与社区居委会合署办公，无专职的工作人员，社区就业服务功能受限，"家门口"服务未能充分发挥。部分基本公共服务机构（区就业服务管理中心、健康教育所、基层民政服务机构等）虽有专职工作人员，但人员编制少，担负业务较多，工作量大，一定程度上影响了服务水平。

三　实现基本公共服务均等化的路径与措施

根据黄埔区的实际情况，结合当前国家、省、市关于推进基本公共服务均等化的有关精神，建议从以下八大方面推进黄埔区的基本公共服务均等化服务工作。

（一）推进教育均衡方面

1. 促进区域教育资源优化整合

加快整合南部长洲片、中部红山和庙头片、东部南岗片的教育资源，大力提升区域教育资源质量。通过精简数量、扩容提质、调整布局、撤并重组地区原有中小学，优化地区学校布局；以征地或租地原址扩建、原址拆除重建、异地重建等方式，高质量、高标准改造、建设符合规范化学校标准的中小学校舍；通过加强骨干教师交流、学校组团互助、职称评聘倾斜政策等方式，引导师资力量合理交流，均衡区域学校师资结构。

2. 加快普及高中阶段教育

按照广东省教育现代化先进区评估指标要求，发挥市 86 中国家级示范高中的引领辐射作用，加紧完成石化中学等原厂企学校校区建设，加快 87 中市一级学校创建工作，实现全区普通高中 100% 成为优质普通高中的目标。

3. 大力鼓励发展职业教育

通过大力整合社区职业教育资源，发展社区职业教育，打造市级重点专业 2 ~ 3 个，省级重点专业 1 ~ 2 个，建设公共实训基地 3 ~ 4 个，中等职业技术教育实训中心 6 个，企业实训基地 6 个；依托相关高等学校和大中型企业，共建"双师型"教师培养培训基地，"双师型"教师占专业课教师的 60% 以上，高级专业技术职称的教师占专任教师的 30% 左右；推动黄埔职校与粤东西两翼、粤北山区联合办学；逐步实行中等职业教育免费制度等措施，构建适应地区布局结构、产业布局结构、人才需求结构发展的现代职业教育体系。

4. 重视发展学前教育及特殊教育

加强学前教育管理，规范办园行为，加强幼教队伍建设，依法落实幼儿教师地位和待遇。高标准建设特殊教育学校，保证常住适龄特殊儿童入学率 97% 以上，全面提高残疾少年儿童义务教育普及水平。

5. 加强教师队伍建设

进一步加强师德建设，创新师德建设形式，改进师德建设方法，完善师德建设机制；不断提高教师的学历和职称层次，不断提高教学信息化技术应用水平；加大教师继续教育培训力度，教育事业费中用于继续教育经费不低于教师工资总额的 2%，教师培训费在学校年度公用经费预算总额的 5% 内安排；深入实施"名师工程"、"培青工程"，积极培养骨干教师和学科带头人；不断提高教师地位、待遇，在工资、职务职称等方面向长期在相对偏远学校从教的教师实施倾斜；健全教师管理制度，全面推行教师岗位分类管理和聘任制度，不断改革创新人才流动机制、人事管理制度和分配制度。

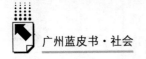

（二）促进全民健康方面

1. 提升公共卫生服务能力

加快建设区公共卫生基地，强化公共卫生基础建设。推进区疾病预防控制中心依照公务员管理，优化人员和设备配置，在严格执行国家、省、市制定的公共卫生项目基础上拓展公共卫生项目范围。成立区卫生应急指挥办公室，完善重大疾病防控体系和突发公共卫生事件应急机制，加强公共卫生应急能力建设。加强对严重威胁人民健康的传染病、慢性病、地方病，特别是职业病的监测与预防控制。加强妇幼保健工作，明确区妇幼保健院公共卫生性质的功能定位，不设置临床部，集中力量抓好妇幼保健管理，建立完善以区妇幼保健院为网顶，由各医院和社区卫生服务机构组成的妇幼保健网络；开展保健专科服务，如遗传病筛查、胎儿先天性心脏病筛查、早产儿视网膜病变防治、儿童早期综合发展项目、儿童心理等服务项目。免费为流动人口孕产妇建立围产保健手册，使流动人口孕产妇享受与本地孕产妇同等的围产保健服务。加强区重症儿童治疗中心和重症孕产妇治疗中心建设。

2. 完善社区卫生服务体系

完善社区卫生服务网络，建立社区卫生服务机构15分钟服务圈。加大社区卫生服务中心的标准化建设力度，完成穗东、长洲、鱼珠街社区卫生服务中心改造工程，以及大沙、荔联街社区卫生服务中心建设，建成荔联街沙园社区卫生服务站。健全社区首诊制度和双向转诊制度，全面开展社区首诊和双向转诊工作，通过有效措施引导居民"小病在社区、大病到医院、康复回社区"。全面推行社区卫生服务网格化管理，严格执行《广州市社区基本公共卫生服务项目服务包》规定项目。加大力度推进建立居民健康档案工作，提高居民健康档案的质量。加强社区公共卫生项目绩效管理和监督，保证社区公共卫生服务项目落到实处。

3. 深化医药卫生体制改革

坚持公立医疗机构的公益性，按照财权和事权相统一的原则，加大对公立医疗机构的投入。确立政府在提供公共卫生和基本医疗服务中的主导地位，推进公立医院的改革，加大政府对区属医院的投入力度，探索对区属医院实行全额拨款、收支两条线管理，保证医院非营利性质，有效解决群众看病就医问题。从2010年起，全区社区卫生服务中心基本实施基本药物制度，逐步向居民免费提供疾病预防控制、妇幼保健、健康教育等基本公共卫生服务。

4. 优化整合医疗卫生资源

结合新一轮的机构改革，整合卫生监督与药品食品监督职能。增加卫生监督人员编制，探索在街道办事处设置卫生监督分支机构。探索公办医院院长年薪制，适当提高公办医疗机构人员退休待遇。探索完善社区卫生服务中心的运行机制，理顺社区卫生服务机构与其举办医院的管理，逐步实现社区卫生服务机构独立运作，对政府举办的社区卫生服务机构试行"收支两条线"管理。

5. 加快卫生信息化建设步伐

认真做好广州市基于健康档案的区域卫生信息平台（一期）项目试点工作，以居民"健康档案"为基础，综合集成基础健康档案、预防免疫、就诊记录、健康检查记录、计划生育等信息，实现全区健康档案、就诊记录互通。进一步完善以疾病控制网络为主体的公共卫生信息系统，以及以医院管理和电子病历为重点的医院信息化系统。促进医院、公共卫生机构与社区卫生服务机构的互动，提高基本医疗服务可及性和便民医疗服务水平。

（三）创建文体品牌方面

1. 健全社区公共文化体育设施网络

均衡发展全区社区公共文化体育设施，探索新建楼盘小区会所与社区文化室共建机制，积极开辟零散生活片区公共文化体育活动场所；增加政府投入，推进偏僻地区广播电视信号微波接收工程建设，并形成定期维护机制；构筑渗透全区各社区的社区书屋、文化信息资源共享点网络；不断加大政府投入，鼓励和支持有条件的社区建设精品体育设施；积极争取社会各界支持，引入市场机制，拓宽体育投资渠道，进一步加快全民健身场地设施的建设；建立覆盖全区、机制创新、运行高效、便民惠民的公共文化体育设施网络。

2. 建立全社区公共文化体育服务制度保障

将基层文化体育建设发展规划纳入各街道党政工作重要议事日程，纳入体制改革、财政预算、任期目标的考核内容；建立健全必要的基层文化工作制度、检查制度、奖惩制度，保证基层文化活动开展；增加专项经费投入，落实基层服务点日常的管理和维护，配齐管理人员，明确岗位责任制，形成制度保障。2011年开始，每年由各个街道选取 1 个文化室作为试点，由区财政给予每个文化室补

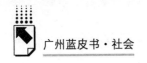

助 2 万元，用于聘请管理人员以及订阅报刊，以保证社区文化室向群众开放。

3. 丰富公共文化产品和服务

创新公共文化服务模式，吸引社会力量参与公共文化服务，探索"多元化办馆模式"，推动公共文化服务实现均等化；充分利用公共文化场馆资源，为弱势群体提供文化艺术学习园地，吸引更多群众参与，扩大社会受惠面；深入开展"三项免费"文化服务，即免费看电影、免费看图书、免费看演出；注重挖掘地域特色，扶持具有浓厚地方特色的传统民间艺术，深入打造"波罗诞"千年庙会、乞巧节、金花诞、龙舟赛、横沙会等"一街道（社区）一文化品牌"；打造黄埔合唱团、黄埔少儿合唱团、区文化馆摄影艺术中心等一批示范性的群众文化团队，增加优秀示范团队数量；继续巩固街道文化站硬、软件建设。文化站除举办常规性文化活动之外，全年举办的各种文化活动不得少于 12 次；通过改革基层文化事业单位管理体制，建立竞争激励机制，选拔优秀文化站站长，培养业务精良人才；通过鼓励基层文化干部继续再教育、学历学习教育，建立岗位培训制度等办法，多渠道、多形式加强基层文化工作队伍建设；推进文化室（农家书屋）建设工程。社区文化室面积基本达到 200 平方米以上和省"五个一"标准的要求；推进农村电影放映"2131"工程；以数字化电影放映为龙头，以流动放映队为主体，到 2015 年，全区各街都配备流动电影放映车和数字电影放映设备；推进全国文化信息资源共享工程，区、街、社区全部达到《全国文化信息资源共享工程试点工作验收标准》评估定级的一级要求。

4. 扩大公共文化服务的受惠面

提供与群众需求相吻合的文化服务，充分发挥文化设施的社会效益，经常性地开展群众性读书活动，充分利用流动图书车等配套设施，进一步扩大流动图书车的服务网点，实现区图书馆与流动图书车之间"通借通还"的服务体系。以农村、社区、厂矿、学校等为主要对象，加大公共文化流动服务，缩小城乡之间、区域之间公共文化服务差距，使图书馆、图书室的读者及经常性参加文化活动的人数逐年有明显的增长。激发兴趣与积极性，充分发挥基层文化单位的积极性和创造性，推动"群众文化群众办"，在推广普及的基础上，提高群众文化活动、享受公共文化服务的积极性。

5. 完善全民健身服务体系

举办有影响力的大型群众体育活动和形式多样的单项体育比赛，促进全区群众体育工作发展；指导区属各单位、驻区企事业单位积极开展各项群众体育活动，满足人民群众日益增长的体育健身需求；进一步健全覆盖全区的社会体育指导员队伍，进一步完善全民健身组织网络，健全全民健身活动体系和群众体育竞赛体系。

6. 建立现代公共体育服务制度

加大公共体育场馆开放力度。区公共体育场馆按照免费、低价优惠、合理收费等不同情况，制定合适的对外开放制度，保证向中小学生、老年人、残疾人优惠或免费开放。充分挖潜亚运场馆的全民健身功能，使之成为群众运动健身新热点。全力推动学校体育设施向社会开放。进一步完善学校体育设施对社会开放的长效机制，探索运营管理新模式，争取有更多符合条件的学校体育场馆向社会全方位开放，实现体育资源社会共享。

（四）创建宜居环境方面

1. 加快推进"三旧"改造工作

按照《黄埔区关于加快推进"三旧"改造的实施意见》，稳步、有序推进旧城、旧厂、旧村改造工作。

2. 加快构建绿色环保、美观现代的城区环境

全面完成迎亚运环境综合整治任务，积极推进珠江岸线整治，完成观音山森林公园建设，新建 2～3 个滨江公园、滨江绿地，加强生态廊道建设，实现城区交通景观、滨江景观大提升。加强环境执法检查，督促企业全面加大环保设施改造力度，努力实现城区环境质量的根本性好转。全面完成牛屎涌、细陂河、南岗河、沙埗涌等河涌综合整治工程和东部南岗系统截污工程，城区实现雨污分流，恢复水系环境生态特色。

3. 加快建设无缝衔接的公共交通网络

加快区域市政道路网络化建设，依托东二环、沿江高速、新化快速等省、市重大基础设施，构建发达的对外、对内综合交通体系。利用公交、地铁交通工具的无缝接驳，构筑起由轨道＋BRT 快速公交＋公交主线＋公交支线组成的多层次立体公交网络。完善疏港通道体系，科学合理分流生活通道和货运通道，构建集水路、高快速路、轨道交通等于一体的区域交通网络，强化广州东部水陆交通及物流中心功能。

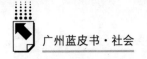
4. 加强转制社区环境整治

按照既定计划推进和完成"十进社区"计划，结合"城中村"改造和环境综合整治，加大对转制社区道路建设、公园（小游园）建设、改水、池塘整治等工作力度，切实改善转制社区人居环境，基本实现转制社区城市化。

（五）社会保障方面

1. 加快社会保险全覆盖

整合转制社区发展资源，通过改造物业增值补贴等形式，探索建立转制社区居民收入增长机制。进一步完善公共就业服务体系、公共职业培训体系和就业援助制度，营造和优化创业环境，以创业带动就业，扩大再就业政策扶持范围，努力消除"零就业"家庭。继续扩大社会保险覆盖面，落实各项扶助措施，不断完善覆盖全体居民的共享型社会保障体系。做好退休人员精细化管理服务工作。推动慈善事业发展，加大社会救助力度，保障困难群体基本生活需要。

2. 全面普及居民医保

加大政策宣传力度，提高政策宣传的针对性，调动广大群众参保的积极性；强化部门管理，努力提高参保覆盖率，确保学生参保率达90%以上；转制社区参保方案实行"一村一策"，加快推进农转居人员参加基本医疗保险工作；扩大医疗网点覆盖面，在街道、社区实现居民医保网络的全覆盖，加快开通医保系统网络，加强医疗队伍建设，均衡医疗资源分配；继续加大政府投入，加强居民医保经办机构、基层劳动保障服务平台的建设，完善医疗待遇给付机制，适当提高城镇居民基本医疗保险基金给付水平，扩大医保报销比例和范围。

3. 扩大居民养老保险覆盖面

加强社保经办机构业务能力建设，加大对经办机构人员的业务能力与素质的培训力度，完善参保管理制度，做好参保后续服务。充分利用现有的税务稽查手段和税收管理机制，核定缴费单位的缴费基数和人数，依法征收社保费；继续完善社会救济、福利体系，引导更多符合参保条件的低保、低收入家庭老年人纳入城镇老年居民养老保险体系；细化、优化居民养老的各个办事程序和环节，认真履行告知提示义务，加强经办人员的业务和素质培训。围绕基本公共服务均等化建设，健全公共财政体制，扩大民生领域覆盖范围。继续加大社保的财政投入，特别是要加强老年人、低保困难户、残疾人等弱势群体的社保保障力度，不断提高养老金水平，真正实现"老有所养"。

（六）社会救助方面

1. 扩大低保边缘群体救助范围

按市"新低保、低收入"认定标准提标，并应保尽保，落实现有各项专项救助、分类救助、临时救助政策。在市认定低保、低收入的基础上适度提高低保边缘群体认定标准，确保与经济社会发展水平相适应。完善低收入、低保"边缘群体"困难家庭社会救助制度，适时提高救助标准。适时解决资助低保"边缘群体"困难群众参加城镇基本医疗保险问题。

2. 加大困难群体救助力度

推进社会救助管理信息化工作，实现社会救助业务网上操作、数据共享。积极推进社会救助社会化试点，鼓励社会组织参与社会救助，引入社会工作理念，创新社会救助管理体制改革，提高社会救助专业化、职业化、人性化水平。继续推进困难群众救助和医疗救助信息化建设，做到人员信息、就医信息和医疗费用信息共享，实现各项救助程序无缝对接；进一步降低困难群众医疗救助门槛，提高救助额度，增加救助病种，政府救助与慈善救助相结合，减轻就医压力。完善综合性社会救助体系，困难群众基本生活、医疗等保障水平全面提高。完善灾情信息管理、救灾物资储备、灾民救助管理制度，健全灾害救助应急预案，进一步提高灾害应急救助能力，建设救灾物资储备仓库。

3. 优化养老服务

大力发展养老为主的社会福利事业，逐步推进普惠型社会福利事业，继续深入开展社区居家养老服务；根据老年人需求不断丰富服务内容；大力发展社区福利设施建设，提高养老机构硬件设施条件和服务水平；加大扶持民办社会福利机构力度，引导社会力量投资兴办福利事业，形成多层次、多渠道、多模式的养老服务体系，实现人人享有养老保障的目标。

4. 提高优抚对象的生活水平

加大财政的投入力度，对重点优抚对象按照年龄段发放营养补贴。建立优抚对象抚恤补助和优待金自然增长机制，适时调整提高抚恤补助和优待金标准，抚恤面持续100%，确保优抚对象的生活不低于当地的平均生活水平。

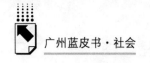

5. 健全优抚对象医疗保障体系

健全优抚医疗保障制度，根据《广州市优抚对象医疗保障实施办法》，修订完善黄埔区优抚对象医疗保障办法，逐步提高优抚对象医疗待遇，从根本上解决优抚对象医疗保障问题。学习借鉴先进经验，开展"一站式"优抚对象医疗费用结算制度试点工作，配合做好优抚对象医疗结算全市并网运行相关工作，简化结算程序，方便群众。

（七）惠民安居方面

1. 推进住房困难家庭住房保障全覆盖

大力推进低收入住房困难家庭住房保障全覆盖工作，完善低收入困难群体社会救助办法，扩大低收入群体住房优惠政策覆盖面，多渠道增加廉租房、经济适用房、政策性租赁住房供应来源，有计划、有步骤地解决低收入且人均居住面积10平方米（建筑面积15平方米）以下家庭的住房困难问题。

2. 加强出租屋管理

加快推进对现有空置出租屋的整合、改造、利用工作，推行出租屋物业管理，加强出租屋及其周边区域治安治理，严厉打击危害外来务工人员人身及财产安全的违法犯罪行为，改善居住环境，改善外来务工人员的居住条件。

3. 加大转制社区危破房改造力度

加大政府投入，建立对农村低保、低收入困难农户家庭、特殊家庭自住危房改造的长效扶助机制；以"当年发现，次年改造"为方针推进转制社区低收入、低保特困家庭自住危房改造工程，解决转制社区中整个家庭均丧失劳动能力，无能力改造自住危房的老、孤、寡、残特殊家庭的住房安全问题，力争实现城乡房屋安全管理、危房改造和住房保障一体化。推进大田村、旧围、新围、合庆围等不具备生产生活条件的自然村搬迁安置工作。切实改善转制居民的用气、用水、用电条件。

4. 构建社区综合服务平台

2010年，开展市级试点项目黄埔街社区综合服务中心试点工作；2011年，建成区社区服务中心，推开3个区级试点项目，包括长洲街等街道社区综合服务中心试点工作；到2015年，根据试点实效经验，制订推广方案，在全区80%的街道开展社区综合服务中心建设，为辖区居民个人和家庭提供社区综合服务。

（八）促进就业再就业方面

1. 完善公共就业服务体系建设

继续完善街、社区就业服务平台建设，加大区再就业资金对服务平台、设备设施的投入；落实基层公共就业服务机构的编制、人员和经费，完善公共就业服务功能，提高就业服务覆盖率，确保公共就业服务基本覆盖全区所有常住人口，为劳动者提供方便、快捷、优质的"一站式"、"家门口"就业服务。

2. 建设覆盖全区的公共职业培训体系

实行统一的公共职业培训补贴政策，根据失业人群的需求设定对口专业，失业人员可按需自主选择定点培训机构参加培训。指导区域内各类职业培训机构以订单式培训、定向式培训为重点，加强培训与就业的结合；指导企业大力开展职业入职培训、技能提升培训和第二技能培训，逐步建立起以区就业训练中心为龙头，其他公办、民办培训机构为主要组成部门和企业积极参与的区域性职业培训网络，提高职业技能培训实效性和针对性。

3. 建立健全失业预警预报和动态监测制度

完善劳动力资源调查及就业失业统计制度，整合劳动力资源调查队伍，加强部门间的协作与沟通，实现信息资源共享；建立专（兼）职劳动保障信息员，收集用人单位招聘信息、岗位信息；提高宏观经济形势、劳动力市场供求关系和宏观政策变化对黄埔区就业工作影响的预见性分析；建立服务大学生、困难失业人员和农村劳动力三大重点群体的就业援助长效机制，积极开展各类公共就业服务专项活动。加强对特困家庭高校毕业生就业扶助，落实各项优惠政策，切实解决广州生源特困家庭高校毕业生就业问题和就业待遇问题。

4. 鼓励和支持劳动者自主创业

进一步完善支持自主创业、自谋职业政策体系，营造鼓励自主创业的社会环境，扶持更多的失业人员参与创业。加大区再就业资金对创业基地建设经费的投入，为失业人员、高校毕业生等创业群体提供更多的创业平台。加强创建创业孵化基地建设，发掘本区创业资源，为创业群体提供创业孵化服务，带动更多劳动者实现就业。

（审稿：梁柠欣）

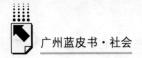
Survey Report on Promoting the Equalization of Basic Public Service of Huangpu District

Special Investigations Group on Equalization of Basic

Public Service of Huangpu District

Abstract: This essay tries to analyze the Huangpu district's current situation of public services on education, sports, culture, transportation network, hygiene, employment security and housing support, and also to investigate the existing problems and difficulties in promoting the equalization of basic public service of Huangpu district. Then the essay will come up some strategies for the government so that to give some reference for the future policies in promoting the equalization of basic public service.

Key Words: Huangpu; Equalization of Basic Public Service

社会舆情篇

Social Public Opinion

B.15

广州市非公企业员工思想状况
调查报告[*]

广州大学广州发展研究院、广州市思想政治工作研究会联合课题组[**]

摘　要：社会转型促使非公企业员工思想状况出现新问题，呈现新特点。本课题在对新时期广州市非公企业员工思想问题特点及其成因进行分析的基础上，从社会、企业和个人三个层面提出了加强非公企业员工思想教育工作的对策建议。

关键词：广州　非公企业　员工思想状况　思想工作

我国正处于深刻的社会转型期，面临着产业结构调整和发展方式转变的重大任务，社会利益关系与价值取向也处于激烈的变动中。与此同时，在广大企业

*　本研究成果是广东省普通高校人文社科重点研究基地广州大学广州发展研究院资助研究成果。

**　课题组成员：涂成林、李宝华、魏伟新、曾恒皋、向前。

中，随着职工年龄结构和文化素质的变化，其利益诉求、心理需要和价值观念等都发生了结构性的代际变迁，使得广大企业中的员工特别是非公企业员工思想状况出现了很多新情况、新问题，呈现明显的新特点。深圳富士康连续性跳楼事件、南海本田群体性罢工事件等，都是这种深层次变化的社会反映，值得我们高度重视。如何加强新生代员工的思想教育工作、促进劳资关系的和谐、形成社会和谐的良好局面，已成为摆在我们面前的一个亟须解决的问题。为了解广州市非公企业员工的思想状况，广州市思想政治工作研究会与广州大学广州发展研究院组成联合调研组，通过组织座谈会、企业现场调研以及问卷调查等方式，对广州非公企业员工思想状况进行了广泛深入的调研，形成了以下调研报告。

一 广州市非公企业员工思想工作的做法和经验

从当前整体情况来看，广州市非公企业员工思想状况要好于深圳、东莞、佛山等周边城市，至今还没有发生一起因劳资矛盾而在社会上引起强烈反应的群体性事件。这既得益于广州公有制企业为主体的经济结构，更在于近年来广州市委、市政府以及非公企业能主动适应新生代员工思想的新特点，积极探索解决发展中出现问题的新途径，取得了一定成绩，积累了宝贵的经验。

（一）政府解决非公企业员工问题的措施和做法

1. 加大了保障性住房的建设力度，努力解决外来务工人员的住房问题

根据国家建设部等七部委联合发布的《关于加快发展公共租赁住房的指导意见》的要求，广州已率先表示将向外来务工人员提供公租房，即在政府建设的保障房小区中，配建一定比例的外来务工人员公寓。2010 年底推出的 3000 套公租房中就有一部分是面向外来务工人员的。同时，政府提供用地便利和税收政策方面的扶持，鼓励企业和社会民间资本进行投资，在工厂聚集地区修建住房提供给外来务工人员及其家属。另外，为了给非公企业员工提供更加舒适、便利、安全的居住环境，广州各级政府还加大了在规模以上的企业和工业园区建立电影院、健身室、图书室等文体娱乐设施和场所的力度，建立并完善交通、邮政、教育、医疗等社会服务网络，加强了社会治安综合治理，警务网络开始向厂区延伸。

2. 将外来务工人员纳入社会保障体系中来，以解决他们的后顾之忧

2009 年 3 月，广州市人力资源和劳动保障局公布了《关于非广州市城镇户籍从业人员参加基本医疗保险有关问题的通知（征求意见稿）》（以下简称《通知》），对医保政策进行了大幅的调整和完善。《通知》大幅降低了缴费比例，用人单位以上年度本市单位职工月平均工资为基数，按每人每月 1.2% 的标准为外来从业人员缴纳基本医疗保险费。这一缴费比例，与现行职工医保的 10% 相比，降低 85% 以上，与灵活就业医保的 4% 相比，降低 70% 以上。同时，用人单位按 0.26% 的标准，为外来务工人员缴纳重大疾病医疗补助金。只要符合医保政策及医疗管理规定，参保的外来务工人员每社保年度即可享受最高不超过 29 万元的医疗保障。如今，已有数万名外来务工人员按照通知要求参保，享受了广州医保待遇。

3. 公办教育资源逐步向外来务工人员子女开放，入学难问题有所缓解

子女入学教育问题是困扰外来务工人员的一个大问题。目前，相关部门已经着手增加公办学校资源，准备逐步将农民工子女纳入当地义务教育范围，同时鼓励和扶持社会力量创办面向外来务工人员子女的民办学校，希望通过多方努力解决这一难题。2010 年 7 月 16 日，广州市番禺区教育局宣布全面启动《解决外来务工人员子女在番禺区接受义务教育暂行办法》（以下简称《暂行办法》），根据外来务工子女申请入读人数和学校数量的承载能力，通过积分申请的办法，确定可入读义务教育公办学校外来务工子女名单，享受免费义务教育。《暂行办法》于 2010 年 9 月开始试行，番禺区 117 所公办小学、24 所初级中学的起始年级近 3500 个学位接受外来务工人员子女的入学申请。

4. 日常巡查与专项整治相结合，规范企业用工行为

第一，政府相关部门加强了日常巡查和专项执法检查，开展专项整治行动，查处恶意欠薪、逃避参加社会保险等侵害职工合法权益的违法行为，督促企业贯彻执行《劳动合同法》等相关法律法规，规范劳动用工行为。劳动保障监察体系建设正在加快推进，将实现劳动监察部门对用人单位的动态监管。第二，加大了法律援助力度，企业内部调解机制也在逐步健全，有利于化解劳动纠纷，维护职工合法权益。同时，劳动监察部门能够及时掌握企业用工和劳动关系状况，把矛盾纠纷解决在基层和萌芽状态。

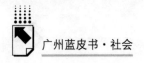

5. 政府引导和促进非公企业和谐劳动关系的构建

政府鼓励和提倡建立工资集体协商制度和工资正常增长机制。在遵守最低工资标准的基础上，将员工工资与企业经济效益挂钩，员工的福利待遇水平随着企业效益增长而不断提高，全体员工一道享受到企业发展的成果。2010年7月，广州市召开非公有制企业构建和谐劳动关系动员大会，大会发出了《广州市百家非公有制企业构建和谐劳动关系倡议书》，30名企业家代表在倡议书上签名，多家企业代表介绍了构建和谐劳动关系的经验。政府引导创建和谐劳动关系示范区工程，开展劳动关系和谐企业评比，对表现突出的企业给予表彰奖励，树立了先进典型。

6. 积极发挥新闻媒体的正面舆论导向作用

首先，各类新闻媒体坚持了正面舆论导向，充分发挥了宣传引导作用，取得了积极的效果。对各级党委、政府各项政策措施的广泛宣传，让外来务工人员感受到了党和政府的关怀，对国家大政方针的认同感不断增强，对国家未来发展充满信心。其次，对企业改善用工环境的宣传有助于提高职工对企业的认同感和归属感，增强对企业和个人职业发展的信心，有利于企业的发展和职工队伍的稳定。最后，对先进事迹和典型的报道起到了鼓舞和激励的作用，有助于职工发挥主观能动性，调整心态积极工作，有利于和谐劳动关系的构建和良好社会氛围的形成。

（二）非公企业抓员工思想工作的主要做法

1. 关心职工生活，为困难职工排忧解难

衣、食、住、行是每个人最基本的需求。不少非公企业为保障职工的基本生活，建立了规范的薪酬体系，并且发薪准时，让职工日常生活无忧。如白云电器公司每年都对员工工资进行一定幅度的调整，企业员工的平均薪酬水平在当地和同行业中处于中上等水平。制定了《星级员工评选管理办法》、《员工激励管理办法》、《福利津贴制度》等20余项文件，对优秀员工、特殊工种、特殊人群予以特殊津贴。另外，很多企业的后勤保障工作也在逐步改进和规范，兴建员工食堂和员工宿舍，补贴费用改善伙食。为员工购买国家规定的各种保险，如工伤、医疗、养老等保险，同时，有的企业还为员工购买住房公积金，让员工的生病、养老、购房等有所保障。如长隆集团不但按规定为所有的员工购买了养老、医疗、失业、工伤等社会保险，而且对"高危"工种人员，还专门购买了"特种保险"等商业保险。

天有不测风云，人有旦夕祸福。重大疾病、意外伤害或家庭困难等常常成为导致职工思想剧烈波动的主要因素。很多企业通过公司出资捐助、集体和个人募捐等方式筹集资金帮助困难职工。还有一些企业建立了制度化的长效帮困机制。比如，立白集团董事长和副董事长个人出资200万元，成立了立白集团员工关爱基金，如员工个人或其家庭成员因为生病或遭遇灾难等导致家庭困难、生活拮据，公司就会以关爱基金予以援助。镇泰集团成立了"雪中炭基金"、"福利基金"和"医疗基金"三大基金，以此形式对困难职工提供援助。公司还成立了镇泰慈善基金会，每年提供大笔资金用于发展员工家乡、周边及贫困地区的教育事业。

稳定的薪金收入和逐步完善的后勤、社会保障有效地减轻了职工的生存压力，募捐和制度化的帮扶机制让企业员工充分感受到企业集体的关爱和关怀，使得职工能够安心工作，也增强了职工对企业的归属感，提高了企业的凝聚力。

2. 保障职工民主管理权，建立并完善企业信息沟通机制

对职工民主权利的充分保障，极大地调动了职工的主人翁精神，提高了企业对职工的凝聚力和职工对公司的认同感。党、团、工会等组织建设不断加强，信息沟通机制不断建立和完善，职工诉求表达渠道畅通，职工的意愿得到充分尊重，建议和意见得到及时回应，使得"以人为本、体面劳动"的口号在现实层面得以落实。

例如，裕丰集团提出"体面劳动在裕丰"的口号。为实现这一目标，公司首先保障员工的知情权和民主管理权，于2005年就实行了厂务公开民主管理制度。其次，企业重大事项需要召开职工代表大会进行审议并做出最终决议。最后，鼓励员工对公司发展提出合理化建议，并给予一定的奖励。如生产部的员工经过反复研究和试验，终于解决了钢材"弯头"的问题。公司领导对这个合理化建议及技改项目给予了高度评价，为这个项目组发放了3万元的奖金奖励。同时，裕丰集团及其各子公司都建立和健全了党支部、工会、共青团等组织，并坚持发展党、团员，组织开展活动。公司现有党员64人，2009年就发展新党员7人，还有33人向党组织递交了入党申请书。

3. 改善和加强思想教育工作，帮助职工树立正确的人生观和价值观

工欲善其事，必先利其器。将思想教育工作和企业文化建设紧密结合，使企

业的精神财富在对员工进行思想教育中得以传承，使年轻的员工养成"用心做事，处处皆学问；讲究认真，点滴见精神"的处事态度，日后才能锻造成企业和社会的栋梁之才。

例如，白云电器公司主动适应新生代员工在精神需求、心理承受能力等方面出现的新变化，关注职工的日常工作和生活，特别是心理动态，积极引导广大职工树立正确的人生观、价值观、事业观，取得了良好效果。具体措施包括：公司对于新进的基层员工，都要进行岗前企业文化教育，让其了解白云电器打铁创业的历史，使其坚信"勤耕即获"、"可靠成就未来"，逐步端正心态，脚踏实地做出成绩。公司从1995年开始，每年吸纳的高校应届本科毕业生入职第一天便由公司总经理亲自带队重走"长征路"，即徒步近1小时，前往企业创业之初的打铁铺旧址参观、学习，感受创业的艰辛。随后，在车间再实习一年，不管是什么专业、什么学历，都从车间最基层的工人做起，在艰苦的基层历练中真正贯彻企业的打铁精神，磨去浮躁之气。

4. 为员工提供良好的学习、培训和晋升的机会

新生代外来务工人员与父辈不同，他们大多具有一定文化水平，出来打工不是完全以赚钱为目的，而是更加看重企业的人文关怀和发展空间。许多非公企业根据新生代员工的兴趣和特点，给他们以多个工作岗位锻炼的机会，使他们对企业生产设备、工艺流程、运作模式、企业文化有全面的了解，在适当的时候把他们提拔到更高层次的岗位上，为他们搭建了良好的发展平台。此外，为保证企业持续发展，不少公司都比较注重职工的培训和继续教育。如在立白集团，培训成为了员工最大的福利。自2006年起，立白集团斥巨资陆续送出20多名中高级管理人员到中山大学岭南学院进修EMBA。2007年，集团成立了"立白营销管理学院"，组织职工学习营销和管理知识。2010年，公司还聘请知名教授钱文忠先生为企业员工讲授国学，提升了职工的综合素质。长隆集团专门修建了一栋培训大楼，针对不同的员工进行不同的培训。既有"上岗培训"，又有"持证培训"，还有"再教育培训"；既有"知识类培训"，又有"管理提升培训"，还有各类"专题培训"。实践证明，换岗学习、知识和技能培训与继续教育的机会不仅能够让职工获得晋升的机会，更重要的是让他们对自己的职业生涯有了明确规划，对未来的发展充满信心。

5. 加强人文关怀，为职工提供专业化的心理辅导

现代管理科学强调发挥人力资源的最大作用，而新技术的日新月异也要求企业高效率、高速度、高质量地运作，这些不可避免地增加了对人的工作的要求，进而增大了职业压力。对职工心理问题进行疏导，化解其职业压力是现代企业加强人文关怀的重要途径。当前，广州一些非公企业高度加强对职工的人文关怀，运用"倾诉热线"、"心理福利"、"职工快乐指数"等多种方法及时发现问题、解决问题，增强了企业的凝聚力，提高了职工对企业的归属感、工作的成就感和生活的幸福感。

例如，镇泰集团始终把人文关怀作为企业的重要管理方式，通过推行员工"心理福利计划"，一方面合理确定员工的任务指标，科学调节好激励员工、制约员工、淘汰员工的机制，尽可能避免给员工造成过重的工作和心理压力；另一方面，启动"倾诉热线"，把心理援助作为劳保福利的一个组成部分。十多年来，"倾诉热线"帮助许多受心理问题困扰的员工走出阴影，重拾工作和生活的希望。实践证明，"心理福利计划"的实施，在逐步提高职工生活福利待遇、营造绿色工作园区的同时，帮助员工不断提高心理健康水平、缓解工作压力、增强对企业的归属感和忠诚度，实现了企业经济效益、生态效益与社会效益的共赢。再如，广州海鸥卫浴用品股份有限公司于2007年推出"员工帮助计划"，选派员工参加专业机构培训，共有17人结业成为公司内部心理咨询员。随后，"海鸥妈妈"24小时免费热线电话开通，为员工提供工作、感情、婚姻等方面的咨询及为他们解惑。2009年在公司内部开展了"员工快乐指数"测评。根据高达七成员工感觉一般或不快乐的结果，公司举行了两次茶话会，先后有近300名员工与公司高层领导就员工关切的薪资、休假、培训及干部管理方式等问题进行了沟通交流，增进了员工与员工、干部与员工、干部与干部之间的有效交流，解决疑虑，提高了职工的满意度。

二　广州市非公企业员工的构成特点与思想状况

（一）广州市非公企业员工的构成特点

非公企业员工年龄结构比较年轻，主要集中在18~45岁这个年龄段，其中

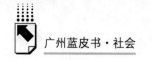

18～30岁（"80后"、"90后"）新生代员工占了60%以上。在劳动密集型企业，"80后"、"90后"员工比例更高，达到了70%~80%。

义务教育的普及和大学生扩招的影响，使近年来广州非公企业员工的整体文化水平有了较大幅度的提高。员工文化程度基本都在初中以上，大学生比例已由过去的2%上升到现在的10%。其中，劳动密集型企业员工文化程度相对较低，以初中学历为主，所占比例一般在50%以上。知识密集型和资本密集型企业员工文化程度相对较高，高中（含中专、中技）学历员工超过50%，大专以上学历员工超过20%。大专以上学历员工主要从事行政、管理、后勤和技术等工作，也就是我们俗称的"白领"；初、高中学历员工主要从事一线生产工作，即通常所说的"蓝领"工人。

从来源地看，广州市非公企业员工主要由三部分构成：广州市本地居民；来自广东省其他地区的务工人员；来源于湖南、四川等省外的务工人员。但本市城镇户籍员工比重呈快速下降趋势，外省籍员工比例也有所下降，而本省其他地区的员工比例明显上升。处于产业链低端的"三来一补"型非公企业（尤其是台资、日资、港资企业）以外来工为主，所占比例一般超过60%，有些甚至达到了80%。而在占据产业链高端的品牌型民营企业中，本省员工比例较大，与外省籍员工之间比例已达到1:1。

（二）广州市非公企业员工的思想问题

由于"80后"、"90后"是目前广州非公企业员工的主体，因此，这里研究的非公企业员工思想状况其实主要针对的就是新生代这个特定群体。调查发现，广州非公企业的新生代员工具有思想活跃、积极向上、热情、乐于表现、有较强的法律意识和维权意识、坚忍、能吃苦耐劳等诸多优点，但其思想状况也存在以下几个方面的问题。

1. 理想信念淡漠，拜金主义思想较强

在改革大潮中成长起来的"80后"和"90后"，或多或少都染上了一些拜金主义的色彩。他们重视金钱的价值，认为钱是衡量一个人是否成功的主要标准甚至是唯一的标准。在拜金主义思潮的影响下，这些员工的理想信念比较淡漠，对工资福利待遇期望值很高，对物质享受有强烈追求，存在明显的与人攀比心态。

2. 主人翁责任感较差，雇工心理较强

与国有企业职工不同，非公企业员工的主人翁责任感较差，基本都是一种雇工心理，打工意识很强。拿多少钱就干多少活，没好处的活不愿干，多余的活绝对不干，与自己职责无关的事情不干，是这些非公企业员工特别是新一代员工的普遍心态。他们虽然比较关心企业的发展现状，但对企业的未来发展却不太关心，与企业一起成长的愿望不强。由于在非公企业工作没有归属感，他们对企业的忠诚度和认同感都比较低。

3. 个体定位不清晰，对未来前途感到很茫然

在调研中发现，目前在广州非公企业工作的"80后"、"90后"员工，虽然大部分来自农村，但由于他们在家期间很少干农活，90%以上已不愿将来再回乡务农。但从自身能力来看，以他们的经济实力和收入水平其实是很难在广州这样的一线城市立足的。这种"想留又留不住，能回又不愿回"的矛盾心态，使得这些员工难以形成一个清晰的个人定位，未来何去何从普遍感到很迷茫。

4. 急功近利，心态比较浮躁

这种浮躁心态的最直接表现就是他们迫切要求改变生活现状，但又不想脚踏实地努力工作。他们没有与企业一起成长的耐心，没有从基层一步步往上干的决心。他们大多数在一个企业的工作时间只有 1~2 年，有些甚至只有几个月，超过 5 年以上的员工相对较少。在企业工作一段时间没有达到自己的预期工资或职位晋升后，很多人就会选择跳槽。"80后"、"90后"换工作的频率比上一代高一倍以上。

5. 不愿意受人约束，比较任性

20 世纪 80 年代、90 年代走出家门的农民工具有明确的打工赚钱、赚钱养家的意识，他们为了家中父老妻儿可以在外省吃俭用、委曲求全，吃点苦、吃点亏算不得什么。可如今在非公企业工作的"80后"、"90后"员工却表现出了很强的自我意识，更追求自由。这一代员工纪律观念比较差，不愿意接受管教，而且受不得委屈，对批评教育很敏感，处理问题比较任性。个别非公企业员工被批评两句，就有可能卷起铺盖不辞而别，完全无视公司离职的相关制度规定。

6. 职业期望值不切实际，有很强的失落感

由于在非公企业工作的"80后"、"90后"员工，他们自我的评估相对较高，对职业期望值普遍也比较高，而他们的实际工作能力又往往不够，这造成他

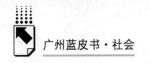

们的实际收入、工作职位与个人期望值之间存在着巨大差距，导致他们在工作生活中个人期许高、心理落差大，表现出明显的失落感和挫折感。这种情绪在刚刚步入社会的非公企业员工中表现得尤为强烈。

7. 抗压能力较低，容易做出过激行为

由于生存环境的变化，"80后"、"90后"员工普遍抗压能力较低，在工作生活中稍微遇到一点不顺就产生强烈的挫折感，容易产生自暴自弃的悲观情绪。而且，他们看待问题比较偏激，很少从自身找原因，往往将自身出现的问题归咎为社会的原因，认为造成自己失败的主要原因就是社会不公，是社会不容他。正因为如此，个别新生代员工在遇到挫折或不顺心后，容易做出过激的行为，有的甚至铤而走险报复社会。

（三）广州市非公企业员工思想状况的分类评价

1. 从员工的年龄结构看

当前，广州非公企业员工思想问题比较多地集中在18～30岁（"80后"、"90后"）这个新生代群体，而30～45岁（"60后"、"70后"）之间的老一代员工思想状况比较平和。非公企业新生代员工富有进取心，对美好生活有强烈追求，但他们步入社会时间还不长，对可能遇到的困难和激烈竞争的现实往往认识不足、估计不足，一旦出现个人理想与残酷现实不符的情况，很容易自暴自弃，或做出过激行为。而老一代员工群体大多已成家立业，步入职业稳定期，他们自我认知比较准确，看问题比较实际，遇到问题后自我调节的能力也比较强，思想状况也相对比较稳定。

2. 从员工所在的企业类型看

中小型劳动密集型企业主一般赚钱意识很强，对员工的人文关怀较差，由于这类企业基本处于产业链价值的最低端，企业利润空间小，致使企业支付能力低，员工的收入基本靠长期加班获得，工资福利待遇普遍也不高，因此，这类企业是员工思想出问题的高发区。而资本密集型、知识密集型企业大多处于产业链价值的高端，管理比较规范，员工思想状态相对较好。

由于广州和珠三角其他地区的日资和台资企业在管理方式上一般实行严格的军事化管理，制度严苛而人文关怀不足，因此，这类企业中的员工出现思想问题的比例较高。而本土的民营企业、来自欧美的外资企业比较注重企业文化建设，注重实行人性化管理，员工思想状况相对稳定。

3. 从员工工种岗位看

在调研中发现，广州市非公企业员工思想状况比较严重的往往是那些长期从事简单重复劳动的一线产业工人。这类人群的工作性质比较枯燥，活动空间较小，劳动强度较大，工作时间较长，与外界接触交流的机会相对少，比较容易产生封闭、孤独，以及厌烦、失望等不良情绪。而行政、管理以及技术等白领阶层工作相对比较轻松，与外界交流机会较多，思想状况相对较稳定。

4. 从员工受教育程度看

受过中等教育的高中、中专、中技学历员工是当前广州非公企业员工出现思想问题比较严重的一个群体。这类员工有较强的进取心，希望在企业受到重用，获得更高的收入和职位，也希望能在大城市立足发展。但在我国大学扩招后，近些年非公企业的大学生比例不断扩大，给这类员工造成了极大的竞争压力。他们在与大学生竞争时觉得底气不足，心理压力较大，思想包袱较重。初中以下学历的员工思想比较稳定，对未来没有太大奢望，工作状况和心态反倒都比较稳定。大专以上学历员工具有较强的心理优越感，素质较高，获得的发展机会比较多，比之于高中（含中专、中技）学历的员工，思想要稳定得多。

5. 从员工来源地看

目前，广州非公企业员工中思想问题比较严重的主要是外省来穗的务工人员。这类员工背井离乡来广州发展，远离亲人，缺乏关爱，在情感上更加孤独。由于语言、文化方面的隔阂，他们很难与本地员工融合，交友圈子较小，发生心理问题往往找不到合适的倾诉对象，心理上孤独、自闭的状况很容易使他们采取极端行为。来自本省其他地方的务工人员由于语言、文化的相近性，他们能更容易融入这个城市，有较强的归属感，思想也相对稳定。本市籍的员工由于能与家人、朋友保持经常性的沟通与交流，思想状况最为稳定。

三　广州市非公企业员工思想问题的成因

（一）社会环境发生极大改变，对年轻人思想产生了很大冲击与影响

"80 后"、"90 后"员工成长于改革开放后我国经济逐步繁荣的时期，而且

是我国实行独生子女政策后出生的一代人。这部分员工虽然很多来自农村，但他们从小在外读书（有的也是留守儿童），而且兄弟姊妹较少（调查显示，非公企业员工的独生子女比例其实并不大，一般有 2～3 个兄弟姊妹），受到父母更多宠爱，因此实际很少从事重体力劳动，大多没有经过艰苦环境锻炼。另外，新生代员工基本没有养家糊口的压力，在外打工赚钱更多是用于自己的消费（据调查，70% 的新生代外来工没有寄钱回家）。他们基本都是从学校直接进入企业，生活经历、社会阅历都比较简单。在这种环境下成长起来的新生代员工，难免思想单纯、头脑简单，比较娇气和任性，热衷于追求物质享受。

同时，在这个信息、网络技术高度发达的时代，员工的社会交往方式也发生了很大的变化。在过去的非网络时代，员工交往方式比较简单，基本上是一种面对面的近距离交往，而且社会交往圈子比较狭小，基本上都是依托乡缘、血缘关系形成了一个较为封闭的、同质性较强的老乡圈和亲戚圈。现在，企业员工借助短信、网络等平台，交往方式趋于多元化，交际圈子走向开放化、虚拟化，这就使得新生代员工更容易受到外界的影响。而且，虚拟交往方式使得一些员工与老乡、亲戚之间的交往时间越来越少，致使一些员工性格更加封闭，从而产生更多思想问题。

（二）激烈竞争与自我加压的叠加效应，使非公企业员工承受了更多精神压力

我们在调研中发现，很大一部分非公企业员工的思想问题其实来自于自己给自己施加的压力。"80 后"、"90 后"新生代员工（尤其是受过高等教育的白领人士）一般把工作、生活目标定得比较高，自我评价也很高，喜欢自我加压，一旦目标实现不了就会产生很多烦恼和思想包袱。在广州这样的国际化大都市，工作生活节奏非常快，非公企业淘汰率又比较高，职场竞争非常激烈。他们长期处在这种竞争激烈的环境中，本身就面临了极大的精神压力，而自己又有尽早出人头地的强烈愿望，不断给自己加压，在这种内外压力的叠加效应作用下，许多员工产生了职场焦虑症，常常会出现失眠、做噩梦、记忆力下降、心情烦躁不安、恐惧等不良心理反应。这种不良心理如果不及时进行调节，那么有些人的处事态度就开始转向消极、偏激，会产生不愿上班、无端请假、不愿意参加各类社交活动等退缩性行为。而有些人喜欢钻牛角尖进一步将这种负面心理无限放大，

自己将自己逼入绝境。一旦思想走极端，就会表现出情绪激动、罢工、自残、自虐或者自杀的攻击性行为。

（三）一些非公企业片面追求经济效益，对员工缺乏必要的人文关怀

在调研中发现，大部分非公企业（尤其是中小型民营企业、日资和台资企业）的管理模式和企业文化都是以经济效益为中心，缺少社会责任感和人文情怀，对员工业余生活质量和心理健康状况不太关心。具体表现在以下三个方面。

其一，许多非公企业老板认为做员工思想工作可有可无，甚至有戒心、疑心和担心。这种误解和偏见，使他们认为做员工思想工作会影响经济效益，因此不愿设置员工思想工作的岗位和人员。目前，非公企业员工思想教育一般是由人力资源部或办公室担负，存在人手少、不专业的情况，使员工思想工作形同虚设，这就导致企业员工在利益维护和意见表达方面找不到合适的途径，情绪得不到正常的宣泄和排解，员工的思想自然比较压抑。而这种长期压抑的情绪一旦恶性爆发，员工就会做出罢工、自杀等极端行动。

其二，管理手段简单粗暴，人为激化了劳资矛盾。目前，非公企业员工与老一代员工的最大差别，就是从过去的只顾经济收入上升到现在有更多的精神追求和情感需求。然而，一些非公企业仍然沿用过去简单、粗暴、命令式的管理模式，对基层员工缺乏必要的人格尊重，这无疑会激起员工的抵触和反感情绪，加深劳资矛盾。

其三，对员工的业余生活不够重视，文化娱乐设施和场所配置严重不足，很少组织员工开展文化娱乐活动，也没有活动经费保障，员工业余生活极为单调枯燥。长期处于这种恶劣的工作生活环境下，员工也很容易产生思想问题。

（四）非公企业员工在当下就业市场上的"强势"地位，给了他们敢于说"不"的勇气

目前，广州非公企业外来工的平均工资水平为 1500～2000 元，仅比内地工资高 50% 左右，与十年前较内地工资高十倍以上的水平已不可同日而语。而且，广州大部分非公企业为劳动密集型企业，提供的大部分都是些简单、机械的劳动

岗位，经常需要频繁加班。这种低工资水平、高劳动强度的工作岗位对许多新生代员工已缺乏吸引力，让他们感觉到打不打这份工都无所谓。这种心理状况使得他们受一点委屈或有更好发展机会时，就会立即辞职走人。

近两年来，广州劳动力供求关系已发生了彻底扭转，从过去的劳动力全面过剩转变为劳动力结构性短缺。在劳动力过剩时，企业处于强势地位，员工对低工资、管理不规范等无可奈何，只能被动接受；而在劳动力短缺时，员工的维权意识就开始抬头，敢于对企业的侵权行为说"不"，敢于向企业提条件。2010年广州发生的多起非公企业员工罢工事件，就与现在就业形势好转、员工维权意识提高有直接关联。

（五）非公企业员工具有流动性大、思想差异性大等特点，增加了企业开展思想工作的难度

非公企业员工流动性非常大，这种状况使得企业的思想教育成果难以稳定，工作难以持续。一个完整的教育培训流程，有时会因为人员的过大变化又要重复进行，这不仅增加了企业的思想教育成本，也严重影响了思想教育工作的效果。这是当前广州非公企业思想教育工作难于国有企业的现实问题。同时，非公企业员工的结构比较复杂，既有来自五湖四海的外来务工人员，也有来自本地的市民；既有农民工，也有大学生，还有国有企业的下岗职工。不同类型员工的思想状态差异性非常大，这也增加了企业开展思想工作的难度。

（六）传统的说教式思想教育方式已经落伍，新生代员工接受度低

"80后"、"90后"新生代员工知识面广、视野开阔，个性较强，更注重自身的感受而非说教，这无疑给思想教育工作提出了更高要求。在现阶段，非公企业思想教育工作依然存在着方法老套、缺乏互信、难以沟通、以罚代教等问题，工作方法亟待改进。具体表现在：一是一些企业对员工进行思想教育时大讲空话、套话，这种说教式的思想教育方法已不能适应新一代年轻员工，收效甚微；二是新一代外来工与管理者之间缺乏互信，以初、高中学历为主的外来工与大学以上学历的管理者之间也缺乏共同语言，一些外来工将管理者对自己的思想教育工作误解为企业在对他们进行"洗脑"，因而产生抵触情绪；三是一些企业对员工的思想教育方式简单、粗暴，对违规违纪员工只注重处罚，而不了解员工背后

的真正思想问题，这种以罚代教的思想工作模式其实只会进一步加大员工的精神压力和心理负担；四是一些企业的思想工作大多是就事论事进行的浅层沟通，很少深入了解员工的真实内心思想状况，这样的思想工作有如隔靴搔痒，难以深入人心。

（七）政府相关部门在监管方面还比较软弱，在劳资问题上缺乏大胆作为

虽然国家在维护员工权益、保护员工利益方面制定了比较完善的法规，但目前在非公企业，尤其是外资企业中执行还不太到位。这其中一个重要原因，就是一些地方政府过于看重招商引资，看重 GDP 指标，看重地方政绩，在查处损害员工权益的企业（尤其是外资企业）时，不敢有所作为，执法手段较软。在处理员工与企业的劳资纠纷时，有些职能部门是不告不管，听之任之，有时管了，也不能站在公平合理的角度，而是更多偏向于保护企业利益，做"和事老"，千方百计教促员工让步，希望尽快摆平事情，而不是查处企业损害员工权益的行为。这种监管手段的软弱往往纵容一些不良企业继续甚至变本加厉地侵犯员工的正当权益。久而久之，非公企业员工会对政府部门感到失望，对社会缺乏信任，往往会做出一些极端行为。海珠桥屡屡发生的"跳桥秀"就从一个侧面反映了这个问题。

四　加强广州市非公企业员工思想工作的建议

针对当前广州市非公企业员工思想状况的特点及存在的主要问题，我们广泛听取了各方面的建议，从社会、企业和个人三个层面提出了加强非公企业员工思想教育工作的对策建议。

（一）社会层面：建构和谐环境

1. 坚持"以人为本"的科学发展观，加快推动经济增长方式转变和产业升级

实践证明，从事"三来一补"的劳动密集型企业处于产业价值链的低端，这种低层次的产业结构消耗了大量的资源，污染了城市环境，却只赚取了少得可怜的一点加工费，对经济的贡献度已越来越低，这种低端产业在资源、环境约束

日趋紧张的珠三角区域内已没有多大发展空间和前景。同时，劳动密集型企业赢利能力普遍较差，导致了近十年来员工工资增长缓慢，成为劳资矛盾多发的产业。由于这样的企业所提供的岗位大多是简单、枯燥、机械化的高强度劳动岗位，员工收入低，而且需要长时间加班，而这类企业中员工思想状况混乱也最为严重，属于引发社会问题的高危区域。因此，要从根本上构建和谐的劳动关系，就必须坚持"以人为本"的科学发展观，加快推进"双转移"战略（产业转移和劳动力转移），推动经济发展方式转变，提升产业经济发展层级，逐渐占领高端产业链，从而彻底改变当前这种依靠低价劳动力、长期加班发展的低效益经济发展模式。

2. 加快实施居住证制度，增加外来工的社会公共资源供给

在广州非公企业员工中，外来工占了一半以上，他们为广州经济的繁荣与发展作出了贡献。但受我国户籍制度的制约，这些外来工却很难真正融入这个城市。我们在调研中发现，当前非公企业员工对养老、医疗、住房、子女教育等与自身利益密切相关的政策最为关注，社会公共资源分配上的诸多歧视性政策也是他们感到最为不满又最为无奈的问题。

自 2010 年起，广东省开始实施居住证制度，这从一定意义上说是为外来工公平享受社会公共服务作出了关键性的制度安排。根据这项制度，今后在广东非公企业工作的外来工可按规定享有职业技能培训、公共就业服务、传染病防治和儿童计划免疫保健服务、申领机动车驾驶证等 11 大类社会公共服务。持证人在一地缴纳社保 5 年，其子女入学将享受与常住人口同等待遇；居住证持证人在一地缴纳社保 7 年，将可申请常住户口。因此，居住证制度是政府保障广大外来工合法权益的重要举措，必然会不断增强外来工对城市和企业的归属感和认同感。但是，要真正实现公共服务的均等化，不是一项居住证制度就能一劳永逸解决的。增加的服务肯定是需要占用公共资源的。居住证制度实施后，必然会导致公共资源需求的大幅度增加。因此，政府还要加大幼儿园、学校、社区医疗机构等配套的公共服务设施的建设力度，以确保广大外来工能真正受益。

3. 尽快出台《非公企业工资集体协商管理条例》，确保非公企业员工工资能保持合理增长

合理工资是员工心态稳定的基础，也是员工个人和家庭生活的保障。如果员工长期超时间劳动又得不到应有的报酬，肯定会引发员工的失望和悲观情绪，甚至会迫使他们做出过激举动。目前，广州多数非公企业员工月收入尚未达到广州市个人所得税的起征点，远远低于广州市的平均工资水平。而且工资增长缓慢，一般只达到4%的水平，只及广州市职工平均工资增长率的1/3。增加收入成为广大非公企业员工的迫切需要。

我们认为，要解决这个问题，就必须建立健全工资集体协商制度，确保非公企业员工工资能够正常增长，能切实享受到经济发展带来的好处。但该制度实施十年来却进展缓慢，执行效果很不理想。其中原因包括缺乏必要强制措施、职工参与度低、行业协会不健全等诸多因素。但最关键的还是政府部门在推行工资集体协商制度时不够积极，态度不够坚决。工资协商，说白了就是从老板身上"割肉"，没有政府坚定推行的决心与意志，一切都是白搭。据我们调查，目前的情况是老板"不想谈"、员工"不会谈"、工会"不敢谈"。因此，我们建议：第一，劳动保障部门、工会要严格按照相关法律法规规定，积极督促非公企业建立健全基层工会组织。第二，要加快完善法律法规。目前的《劳动法》、《劳动合同法》中没有对拒不执行工资集体协商的企业如何处罚的内容。正是缺乏法律的刚性支撑，致使基层工会在搞集体协商时"说话没底气"，因此要尽快出台《非公企业工资集体协商管理条例》，对于不签订集体合同、不进行集体协商的企业要规定明确的、有震慑力的罚则。第三，要加大检查、执法力度，对不认真执行工资集体协商制度的企业要进行严惩。

4. 推动"文化惠民工程"向工业园区延伸，为丰富非公企业员工业余生活创造条件

近两年，广州市委、市政府一直在大力推进"文化惠民工程"，基层和农村文化基础设施建设力度空前。到目前为止，已基本建立了市、区、街（镇）、社区（村）四级公共文化服务体系，城市"10分钟文化圈"、农村"十里文化圈"发展目标已基本实现。下一步，广州市委、市政府应逐步将"文化惠民工程"向工业园区延伸，重点加强外来工居住比较集中的社区（工业园区）的公共文化设施的建设力度，逐步实现对非公企业员工的全覆盖。

我们建议，推动"文化惠民工程"向工业园区延伸，在具体操作上可以采取政府与企业共建的形式，在非公企业内大力建设"企业书屋"和"绿色网园"。公共文化设施的配置标准按照企业员工人数来确定，要基本保证每家规模以上非公企业都建立1~2个"企业书屋"和"绿色网园"，规模较小企业采取与临近企业共建方式，在 1 公里区域内保证建立 1 个"企业书屋"和 1 家"绿色网园"。同时，要加快推进社区（农村）公共文化设施向非公企业员工开放步伐，逐步实现社区文化资源与企业共享。

5. 不断完善利益维护与意见表达机制，切实加强对非公企业员工权益的保护

合法利益得不到正当维护，找不到合适的诉求反映渠道，这是当前一些非公企业员工产生思想波动与心理疾病的直接诱因。体制内缺乏解决问题的途径，诉求渠道不畅通，就会迫使员工以一种激烈的方式寻求制度外解决，极不利于社会和谐稳定。因此，劳动保障局、工会、团委、妇联、新闻媒体等相关机构与组织要整合资源，加强协作，不断完善非公企业员工利益诉求表达机制，切实维护非公企业员工的合法权益。第一，建立"三位一体"的诉求渠道。要进一步建立并完善"12333"劳动投诉监察热线、"12351"职工维权热线、"12348"法律援助热线、"12355"青少年心理咨询服务热线、智能化妇女维权服务热线、新闻投诉热线等电话受理与咨询服务系统。同时，要充分发挥互联网、手机短信等电子信息平台的作用，建立起网络投诉信箱、QQ 群咨询交流平台、短信即时投诉系统等。第二，要建立多方联动机制，加强部门之间的协作，提高投诉、咨询的处置效率与实际效果。其中，工会、妇联要与社会劳动保障、卫生、安全监管、公安、司法等部门建立紧密的协作机制，在接报职工投诉后要及时移交并督促相关职能部门落实解决。心理咨询、法律咨询要与专业机构紧密合作，以提高咨询服务水平。

6. 加强对新闻媒体和网站的引导和监督，为构建和谐劳资关系营造良好的社会舆论氛围

在富士康跳楼事件中不可否认，新闻媒体和网站的广泛报道与传播在促进社会对外来工心理问题的关注、促进社会对人文关怀的反思等方面发挥了积极作用。但媒体的密集炒作，也产生了可怕的"维特效应"。自从 2009 年 7 月孙丹勇跳楼事件被媒体密集深度报道并在网络上广泛讨论后，后续自杀事件以 192 天、54 天、12 天、8 天和 1 天的间隔鱼贯而至，构成了一个不断加速的"维特链"。特别是在众多媒体确认富士康发生"13 连跳"事件后，网络上立即流传出了"富士康 14 连跳"、"富士康双人跳"等众多虚假消息，出现了许多近乎期待 14 跳、15 跳的藐视生命的鼓动性、煽情性言论。这种舆论氛围挑起了一种社会不满情绪，进一步激化了劳资矛盾。

因此，有必要进一步加强对社会舆论的引导和监督。第一，要引导新闻媒体在报道劳资纠纷、罢工事件、民工荒、贫富差距等当前敏感的社会问题时保持内容上的理性、客观和平衡，严禁对不利于稳定的社会问题进行过度解读和渲染性报道，更不能将这些社会热点问题娱乐化，以免引起误导和示范效应。第二，加强对网络的监管。对恶意炒作劳资纠纷、罢工事件等社会热点问题及发布虚假信息的网站和信息发布者要给予严厉的处罚措施。第三，要加大正面宣传力度，鼓励报纸、电视、网站等开设专栏、专题，重点报道宣传一批劳资关系和谐的非公企业、积极向上的外来工的典型事迹，构建一种和谐、健康的社会舆论氛围。

7. 创新思想教育工作模式，寓教于乐，以情动人

针对"80后"、"90后"新生代员工具有较强的自我意识、不轻易接受别人意见等特点，必须加快创新思想教育工作的新模式。其中最紧要的一点就是对他们的思想教育工作不能只图形式，必须由"虚"转"实"，少进行一些空话、套话的说教，要用真话真情打动人。否则，只会让这些新生代员工认为是骗人、哄人，不仅起不到好的教育效果，反而会引起他们的反感与抵触。要用实实在在的行动来帮助他们，让他们感受到我们的关怀、体贴、尊重与信任，使思想教育工作真正做到"得人心、暖人心、稳人心"。

同时，在当前形势下，对非公企业员工的思想教育方式不能过于"政治化"，要用他们喜闻乐见的形式来进行积极引导和潜移默化式的影响。如联合企业共同举办外来工歌手大赛、职工消防运动会、青工联谊会等集体性文体活动；主动走进企业举办压力与情绪管理、人际交往艺术、婚姻家庭与心理健康等心理辅导类讲座；送电影进厂，组织员工观看励志性电影；充分利用新生代员工喜欢上网的特点，在网上开辟思想教育专栏等。

（二）企业层面：推行柔性管理

加强人文关怀，改善用工环境，加快转变经济发展方式，构建和谐健康、共赢共荣的劳动关系，既是当今时代提出的要求，也是企业履行社会责任的题中之义。

1. 构建和谐企业文化，让员工体面劳动和有尊严地生活

有什么样的价值观就有什么样的企业文化，就有什么样的企业文化氛围，而企业文化氛围不同，员工就会有不同的精神状况。在一种平等的、宽松的、包容的、友善的、和睦的、温馨的企业气氛中，一般来说，员工的精神是积极向上的、心理是健康的、思想是阳光的。在这样的友好环境下，员工能获得寄托、希望与动力，获得人格的完善。而在一种家长制的、苛刻的、相互防范和封闭的、压抑的、沉闷的、人人自危的企业气氛中，员工的思想状况就容易出现悲观、暴躁、自闭、绝望等诸多问题。

因此，企业应该有积极正面的价值观与愿景追求，并建立开放、包容、亲和、共享的和谐企业文化。首先，要处处尊重员工。马斯洛的需求层次论告诉我们，人除了有生理需求外，还有安全需求、尊重需求、爱的需求以及自我实现的需求。企业在遵守国家法律法规的基本要求之外，还应该尽可能地为员工的才能施展、个性发展、情感释放、沟通交流等个人安全、社交、个人价值实现的各种需求创造条件。其次，要进行人性化管理，确保员工能体面劳动和有尊严地生活。如实行弹性工作制；人性化的宿舍管理；给予外来工带薪探亲权，让远离亲人的外来工能有更多机会与家人团聚。最后，要鼓励员工的个性发展。要明白员工有个性才能脱颖而出，鼓励个性就是鼓励创造。此外，保持企业内员工的有序流动。"人挪活"，在一个地方、一个岗位干久了，难免会有审美疲劳，所以，企业在条件允许的情况下，可允许员工灵活调整工作岗位。根据员工的意愿进行岗位的有序流动，不失为一种调整员工心理与精神状态的有效做法。

2. 根据"以人为本"的原则构建并完善工资与福利制度，推动人文关怀的制度化

一方面，企业对员工的人文关怀要用完善的企业制度加以固定，防止随意性。只有明确的企业制度，才能让员工清楚知道自己有何种权益，可以享受到什么福利待遇，这既可以增强员工对未来的美好预期，也可以鼓励员工在企业踏实工作。当前，非公企业员工比较关心的企业制度主要有：工资管理制度、绩效激励制度、职称评定制度、社会保险制度、住宿管理制度、年度免费体检制度、员工患病待遇、工伤工资待遇、厂务公开制度、休假制度、交通补贴制度等。企业要依据"以人为本"的原则构建上述制度。另一方面，这些制度制定后，企业要向员工充分宣传，企业制度手册要尽量做到人手一份。企业必须严格按照制度规定及时向员工兑现给他们的工资、福利承诺，以确保制度的严肃性。

3. 健全非公企业党团和工会组织，为构建和谐的劳资关系做好组织保障

实践证明，非公企业的党团组织和工会组织是企业与员工沟通交流的一座重要"桥梁"，在保障职工合法权益、促进和谐劳资关系等方面发挥了极为重要的作用。因此，非公企业要高度重视企业党团组织和工会组织建设，为改善劳资关系做好组织上的保障。第一，根据实际条件建立企业党支部或企业党委。"十七大"党章中对非公经济组织中党的基层组织有明确职责定位，其中"团结凝聚职工群众，维护各方的合法权益，促进企业健康发展"就是其中的一项重要职责。非公企业应充分发挥党员的模范带头作用，发挥党组织在思想政治工作中的核心作用，切实维护员工的合法权益，化解和协调劳资矛盾，努力实现企业内部和谐。第二，建立健全强有力的企业工会组织。在西方资本主义国家，工会的主要作用就体现在以"组织"的名义代表劳工与资方的谈判上。在我国，目前许多非公企业（尤其是外资企业）还没有建立工会组织，即使建立了也往往是形同虚设，成为一个发发福利的闲散机构。随着工资集体协商制度的逐步开展，加强工会组织建设也要提上议事日程。工会要成为代表职工与企业开展工资集体协商、签订集体合同的重要组织机构，要成为企业员工维权、意见表达、争取合法利益的主要渠道和平台，要成为舒缓劳资间对立紧张情绪、避免阶层激烈对抗的缓冲区。

4. 建立员工思想状况测评指标体系和管理数据库，加强实时掌控与动态管理

在非公企业，人力资源部要建立员工思想状况测评指标体系和管理数据库，利用计算机手段对企业员工思想状况实行针对性、动态化管理。根据不同的思想状况可以将员工分为积极型、一般型和落后型三类，对不同类型员工要采取有针对性的思想教育方式和管理对策。其中积极型和落后型员工应该是公司思想教育工作的重点关注对象。在有条件的企业，人力资源部要设立员工思想教育专员，负责收集各部门反馈上来的各个员工的思想状态动态信息，及时更新数据库资料。对于积极型员工，公司要对他们多鼓励、多表扬，将他们树立为先进典型进行大力表彰；对一般型员工只需要通过班前会、个别教育等常规性、预防性的思想教育方式即可；对落后型员工则需要通过个别谈心、心理辅导等方式进行重点教育和心理疏导。一旦企业的落后型员工超过一定比例，企业可能会出现工作效率下降、非正常人员流失甚至罢工等严重问题，思想教育专员应将此情况及时上报企业最高管理层，必须重新反思现有的思想教育模式，并采取一些强化性措施（如引进专业心理辅导机构）来加强对员工的思想教育工作。

5. 创造良好的工作生活环境，让员工能安居乐业

我们在调研中发现，对于有较高物质享受追求的"80后"、"90后"这批年轻员工来说，良好的工作环境和生活环境是他们非常看重的一个最终入职的基本前提。工作环境比较恶劣、生活条件比较艰苦已成为当前广州许多非公企业招工难、人才流失率高的一个重要原因。因此，不断优化生产环境，改善员工生活条件，不仅是企业自身发展的需要，也是对员工人文关怀的体现，是非公企业员工实现体面劳动、有质量生活的重要硬件保障。

具体建议包括：第一，生产车间要配置和完善通风、降温、防尘、防毒、降噪等设施，让员工有一个安全、舒适的工作环境。第二，不断改善员工的居住条件。要根据员工需求提供有较好配套设施的集体宿舍和夫妻房，对自行寻找居住场所的员工，应给予一定的住房补贴。第三，加强图书馆、网吧、电影院、篮球场、乒乓球台等文化娱乐基础设施建设，为丰富员工业余生活创造条件。第四，对那些远离城区的工业园区，企业要为员工提供必要的交通工具，如在厂区与地铁站、公交站等区间提供接驳车。第五，要高标准建立员工食堂，定期开展餐饮卫生检查，确保员工的饮食安全和质量。

6. 建立企业关爱帮扶基金，为人文关怀做好资金保障

人文关怀不仅仅是一种理念，还应该有实实在在的行动。而采取关爱行动是要有资金实力作保障的。目前，广州非公企业员工个人或家庭成员在遭遇重大疾病、重大灾难的时候，一般企业会为员工进行募捐，而像镇泰、立白等做得更好的企业，还会从公司关爱基金中拿出一定资金来援助困难员工。实践证明，建立企业关爱基金是一种帮助员工渡过难关的比较有效的手段，是对社会保障体系的一个重要补充。

但是，当前广州非公企业的关爱基金建设水平基本还是处于初级阶段，该基金一般由老板自己掏钱建立，规模相对较小（一般在100万元左右），而且没有一个严格的制度，资金发放的随意性较大。因此，我们建议非公企业要尽快建立起更加规范、更具规模的企业关爱帮扶基金。基金的资金来源由老板赞助、公司利润提成和员工集资三部分构成。起始资金由老板和企业负责提供，然后每年将1%的企业利润注入基金，公司员工每年缴纳小额资金（比如，普通员工每年10元，管理层每年20元）。基金规模根据企业规模（主要是员工人数）来确定，一般达到500万～2000万元比较合理。当然，也要制定严格的基金管理制度和明晰的援助标准，确保基金的安全运行与援助行动的公平、有效，使之真正发挥作用。

7. 构建多层次的培训与再教育体系，为员工提供良好的发展空间

"80后"、"90后"员工与老一代员工相比，其"打工目的"已发生了根本性的变化。老一代外来工来广州打工，首要目的是打工赚钱、养家糊口，经济的考虑摆在第一位。而新一代员工已不再仅仅满足于赚钱养家，他们在企业工作更看重自己是否有一个好的发展前途。这就要求非公企业高度重视新生代员工的理想诉求，为员工提供实现成功的路径和发展的平台。企业不仅要尊重员工的成才愿望，积极营造学习氛围，创建学习型企业，而且要加强对员工的后期培养和在职教育，给员工提供良好的晋升通道和广阔的发展空间。值得注意的是，非公企业对员工的培训与再教育方式既要有多样性，也要有层次性。换言之，既要进行应急性、事务性的职业技能培训，如新入职员工的岗前培训、客户服务技巧培训、国家有关法律法规的运用培训等，也要有更高层次的提升性培训，如管理提升培训、在职学历培训、出国学习考察等；既要有企业人力资源部负责进行的较低层次的内部培训，也要有与高校、专业培训机构合作进行的较高层次的外部培训。

（三）员工层面：提升心理素质

1. 不断提高自身综合素质，增强职场竞争力

整体文化水平的大幅提高，是当前广州非公企业员工结构的基本特点。随着产业战略转型与产业升级的加速推进，企业对员工的文化素质要求也必然会越来越高，人才市场的竞争将会越来越激烈。在这种背景下，非公企业员工必须不断提高自己的综合素质，才能在职场打拼中具有更强的竞争力。具体建议是：第一，要鼓励员工合理规划自己的职业生涯，让自己的职业更有方向感。个体定位的不清晰、对未来发展的茫然是当前"80后"、"90后"非公企业员工思想中普遍存在的问题，要解决这个问题，关键是要对自己的职业生涯进行合理的规划。个人职业规划是个人对自己一生职业发展道路的设想和规划，其主要作用在于帮助自己树立明确的目标与规划，运用科学的方法，采取切实可行的措施，发挥个人的专长，开发自己的潜能，克服职业生涯发展中的困阻，避免人生陷阱，不断修正前进的方向，最后获得事业的成功。第二，员工要积极参加各种教育培训，不断提高自身文化修养和职业素养。这既包括在工作时间内积极参与公司组织的各类职业技能培训，使自己的职业素质和技能得到提升，也包括利用业余时间自己掏钱去主动"充电"，提升自己在未来竞争中的职业能力。这样，员工既可以丰富自己的业余生活，又能提高自身的文化知识水平和技术能力，增强自己的职场竞争力和就业筹码。

2. 不断提高自己的心理素质，学会自我减压

激烈的竞争环境与自我加压的叠加效应，是当前"80后"、"90后"新生代员工（尤其是受过高等教育的白领人士）容易出现职场焦虑症的主因所在。许多"80后"、"90后"员工往往被人称为职场中的"草莓人"，心理抗压能力较低，在工作生活中稍微遇到一点不顺就会产生强烈的失落感、挫折感，特别容易产生自暴自弃的悲观情绪。在现代社会这种激烈竞争的环境下，这样脆弱的心理素质是难以应付激烈的职场竞争的。因此，非公企业员工必须学会自我减压、自我调适。具体建议包括：面对压力，要多往积极的方面想，切勿钻牛角尖，暂时没法解决的问题先放一放，把注意力转移到其他目标；多想想自己的成绩和进步，用成就激励自己，用未来焕发激情，重新燃起希望之火；找信任的朋友、家人或领导倾诉自己的苦恼和压力，发泄不满情绪；做做运动，外出旅游，做到张弛有度，劳逸结合；如果自我调节无效，要及时去看心理医生。

3. 不断提高自身的法律意识和法律素质，学会合法维权

"80后"、"90后"的新生代员工文化素质较高，知识面广，接受信息能力强，法律意识和维权意识也明显强于他们的上一代。因此，他们在面临工伤、欠薪等问题时，有更强的维护自己正当权益的意识，敢于去向老板索赔、追薪，这是很值得称道的。但也有一些人的维权手段是非理性的，他们采取的是跳楼威胁、阻断交通、劫持老板等过激行为来争取和捍卫自己的利益，其中一些人已经走入了希望通过闹事来解决问题的认识误区，造成"传染效应"（如海珠桥跳桥事件）。事实上，这种不理性的维权方式往往会因为一个人（或小群体）的利益而影响到了更广大群众的合法利益，削弱了维权的正当性，也影响了社会安定团结的局面。因此，非公企业员工需要不断提高自己的法律素质，增强法律意识，要学会通过合法途径和手段来维护自己的合法权益，如到劳动监察机构投诉、到劳动仲裁机构申请仲裁、到法院提起诉讼等。

（审稿：谢俊贵）

Survey Report on the Ideological State of Employees in Non-public-owned Enterprises in Guangzhou

The Subject Team of Guangzhou Development Institute of Guangzhou University and the Guangzhou Research Federation of Ideological and Political Work

Abstract: With the changing of the society, there have been new problems and new characters in the ideological state of the employees in non public-owned enterprises in Guangzhou. On basis of the analysis of the characters and causes of the ideological state of the employees in Guangzhou, the report puts forward suggestions for further ideological education for employees in non public-owned enterprises in Guangzhou.

Key Words: Guangzhou; Non-public-owned Enterprises; Ideological State of Employees; Ideological Work

B.16

加快建立网络舆情应急处理
机制的对策研究*

——基于番禺垃圾焚烧事件的回顾与分析

广州大学广州发展研究院课题组　执笔：涂成林**

　　摘　要：随着全球化浪潮和信息时代的日益深入，网络舆论越来越成为社会公众宣泄情绪的主要渠道和参与社会监督的主要工具。实践证明，但凡有涉及民生的重大建设工程或大型活动，就会衍生出许多形形色色的网络舆论，需要我们采取积极有效的措施去应对。本研究从分析广州市在处理"番禺垃圾焚烧事件"的得失入手，分析了网络舆情形成的途径，并提出了建立网络舆情应急处理机制的若干建议。

　　关键词：网络舆情　政府　日常管理　应急处理

一　对番禺垃圾焚烧网络风波事件的分析

　　2009 年 2 月 4 日，市政府在历经三年多调研和选址论证后发出通告，决定在番禺区大石街会江村与钟村镇谢村交界处建立生活垃圾焚烧发电厂，计划于2010 年建成并投入运营。9 月起，广州番禺居民从媒体、网络等民间渠道得知当地要建垃圾焚烧发电厂，随后，数百名业主发起签名反对建设垃圾焚烧发电厂的抗议活动，垃圾焚烧事件开始进入公众视线。此后，围绕事件出现了政府和附近居民之间的强烈争议，包括中央电视台在内的诸多媒体纷纷介入进行广泛报道，

---

　　*　本报告是广东省普通高校人文社科重点研究基地广州大学广州发展研究院研究成果。
　**　涂成林，广州大学广州发展研究院院长、研究员、博士，主要研究方向为文化软实力、科技政策以及社会舆情等。

垃圾焚烧事件迅速发酵而成为轰动全国的网络舆情事件。直到 12 月 20 日，番禺区委书记应邀与反对垃圾焚烧的业主座谈，表示垃圾焚烧发电厂项目已停止，至此，广州番禺垃圾焚烧之争才逐渐平息下来。

一项政府"民心工程"却引发了一场全民大辩论，民意之热烈前所罕有，番禺垃圾焚烧事件被人民网舆情监测室评为 2009 年第四季度全国十大"舆情热点事件"。在应对这场网络舆情事件上，政府的表现不尽如人意，政府响应、信息透明度、政府公信力、恢复秩序、动态反应、政府问责等多项指标得分都较低，政府的整体应对能力被评级为橙色警报，表明政府在应对该网络舆情事件中还存在明显问题。因此有必要对该事件进行深入解剖，并以此为切入点对网络舆情的形成途径及环境进行研究，帮助政府找到在面对网络舆情事件时应对危机的处理机制和应对的方法，从而在今后面对类似的网络舆情事件时能做出更加准确的应对动作，提高政府应对网络舆情的整体水平。

（一）网络舆情形成过程回顾

一个网络议题要形成网络舆情进而演变成网络舆情事件必须要有网民的关注和重视，要有讨论传播的途径。垃圾焚烧事件正符合这两个条件。

番禺垃圾焚烧厂的兴建是政府的一项市政规划。从 1999 年开始规划起，到 2006 年 8 月获得广州市规划局的批准，再至 2009 年 10 月舆情爆发前，在这近十年时间里，政府相关部门其实一直在实施该项目。虽然从 2009 年初开始就有争论，但舆情的引爆点是在 2009 年 9 月，当时番禺市政园林局接受采访时表示，番禺区生活垃圾焚烧发电厂已经基本完成征地工作。

番禺目前有近 150 万常住人口。在规划的垃圾焚烧场周边的楼盘里居住的大部分是白领精英、知识分子等中产阶级，他们散布在离垃圾焚烧发电厂选址的大石镇会江村 4 公里范围内的广州碧桂园、丽江花园、海龙湾、奥园、星河湾、华南新城等十多个高档住宅小区里。这些小区都有自己的社区论坛，信息通过小区的业主论坛发布传播，因为垃圾焚烧厂兴建关乎每一位业主的切身利益，所以迅速引起关注和热烈的讨论，并通过 QQ 群、MSN、微博、博客等传播开去。

有别于其他的一些网络事件的是，受这项决策影响最大的那些番禺小区的业主们的公民意识都是走在大部分市民的前面的。他们可支配的资源和信息传播的途径更多更广，广州的一些维权人士和很多媒体人都居住在番禺，这一群人利用各自的媒体资源掀起舆情的高潮，推高了舆论，使事件的关注度在短短的时间内直线上升。2009年第四季度的用户关注度提升747％，媒体关注度提升55％，百度网页搜索内容500多万条（见图1、图2）。媒体聚焦，深度解读、分析评论几

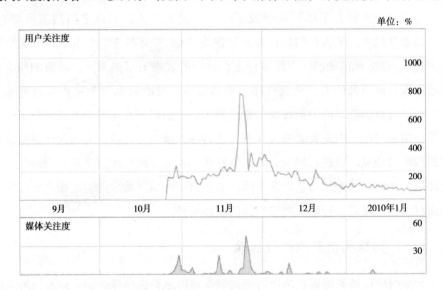

图1　2009年9月至2010年1月番禺垃圾焚烧厂事件用户、媒体关注度变化

资料来源：http：//index. baidu. com/main/word. php？type＝3&area＝0&time＝200909－201001&word＝% B7% AC% D8% AE% C0% AC% BB% F8% B7% D9% C9% D5% B3% A7。

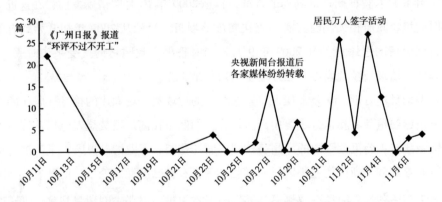

图2　2009年10～11月番禺垃圾焚烧厂事件媒体报道日变化量分析

资料来源：http：//image. baidu. com/i？ct＝503316480&z＝&tn＝baiduimagedetail&word＝% B7% AC%D8% AE%C0% AC%BB% F8% B7% D9% C9% D5% B3% A7＋% C3% BD% CC% E5% B1% A8% B5% C0% C8% D5% B1% E4% BB% AF% C1% BF% B7% D6% CE% F6&in＝25400&cl＝2&lm＝－1&pn＝30&rn＝1&di＝35602629645&ln＝1372&fr＝&fmq＝&ic＝&s＝&se＝&sme＝0&tab＝&width＝&height＝&face＝&is＝&istype＝#pn30&－1。

乎占领了所有门户网站和各类报纸、周刊、电视等传统媒体。网络舆情会聚为汹涌的舆论，地方事件也在他们的推动下上升为全国性的公共事件。

事件的第一个关注高峰出现于2009年10月23日晚，CCTV新闻频道对此事的专题报道，激发了较大规模的网络辩论。

10月23日，南方网一篇跟踪报道文章《垃圾焚烧调查：释放地球上毒性最强的毒物》披露了垃圾焚烧发电厂会释放大量二噁英使人致癌。这种曾在比利时差点毁掉可口可乐公司的物质迅速引来了全社会的视线。三天后的10月26日，CCTV新闻频道专门报道了番禺垃圾发电厂事件，使得整个事件的热度再次提升。10月27日，凤凰网以《央视关注广州建垃圾焚烧厂》为题，金羊网以《苏泽群：垃圾焚烧项目依法推进》为题对此事进行了报道。11月1日，《人民日报》文章《广州副市长：番禺垃圾只能就地处理，选址要听民意》引起了社会热议。11月2日，小区业主进行万人签名活动。11月3日，新浪网报道《广州万名小区业主签名反对建设垃圾焚烧厂》，引发矛盾升级。之后，该新浪帖子被莫名删除。对此事的媒体报道也陆续进入平淡期，但网络议论却在论坛、网络意见领袖、评论员的博客、微博等无传统媒体的助阵下继续升级。

第二个关注高峰是11月23日。当天是城管接访日，上千名市民会集到接访处，反对番禺垃圾焚烧发电厂的兴建。但广州市城管委官员回复，"垃圾焚烧厂铁定要建，不但要建，而且要多建"。官员的表态和1小时才接访9人的缓慢速度，彻底激怒了仍然在等待接访的群众，在高呼"领导下来"的口号无果后，群众走向百米之外的广州市政府，聚集在市政府门前要求对话。在现场的媒体人和维权人士通过手机将市民上访的情况实时发布到了微博 Twitter 上，引起了更多外媒的关注。同日，仅仅《南方都市报》在头版和重要页面对此进行深度报道剖析，舆论矛头指向垃圾焚烧发电厂背后的利益链。

而当晚，番禺丽江花园、广州碧桂园、雅居乐等小区论坛上同时在线的人数达到了最高峰，业主们在小区论坛里交换信息、热烈讨论，并商讨酝酿进一步的网下行动。

（二）对政府危机处理的点评

作为一起由政府公共决策引发的网络舆情事件，政府在处理此项事件上的失当之处主要表现在以下几个方面。

（1）在舆情引发前缺乏对舆情的重视和持续的关注，决策公布前没有制定危机预防应急机制。在长达近十年的筹备过程中，政府也没有运用媒体逐步发布相关信息，释放善意。

（2）番禺市政园林局发布正式兴建垃圾焚烧厂的新闻而引爆舆情后，政府仍然态度傲慢，在民调高达97%以上的一片反对声音中代表政府的官员失言，强硬地表态"没有比这更合适"、"推行番禺垃圾焚烧发电立场坚定不移"，这无疑进一步激化了民愤，并激发了更激烈的网下行动。

（3）政府部门缺乏主动的应变和防范措施。小区业主已经由网上的舆论走到网下的行动，并在小区进行多次签名活动，而政府部门却对群众的行动视而不见，继续无动于衷，没有作出积极的反应，进一步激化了民怨。

（4）对媒体和意见领袖缺乏了解，与他们之间缺少沟通。在这起事件中，有一个值得关注的特殊现象，那就是广州媒体人的全面介入。广州番禺是中产阶级和白领聚居的地方，其中离拟建焚烧厂地址仅3公里的丽江花园居住着大批广州的媒体人，如《南方都市报》著名的时事评论员笑蜀、长平、李铁等，这些人不但是传统媒体评论员，还是网上的意见领袖。政府在事件爆发之前对这一情况毫不知情实在是一个大大的错误。原本可以事先进行沟通，结果却是在事件曝光后，这些媒体人展示了惊人的联络能力，几乎在一夜之间，就让全国各地媒体人包括《人民日报》也开始关注并刊登相关评论文章，使得一开始就把政府放置于极其被动的位置。可以这样说，在舆论引导与控制上，从第一天开始，政府就在这件事上处于劣势。

（5）程序不公开，信息不透明，政府在危机处理中处处被动，没有掌握先机。从刚开始的垃圾焚烧项目"坚决不动"的态度，到在舆论的追击下改变为"环评不过关"坚决不上马，继而又修正为"大多数市民不同意不上马"，政府几乎就是被网民和媒体牵着鼻子走。

二 网络舆情事件的特点、形成途径与发展规律

（一）网络舆情的相关概念界定

1. 网络舆情

舆论与舆情是一个相似的概念。目前人们对舆论的定义不一而足，尚无定

论。比较常用的是《简明不列颠百科全书》对舆论的定义，"是社会上值得注意的相当数量的人对一个特定问题表示的个人意见、态度和信念的汇集"。舆情是"舆论情况"的简称，目前国内普遍接受的定义为，"在一定的社会空间内，围绕中介性社会事件的发生、发展和变化，作为主体的民众对作为客体的社会管理者及其政治取向产生和持有的社会政治态度"。舆论与舆情这两个概念的细微差别在于：舆论的主体可以是官方，也可以是公众，而舆情的主体只能是公众。只有官方舆论，没有官方舆情。舆情的低级形态是社会情绪，发展到高级阶段就形成社会舆论。舆情不一定都上升成舆论，舆论也不一定要靠舆情作支撑。同时，舆情是可以被监测和调控的，公众舆论的监测是舆情监控的重要组成部分，舆论引导是一种重要的舆情调控手段。

随着公民意识的觉醒和互联网的发展，以及网络传播的开放、交互、匿名等，网络成为各种意见相互作用进而生成舆论的理想场所。可见，网络传播的是一种纯粹的公众舆论形式，不包括官方舆论，因此本课题认为采用网络舆情的概念更加准确。我们这里采用的网络舆情的定义是，"由于各种事件的刺激而产生的通过互联网传播的人们对于该事件的所有认知、态度、情感和行为倾向的集合"。

2. 网络舆情事件

网络舆情事件也通常称为网络群体性事件。广义上泛指在互联网上发生的、有较多网民参与讨论并产生一定社会影响的事件。狭义上指在一定社会背景下形成的网民群体为了共同的利益或其他相关目的，利用网络大规模地发布和传播某一方面信息，以制造舆论、发泄不满，具有群体性事件的主要特征，即"在相对自发的、无组织的和不稳定的情况下，因为某种普遍的影响和鼓舞而发生的集群行为"。本课题所指的网络舆情事件是一种狭义上的概念，专指那种网上点击率高（一般达到百万级）、具有很强负面影响的乃至可能或已经影响社会政治稳定的群体性非正常事件。

（二）网络舆情形成的理论依据——"沉默的螺旋"假说

根据德国学者诺依曼提出的"沉默的螺旋"（The Spiral of Silence）假说，舆论的形成不是社会公众"理性讨论"的结果，而是"意见气候"的压力作用于人们惧怕孤立的心理，强制人们对"优势意见"采取趋同行动这一非合理过程的产物。大众传播正是通过营造"意见气候"来影响和制约舆论。"意见气候"是指自己所处的环境中的意见分布情况,包括现有意见和未来可能出现的意见。她认为,大众传播具有三个特点:多数传播媒介报道内容的类似性——由此产生共鸣效果;同类信息传播的连续性和重复性——由此产生累积效果;信息到达范围的广泛性——由此产生遍在效果。这三个特点使大众传媒为公众营造出一个"意见气候",而人们由于惧怕社会孤立,会对优势气候采取趋同行为,其结果便造成"一方越来越大声疾呼,而另一方越来越沉默下去的螺旋过程"。

在舆论分散的网络社会,虽然传统的从众心理会减弱,但是由于信息传播方式和手段的革命,网络传播媒介无处不在、无时不有、无孔不入、无处不达的特点,使得传统媒介传播的"共鸣效果"、"累积效果"及"遍在效果"在互联网环境中并没有消失,它同样通过营造"意见气候"来影响和制约舆论。另外,由于互联网特有的结构和技术条件,大众传播的议程设置功能在网络世界具有比传统媒体更多样、更强烈的表现。在网络世界中,人际传播与大众传播相互交织,报道对象与受众建立起直接联系而进行双向交流,所以在有些时间里报道的频率与强度会大大提高,人们对某些议题的关注程度也会增加,更容易通过营造"意见气候"形成网络舆情。

(三) 网络舆情事件的主要类型

1. 根据互联网内外互动情况分类

(1) 现实与虚拟并存型网络舆情事件。如重庆、三亚等地发生的出租车司机罢运事件,先是出租车司机小规模群体性抗议,同时一些人把相关情况散布到互联网上引起更多人关注,随后形成了现实社会的全城出租车司机罢运与网上以出租车司机为主要话题的群体性大讨论。这两个事件互相"感染",增加了事件对抗性。

(2) 现实诱发型网络舆情事件。如周久耕天价烟事件、广西烟草局局长"香艳日记"事件等,这类事件在现实社会中并没有发生群体性对抗,但网民在网上则形成了强大的"表达对抗"。

(3) 现实诱发网内网外变异型舆情事件。如王千源事件,奥运火炬海外传递中,王千源因高举"藏独"旗帜而遭到广大网民的强烈谴责和抗议,然后逐步升级到"人肉搜索",当得知这位学生父母在青岛的住处后,一些网民聚集到那里抗议而形成现实群体事件。

2. 根据舆情主题不同分类

（1）政府管理类网络舆情事件。包括反腐倡廉、房价问题、就业问题、户籍制度、养老保险、医疗保险等。如番禺垃圾焚烧厂事件、上海钓鱼执法事件、内蒙古女检察长豪车事件等。从《2009中国网络舆情指数年度报告》统计结果看，2009年政府管理类网络舆情事件共26件，是受网民关注和评论最多的类型。

（2）突发安全事故类网络舆情事件。如湖南湘乡校园踩踏事件、河南杞县"钻60"事件、通钢暴力事件、成都拆迁户自焚事件等。2009年我国共发生突发安全事故网络舆情事件21件，在网络舆情分类统计中排名第二。

（3）社会道德类网络舆情事件。如重庆打黑律师门事件、新密农民工开胸验肺事件、新疆兵团"最牛团长太太"事件等。2009年我国共发生社会道德网络舆情事件15件，在网络舆情分类统计中排名第三。

（四）网络舆情事件的主要特点

1. 网络舆情产生的突发性

由于借助论坛、博客等网络平台传播信息简单直接且身份隐蔽，网民能够快速、大胆地发表意见，呼唤声援，在短时间内形成一种力量，引起社会和政府的重视，因此网络舆情的形成往往非常迅速，事先没有征兆。一个热点事件的存在加上一种情绪化的意见就能形成星火燎原之势。例如，在南京徐宝宝事件中，2009年11月4日，西祠胡同上出现求助帖；11月6日，半岛社区网民发帖《南京儿童医院医生上班忙"偷菜"害死五个月婴儿》，引来大量网民留言，随后被西祠胡同、天涯、百度贴吧等网络社区转载；仅仅3天后，《人民日报》等主流媒体即发出响应，网络舆情发展速度之快让人瞠目。

2. 强烈的现实批判性

在当前社会处于转型期背景下，人们对于公权力如何参与社会利益的调整非常敏感，因此在网络热点中，富人、官员或一些权力部门往往成为舆论聚焦的对象。而公权力大、公益性强、公众关注度高的"三公部门"和其中的工作人员，更容易成为网络热点新闻炒作的焦点。例如，"最牛钉子户"事件、华南虎照事件、山西黑砖窑事件、"官太太团"出国事件、"躲猫猫"事件等近年来的重大网络舆情事件，大都涉及官员腐败、政府公信力缺失、社会弱势群体等极为敏感

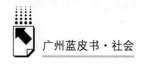

的话题。多元性是网络意见表达的突出特征，但是在涉及"三公部门"的负面新闻时，往往看到的是一边倒的批判浪潮。

3. 微妙的虚实互动性

现实人与网中人分别生存于两个世界，但网中人是现实人在网络中的投射，网中人的许多言论、行为、状态都直接受现实人的影响，同时，网中人对现实人也有很明显的反作用。具体而言，网民将社会方方面面的问题"暴露"在网上，各种社会力量"会聚"到网上，形成民间舆论的集散地。2009 年发生的湖北巴东邓玉娇案、上海"钓鱼执法"事件都是网民和媒体的步步跟进推动了问题解决。每一起网络舆情事件都必然能够从现实社会中找到触发点和源头，纯粹虚拟的网络舆情事件并不存在，社会实情与网络舆情之间的互动趋势已越来越明显。

4. 情绪、观点的传染性

在互联网环境中，"三人成虎"的效果非常明显，即使是错误的情绪或观点，如果被多个网民传播，也容易产生极强的说服力，而当一个人形成第一印象后，这种认识就很难改变。到目前为止的绝大多数网络舆情在初始阶段均体现出对某个社会现象的普遍化情绪，这种情绪在网民中迅速传播，产生普遍认识与共鸣，进而推动舆情向更广的范围和领域漫延扩散。如杭州飙车案中，网民先是表现出对死者的悲痛同情、对肇事者漠视生命行为的鄙视和对"富二代"狂妄态度的憎恶，而在警方公布 70 码后，网民又产生了对该结论的猜疑与愤怒情绪。

5. 言论的偏差性

由于网络的匿名性，大家都处在一种没有社会约束的状态下，这容易使人失去社会责任感和自我控制的能力。在法不责众心理的支配下，一些网上发言缺乏理性，比较感性化和情绪化，甚至有些人把互联网作为发泄情绪的场所，因此在网络上更容易出现一些非理性的、偏激的言论，容易滋生谣言，从而使得网络信息的真实性和可信度较低。山西地震谣言事件就是一个比较典型的例子。

6. 难以控制性

网络是一个开放式的平台，具有互联互通、快速即时、匿名隐身、跨地域无国界等特点，任何人、任何组织都不可能完全垄断信息的传播渠道。而且，网络传播具有容量的无限性、网络载体的无形性、信息传播的自由性等特点，各种类型的信息几乎能实时发送并接收，信息传播的速度快、范围广，这就使得国家控制网络传播的难度要远大于对传统大众媒介的管控，政府过去封锁消息那一套在网络舆情控制方面已不管用。

（五）网络舆情事件的形成条件

网络舆情事件的本质是利益之争。没有利益纷争，没有特定利益集团利益被侵占，没有特定群体生产和发展空间被挤压，普通事件不可能升格为公众关注的网络舆情事件。一般而言，网络舆情事件形成具有两个必要条件。

1. 受到公共事件的刺激

网络舆情的产生，直接来源于公共事件的信息刺激，有的是突发性公共事件（如贵州安顺警察开枪事件），有的是公共政策的颁发或决议（如广东番禺垃圾焚烧发电厂事件）。能够受到网民关注的公共事件主要包括：社会公平与正义问题，突发公共事件，关系群众切身利益的问题。大凡社会上公众议论多的话题，与社会公平、人民群众的生产、生活等切身利益息息相关的事情，更容易在民众中引发共鸣。

2. 在现实社会中找不到合适的申诉渠道

事件当事人（群体）由于自身经济与社会地位较低，而现行的法律援助、信访制度不完善，政府机关的公信力较差，事件的正常申诉门槛较高，总体成本也偏高，且存在被人为地压制和压抑的可能，在通过正常合法的利益表达渠道不能得到解决的情况下，网络就成为这些人首先想到的申诉途径。

（六）网络舆情事件形成的三个阶段

一个社会问题经媒体或网站论坛报道反映后，一般都会引起网民的强烈关注与热烈讨论，并通过电子邮件、新闻组、即时通信、电子公告牌、博客、微博、维客和其他社会性软件等广泛传播开来，形成网络舆情热点。网络舆情热点形成后，由于网民的情绪、意见等不断高涨，使热点受关注的程度越来越高，影响越来越大，进而吸引更多的网民关注。当本是网民们个人的认知、态度、情感和行为倾向的舆情产生聚集时，就形成了对社会影响巨大的网络舆情事件。

具体而言，网络舆情事件的形成可分为三个阶段。

第一阶段：公共事件信息刺激，个人意见出现。网络舆情的产生，直接来源于公共事件的信息刺激（网络媒体的报道或是传统媒体的报道等）。在公共事件的信息刺激下，网民会陆续发表一些彼此没有发生联系或很少联系的个人意见。在此阶段，个人意见主要以自发形式出现，观点也基本是情绪化的。

第二阶段：个人意见在不断冲突中融合，意见领袖出现。个人意见的多样性，必然导致个人意见的交融，形成赞同某种意见的人数骤增的局面，这是网络舆情由个人意见向社会意见转化的起点，是无数个人意志融合的过程。各种意见和观点在网络上彼此交锋和沟通，相互交融，从而形成一个"网络舆论场"。此时意见领袖出现，开始形成一些具有较强影响力、倾向性的言论和观点。

第三阶段：网络舆情扩散，网络舆情事件形成。意见领袖的言论获得普通网民的普遍认可与响应，他们进一步通过 BBS 论坛、博客、新闻跟帖、转帖等形式将这些言论进行广泛传播并加以强化，网民情绪高涨，点击率大幅攀升，同时传统大众传媒反过来对该事件进行广泛报道，网络舆情事件正式形成。

三 建立和健全网络舆情事件的日常管理与应急处理机制

当前社会公民化、利益多元化、生活多样化、传播现代化，对突发、公共事件的应急处理，考量着政府对网络舆情的驾驭能力和综合执政能力。随着中国整体民主化进程的加快和民众民主意识的日益强化，网络舆情事件一定会越来越多，问题越来越复杂，这是历史发展的必然规律，不可阻挡。面对汹涌的网络民意，各级政府要抓紧建立一套有效的网络舆情常规管理机制和应急处理机制，加强对网络舆论的及时监测、积极应对和有效引导，从而化危为机，推动社会和谐、稳定发展。

（一）常规管理机制

1. 建立信息公开机制，不断提高政府的公信力

建立政府信息公开机制，确保政府信息公正、公开和透明，这是各级政府有效应对网络舆情的一项重要制度安排。只有政府机构尤其是直接面对公众决策的机构切实转变行政工作作风，尽可能做到全过程的公正透明，才能不给或少给民众留下质疑的把柄，才能保证政府在民众中有较高的公信力，才能减少网络中对

政府的批评和谣言的传播，才能将网络舆情事件消除在萌芽状态。人民网舆情监测室发布了"2010年第一季度地方应对网络舆情能力排行榜"，对2010年第一季度地方党政机关应对舆情热点事件的得失进行考评。其中，四川巴中"全裸"乡政府因为在信息透明度、政府公信力等指标上一枝独秀而进入总体较为得体的蓝色区域；贵州安顺警察枪击致死案、山西问题疫苗事件则因当地政府压制信息或发布虚假信息，在信息透明度和政府公信力方面得分为负数，而被判定为应对严重失当，被亮起"红色警报"。

要建立信息公开机制，一方面，要不断完善各级政府部门的新闻发言人制度。要利用包括互联网在内的各类媒体及时发布权威信息，向公众介绍相关政策的执行情况，以及自然灾害、公共卫生和社会突发事件等的处置进展，以充分满足民众的知情权需求。另一方面，各级党政机关要高度重视政府门户网站的建设和维护，利用自身平台发布信息，以回应和化解隔阂与对立情绪。同时，要积极利用论坛、微博等各种网络平台，开设更加通畅的信息发布和民众诉求通道。例如，昆明螺蛳湾事件处置得如此成功，其中的一条重要经验就是云南省政府新闻办在新浪网开设了国内首家政府微博——"微博云南"，大大提高了信息公开速度。

2. 建立网络舆情预警机制，防患于未然

番禺垃圾焚烧事件最后是以政府放下身段、释放善意、平等对话平息下来的。应对类似于番禺垃圾焚烧这种因公共政策引发的网络事件，危机管理中的预防比处理更重要，更具备实际可操作性。政府不仅要重视危机，及早发现、掌握舆论的动态，以做出应对，更应该做好危机的预防。在决策方案出台前要综合考虑各方情况，做好危机预案，对各种潜在危机进行预测，为危机的处理制定有关策略和步骤。在实施决策过程中应该增加信息的透明度，在实施的各个阶段利用媒体释放一定的信息，给公众一个循序渐进地了解消化过程，并遵守程序的合法合理性，以防危机一旦引爆，项目决策中所有的问题就会处于公众和舆论的监督之下，经不起质疑。

3. 建立组织保障机制，提高网络舆情处置效率

网络舆情应实行属地管理和"一把手"负责制，采取"谁运营谁负责、谁主管谁负责、谁使用谁负责"的办法实行责任追究制。在进一步提高认识基础上，把网络舆情信息工作纳入宣传思想工作总体安排，精心部署，狠抓落实。要制定各种规章制度规范网络行为。明确一位领导同志具体分管网络舆情信息工作，同时确定一名同志为舆情信息员，负责网络舆情的日常监测，每天或每周按部门对网络舆情进行分类整理，针对各部门的情况，提供简单的舆情监测分析报告，及时向各职能部门进行反馈。

网络舆情的应急预警监测、应急响应、应急处置往往牵涉到多个部门，因此要整合协调相关部门的职能，加强网络宣传与管理、应急处置、新闻发布、社会管理等相关部门之间协调配合，建立一种扁平化的舆情处置流程组织结构，以提高网络舆情的处置效率。其中在具体的分工中，宣传部负责统揽舆情全局，对各职能部门处置网络舆情事件行使督促、帮助、提醒、纠正的权力与责任，而相关职能部门处置舆情事件时要自觉接受宣传部的领导。

4. 建立技术保障机制，将网络舆情置于政府视线内

网络技术手段是实现网络舆论管理的有效措施，因此要建立完善的网络舆情监控系统，通过对网络中各类信息进行汇集、分类、整合、筛选等技术处理，形成对网络热点、动态、网民意见等的实时、全面、准确掌握。网络舆情的常用监控技术手段包括：对 IP 地址的监测、跟踪、封杀；网管的全天候值班监测，对负面消息进行及时清除；运用智能型软件进行敏感词组自动过滤；对论坛发帖延时审查及发布；对国外敏感网站浏览限制；论坛、博客、播客实行实名认证制度等。同时，各网站和互联网运营商都要严格按照国家有关互联网信息安全的相关法律法规建立技术保障措施，确保网络信息安全。

5. 建立因事制宜和分类引导的网络舆情处置原则

据《2009 中国网络舆情指数年度报告》披露，中国网民最关注的八大热点问题依次是：反腐倡廉、房价问题、就业问题、户籍制度、养老保险、食品安全、医疗保险和交通安全问题。这八大热点问题其实可以分为三大类：①与执政党执政地位相关的重大热点问题，如反腐倡廉；②与国家宏观体制机制相关的长期存在的热点问题，如房价问题、就业问题、户籍制度、养老保险和医疗保险等；③涉及人民群众生命安全的重大且迫切的问题，如食品安全、交通安全。

我们要建立因事制宜和分类引导的网络舆情处置原则，对不同类型的事件设定不同的处置对策。对于第一类问题，政府部门应该第一时间做出正面回应，表达政府在矛盾事件斡旋中积极和主动的姿态，要公开承诺将全力追踪事件处理全过程，绝不可回避和遮掩，因为这是提升执政党执政能力的重大问题。要推行相关奖励制度，对提供线索者进行奖励。对于第二类问题，坦白说，这类问题很重要，但民众对此产生了较强"抗体"，已经习以为常，"高房价"、"就业难"、"看病难"已经成为民众的普适性认同，不是一朝一夕可以解决的。有关部门可以对中国具体国情及中国经济、社会、制度转型进行解释，舒缓舆论压力。对于第三类问题，政府应该进行最严厉的问责制度，公安、纪委、海关、食品药品监督等相关部门要第一时间在网上表态全力追究事件的来龙去脉，做到寻根问底、毫不手软，严格执行相关法律法规，对处理结果进行公示，以正视听。

6. 充分发挥网络意见领袖的引导作用

根据著名的"两级传播论"的观点，某个理念往往先从无线电广播和报刊流向舆论界的领导人，然后再从这些"意见领袖"流向大众。换句话说，不能影响"意见领袖"，就难以有效影响大众。事实也证明，在网络舆情酝酿和发酵过程中，普通网民更容易受到"意见领袖"的影响，网络意见领袖往往决定着一个网络舆情事件的走向和进程。因此，各级党委政府要千方百计使这些网络意见领袖为我所用，使其在网络舆情事件中发挥正面引导作用，通过各自的影响把舆情引向对政府有利的方向。

除了在政府机构内部打造一支本领过硬的舆论监督队伍外，还应充分发挥网上作用，吸纳一批分析问题扎实、理论素养高、有号召力的网络意见领袖加盟，可以通过将其列入各级宣传部门（特约）评论员的方式，让昔日散兵正规化，成为关键时刻捍卫政府威信的重要力量。宣传部门一旦掌握了一支稳定而强大的专家和意见领袖队伍，一旦出现不好苗头，这些意见领袖就可在网络上对舆情进行客观、正面引导，远离偏激和片面之言论。需要指出，这种网民是独立于政府之外的"第三方"团体，不受制于政府，有完全的自主性，由各界社会精英组成，但具有客观、公正分析和审视问题的能力，也有能力了解事情真相。某种意义上，这种团体的培育是城市非政府组织（NGOs）的雏形。

（二） 应急处理机制

政府部门除了要在网络的日常管理中建立一些常规的网络舆情管理机制外，还要在网络议题发展成为网络群体事件时，能够立即进入应急处置模式。

1. 制定危机预警与应急处置预案

一旦网络舆情预警机制显示某事件出现形成网络群体性事件的征兆，当地宣传部门就要与当事单位立即着手制定危机预警和应急处置预案。危机预警的主要功能是密切关注事态发展，及时传递和沟通信息，迅速、准确地对网络舆情发展趋势作出判断。通过准确判断这种苗头与危机爆发之间的时间差，为有关部门从容处理问题提供参考依据，以尽量避免网络群体事件的真正爆发。应急处置预案的主要功能是做好危机爆发后的政府的应对对策和处置原则，避免危机爆发后手忙脚乱、应对失策。

2. 第一时间召开新闻发布会，切实做到全程信息透明公开

危机管理实质上就是危机沟通管理。著名危机管理专家诺曼·奥古斯丁就主张，"说真话，立刻说"。我国的《政府信息公开条例》也明确要求，"公开是原则，不公开是例外"。因此，网络舆情事件一旦形成，政府要坚持"主动比被动好，早披露比晚披露好"的原则，尽量在第一时间召开新闻发布会。同时，在以后的事件发展全过程中，政府要及时向公众和媒体公布调查结果，确保信息公开、公正和透明，以减少谣言和猜疑的传播。

及时发布新闻的好处：一是可以做到先入为主，从而赢得话语权，掌握舆论主导权；二是以此来向公众表明政府立场，消除群众的不信任情绪，确保政府的公信力。但信息发布要注意以下两点。

一是速报事实，慎报原因。在司法尚未介入，未作出调查结论之前，政府发言人必须慎言，切忌草率、包含私心地对事件定性，否则会适得其反，引起更多的猜疑。在这一时点，通常只需要阐述事件发生的经过，表明政府部门依法处理的态度即可。贵州安顺枪击事件发生后，当地政府也召开了新闻发布会，但政府在新闻发布会上却武断地将民警枪杀当事人定性为对方抢枪所致，此言一出，舆论一片哗然，不仅没有达到平息舆情的目的，反而引起了网民的更多质疑，掀起新一轮舆情高潮，当地政府在民众中的公信力严重受损。

二是信息公开中政府的态度一定要谦虚、诚恳，切忌傲慢、强硬。要拿出解决问题的足够诚意来，只有这样才能真正消除群众的不信任情绪。因为在具备足够智慧的舆论关注下，地方政府任何一丝的不诚恳都会被察觉出来，并招致舆论更强烈的质疑和反感，使原本可以化解的矛盾很可能进一步激化，政府形象也会受到更大伤害。在番禺垃圾焚烧事件中，政府的傲慢与强硬态度就是引爆舆情的一个重要原因。正是因为一些地方官员缺乏对民意的谦逊之态，最后引发了轰动全国的网络群体事件。

3. 积极寻求与媒体、网络意见领袖合作，正确引导舆论方向

正确引导舆论方向是政府危机处理中不应该忽略的一个重要手法。媒体和网络意见领袖在影响整个网络群体事件的舆论方向和事件发展进程方面具有巨大的影响力，因此，政府在及时发布新闻信息的同时，也要积极寻求与媒体和网络意见领袖的沟通与合作，以确保网络舆论往正面方向发展。

一般而言，一件网络事件在由网民们个人的认知、态度、情感和行为倾向的舆情聚集向舆论转化的过程中，媒体起到了关键性的作用。例如，在番禺垃圾焚烧事件中，媒体在舆论推高及引导方面就起到了关键作用。有数据显示，番禺垃圾焚烧厂事件的平均关注度为86.66%，而传统媒体对事件的关注度最高。正是媒体的高度关注聚焦，一个地方事件才会迅速上升为全国性的公共事件，凝聚成一股强大的舆论抗衡力量。因此，各级政府在应对网络舆情事件的时候，一定要高度重点媒体的作用，切忌担心出现负面新闻而对媒体封锁消息，这样做只会适得其反，引来更多的负面新闻出现。通过向媒体释放善意、发布信息，其实更有利于问题的解决与政府公信力和形象的确立。

网络意见领袖通过发表大量的评论、博文影响网络舆情的发展，但这些人又不需要如传统媒体人一样要接受审查限制，而且他们与主流话语间缺乏交流、对话，缺乏经常性、正面性的讯息传递，因此往往在并不完全了解事情真相的情况下抢发一些偏激性的言论。因此，在网络舆情事件发生后，地方政府和宣传部门要对这部分人给予格外的关注，与他们进行积极对话，主动向他们提供事件的信息资讯，向他们释放政府解决问题的诚意，以获得他们的充分理解与支持。

4. 迅速与当事民众进行网下沟通，让群众情绪充分释放

只有处理好了事件源头，才能从根本上扭转网上舆情激化的不利局面。通常情况下，纯粹虚拟的网络舆情事件是不存在的，网络群体事件大部分都是因为现实生活中的某个事件而引发的，因此，要真正控制住网络舆情的激化和蔓延，就必须迅速与引发该事件的当事民众进行网下沟通、协商，促使问题尽快解决。摘除了"引爆点"，网络就缺乏了炒作的素材，网民的情绪也就慢慢冷却下来。以番禺垃圾焚烧事件为例，该事件起始于番禺大石数百名业主发起签名反对建设垃

圾焚烧发电厂的抗议活动，经过一段时间的网上轮番热炒后，网民们已经从网上骚动发展到网下行动，上千群众聚集在市政府门前要求对话。面对汹涌的民意，此时的政府部门只能因势利导，及时作出回应，深入到签名现场，与群众互动沟通，建立渠道让群众的利益关切和焦虑、不满得到宣泄，情绪充分释放，以防止民众采取进一步的过激行动。

5. 尽快进行"切割"，拿出让公众满意的处理意见

迅速拿出让公众满意的处理意见，这是平息和终止网络群体事件的关键所在，切忌拖泥带水、推卸责任。一般而言，网络群体性事件的处置包含三个要素，即公布事实真相；惩处民众暴力和恢复社会秩序；惩戒不作为或有问题的官员。其中，公布事实真相是事件处置的第一步，还原事实真相，满足公众的知情权，这样就可以彻底截断网络谣言的传播，停止网络舆情继续发酵。处理当事责任人是重新获得民众信任、恢复政府公信力的必要手段。一旦调查属实，建议政府迅速采取必要的"切割"手段，包括中央和地方切割，地方与基层切割，政府和无良官员切割，避免上级政府为下级政府、政府为个别无良官员的不作为和其他问题"背书"。在"最牛团长太太"事件中，新疆建设兵团处理得相当迅速，毫不拖泥带水。从 2009 年 10 月 8 日帖子开始在网上热传，到 10 月 10 日新疆建设兵团注意到此事并开始调查，再到 10 月 12 日晚新疆建设兵团新闻办通过天涯社区宣布免去有关责任人职务，事件处理得到了媒体和网民的肯定和赞赏。仅用不到一周的时间就迅速平息了社会舆论，成为处置网络舆情事件的一个成功案例。南京徐宝宝事件也是一个很好的例子。徐宝宝死亡的消息经媒体报道后立刻引起广泛关注，网络上评论如潮。当医院发现此事已经形成规模性舆论的时候，便立即对此事进行了调查，但最初的调查行为却是企图推卸医院责任，保护那个玩游戏的医生，调查结果受到了广泛质疑，网民对这种"老子调查儿子"的调查方式进行了大量批评，事态反而进一步激化。在这种情况下，监管部门立刻转变态度，组织有第三方人士参与的调查团进行第二次调查，并及时公布了调查结果，认定造成徐宝宝死亡确实是医生玩 QQ 游戏的过失，并将玩游戏的医生吊照开除，医院负责人受到不同程度的处分，并答应了婴儿父母的赔偿要求。这个处理意见得到了当事人和广大网民的认可，至此徐宝宝事件才终于平息下来。

（审稿：谢俊贵）

Study on Measures of Speeding up Establishment of Emergency Treatment System of Public Sentiment on Network

—A Review and Analysis Based on the Event of the Garbage Burning in Panyu

The Subject Team of Guangzhou Development Institute of Guangzhou University, drafted by Tu Chenglin

Abstract: With the globalization of economy and coming of information time, public opinions on network is becoming the main channel for the public to express their emotions and the main tool to join in the social supervision. Facts have proved that any important construction project or big activity that has something to do with the life of the citizens would cause various kinds of public opinions on the network, and it is necessary for us to take active and effective measures to meet them. Beginning with the success and failure in treatment of the event of garbage burning in Panyu of our city, this study makes an analysis of the channels through public sentiment would form and propose some measures of how to establish emergency treatment system of public sentiment on network.

Key Words: Public Sentiment on Network; Government; Daily Management; Emergency Treatment

B.17
当前广州城市居民的心理问题与
政府心理管理的导入路径

王枫云*

摘　要： 在当前广州高速城市化的进程中，城市居民在享受现代化成果的同时，也面临各种各样的心理问题。这些城市社会心理问题的存在，不仅对城市居民自身造成极大的负面影响，也成为广州城市可持续发展中优质人力资源供给埋下的潜在隐患。因此，了解当前广州城市居民存在的主要心理问题，并对政府心理管理的导入路径加以设计，便显得很有必要。

关键词： 广州城市居民心理问题　政府心理管理　导入路径

自 20 世纪 80 年代以来，伴随着广州城市化进程的不断加速，城市经济社会也处在快速、剧烈的变迁与转型之中。聚居在广州的人们，无论是本土居民还是外来人口，均被广州城市发展的洪流裹挟着身不由己地前行，很难停下脚步，冷静地反思自我并抚平自己内心的焦虑。长期的外部冲击与个体内在心理调适的不足，往往带来广州城市居民的心理紧张与压力加大，如果这种情形得不到足够的重视和有效的化解，往往会发展成较为严重的城市居民心理问题。

城市居民心理问题主要是指，居住在城市中的人们，受城市特殊社会情境的影响或者由于城市社会制度的某些缺陷，在处理人际关系及人际互动方面产生某种行为的与心理的偏差。它一方面可能由于城市本身的某些特征，如人口密度

---

* 王枫云，广州大学广州发展研究院研究员，广州大学公共管理学院教授，管理学博士，研究方向为城市公共管理。

大、信息刺激强烈所造成，另一方面也可能是由于制度安排方面的问题，如在城市发展中过分强调效率而忽视公平，社会整合失效等造成。①

一　当前广州城市居民的心理问题

（一）当前广州城市居民心理健康状况的总体描述

世界卫生组织（World Health Organization）认为："健康是一种生理、心理和社会的良好适应，而不仅仅是没有疾病或残缺。"由此看来，健康不仅包括人的身体结构和功能的正常，也包含精神、情感、价值观，以及人际关系等方面的健全与和谐，包含着心理健康方面的内容。身心健康是满意的生活、高质量的工作以及社会和谐发展的保障。但是，当前广州城市居民的心理健康状况却不容乐观。近年来，对广州城市居民心理的不同健康调查研究都显示，有一定比例居民的心理上出现了问题。例如，广州市脑科医院联手北京大学精神卫生研究所做的调查显示，在8000名广州常住人口中，心理障碍患病率为15.76‰，这意味着广州每千人中就有15人曾有或正在经历心理障碍。在广州市危机干预中心二级心理咨询师李丹看来，接诊量最多的是抑郁症患者，这几乎成为了快节奏生活的都市人之常见疾病。此外，从广州市心理危机研究与干预中心获悉，该中心自2007年成立以来，白天、晚上都有市民致电020-81899120咨询心理问题。在该中心近千例与自杀有关的来电咨询中，排在首位的是心理健康问题，占37%。②

上述心理问题的存在，不仅严重影响广州市民个人的生活和工作，而且还可能会给广州城市社会带来一系列潜在的危害。由此可见，城市居民的心理健康状况已经成为广州城市社会和谐发展的一个重要影响因素，亟须采取有效措施予以改善。

（二）当前广州城市居民心理问题的具体表现

当前，广州城市居民心理健康状况是通过具体的心理问题表现出来的，比较

① 王小波：《城市发展中的社会心理问题》，《理论与现代化》2005年第4期。
② 刘丰果等：《调查显示广州每千人中有15人患精神障碍》，2010年10月12日《信息时报》。

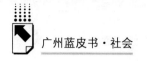
有代表性的心理问题主要有以下方面。

1. 人口高度密集中的人际疏离心理

人口密度是单位面积土地上居住的人口数，它是世界通行的表示人口密集程度的指标，通常以每平方千米或每公顷内的常住人口为计算单位。当前，广州城区的人口密度已经相当高，其核心部分，即越秀、荔湾、海珠、天河四区的平均人口密度已经达到15000人/平方公里，越秀区更是达到30364人/平方公里，已经达到甚至超过国外大城市如伦敦、巴黎、纽约、东京等的中心城区人口密度，人口已经饱和。① 而乡村地区每平方公里容纳的人口数量远远低于这个水平。因此，在广州城市地区每单位空间内人口数量较多的情况下，个体所拥有的生存空间势必变得狭小。这种高密度的人口分布，一方面，造成了城市居民几乎无时无刻都处在人群的包围之中，独处的空间被严重挤占；另一方面，由于人们内心对这种高密度生存状态的厌倦和疏离，且又不愿与他人产生过于频繁和亲密的联系，以避免不必要的人际交往和损耗精力的情感投入，所以，人际的沟通式交往在减少。同时，由于现代城市社会分工的高度细密，人们的工作与生活又不得不与他人打交道，这就带来了人际交往的功利性和防范性的增强与情感性和关怀性的减弱，最终造成了城市居民冷漠、僵化、以邻为壑的社会心理。

2. 单位、社区归属感急剧弱化中的失落心理

单位、社区归属感是城市居民对其工作的单位、生活的社区的一种心理认同与情感归依。这种归属感不仅有助于城市居民找到心灵的依托，同时也有助于城市社会的有机整合，还便于经由单位和社区为中介的城市管理的顺利推进。但是，自改革开放以来，广州城市单位的功能开始弱化，尤其是随着计划经济体制向市场经济体制转变，社会公共义务剧增，一些单位在市场经济转轨和产业结构调整的过程中，显得不适应或处于不利地位，因而无力承担原有的社会职能，从而将原来承担的过于沉重的社会职能还给社会，大量事务开始回归社会。市场经济打破了单位制时代社会福利大一统的格局，多元的社会福利格局正在逐步形成，因此，人们对单位的依赖程度减弱。与此同时，"单位人"的概念也在弱

---

① 薛冰妮等：《广州越秀人口密度超纽约　淘金被称"巧克力城"》，2010年11月2日《南方都市报》。

化，人们对单位的依赖程度不断减弱。随着人们对单位选择自主权的加大，个人与单位之间的双向选择、个人对单位的多项选择成为现实，单位几乎不再有任何措施可以严格限制人员的流动。① 广州城市居民对单位的忠诚感、自豪感与依恋感急剧弱化的同时，一种无所归依的心理失落感悄然滋生。

因此，当前在广州城市中建立取代"单位制"的"社区制度"，为人们提供可靠的心理归属是城市管理的当务之急。遗憾的是，广州城市化进程中的旧城改造、城市更新，以及城市空间的急剧拓展加速了传统城市社区的瓦解，但新的具有社会整合功能的社区却尚未建立起来，无法为人们提供沟通、铸造信任的桥梁，无法承担起拯救心理失落的功能，亦无法成为引导人们对广州城市社会认同的有效中介。

3. 城市急剧变迁中的浮躁与焦虑心理

同传统乡村悠闲、缓慢的生活节奏相比，变化的快速与剧烈是城市经济社会的一大特色。广州城市经济社会的变迁与转型必然导致社会资源的重新整合、社会利益的重新分配和社会阶层的重新分化。同时，转型阶段也是各种社会矛盾突现、思想观念多元和群体心态失衡的时期，其中在整个社会弥漫的"浮躁"心理对人们的行为方式产生了广泛深刻的潜在影响，并由此引发了一系列必须予以高度关注的社会心理问题。② ①急于求成。其显著特点是不切实际，不顾实际状况的制约和各种条件的限制，不结合自身实际情况，盲目地追求过高、过大的成就，力求在较短的时间内完成较大的目标。②盲目攀比。随着改革的逐步深入，广州城市个体之间的收入差距在逐渐扩大，这有利于充分调动人们的积极性、能动性。但是收入差距也会导致心理上的不平衡，形成相互对比、互相攀比的社会风气。一些人把拥有的货币数量作为衡量个人价值的标准，将其与个人能力挂起钩来。③好高骛远。特点就是对现状不满，朝三暮四，身在曹营心在汉。心中有宏伟的目标和理想，但对细小工作和工作的细小方面不屑一顾。静不下心工作，得过且过。眼高手低，大事做不了，小事不愿做。空有理想抱负，但不能从一点一滴的小事做起。不愿做细小艰苦的工作，不愿从基层做起，一心想当大

---

① 崔丽霞：《单位制到社区制——对中国城市社区管理方式的探索》，《经济研究导刊》2009 年第 18 期。

② 宋谦：《转型期社会浮躁心态的剖析及防治》，《党政干部论坛》2007 年第 9 期。

官，做大事，挣大钱。在上述浮躁心态作用下，一旦理想目标未能达成，就会产生心理上的焦虑，而众多个体焦虑的会聚、交融与扩散，就有可能蔓延成城市社会的整体性焦虑，心浮气躁的氛围笼罩在整个城市上空，令人心神不宁、举止失常。

4. 城市高强度竞争中的疲惫心理

城市社会是一个竞争激烈的社会。广州城市居民无论从事何种行业，无论职位高低，时时都处在高强度的竞争环境中。竞争在促进广州城市进步和发展的同时，也给处于竞争中的每个个体带来了巨大的心理压力。研究证实，当代城市人因竞争强度过大带来的压力造成的心理问题和精神疾病超过了历史上任何一个时代。考试压力、就业压力、工作压力，还有恋爱结婚、购房还贷、子女养育、父母生病、人际关系等造成的各种压力，使城市居民不堪重负。[①] 长期的高压力竞争状态，往往导致个人的整个身心在承受竞争压力的不断运转过程中，呈现一种周期情绪起伏现象，在某些时候心理状态会显得异常疲惫，带来如下后果：良好的生活习惯和生活规律难以养成；学习和工作效率急剧下降；性格发生明显变化，变得孤僻、多疑、胆小害羞、性情暴躁或多愁善感等。

5. 贫富差距拉大中的失衡心理

20 世纪 90 年代中期，广州进行现代企业制度改革后，下岗失业、内部退休，或企业不景气使得一大批城市居民的工资性收入下降或丧失。此外，广州城市社会保障制度的改革也使得医疗、养老、住房、教育等大宗消费负担更多地从社会向个人转移，原有的福利性、实物性收入渠道萎缩，一些项目被取消，低收入者需要承担的医疗、住房等负担极其沉重，收入水平不能满足必要的、基本的消费性支出的问题日渐突出，从而造就了一批城市贫困人口。城市贫困人口的状况是：不仅相对收入地位愈益下降，而且出现了绝对收入下降的情况。与此同时，城市富裕阶层开始出现，而且财富迅速向他们集中。民盟广州市委于 2010 年就"广州市工资性收入现状调查暨对策建议"课题进行调研，调研报告显示，广州市收入分配领域中存在着普通劳动者收入低、不同阶层（身份）劳动者收入差距大、收入分配不规范等情况，并且有持续恶化的趋势。广州市的劳动者报酬占 GDP 比重从 1981 年的 25.52% 下降为 2009 年的 10% 左右。目前，企业普通

---

① 耿文秀：《现代社会竞争压力与心理健康素质》，《检察风云》2005 年第 9 期。

职工特别是一线劳动者工资水平长期偏低，涨幅缓慢。①

可见，广州城市的贫富分化程度已经处于较高的水平。此外，由于目前不合理、不合法致富因素的大量存在，严重影响了人们对社会分化结果以及现有社会分层结构的认同，②强化了广州城市贫富差距扩大中的人们的心理失衡。

二　未来广州城市政府心理管理的导入路径

上述广州城市发展中涌现的各种社会心理问题，不仅对城市居民造成了巨大的消极影响，降低了其在城市中生活的幸福感，也会成为广州城市可持续发展中高素质人力资源供给的巨大障碍。尽管广州城市发展中社会心理问题的存在有其客观必然性，但是，作为城市管理最重要的主体的城市政府对其进行消除与化解，也是责无旁贷的。近年来，广州城市发展中出现的各种心理问题已逐渐被纳入到城市政府的视野，政府也采取了一些相关措施来引导城市居民心理的健康发展。但依然存在一些较为明显的不足：一是心理管理未纳入广州城市政府的工作规划，且缺乏心理管理的法规和制度，许多心理管理实践仍停留在经验探索阶段；二是没有形成包括城市居民心理问题的识别、预警、干预等在内的一套系统的管理体制与管理机制；三是没有制定一套完善、规范的心理问题管理程序，以指引相关人员心理管理的展开；四是没有建立完善的城市心理管理组织体系，没有形成全面的城市心理问题应对网络。

针对当前广州城市政府心理管理的不足，笔者认为，未来广州城市政府心理管理的具体路径可进行如下设计。

（一）制定广州城市心理管理的行动规划

城市心理管理就是城市政府在遵循城市居民心理发展的特点和规律的基础上，有意识、有目的地借助各种途径和手段，化解居民的各种不健康和消极心理，促进城市居民健康心理的形成，保证城市居民以良好的心理状态投入到各自的工作和生活中去，从而共同推进城市发展目标的达成。进行城市心理管理首先

---

① 赵安然等：《政协建议广州最低工资标准上调至1500元》，2010年12月23日《信息时报》。
② 唐灿：《重视城市贫富分化加剧现象》，《发展》2004年第9期。

需要制定心理管理的行动规划。

城市心理管理的行动规划是政府进行心理管理的组织指挥、协调控制、培训教育等诸方面计划的总和，具体包括如下内容：如何界定广州城市居民的心理问题；如何对广州城市居民心理问题进行监测与预警；广州城市政府心理管理采取哪些具体步骤，心理管理绩效如何评估；广州城市政府相关部门在心理管理中的责任范围和未履行相应职责情况下的责任追究等。

（二）构建广州城市心理管理的行动网络

一个全面、完善的城市心理管理行动网络是政府进行心理管理的根本保障，也是提高心理管理有效性的重要前提。这样一个行动网络可从三个层面来构建：一是可以充分利用广州城市政府自上而下的行政机构，在各机构指定专人负责心理管理工作，对城市居民心理问题有关的信息进行收集、分析和上报；二是建立由广州城市政府主导的城市社区、社会组织、学校与家庭组成的心理管理工作网；三是建立广州城市政府引导下的各种城市传媒组成的心理问题预防与干预信息沟通体系。通过这三方面共同努力，共同引导城市居民排除各种心理干扰，形成一个内外协调、纵横交织的心理管理网络体系。

（三）确立广州城市心理管理的行动机制

城市心理管理行动机制的建立是一个系统工程，具体包括如下环节。

一是建立城市心理管理的预警机制。提前发现城市居民心理问题发生的征兆是有效进行心理管理的前提。建立一套有效的心理管理预警系统对化解城市居民心理问题的发生有重要的作用。因此，广州城市政府应根据本地居民的特点极有可能发生的心理问题，建立广州城市居民的心理档案，对相关数据进行动态管理，并定期调整、更新信息，对城市居民的心理状态进行跟踪分析，及时发现其心理的消极变化。

二是建立城市心理管理的干预机制。发现广州城市居民普遍存在的心理问题后，则应根据已有的城市心理管理的行动规划，启用、采取各种有效应对措施，形成心理问题筛查、干预、跟踪、评估一整套工作机制，重点做好紧急个案的管理，有针对性地做好心理障碍、学习和就业压力、情感挫折、经济压力、家庭变故等高危群体的心理问题的干预工作，努力做到心理问题早发现、早干预、早康复。

三是建立城市心理管理绩效的评估机制。在一定阶段的心理管理结束后，广州城市政府应对心理管理的结果进行总结评估。通过评估，总结心理管理的经验，找出在心理管理中存在的不足，做好心理管理的善后工作，必要时还应通过媒体向社会公众公布心理管理的结果。

（四）强化对广州城市居民的心理健康教育

对广州城市居民进行心理健康教育，不仅是广州城市政府市民教育的重要组成部分，而且是城市政府心理管理工作的一个重要方面。因此，广州城市政府要适时开展全面的心理健康教育，不断提高市民的心理健康意识和心理危机预防水平。如可以由政府主办各类心理素质训练课程及专题讲座，让市民掌握心理卫生知识，具备自我调节的方法，增强心理问题应对能力。同时，由于心理管理涉及心理学、医学、社会学等多学科的知识，要保证城市心理管理的有效性，应通过外派学习、内部培训等方式，进一步加强对广州城市政府、城市社区、社会组织中承担心理管理职责人员的培训与教育。

（审稿：谢俊贵）

参考文献

王小波：《城市发展中的社会心理问题》，《理论与现代化》2005 年第 4 期。

刘丰果等：《调查显示广州每千人中有 15 人患精神障碍》，2010 年 10 月 12 日《信息时报》。

薛冰妮等：《广州越秀人口密度超纽约　淘金被称"巧克力城"》，2010 年 11 月 2 日《南方都市报》。

崔丽霞：《单位制到社区制——对中国城市社区管理方式的探索》，《经济研究导刊》2009 年第 18 期。

宋谦：《转型期社会浮躁心态的剖析及防治》，《党政干部论坛》2007 年第 9 期。

耿文秀：《现代社会竞争压力与心理健康素质》，《检察风云》2005 年第 9 期。

赵安然等：《政协建议广州最低工资标准上调至 1500 元》，2010 年 12 月 23 日《信息时报》。

唐灿：《重视城市贫富分化加剧现象》，《发展》2004 年第 9 期。

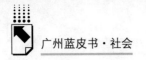
Current Psychological Problems of Guangzhou's Urban Residents and the Path of Government into Psychological Management

Wang Fengyun

Abstract: In the process of Guangzhou's rapid urbanization, the urban residents not only enjoyed modern achievements, but also faced a variety of psychological problems. These urban psychological problems, not only for urban residents caused great negative impact on their own, but also has become a potential risk in the supply of quality human resources for Guangzhou's sustainable development. Therefore, understanding the current Guangzhou's urban residents'main psychological problems, and designing the path of government into psychological management, becomes necessary.

Key Words: Psychological Problems of Guangzhou's Urban Residents; Government Psychological Management

收入分配篇

Income Distribution

B.18

广州市居民收入分配问题研究

国家统计局广州调查队课题组 *

摘　要： 广州城市住户和农村住户抽样调查数据表明，2002～2008年，城乡居民高、低收入组的人均可支配收入（人均纯收入）的相对差距均呈现缩小的态势，但由于收入增量特别是工资性收入增量的不同，居民收入的绝对差距有所扩大，并且导致居民生活水平差距拉大。进一步的分析发现，影响居民收入差距的原因主要包括：家庭就业结构、劳动力素质、家庭财产性收入、行业工资差距、企业盈余对劳动收入的侵占，以及城乡二元结构等。据此，本文有针对性地提出了完善就业体系、改革分配制度、推进城市化进程等政策建议，以减少收入差距对经济社会带来的负面影响。

关键词： 居民收入　分配　差距

---

* 课题组组长：贾景智，成员：郑雪梅、叶思海、于荣荣、冯一雄、闫瑞娜。

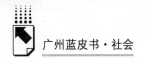

一 居民收入分配现状

本部分主要是对居民收入分配现状进行描述和分析，主要使用广州市城市住户和农村住户的抽样调查数据，把城乡居民家庭收入从高到低排列后等距五分组，利用 20% 高收入组家庭和 20% 低收入组家庭（以下简称"高收入组"和"低收入组"）的相关数据进行对比。研究表明，广州市城乡居民高、低收入组的人均可支配收入（人均纯收入）的相对差距均呈现缩小的态势，但由于收入的增量不同，高、低收入组的绝对差距有所扩大，工资性收入是绝对差距扩大的主要影响因素。

（一）城市居民的收入状况

1. 人均可支配收入的相对差距呈现缩小的态势

近年来，广州市城市居民的收入普遍增加，低收入组的年人均可支配收入从 2002 年的 4822 元增加到 2008 年的 9014 元，年均增长 11.0%，高收入组的人均可支配收入则从 2002 年的 29153 元增加到 2008 年的 47340 元，年均增长 8.4%，低收入组比高收入组的年均增速高 2.6 个百分点。2002 年两者收入比为 6.0∶1，到 2008 年降至 5.3∶1（见表 1）。

表 1　城市居民高、低收入组家庭收入情况[*]

单位：元

年份	低收入组家庭人均年可支配收入	高收入组家庭人均年可支配收入	高、低收入组收入差额	高、低收入组收入比
2002	4822	29153	24331	6.0∶1
2003	5304	29917	24613	5.6∶1
2004	5738	32686	26948	5.7∶1
2005	6536	37593	31057	5.8∶1
2006	7071	38352	31281	5.4∶1
2007	7744	43366	35622	5.6∶1
2008	9014	47340	38326	5.3∶1

注：数据除特殊说明，均取自历年《广州统计年鉴》。

2. 人均可支配收入的绝对差距有所扩大

尽管高、低收入组收入的相对差距有所缩小，但从绝对量的角度看，高、低收入组的收入差距依然逐年有所扩大，从 2002 年的 24331 元上升到 2008 年的 38326 元。

根据 Shorrocks[①] 以方差形式设计的指数，并将该指数进行分项收入分解的方法，我们对 2002~2008 年广州市城市居民家庭可支配收入来源的抽样调查数据进行了测算。各分项收入影响程度的计算公式为：

$$S(Y^K, Y) = [\text{cov}(Y^K, Y)/\sigma^2(Y)] \times 100\%$$

其中：Y^K 表示第 K 项收入，Y 表示总收入；$\text{cov}(Y^K, Y)$ 表示第 K 项收入与总收入的协方差；$\sigma^2(Y)$ 表示总收入的样本方差；$S(Y^K, Y)$ 表示第 K 项收入不平等对总收入的影响程度。

从表 2 的数据可以看出，工资性收入、转移性收入对收入差距的影响程度有所减小，经营性收入和财产性收入对收入差距的影响程度有所增大，但由于工资性收入是居民可支配收入的主体，所以，工资性收入对居民可支配收入差距的影响程度最大，说明广州市城市居民收入差距主要体现在初次分配上。

表 2 不同来源收入对城市居民收入差距的影响程度

单位：%

年份	工资性收入	经营性收入	财产性收入	转移性收入
2002	86.6	−0.5	1.2	12.7
2004	81.3	2.4	4.0	12.3
2006	86.8	1.4	1.2	10.6
2008	85.1	2.7	3.5	8.7

3. 城市居民生活水平差距较大

随着居民收入的不断增加，广州城市居民家庭消费支出也在不断增加，但高、低收入组在消费性支出方面的差距依然较大，2008 年前者的人均消费性支出是后者的 3.5 倍。在八大类支出中，高收入组的发展型和享受型支出远高于低

① 参见杨天宇《中国居民收入再分配过程中的"逆向转移"问题研究》，《统计研究》2009 年第 4 期。

收入组。如在教育文化娱乐服务项目上，2008 年高收入组的人均支出为 6914 元，低收入组仅为 1366 元。

由于居民家庭的发展型和享受型消费支出增加，使得恩格尔系数①下降。从表 3 可见，高收入组的恩格尔系数在 2002 年为 33.1%，2008 年下降到 26.1%，生活水平的提升比较明显；而 20% 低收入组的恩格尔系数在 2002 年为 49.4%，2008 年仍高达 47.9%，说明收入的增加主要是弥补了低收入组的日常生活开支，而在发展型和享受型消费方面增加的支出有限。

表 3　城市居民高、低收入组家庭人均消费性支出和恩格尔系数

年份	低收入组		高收入组	
	消费性支出(元)	恩格尔系数(%)	消费性支出(元)	恩格尔系数(%)
2002	5588	49.4	18129	33.1
2003	5905	48.3	18498	32.4
2004	6734	46.3	19811	31.4
2005	6964	44.8	23828	29.9
2006	7528	44.8	25020	31.2
2007	8597	45.4	29658	27.6
2008	10298	47.9	36005	26.1

（二）农村居民的收入状况

1. 人均纯收入的相对差距缩小

在城市居民收入增长的同时，广州市农村居民家庭的人均纯收入也在不断增长。根据农村住户调查资料，低收入组的人均纯收入从 2002 年的 2693 元上升至 2008 年的 4507 元，年均增长 9.0%；高收入组从 2002 年的 16075 元增加到 2008 年的 18720 元，年增长率为 2.6%，导致两者的相对差距有所缩小。2002 年高收入组人均纯收入是低收入组的 6.0 倍，2008 年减小到 4.2 倍（见表 4）。

---

① 恩格尔系数是指食品支出总额占个人消费支出总额的比重。一个家庭的恩格尔系数越小，说明这个家庭经济越富裕；反之，则说明这个家庭的经济越困难。

表4　农村居民高、低收入组家庭收入情况

单位：元

年份	低收入组家庭人均纯收入	高收入组家庭人均纯收入	高、低收入组收入差额	高、低收入组收入比
2002	2693	16075	13382	6.0：1
2003	2268	12745	10477	5.6：1
2004	2535	13651	11116	5.4：1
2005	2391	14894	12503	6.2：1
2006	3062	15644	12582	5.1：1
2007	3549	17147	13598	4.8：1
2008	4507	18720	14213	4.2：1

2. 工资性收入成为农村居民收入的主要来源

近年来，广州市农村居民外出务工的人数增多，人均工资性收入占家庭人均纯收入的比重由2002年的43.8%提高到2008年的63.5%，不但取代经营性收入成为农村居民家庭的主要收入来源，也成为农村居民内部收入差距最大的影响因素。低收入组的人均工资性收入在2002年以来的6年间增长了1.6倍，绝对值增加了1838元；而高收入组家庭的人均工资性收入虽然仅增长了69.4%，但绝对值却增加了4770元。

3. 农村居民家庭生活水平差距有所缩小

在消费支出方面，2002年，高、低收入组家庭的人均消费性支出相差4879元，前者是后者的2.9倍；2008年，高、低收入组家庭的人均消费性支出差额上升至5806元，但两者之比却下降至2.4：1。此外，从表5可见，高收入组各年的恩格尔系数虽然明显低于低收入组，但总体来看，两者近年来差距有所缩小。

表5　农村居民恩格尔系数

单位：%

年份	低收入组家庭	高收入组家庭	农村居民总体
2002	54.7	37.2	43.3
2003	46.6	39.4	43.9
2004	45.5	42.9	43.8
2005	48.7	39.7	43.2
2006	48.8	36.3	42.6
2007	50.9	39.1	42.8
2008	54.8	44.2	47.5

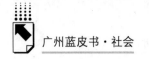

（三）城乡居民之间的收入状况

由于城乡居民收入调查的口径不同，在此我们利用城市居民人均可支配收入和农村居民人均纯收入进行对比。

1. 城乡居民收入差距呈现不断扩大的趋势

从图1可以看出，改革开放初期，由于从农村开始的改革使农业生产力得到了迅速的恢复和提升，农民收入随之增加，广州市城乡居民之间的收入差距并不明显。20世纪80年代中期以后，特别是进入90年代以来，随着改革重心从农村转到城市，城市居民的收入增长迅速，城乡居民之间的收入差距逐渐拉大。

国际上城乡居民收入差距一般不超过1.5∶1，中国是为数不多的超过2.0∶1的几个国家之一，而广州市2008年城市居民收入差距达到2.58，不仅明显高于国际一般水平，也高于同期的上海（2.34）、北京（2.30）、苏州（2.03）和天津（2.01）等几大城市。

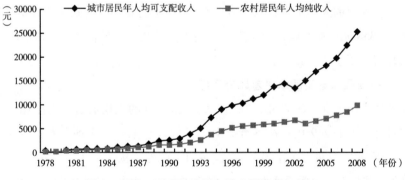

图1　1978～2008年广州市城乡居民收入情况

2. 工资性和转移性收入差距是城乡居民收入差距的主因

2003年以前，经营性收入是广州市农村居民最重要的收入来源，并成为缩小城乡居民收入差距的主要途径。随着农村劳动力不断向城镇转移，2003年，农村居民家庭工资性收入首次超过经营性收入，成为农村居民家庭收入的主体。但目前农村居民家庭的工资性收入水平仍远远低于城市居民，并成为两者收入差距拉大的主要影响因素。

此外，由于城乡二元体制等因素影响，城市居民社会保障水平明显高于农村居民，使得转移性收入成为除工资性收入外，城乡居民收入差距拉大的重要因素。

广州市自 1995 年建立城镇居民最低生活保障制度、1997 年建立农村居民最低生活保障制度以来,到目前为止,已经四次提高城镇居民低保标准,五次提高农村居民低保标准。2002 年,广州市城镇低保人口占非农业人口数的 0.7%,2008 年,这一数字为 0.6%,差距不大。而农村低保人口占农业人口总数的比重,2002 年为 1.1%,至 2008 年上升至 9.2%(见表 6)。这一方面说明了近年来广州市农村居民的最低生活保障水平有明显的提高,另一方面也透视出广州市城乡之间的差距。

表 6　城乡低保人口情况

年份	城镇低保户数(户)	城镇低保人口数(人)	农村低保户数(户)	农村低保人口数(人)
2002	13317	32501	10583	25756
2003	15837	38676	13462	31638
2004	16750	40477	23338	64060
2005	18836	45038	24692	68260
2006	20074	47863	26297	72988
2007	20483	48045	27719	74892
2008	20290	44991	26333	70151

资料来源:广州市民政局。

3. 城乡居民消费差距不断扩大

2002～2008 年,广州城乡居民恩格尔系数之间的差距不断扩大,特别是最近两年,城乡居民的恩格尔系数之间拉开了距离,差距达到 10 个百分点以上。2008 年,城市居民的恩格尔系数为 33.7%,明显低于农村居民的 47.5%(见图 2)。

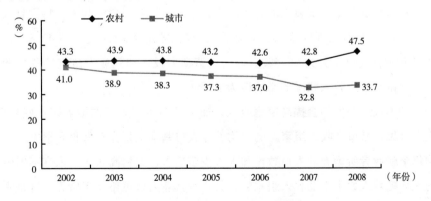

图 2　城乡居民恩格尔系数变动情况

从消费水平来看，2002 年城镇居民与农村居民消费水平之比为 2.6：1，而 2008 年上升至 3.1：1，城乡差距拉大。从耐用消费品的数量来看，城市居民家庭在各类消费品的拥有量上均高于农村居民家庭，特别是空调器、照相机、家用电脑等享受型和发展型消费品，前者的拥有量明显多于后者（见图 3）。

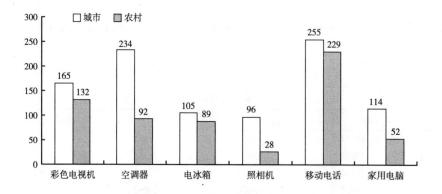

图 3　2008 年城乡居民家庭每百户耐用消费品拥有量

二　影响居民收入分配差距的因素分析

收入差距的形成是多种因素综合作用的结果。

（一）就业人口与负担人口

广州市城乡居民八成以上的收入均来自于工资性和经营性收入，特别是农村居民，2002 年人均工资性收入为 3006 元，仅占家庭人均纯收入的 43.8%，而 2008 年这一比重已上升为 63.5%。因此，劳动力投入和就业人口直接负担的家庭人口数量对家庭收入状况的影响极为显著。

劳动力投入的增加会提高家庭收入，而劳动力负担人口的增加则正好相反。从表 7 可见，城市高收入组家庭的户均就业人口基本上都高于低收入组家庭，而平均每个就业者所赡养的人口数量却大大少于后者；农村高收入组家庭不但劳动力的人均赡养人数少于低收入组家庭，其户均就业人口也略少于后者，这是农村居民内部收入差距不如城市居民那样大的原因之一。

表 7　城乡户均就业（劳动力）人数及赡养系数

年份	城市 20% 低收入户		城市 20% 高收入户		农村 20% 低收入户		农村 20% 高收入户	
	户均就业人数（人）	赡养系数	户均就业人数（人）	赡养系数	户均整半劳动力（人）	赡养系数	户均整半劳动力（人）	赡养系数
2002	1.31	2.59	1.84	1.59	3.16	1.68	2.58	1.49
2003	1.36	2.42	1.95	1.55	2.89	1.66	2.80	1.38
2004	1.45	2.34	1.76	1.55	2.96	1.66	2.93	1.28
2005	1.59	2.11	1.75	1.59	2.91	1.58	2.67	1.43
2006	1.72	1.97	1.75	1.53	2.80	1.65	2.68	1.39
2007	1.82	1.77	1.77	1.64	2.95	1.60	2.75	1.37
2008	1.47	2.31	1.74	1.57	2.93	1.60	2.79	1.34

　　注：赡养系数反映就业人口直接承担的家庭人口负担状况，赡养系数＝（家庭供养人口数＋就业人口数）/就业人口数。

（二）劳动力素质

　　一般来说，在人力资本上的投资越高，人力资本存量越大，劳动力素质越高，其收入水平越高。人力资本投资包括多个方面，教育和保健支出是其中必不可少的两个方面。从住户调查资料中的教育支出和医疗保健支出，可以清晰地发现广州居民之间的差距。2008 年，广州市城市居民家庭中，高收入组的人均教育支出和医疗保健支出分别为 1610 元和 1802 元，分别是低收入组的 2.6 倍和 3.0 倍。农村居民在教育文化娱乐上的全部支出，比城市居民仅仅在教育一项上的支出还要低，医疗保健方面的支出情况也同样如此。

　　教育投入上的差距一定程度上造成了城乡居民在科学素养上的差距，而科学素养是劳动力素质的重要方面。2007 年第三次"广州市公众科学素养调查"显示，广州市城市和农村公众的科学素质差距日益扩大。2007 年，城市公众具备基本科学素养的比例为 6.3%，远远高于农村公众的 0.8%。

　　事实上，除了居民家庭的支出，城乡和地区间在教育和医疗卫生等基本服务方面的公共投入也有较大的差距，并对劳动力素质的高低和居民收入差距产生影响。目前，城镇居民的受教育程度普遍高于农村，如果再考虑不同教育程度的质量差别，城乡间的人力资本存量差别更大。

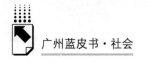

（三）家庭财产性收入

财产性收入是居民家庭四大收入来源之一。由于家庭财产具有累积性质，对家庭收入的影响也是累积性的。广东调查总队2009年"城镇居民家庭财产性收入研究"的结果也表明，居民财产性收入的来源主要集中于金融市场和房地产市场，并更多地流向高收入群体。

2002~2008年，广州市城市低收入组家庭的人均财产性收入从79元增加到323元，而高收入组家庭的人均财产性收入则从556元增加到1460元，后者增幅远高于前者。2008年，农村低收入组家庭的人均财产性收入为398元，占家庭人均纯收入的7.3%；高收入组的人均财产性收入为2395元，占家庭人均纯收入的10.9%。

（四）行业间工资差距不断加大

近年来，广州市高、低收入行业间职工工资的差距明显拉大，且呈不断扩大的趋势。从大类行业来看，2002年广州职工人均年工资最高的行业是金融业，最低的是农林牧渔业，前者的职工年人均工资是后者的3.0倍，是全市城镇单位职工年平均工资的1.8倍；2008年金融业的年人均工资仍然最高，是最低的住宿餐饮业的5.6倍，是全市城镇单位职工年平均工资的2.7倍。国际公认行业间收入差距的合理水平在3倍左右，广州目前行业收入差距已达5.6倍，大大超出合理水平。从中类行业来看，收入差距更大。2008年工资最高的证券业人均年收入为432946元，工资最低的餐饮业人均年收入为16596元，前者是后者的26.1倍。

从行业分布情况分析，高工资主要向知识、技术和资金密集型以及垄断行业集中。2003年以来，广州市金融业、信息传输计算机服务和软件业、公共管理和社会组织、电力煤气及水的生产和供应业等四个行业的人均年工资始终处于前四位；而低工资主要集中在农林牧渔业、住宿餐饮业和居民服务业等低知识、低技术的竞争性行业，这三个行业的职工工资始终排在最后三位。

（五）企业盈余侵占劳动者收入

2002年，广州市劳动者报酬占各行业增加值的比重为44.6%，2007年降为34.4%，下降了10.2个百分点；而企业盈余占各行业增加值的比重则从2002年

的 26.8% 上升到 2007 年的 36.7%，上升了 9.9 个百分点（见表 8）。此外，2002 ~
2008 年，广州市规模以上工业企业利润的年均增速为 29.4%，而城镇单位职工
工资的增速则相对缓慢，年均仅增长 14.1%。两者此长彼消，企业盈余很明显
地形成了对劳动收入的侵占。

表 8　增加值构成变动情况

单位：%

年份	劳动力报酬	企业盈余	生产税净额	固定资产折旧
2002	44.6	26.8	13.2	15.4
2003	44.5	27.9	13.0	14.5
2004	35.4	35.9	14.7	14.1
2005	36.2	30.7	19.7	13.5
2006	36.3	34.4	14.6	14.7
2007	34.4	36.7	14.0	15.0

从增长速度来看，正常的劳动者报酬的增长速度应比较稳定，且不低于经济
增长速度。从图 4 可见，2002 年以来，广州市 GDP 的增长比较平稳，但劳动者
报酬的增速却极不稳定。劳动者报酬的实际增速①除了在 2005 年和 2006 年稍高
于经济增长速度外，其余年份均落后于经济增长速度，2004 年与 GDP 增速的差
距甚至达到 17.2 个百分点。

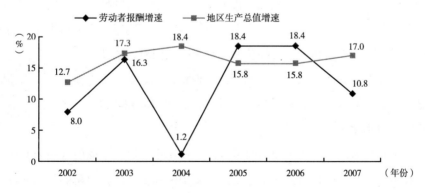

图 4　劳动者报酬与 GDP 增速

---

①　劳动者报酬增速和 GDP 的增速，是根据广州市统计年鉴中劳动者报酬和 GDP 的实际数计算得
到的，没有剔除价格上涨等因素的影响。

低工资对形成外贸的比较优势，以及资本的大量积累有很大的帮助，但同时也应看到低工资给经济发展带来的不利影响。第一，普遍高于劳动收入的企业盈余直接导致了财富的集中，拉大了高、低收入间的差距。第二，企业盈余过高必然导致劳动收入的不足，影响居民消费能力，不利于扩大消费需求、升级产业结构以及推进城市化进程。第三，我国产品在国际上低价占领市场，是由于国内劳动工资的低廉，但愈演愈烈的反倾销现象，已经使低价策略越来越难通行。通过压低工资降低成本，但却要向产品进口国缴纳高额的反倾销税，最终伤害的不仅是本国劳动者的利益，也是国家利益。

（六）城乡二元结构

近年来，广州市城乡居民之间的收入差距在不断扩大，根本原因在于城乡二元结构。我国的城乡二元结构肇始于户籍制度的建立，人为地从制度上将城市和农村分割开。城乡二元结构主要体现在三个方面的差异上，一是就业，二是公共服务，三是社会保障。

1. 就业

根据刘易斯的理论，在二元结构的限制下，农村居民收入由平均产出决定，仅够维持基本生活费用；而城市居民收入由边际产出决定，明显高于农业部门。改革开放后，大量农民进入城市寻找工作，但由于现有的城乡分割的二元结构没有彻底改变，进城打工的农民工收入不由城市居民的边际生产力所决定，而由农村居民平均收入水平和劳动力的转移成本决定。同时，长期的城乡分割使进城的农民工在找工作和工作过程中常常受到歧视，所找的工作也往往是"城里人"不愿干的低工资的"苦、脏、累"的体力活，难以获得较高收入。

2. 公共服务

长期以来的优先发展工业的政策取向，使城市居民所享受的各类公共服务均好于农村。同时，在我国公共服务是按户籍来区别提供的，户籍的限制使农村居民无法完全享受到各种为城市居民提供的公共服务，特别是教育、医疗等领域。城市所拥有的学校和医院，不论是在质量上还是在数量上都是农村地区所无法比拟的。教育质量的差别造成城乡居民在人力资本方面的差距，而享受医疗保障的城市居民所获得的隐性转移收入也高于农村居民。

3. 社会保障

由于目前农村的社会保障制度还处在不断完善的过程中，广州的农村居民在养老金或离退休金方面的收入大大低于城市居民，导致两者转移性收入出现较大的差距，2002 年为 1989 元，2008 年已上升至 4551 元。

广州市目前建立了城镇职工、灵活就业人员和城镇居民三大医疗保险制度体系，以及农村的新农合体系。城镇居民有社会医疗救助体系进行兜底保护，在其无法缴纳医疗保险金的情况下进行二次救助，即不缴费也可看病，而农村居民却未享受这种优惠。此外，广州市于 2008 年实现了养老保险城乡全覆盖，但由于部分农村居民受思想观念的束缚，以及困难群体的无力支付保险金，其覆盖面受到影响。

三　政策建议

在从计划经济向市场经济转型的过程中，收入分配差距的出现有其客观必然性，但差距扩大必然会给经济社会发展带来不利的影响，因此努力缩小居民收入差距，对于拉动消费需求，促进经济持续、稳定、协调发展具有重大的意义。

（一）完善就业体系，千方百计促进就业

工资性收入是造成广州市居民特别是城乡居民之间收入差距的主要影响因素。建议：一是要进一步贯彻实施《就业促进法》和"惠民 83 条"等政策，加大就业专项资金投入，扩大城乡居民的就业范围和提供更多的就业机会；二是要不断完善公共就业服务、公共职业培训体系以及就业援助制度，建立促进就业和帮助就业的长效机制；三是要通过优化创业环境鼓励和支持自主创业，以自主创业带动就业；四是要加强对用工形势的监测、预测和分析，并引导学校和培训机构合理配置专业，改善就业的结构性矛盾。

（二）加快改革，不断完善收入分配制度

1. 进一步完善初次分配制度

初次分配决定国民收入分配的基本格局，居民收入差距主要形成于这一阶段。在不影响市场分配机制和经济效率的前提下，政府应营造机会公平的社会环境，制定并有效地实施公平、规范、透明的规则，尽快形成"合理有序的收入

分配格局"。一是要通过提高最低工资保障标准等措施逐步提升劳动者报酬在国民收入分配中的份额，保护劳动者的合法权益；二是要继续完善市场体系和规范市场秩序，努力降低和消除各类不合理收入。

2. 充分发挥收入再分配机制的调节作用

初次分配在市场机制的作用下进行，再分配则由政府起主导作用，应更加注重社会公平。

（1）社会保障制度。目前，广州已建立了相对完整的城乡低保制度，在物价上涨或经济出现波动的情况下，也采取了多项措施帮助困难群众，但这些措施尚未形成制度。建议政府加快建立低收入者生活动态保障机制，将有限的资金用在"最需要的人"身上，并注意避免或减少"逆向转移"效应；研究扩大城镇社会医疗救助体系的救助范围，尽快纳入农村困难群体，"实现全社会更高水平的社会保障"；加快研究提高低收入职工收入和促使农村困难群体参加失业保险的政策措施；研究在财政资金允许的情况下，扩大补助范围，吸引人才。

（2）税收调节体系。随着经济的不断发展，个人所得日趋多元化、隐蔽化、分散化，税收征管工作难度日渐加大，而且累进税率机制不合理，工薪阶层成为实际纳税主体，容易造成穷人税负重而富人税负轻的"逆向调节"局面。例如，广州市 2000 年 84.7 亿元的个人所得税收入中，高收入者的税收仅占 2.3%，造成了事实上的累退税率。[1] 对此，政府必须有所作为，在发挥税收对生产积极性的激励作用的情况下，完善税收制度，逐步形成有效调节收入差距的税收体系。

3. 积极推动第三次分配

第三次分配[2]有利于减小贫富差距，弥补由政府主导的税收制度和转移支付的不足，有助于促进社会协调发展。在一些发达国家，慈善事业等大概占 GDP 的比重是 3%～5%，而我国目前只占 0.1%，而且其中还有近 80% 来自海外。[3]

这与我国目前的非营利组织（NGO）的管理模式有关。只有降低准入门槛，改变管理模式，才能从根本上扭转目前我国 NGO 发展不足和第三次分配滞后的

---

[1] 刘志英：《关于个人所得税制的思考》，http://www.51kj.com.cn/news/20060619/n62579.shtml。

[2] 第三次分配是指个人或企业出于自愿，把可支配收入的一部分捐赠出去，以社会救助、民间捐赠、慈善事业、志愿者行动等多种形式，实现社会财富的重新配置。

[3] 《和谐社会呼唤第三次分配》，2006 年 8 月 2 日《南方日报》。

现状。而且，我国对非营利组织的税收优惠政策，在具体操作时需简化流程，鼓励各类捐赠行为。

（三）推进城市化进程，加快消除城乡二元结构步伐

增加农村居民收入、缩小城乡差距的根本解决措施在于统筹城乡发展，加快推进城市化进程。而在未实现城市化前，则要本着"工业反哺农业、城市支持农村"的原则，充分发挥有关政策的灵活性、区别性、倾斜性和针对性，加大对"三农"的支持力度，提高农民收入水平。

1. 就业方面

一要积极发展乡镇企业和农村第二、第三产业，通过城镇化加快农民增收步伐和促进城乡工资均衡化；二要有针对性地加强就业指导、就业服务和职业培训，拓宽农村劳动力就业途径，促使农民转变就业观念，提高工作技能，促进增收；三要鼓励农民自主创业，对符合广州市经济产业方向、环保条件、资源节约要求，有利于农民就业增收的各类非公经济都要给予鼓励和政策支持。

2. 公共服务方面

公共基础建设、基础教育、公共卫生等，既是提高居民素养和能力的基础条件，也是机会公平和起点公平的根本所在。一要加强农村基础设施建设，改善农民生产生活条件；二要加大对农村教育、医疗等公共资源的投入力度，促进公共资源在城乡之间的均衡配置，实现"人人享有基本公共服务"，即基本公共服务的均等化。

3. 社会保障方面

社会保障在农村的发展是最为薄弱的，农村居民所享受的各类保障也是最少的，政府应逐步扩大社会保障覆盖面，不但要实现城乡社会保障制度的"体系统一、无缝衔接"，还要尽早缩小城乡社会保障水平的差距。

（审稿：谢颖）

参考文献

高霖宇：《社会保障对收入分配的调节效应研究》，经济科学出版社，2009。

刘永军、梁泳梅等：《中国居民收入分配差距研究》，经济科学出版社，2009。

谭伟：《中国收入差距：增长"奇迹"背后的利益分享》，中国发展出版社，2009。

景天魁主编《收入差距与利益协调》，黑龙江人民出版社，2006。

中国经济体制改革研究会联合专家组、中国经济改革研究基金会：《收入分配与公共政策（中国改革与发展报告 2005）》，上海远东出版社，2005。

国家统计局城市司、广东调查总队课题组：《城镇居民家庭财产性收入研究》，《统计研究》2009 年第 1 期。

杨天宇：《中国居民收入再分配过程中的"逆向转移"问题研究》，《统计研究》2009 年第 4 期。

李培林：《中国贫富差距的心态影响和治理对策》，《中国人民大学学报》2001 年第 2 期。

郑诚：《广东贫富图谱》，《南方》2009 年第 12 期。

Research on the Income Distribution of Guangzhou Households

Research Group of the Survey Office in Guangzhou

National Bureau of Statistics of China

Abstract： The Sample survey of years 2002 − 2008 on the Urban and rural households of Guangzhou shows that the ratio between the high and low income households is shrinking. Because of different incremental, especially the different in the wages income, the absolute gap of income and the standard of living is expanding. Lots of factors result in the expansion of households' income gap, including employment structure, labor quality, income from properties of family, income difference between different industry, corporate profits seizes the labor income and Urban-rural dual structure, Etc. Based on the study, we give several suggestions, such as promoting employment, reforming distribution system, promoting urbanization, to reduce the negative impact from the income gap on our economy and society.

Key Words： Income of Households; Distribution; Difference/Gap

B.19
广州城市低收入居民生活现状与
对策研究

摘　要： 本文利用2007～2009年广州市低收入居民抽样调查数据，结合针对广州市低收入居民开展的专项调查及典型调查资料，对比广州市城镇住户抽样调查数据以及国内外低收入居民保障现状，分析了当前广州市低收入居民生活现状以及保障现状，指出了广州市低收入居民生活存在的困难以及其获得保障的不足之处，有针对性地提出了相关扶贫助困的措施和建议。

关键词： 广州市低收入居民　最低生活保障　完善社会救助

广州市委、市政府一直高度重视对低收入居民的救助，除了落实基本的生活保障救助外，还不断完善落实医疗、住房、教育、就业等相关优惠政策，低收入居民生活水平近年来有了明显的改善。但不能忽视的是，城市低收入居民在收入、消费、住房、教育和医疗等各方面都表现出与全市平均水平的明显差距。狭窄的社会网络使之更容易处于边缘化的境地，城市低收入居民入不敷出的经济窘境和精神压力越来越突出。政府对城市低收入群体的救助仍有大量的工作要做。

本文以广州城市低收入居民（指在广州市民政局审核登记在册的城市居民家庭低保户及低收入困难户，以下简称为低收入居民[①]）为研究对象，根据国家

---

* 课题组组长：余家荣，成员：王晶莹、杜淑健、李日红、刘树权、杜倩文、冯一雄、王超、潘旭。

① 2010年1月1日起，广州市（不含花都、从化、增城）城镇低保家庭认定标准为家庭人均月收入低于410元，城镇纯低收入困难家庭为家庭人均月收入高于410元低于495元。

统计局广州调查队持续三年的低收入居民生活状况抽样调查资料①，以及专门开展的入户专项调查和典型个案调查等相关数据，分析广州城市低收入居民的基本生活状况，根据该群体的实际情况和生存困境，有针对性地提出相关扶贫助困的措施和建议。

一　广州城市低收入居民生活现状分析

根据广州市民政局公布的数据，截至 2009 年底，享受城市低保待遇的人数为 45412 人。就业人口少、收入低负担重、生活水平低是这些家庭的基本特征。为了更好地保障这些家庭的基本生活，2009 年广州市低保金支出近 1.3 亿元，医疗、教育、居住、消费减免资金共 4682 万元，分别比 2007 年增长 3.6% 和 20.6%。虽然近年来广州低收入居民生活水平有所改善，但与全市平均水平相比仍有一定的差距。

（一）广州城市低收入居民家庭基本情况

据抽样调查资料显示，广州城市低收入居民存在以下明显特征。

1. 学历低、难就业、负担重

在被调查低收入居民中，大专以上文化程度人口占 8.7%②（约为同期全市平均水平的二成），初中及以下文化程度人口占 57.8%③（约为同期全市平均水平的 7 倍）。文化程度低、劳动技能单一导致低收入居民家庭人口就业率非常低。2009 年，广州城市低收入居民家庭户均家庭人口为 2.82 人，就业人口为 0.43 人，就业者负担系数高达 6.56（为同期全市平均水平的 3.6 倍）。在已就业人口中，较低的文化素质导致其难以在行业选择、工作薪酬方面有所作为，就业行业为"居民和其他服务业"占 70.0%，职业为"商业、服务业工作人员"

---

① 根据《国家发展改革委关于妥善处理资源性产品价格上涨对困难群众生活影响问题的通知》（发改价格〔2006〕480 号）精神和市政府对《关于编制我市低收入居民消费价格指数及经费问题的指示》的批复意见，从 2006 年 11 月起，广州调查队在对 1500 户低收入居民家庭生活状况一次性重点调查的基础上，抽选 100 户家庭开展低收入居民生活状况调查。

② 包括在校学生，如不包括在校学生，占比为 2.2%。

③ 包括在校学生，如不包括在校学生，占比为 63.5%。

占 95.0%，每一就业者人均工资性收入仅有 830 元，仅是全市平均水平的 22.8%。

2. 住房条件差并以租赁房为主

安居才能乐业，居住条件直接关系到人们生活的水平和质量。2009 年，广州城市低收入居民人均居住支出为 792 元，为全市平均水平的 37.3%，其中，居住类支出的 90.7% 是用于房租、水、电、煤气、液化气等生活所必需的刚性开支，以维持正常生活所需，且这一部分的绝对额是全市平均水平的 60.4%。由此可见，低收入家庭在水、电、煤气等方面的支出比一般家庭更为节约，用于改善居住环境的装潢和维修支出可谓空白。

（1）六成以上低收入居民家庭处于"蜗居"状态。近年来，广州低收入居民的居住条件得到了一定的改善，2009 年户均住房建筑面积 38.6 平方米，比 2007 年增长 15.5%，但仍然普遍存在住房面积较小、居住拥挤的问题。户均住房建筑面积在 40 平方米以下占 62.0%，40～60 平方米之间的小型户占 23.0%，60～80 平方米的中型户占 15.0%（见图 1）。

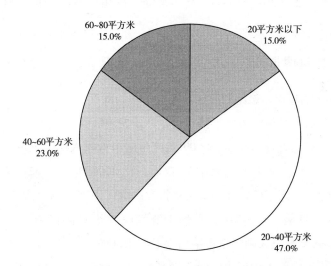

图 1　2009 年广州城市低收入居民户均住房建筑面积分布

（2）近八成低收入居民家庭居住租赁房。2009 年，广州城市低收入居民家庭中，74.0% 是居住租赁公房和私房，20.0% 属于原有私房，6.0% 为房改私房，无经适房和商品房。与 2007 年对比，租赁公房增长 34.1%，租赁私房下降

42.4%，显示三年来广州市困难居民住房得到了一定的改善。

（3）低收入居民家庭住房生活设施有待完善。广州城市低收入居民住房成套率较低，超七成的低收入居民家庭居住在条件不理想的普通楼房、平房和一居室中，而居住在二居室、三居室的分别只有 28.0% 和 1.0%（同期全市平均水平分别为 49.0% 和 39.0%）。近五成低收入居民家庭的卫生设施仍然需要完善。2009 年，广州城市低收入居民家庭拥有厕所浴室的占 51.0%，有厕所无浴室的占 32.0%，无卫生设备的占 13.0%。在炊用燃料方面，液化石油气仍是低收入居民家庭主要使用的燃料方式（占 73.0%），管道煤气占 18.0%。值得关注的是，仍有 9.0% 的低收入居民使用煤、柴等其他燃料。

3. 耐用消费品拥有量与全市水平相比差距较大

2009 年，广州城市低收入居民家庭人均耐用消费品支出仅达同期全市平均水平的一成，家庭设备用品拥有量普遍较低，如电脑、空调的每百户拥有量分别为 45 台、20 台（同期全市平均水平分别为 124 台、241 台），而一些休闲娱乐的耐用消费品拥有量更低，如照相机的每百户拥有量仅为 4 台（同期全市平均水平为 100 台），高档享受型耐用消费品如摄像机、钢琴等均是空白。

（二）广州城市低收入居民家庭收支情况

1. 收入增幅稳定，但绝对收入不及全市平均水平

随着城市居民总体收入水平的提高，广州城市低收入居民家庭收入水平也逐年上升。据抽样调查资料显示，2009 年广州城市低收入居民家庭人均可支配收入为 6507 元（未及全市平均水平的 1/4），比 2007 年增长 32.1%，年均增长 14.9%，扣除低收入居民家庭消费价格指数影响（以 2007 年为基期），年均实际增长 10.9%（见表 1）。其中，人均工资性收入绝对额仅为全市平均水平的 6.4%，人均转移性收入则为全市平均水平的 86.0%。

低收入居民家庭人均可支配收入增长稳定，2008 年、2009 年分别比上年增长 15.3% 和 14.5%，分别高于全市平均水平 2.6 个和 5.4 个百分点。

从收入构成看，2009 年，广州城市低收入居民家庭的人均经营性、财产性收入在家庭总收入中所占比例为零；人均工资性收入绝对额仅为全市平均水平的 6.4%，其占家庭总收入的 22.1%，比全市平均水平低 50.9 个百分点；社会救济、

表 1 广州城市低收入居民家庭收入及构成情况

指标（人均）	2007 年		2009 年		2009 年比 2007 年	
	收入（元）	构成（%）	收入（元）	构成（%）	收入增长（%）	构成占比增减（%）
家庭总收入	5448	100.0	6861	100.0	25.9	—
工薪收入	1508	27.6	1519	22.1	0.7	-5.5
经营净收入	0	0.0	0	0.0	—	—
财产性收入	0	0.0	0	0.0	—	—
转移性收入	3940	72.4	5342	77.9	35.6	5.5
社会救济收入	2831	52.0	3942	57.5	39.2	5.5
其中:可支配收入	4927	90.4	6507	94.8	32.1	4.4

捐赠等转移性收入是其收入的主要来源，人均转移性收入绝对额为全市平均水平的 86.0%，其占家庭总收入的 77.9%，比全市平均水平高 58.9 个百分点。

（1）收入来源单一，转移性收入为主体。2009 年，广州城市低收入居民家庭人均转移性收入为 5342 元，占总收入比重为 77.9%，比 2007 年增长了 5.5 个百分点。近三年，广州城市低收入居民家庭年人均转移性收入增长率达到了 16.4%，其中社会救济收入年均增长率达到了 18.0%。社会救济收入大幅增长原因有二：一是 2008 年广州市调整了低保标准；二是由于各级民政部门和有关单位继续加大力度组织开展多种形式的帮扶慰问活动，增加了各种慰问金及物价补贴投入。

（2）工薪收入增长较缓，占家庭总收入比重逐年减小。2009 年，广州城市低收入居民家庭人均工薪收入为 1519 元，比 2007 年增长 1.3%。2009 年，工薪收入在低收入居民家庭总收入中的比重为 22.1%，比 2007 年降低了 5.4 个百分点。近三年来，广州城市低收入居民家庭工薪收入较低，且增长缓慢，在家庭总收入中的比重逐年下降，主要受以下三个因素影响：一是低收入居民家庭就业人口较少，且呈逐年递减趋势。二是低收入居民家庭就业人口的就业行业和职业的层次均比较低，导致工薪收入低。三是低收入居民家庭就业人口的工作稳定性低。同时，金融危机的冲击，也影响了近三年低收入居民家庭工薪收入增长。

2. 生存性消费支出为主，生活水平远低于全市平均水平

2007 年以来，广州城市低收入居民家庭人均消费性支出呈明显增长趋势。2009 年广州城市低收入居民家庭人均消费性支出为 6706 元，比 2007 年增长 23.0%，年均增长 10.9%，扣除低收入居民消费价格指数影响，实际年均增长

7.1%。低收入居民家庭生活水平远低于全市平均水平，仅有食品和医疗保健消费能达到全市平均水平的四成以上，许多类别的消费性支出不及全市平均水平的三成。

2009年，广州城市低收入居民家庭的八大类消费支出中，除教育文化娱乐服务比2007年下降3.5%外，其他七类支出均比2007年有不同程度的增长。增幅最小的是居住，三年间增长2.7%。其他六类支出增幅均在两位数以上，其中医疗保健支出增幅最大，为87.1%；其次是家庭设备用品及服务，增长71.8%；再次为交通和通信，增长31.9%。衣着、食品、杂项商品和服务分别增长29.3%、20.7%和12.3%（见表2）。虽然生活质量有一定程度的改善和提高，但消费水平仍然较低，收不抵支现象较严重。2007年，广州城市低收入居民家庭收支倒挂524元，2009年收支差距虽有所缩小，但仍倒挂200元。

表2　广州城市低收入居民家庭消费支出情况

指标（人均）	2007年		2009年		2009年比2007年	
	支出（元）	构成（%）	支出（元）	构成（%）	支出增长（%）	构成占比增减（%）
消费支出	5451	100.0	6706	100.0	23.0	—
其中:服务性消费支出	1632	29.9	2032	30.3	24.5	0.4
食品	2567	47.1	3099	46.2	20.7	-0.9
衣着	98	1.8	126	1.9	29.3	0.1
居住	771	14.1	792	11.8	2.7	-2.3
家庭设备用品及服务	138	2.5	238	3.5	71.8	1.0
医疗保健	537	9.9	1006	15.0	87.1	5.1
交通和通信	386	7.1	509	7.6	31.9	0.5
教育文化娱乐服务	846	15.5	816	12.2	-3.5	-3.3
杂项商品和服务	107	2.0	120	1.8	12.3	-0.2

从低收入居民家庭消费性支出的结构来看，主要以生存型支出为主。2009年广州城市低收入居民家庭食品、衣着、医疗、居住（包括水费、电费、燃气费等）这些基本的生存型消费支出占低收入居民家庭消费性支出的74.9%，高于全市平均水平19.7个百分点，基本上没有享受型消费支出。

（1）食品支出比例稳步增长，饮食质量有待提高。2009年，广州城市低收入居民家庭人均食品支出为3099元，比2007年增长20.7%，年均增长9.9%，扣除低收入居民家庭食品类价格指数影响，比2007年实际增长4.7%，年均实际增长2.3%。食品支出占消费支出的比重（恩格尔系数）由2007年的47.1%下降到2009年的46.2%，减少了0.9个百分点，比全市平均水平33.2%高出13.0个百分点。

在食品消费方面，低收入居民家庭仍然处于生存型消费阶段，即随着收入的增长，对于粮食制品、肉禽蛋水产品、新鲜蔬菜等生活必需食品的消费需求稍有增加，档次也略有提高。2009年，广州城市低收入居民家庭粮食制品、肉类、禽类、蛋类、水产品类（不包括水产制品）、鲜菜的人均消费数量分别比2007年增长7.9%、7.7%、30.2%、1.7%、5.5%和1.8%，消费金额占食品支出总额的六成以上。

受收入水平限制，低收入居民家庭对于营养食品等非必需食品的消费仍然较少，饮食社会化程度不高。2009年，广州城市低收入居民家庭人均酒类、鲜果、鲜瓜、糕点、鲜奶的消费数量为0.7千克、13.7千克、2.8千克、2.4千克和2.3千克（分别达到同期全市平均水平的29.2%、33.6%、28.0%、40.0%和15.1%），其中，酒类、鲜奶消费数量较2007年略有下降，其他食品消费数量也增加甚少。

（2）医疗负担压力加大，影响低收入居民家庭生活质量提高。2009年，广州城市低收入居民家庭人均医疗保健支出为1006元，比全市平均水平低27.5%。其中，人均药品费和医疗费分别高于全市平均水平22.4%和2.0%；人均保健器具和滋补保健品支出分别低于全市平均水平98.9%和97.2%。在消费支出中，除了食品之外，医疗支出竟是其家庭消费中最重要的一项，占消费支出比重高达15.0%，比2007年增长了5.1个百分点。其中，人均药品费和医疗费支出占医疗保健支出的比重达到了98.0%，而人均滋补保健支出仅占医疗保健支出的2.0%。2009年，广州城市低收入居民家庭人均药品费和医疗费比2007年分别增长了46.8%、3.1倍，而2009年人均可支配收入较2007年仅增长32.1%，低收入居民家庭收入的增速远远赶不上家庭药品费和医疗费支出的增速，过重的医疗负担在很大程度上挤压了低收入居民家庭改善生活的空间，影响其生活质量的提高。

（3）低收入居民家庭交通成本支出加大。2009年，广州城市低收入居民家庭人均交通和通信支出为509元（仅及全市平均水平的15.3%），比2007年增长31.9%，占消费支出比重为7.6%，比2007年增长了0.5个百分点。其中，交通费支出比2007年增长45.2%，这无疑在一定程度上增加了低收入居民家庭的生活成本。据多位受访居民反映，他们平时出行不多，即使出行也以步行为主，偶尔乘公交车，会尽量选择票价稍低的非空调型公交车，但这种1元公交车越来越少，现行公交优惠政策对他们来说却是"门槛太高"。低收入居民家庭拥有的交通工具和通信工具量少、档次低，2009年，广州城市低收入居民家庭每百户自行车、移动电话、普通电话的拥有量分别为75辆、85部和81部。由于对非生活必需品的消费能力非常低，低收入居民家庭所购买的自行车、电话均非常便宜，其单价均不到同期全市平均水平的三成。

（三）广州城市低收入居民家庭专项调查分析

为了深入了解低收入居民家庭的生活现状，以及他们对现行低保政策的看法，作为本次课题研究的实证调查部分，我们在100户经常性城市低收入居民家庭中分别进行了问卷调查和典型个案访谈。共发放问卷100份，选取了5户不同类型的城市低收入居民家庭（单亲低保家庭、原低收入困难家庭现已脱贫、残疾人低保家庭、具备劳动能力的困难家庭、重病低保家庭）进行了个案访谈。希望通过问卷调查和个案访谈对他们的情况和想法有一个更深入的了解，有助于更好地思考、分析问题，以便更有针对性地提出解决问题的对策。调查表明，低收入居民家庭生活状况具有以下特点。

1. 能满足基本生活需要，但生活品质较低

广州城市低收入居民家庭的生活仅能维持温饱水平，更高层次的如文化、旅游等享受型消费几乎没有，他们的生活品质较低和相对边缘化。在消费结构方面，食品消费占的比重最高，营养品的摄入水平比较低，甚至连日常穿用的衣物也要倚靠于他人救济和资助。在文化、娱乐、旅游等方面，低收入困难家庭的消费几乎为零，绝大部分城市低收入居民家庭一年中几乎没有娱乐消费，近90%的家庭表示从未自费去过旅游和从未在娱乐方面有任何开销。大部分城市低收入居民家庭没有经常读书看报的习惯，有近50%的家庭半年才买一次报纸，精神层面需求满足程度很低。

2. 低收入居民家庭中多数都有残疾或长期疾病人员

身体残疾或有长期严重疾病是造成广州城市低收入居民家庭贫困的主要原因

之一。由于受自身条件所限，他们难以获得与他人相同的工作机会，无法正常参与生产劳动。同时，这也对其心理造成了一定影响，多数残疾、重病困难家庭对自我的认同度较低，对生活也不抱太高期望，安于现状，有困难就依靠街道、居委和亲属帮助，缺乏独立生活的能力和信心，"有困难，找政府"已经成为他们面对困难时的首要选择。

3. 面临医疗、子女教育和养老压力等困难

在广州城市低收入居民家庭面临的困难中，众多受访者均把身患重病以及由此带来的医疗费用排在第一位，其次是子女教育开支，第三是未来养老的压力，就业困难以及子女抚养等的选择比例也比较高。

近七成城市低收入居民家庭生病时选择自己去药店买药，只有 23.0% 的居民选择去社区诊所就医，而且花费通常都在可以报销的范围以内（根据市民政局规定，低保家庭凭有效单据每季度每人可报销共 150 元的医药费用）。

在有子女正在接受非义务教育的家庭中，有 64% 的家庭表示无法承受子女的学费，仅有 36% 的家庭表示勉强可以承担；当问到他们如果无力支付学费如何解决时，有 62.0% 的家庭选择向亲友借钱，另有 32.0% 的家庭依靠社会捐助。

二 广州城市低收入居民家庭生活保障存在问题分析

（一）实际保障水平低于京、沪、深等城市

从低保标准看，2009 年，广州市低保标准为 365 元，在京、沪、穗、深中排末位，低于上海市（425 元）、深圳市（415 元）和北京市（410 元）；从低保标准和城镇居民可支配收入的增长速度看，广州市城镇居民可支配收入增长速度高于北京、上海和深圳，但低保标准的增长速度低于上述城市。2009 年，广州市城镇居民可支配收入比 2007 年增长 22.9%，但低保标准只增长了 10.6%，而同期北京、上海和深圳的低保标准分别增长了 24.2%、21.4% 和 15.0%。从低保标准与城镇居民可支配收入的比例看，2008 年和 2009 年广州市低保标准与城镇居民可支配收入之比分别为 0.17∶1 和 0.16∶1，均低于北京、上海和深圳（见表 3）。由此可见，广州市低保水平有待进一步提高。

表3　2007～2009年穗、京、沪、深低保标准与城镇居民可支配收入比例

项　　目	城　市	广州	北京	上海	深圳
城镇居民可支配收入（元/月）	2007年	1872	1832	1969	2025
	2008年	2110	2060	2223	2227
	2009年	2301	2228	2403	2437
	2009年比2007年增长（％）	22.9	21.6	22.0	20.3
低保标准（元/月）	2007年	330	330	350	361
	2008年	365	390	400	390
	2009年	365	410	425	415
	2009年比2007年增长（％）	10.6	24.2	21.4	15.0
低保标准与城镇居民可支配收入比例	2007年	0.18:1	0.18:1	0.18:1	0.18:1
	2008年	0.17:1	0.19:1	0.18:1	0.18:1
	2009年	0.16:1	0.18:1	0.18:1	0.17:1

（二）非政府组织作用发挥不足

我国非政府组织起步较晚，表现为普遍规模偏小、资金有限、人员不足、专业化服务能力不强、社会公信力不高等。非政府组织由于与社会成员的紧密接触和联系，在某种程度上更加了解被保障主体的社会保障需求和方便其权利的实现，正发挥着越来越重要的作用。

香港社会保障制度中的一些做法值得借鉴。香港利用非政府组织的力量来发展社会福利事业，实践证明，这是比较成功的做法。香港政府充分发挥民间社会福利机构灵活自如、专业程度高、应变能力强的特点，为社会和需要者提供较完善、较丰富和质量较高的社会福利服务。政府与民间社会福利机构是"合作伙伴"关系，香港政府通过宏观规范管理、咨询培训、政策引导、经费资助等方式，大力扶持和发展民间社会福利机构。

（三）医疗保障和养老政策存在缺陷

在问卷调查和个案访谈中均发现，很多城市低收入居民家庭对将来的养老及医疗问题表现出较大的担心。现有低保政策主要涵盖了生活救助、医疗救助两大方面，养老方面的相关救助政策还有待进一步完善和加强。而针对低收入居民家

庭身患残疾的情况，现有医疗救助力度也相对薄弱。在问卷调查中，医疗和养老是低收入居民家庭最希望加强的两大问题（选择比例分别为32.0%和24.0%）。目前，针对城市低收入居民家庭的大病救助体系还未有效建立，一般的药费报销不能满足现有要求，而养老保障目前在我国的低保政策中还属于空白，面对进入老年后即将面临的诸多生活压力，低保户急切盼望政府有关部门尽快出台相关政策，解决他们的后顾之忧，使他们老有所养、老有所医。

（四）子女教育压力大，精神生活贫乏

2009年，广州城市低收入居民家庭的教育支出仅次于食品和医疗支出。低收入居民家庭中有限的各类营养品的主要消费对象通常是家中的小孩子。在有子女正在读书的低收入居民家庭群体中，重视教育是他们的共识，子女毕业后找到一份满意的工作也成为他们最大的愿望。但对于低收入居民家庭而言，孩子的教育费用是一个沉重的负担，不少家庭表示靠借债才得以供子女读书。在满足子女教育的同时，低收入居民家庭已经无力为自身文化素质提高而支出相关费用，成人教育费用三年来均为零，不少家庭因而走进了"文化素质低—就业难—收入低—无力提高自身素质"的恶性怪圈。

在文娱服务方面，广州城市低收入居民家庭几乎没有多少支出。为了尽可能少花钱，他们在休闲时间家庭几乎都是待在家里，唯一的娱乐活动就是看电视，精神生活相对贫乏（见图2）。

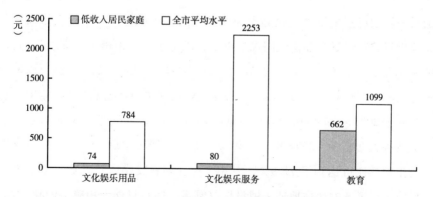

图2 2009年广州城市低收入居民家庭教育文化娱乐服务类支出与全市平均水平比较

（五）广州城市低收入居民家庭存在就业困境

广州城市低收入居民家庭就业主要有以下几个方面的问题：一是城市低收入居民家庭本身经济能力有限，无法负担增强个人就业竞争力的费用，而政府提供的免费就业培训较少，针对性不强，低收入居民难以通过当前救助制度提高个人素质。二是不少城市低收入居民就业观念保守落后，在其自身劳动技能有限的情况下，不愿意从事类似于环卫工人、搬运工人等体力工作，他们认为太辛苦、没面子，甚至少数人对政府救助产生依赖，劳动积极性不高，宁愿吃政府救助也不愿意通过个人劳动获得收入。三是个别低收入居民家庭担心子女成年后参加工作，因收入低出现就业不如拿低保的窘境。现有的低保政策存在一些不足，由于会有就业者从业后获得收入使家庭人均收入刚刚超过低保线的可能，但是根据政策，只要家庭收入超过低保线就会被取消低保资格，同时不能享受其他的低保优惠政策，从而导致就业后的家庭生活水平反而不如就业前的水平，影响低收入居民的就业积极性。

（六）居住条件较为恶劣

从调查结果来看，广州城市低收入居民家庭住房条件恶劣的情况较普遍。一是居住面积小，配套设施差。不少城市低收入居民家庭在子女成年后还挤在一间小屋里，且缺乏卫生设施。二是廉租房的实用性不够。广州城市低收入居民家庭普遍反映廉租房因生活配套设施不完善，距离市区偏远，居住的生活成本非常高，菜价贵、路费贵等都让他们难以承受，以至于他们不得不放弃居住廉租房，只能租住在市区里条件非常差的私房。三是不少城市低收入居民家庭反映燃料支出成本太高。广州对于城市低收入居民家庭的居住费用已经采取了一定的优惠措施，分别于2005年和2007年开始对低收入困难家庭实行水费、管道天然气的优惠，但调查数据显示，2009年，广州城市低收入居民家庭水、电、燃料支出在居住支出中的比重达到了71.9%，其中，电和燃料支出占近九成。由于大部分城市低收入居民家庭居住地还未铺设燃气管道，燃料只能使用罐装液化石油气，导致多数城市低收入居民家庭不能享受管道天然气的优惠，反而要承受罐装液化石油气价格快速上涨而增加的生活成本。

三 政策建议

在政府、社会各界的共同努力下，针对低收入群体生活保障方面所做的大量工作逐显成效，但仍然面临着一些问题。低收入居民家庭除面临部分物质生活不足的窘境外，更严峻的是可能陷入精神生活匮乏、被社会排斥和边缘化、多代贫穷，以及在教育、医疗、住房等权利面前生存机会不均等的发展困境。对此，我们要进一步加强对低收入居民家庭的救助，既要加大对低收入居民的教育、医疗、居住等政策的倾斜力度，解决其生活中急需解决的难题，又要严格低保管理制度，创新低保服务模式，建立解决低收入居民家庭问题的长效机制。

（一）提高低保支出水平，拓宽社会经费来源

据统计，2007～2009年，广州市低保支出占地方财政一般预算支出的比重均为0.2%，分别低于同期全国0.8%、0.8%和0.7%的平均水平。2007～2009年，广州市低保支出占民政事业费支出的比重分别为5.6%、8.5%和5.6%，亦大幅低于同期全国26.1%、22.5%和24.7%的平均水平。因此，应合理拓展社会福利服务项目，提高对民间社会福利服务机构的资助水平。

在逐步加大政府财政对低保支出的同时，还应当拓宽社会保障经费的来源，逐步建立起吸引和鼓励为社会福利捐赠的政策机制。根据香港的经验，可以通过设立社会福利基金、制定政策、吸引鼓励社会福利捐赠、促进民间资本投身社会福利事业等多种手段，不断扩展社会福利服务经费的来源，以促进社会福利事业的发展。同时，对于福利经费的筹集、分配使用及具体开支等，应建立严格有效的监督体制，以保证其合理使用和充分发挥效用，并给予捐赠者以信心，形成良好的社会捐赠氛围。

（二）将政府购买服务纳入社会救助体系

政府购买公共服务作为政府管理体制创新的手段，既转变了"公共服务应该由政府统包统揽"的旧观念，也为合理利用资源、节约成本，构建高水平的公共服务体系提供了保障。从实际效果来看，政府购买公共服务为政府节约了大量行政管理成本，同时，公共服务的质量也有极大的提高。政府购买公共服务将

成为当前公共机构改革的重要方向。

2007 年 9 月，广州青年志愿者协会公开征集志愿服务需求，用广州市财政首次拨款支持志愿者事业的 60 万元采购志愿服务项目。当时，这被媒体视为广州首次向社会公开采购志愿服务项目。2009 年，广州市全面启动社工项目试点工作，并积极推进社会管理综合改革，开展社区综合服务中心的建设。政府向各类社工机构购买项目 33 个，社区综合服务中心的街道试点 19 条，投入资金达 3000 多万元。广州市在购买社会服务方面进行了有益的探索。

2009 年 2 月，广州市越秀区民政局和建设街办事处采取政府购买公共服务形式，向"广州阳光社会工作事务中心"购买社区综合服务，以社会工作介入社区工作的模式建立了阳光社会工作站。阳光社工站以专业社工与民政专干相结合的方式，采取个案工作方法、小组工作方法、社区工作方法等多种专业技巧对低保家庭、困难家庭等提供帮扶，以及心理辅导、情绪支持和精神鼓励等服务，通过多个案例的实践，在整合社会资源和帮助困难家庭走出困境方面做了有益的尝试和探索。但社会工作介入社区工作的模式才刚刚起步，还处在试点阶段，在扩大试点、加大扶持和有效管理方面有待进一步完善。

（三）进一步完善大病救助体系

广州目前针对城市低收入家庭的医疗救助体系中，大多数专科医院还未纳入可报销医药费的定点医院范畴，给低保人员看病带来不便，今后还应当适当扩大定点医院范围，使低保人员的更多疾病可以得到有效医治。

尽管目前已经建立了重大疾病专项救助，住院医治也可以享受优惠，但是出院后的后续治疗仍是一个较大负担，针对低保人群多数属于长期患者的特点，有关部门还应当完善大病救助体系，进一步完善医疗救助制度，给予困难群众更方便、更人性化的医疗救助。现行医疗救助制度要求居民在看病后才能根据有关程序规定办理报销手续，这对于部分家庭条件困难，比如连借钱都借不到的家庭而言，报销实际上变成了可望而不可即的事情，对于这部分低收入居民，建议有关部门根据其家庭实际情况，采取先看病后缴费的办法来解决。

（四）加大广州城市低收入居民家庭子女高等教育资助力度

教育是降低贫穷、创造财富的最有效方法之一。我们所走访的脱贫家庭正是教育对低收入居民家庭重要性的最好佐证，教育是低收入居民家庭改变命运的主要途径之一。

一是要加大对高等教育的资助力度。政府要尽快完善高等教育救助制度，保障救助资金的来源充足，增加对高等教育救助投入，设立贫困学生高等教育助学基金、奖励金等，以做到不让一个孩子因为贫困而失去接受高等教育的机会，并鼓励其刻苦学习。二是要规范和完善贫困生救助体系。当前的高校贫困生救助体系包括减免学费、助学奖学金、助学贷款、勤工助学等政策，较好地解决了部分贫困学生的受教育问题。但对于贫困生认定标准有困难、学费减免范围较小、助学贷款审批漏洞等问题，需要进一步完善和创新助学政策体系，帮助贫困生圆梦。三是鼓励企业、社会人士积极参与。发动社会各界积极参与资助贫困学生完成学业的活动，这不仅给贫困学生带来了完成学业的希望，也非常有助于推动社会文明风尚、爱心互助精神的发扬光大。

（五）扩大就业，提高低保家庭收入

要解决城市低收入居民的就业问题，不仅需要制定和完善就业救助政策和制度，还需要各级职能部门和企事业单位的支持与执行，更需要就业困难者个人的努力。一是在现有就业援助政策上作进一步的完善和创新。在为低收入就业困难人员提供一次免费就业培训的基础上，进一步细化培训机制，逐步建立以劳动力市场需求为导向的动态的教育和培训体系，根据就业困难人员特点打造就业培训模式，让不同类型的就业需求得到与其相适应的救助。与此同时，还需要拓宽就业信息的发布渠道，让就业困难人员能够充分了解有关政策和信息。二是有关部门、企事业单位要积极支持、配合政府做好就业困难人员的再就业工作，尽可能多地提供公益性就业岗位。政府对于接受就业困难人员的企事业单位实行一定的奖励措施，鼓励更多的企事业单位积极参与。三是要引导广州城市低收入居民积极就业，通过自己的努力彻底改善生活。基层政府部门工作人员要与低收入居民更多地进行沟通交流，做好其思想教育工作，引导低收入居民改变就业观念，使其能够以理性、务实的态度面对就业，对劳动有积极性，使他们能承担起发展自己、抚养家庭的责任。

（六）推行廉租房政策，实行居住费用支出补贴

广州市政府一直致力于推进"人有所居"工程，在构建完善广州住房保障

体系中，市委、市政府始终将保障困难家庭住房问题摆在最重要的位置，为低收入居民家庭提供更好的住房条件，是政府的义务，更是责任。针对低收入居民家庭住房困难的问题，一是要逐步完善廉租房制度，提高租赁私房补贴，进一步加大对廉租房、经适房等保障性住房建设的投入。对于拟建的保障性住房的选址要适当地考虑城市低收入居民家庭居住的生活成本问题；对于现在居住在较偏远地方廉租房的居民给予交通费用补贴，切实解决他们的居住困难。二是对于特别困难的家庭，还要解决居住费用问题。可以采取针对低收入居民家庭燃料使用方式进行分类补贴，在实施管道燃气优惠政策的同时，对于使用罐装液化石油气家庭采取专项的燃料补贴措施，让更多的低收入居民家庭享受燃料优惠，减轻居住负担。对低收入居民家庭用电采取阶梯式计价的方法进行收费优惠。

（七）听其声、办其事，加强精神救助

贫困若给一个人精神上带来了损害，那往往比其所造成的物质上的匮乏更加可怕，它不但给低收入居民带来社交上的被歧视和被排斥，而且也给他们带来心理上的阴影和精神上的压力，结果陷入了"人穷志短，穷志则穷"的恶性循环，更严重的是，可能因为长期的精神压抑而导致对社会产生不良心理，甚至误入歧路。所以对于广州城市低收入居民的精神救助，尤其是对其子女精神上的救助尤为重要。一是要加大对城市低收入居民文化娱乐方面的投入。比如给低收入居民免费办理居家附近图书馆的借阅证件，或者建立社区小图书馆，给低收入居民增加丰富知识的机会；还可以通过社区组织免费看电影、旅游等，拓宽他们的视野，丰富他们的精神生活。二是政府工作人员要走向基层，建议采取一对一帮扶的形式，多与城市低收入居民沟通交流，倾听其心声，只有真正了解民情，才能实事求是地为民办事。三是要加强对关注城市低收入居民的宣传，引导社会舆论更多地关注低收入居民，让大家对于低收入居民生活状态产生共鸣，给予他们力所能及的帮助，用真切的关爱去温暖他们，让他们感受到社会的温情，减少他们对于现状和社会的不满，增强他们对未来生活的信心和希望。

（审稿：谢颖）

Study on Countermeasures for the Present Living Conditions of the Low-income Residents in Guangzhou

Research Group of the Survey Office in Guangzhou

National Bureau of Statistics of China

Abstract: Based on data from the 2007−2009 Guangzhou Sample Survey on low-income residents, combined with the typical survey and special investigation which have been done by the low-income residents, In comparison with the 2007−2009 Guangzhou Household Sample Survey data and the local assistance system of other nation, this paper has analyzed the survival condition and the current social assistance of low-income residents in Guangzhou, It has pointed out the difficulties in their life and the inadequacy of assistance system for them, and put forward the way to consummate the low-income residents' assistance system according to their practical requirements.

Key Words: Low-income Residents in Guangzhou; Minimum Livelihood Guarantee; Perfect the Social Assistance System

B.20

2010年度广州社会经济状况
公众评价报告

刘荣新*

摘　要：本报告基于"2010年度广州社会经济状况公众评价"调查，分析广州市民对当年经济发展、社会发展、城市发展、政治发展四方面的评价，并从民生关注点变化的情况了解市民的社会情绪特征。调查结果显示，市民对广州社会经济状况总体表示认可，但评价下行趋势明显，市民的不满情绪有所提升。经济发展评价下行，民生热点不满上升；城市发展多项指标评价下降，城市建设方面尤为突出。

关键词：经济发展　社会发展　城市发展　政治发展　民生热点

广州社情民意研究中心于2010年8月底进行了"2010年度广州社会经济状况公众评价"调查，这是自1990年以来对该课题所进行的第33次追踪调查。调查旨在了解广州市民对当年经济发展、社会发展、城市发展、政治发展四方面的评价，并从民生关注点变化的情况了解市民的社会情绪特征。

调查采用多阶段随机抽样方法，以入户问卷调查的方式访问了广州市越秀、荔湾、海珠、天河、白云、黄埔六个中心城区的1017位不同年龄、性别、职业、收入的市民。

调查内容共包括51项评价指标，其中经济发展方面13项、社会发展方面10项、城市发展方面17项、政治发展方面11项（见附表）。与2009年调查相比，2010年新增"保障房供应"、"生态环境"、"妇女权利保障"、"政

---

* 刘荣新，广州社情民意研究中心研究人员，主要研究方向为公共行业服务、治安问题及广州社情民意。

府调解社会矛盾" 4 项指标。在 2010 年的调查中，有 47 项指标可与 2009 年数据进行对比。

调查报告以满意度、可接受度、不满意度、关注度为分析衡量标准，满意度为"满意"与"比较满意"的比例之和，如超五成则表示市民持肯定的正面表态；可接受度为满意度与"一般"的比例之和，如超五成则表示市民持认可的中性表态；不满意度为"不满意"与"不太满意"的比例之和，如超五成则表示市民持否定的负面表态；"关注度"为调查指标所涉问题中，市民最期望政府予以解决或改善的问题的被选比例。

一 市民对广州社会经济状况总体表示认可，但评价下行趋势明显

调查结果显示，在 51 项评价指标中，可接受度在五成以上的有 46 项，占指标总量的 90.2%；满意度在五成以上的指标有 9 项，占指标总量的 17.6%；而不满意度在五成以上的指标有 4 项。

与上年相比，在 47 项可对比的指标中，有 21 项指标可接受度下降，占可对比指标总量的 44.7%；有 27 项指标不满意度上升，占可对比指标总量的 57.4%，其中"城市规划"、"物价水平"、"医疗保健"、"消费品质量" 4 项指标不满意度上升明显，均超过 10 个百分点。

根据各项指标可接受度、满意度、不满意度的具体评价情况，指标可分为以下四类。

第一类，评价正面的指标共有 9 项（可接受度、满意度均过五成），占指标总量的 17.6%。其中，经济发展方面 1 项，社会发展方面 1 项，城市发展方面 7 项，政治发展方面没有（见表 1）。

第二类，评价中性偏正面的指标共有 24 项（可接受度过五成，满意度在五成以下但高于不满意度），占指标总量的 47.1%。其中，经济发展方面 3 项，社会发展方面 8 项，城市发展方面 5 项，政治发展方面 8 项（见表 2）。

第三类，评价中性偏负面的指标共有 13 项（可接受度过五成，满意度在五成以下且低于不满意度），占指标总量的 25.5%。其中，经济发展方面 5 项，社会发展方面 1 项，城市发展方面 4 项，政治发展方面 3 项（见表 3）。

表1　第一类指标 *

单位：%

方面 指标 评价	可接受度	满意度	不满意度
经济发展　总的经济发展	89.7	57.2	5.5
社会发展　新闻报道	89.2	65.9	9.5
城市发展　电力供应	96.0	73.8	3.3
煤气供应	91.6	69.3	6.4
生活用水供应	91.2	68.6	8.5
广州的国内地位	89.9	63.5	5.4
城市形象	87.0	52.0	11.9
通信设施建设	86.4	52.7	10.5
城市对外交流	84.9	55.6	5.3

* 标注☆的为2010年新增指标，不包括在可比指标项中，下同。

表2　第二类指标

单位：%

方面 指标 评价	可接受度	满意度	不满意度
经济发展　民营企业发展	78.9	39.1	8.3
市场秩序	75.8	33.1	21.9
社会保障	69.6	30.2	27.8
社会发展　文化娱乐生活	85.6	43.6	11.6
社会秩序	84.4	38.9	15.1
社会风气	82.7	35.3	16.8
体育、健身活动	81.7	42.5	15.4
科学技术发展	80.8	49.5	6.4
治安状况	78.7	37.5	20.8
教育状况	75.9	37.0	21.0
医疗保健	68.7	31.2	28.9
城市发展　城市信息化程度	84.0	49.0	11.1
道路桥梁建设	78.1	38.0	16.5
城市管理	73.6	30.5	25.4
公共交通服务	71.6	37.0	26.9
☆生态环境	71.1	32.2	27.8

续表

方面	评价指标	可接受度	满意度	不满意度
政治发展	☆妇女权利保障	78.5	42.2	11.9
	法治建设	73.0	33.1	15.0
	政府依法行政	72.2	31.1	19.7
	人权保障	71.6	35.3	19.4
	民主建设	70.8	32.2	17.4
	政府政务公开	70.5	32.9	19.6
	对弱势群体的救助	69.0	33.8	24.1
	司法公正	68.4	29.1	18.0

表3　第三类指标

单位：%

方面	评价指标	可接受度	满意度	不满意度
经济发展	公用事业收费	64.2	24.7	29.9
	消费品质量	65.7	24.1	32.6
	消费者权益保障	61.0	23.3	35.8
	劳动就业	69.5	20.0	26.8
	汽车消费	60.4	17.7	19.0
社会发展	流动人口管理	67.7	25.5	25.9
城市发展	市容卫生	66.1	27.2	33.8
	城市规划	60.6	26.2	36.2
	市政建设	60.4	26.1	37.3
	住房建设	62.1	22.5	33.5
政治发展	政府办事效率	66.1	25.0	29.0
	☆政府调解社会矛盾	64.8	24.8	25.0
	政府廉政建设	58.7	21.5	28.3

第四类，评价负面的指标有 5 项（不满意度超过五成，或可接受度低于五成），分别为经济发展方面的"物价水平"、"保障房供应"、"收入差别"、"商品房消费"，以及城市发展方面的"市内道路状况"（见表 4）。

表4　第四类指标

单位：%

方面　　指标 评价	可接受度	满意度	不满意度
经济发展 物价水平	42.0	11.8	57.2
经济发展 ☆保障房供应	39.7	11.3	45.4
经济发展 收入差别	40.1	8.7	57.4
经济发展 商品房消费	30.2	7.7	62.8
城市发展 市内道路状况	47.3	19.5	51.1

与上年相比，评价较好的第一、第二类指标数均有减少，多项指标评价呈现由正面向中性，或者由中性向偏负面下行的趋势，主要有经济发展的"消费品质量"，城市发展的"城市规划"、"市政建设"、"市容卫生"；而评价较差的第三、第四类指标数有所增加，呈现向负面恶化的趋势，其中第四类指标尤甚，"物价水平"、"市内道路状况"的不满意度在2010年大幅上升，评价下降至负面，而"保障房供应"在2010年首次加入，评价即为负面。

综上所述，虽然广州社会经济的总体状况仍获得市民认可，评价呈中性偏正面，但与上年相比，评价下行趋势明显，市民的不满情绪有所提升，值得关注。

在四个方面指标中，市民最希望政府给予解决或改善的前五位关注热点如表5所示。

表5　受访市民最希望政府给予解决或改善的前五位关注热点

单位：%

方面　次序	第一位	第二位	第三位	第四位	第五位
经济发展	物价水平 (55.2)	收入差别 (38.6)	商品房消费 (35.6)	社会保障 (32.6)	消费品质量 (25.2)
社会发展	医疗保健 (55.4)	治安状况 (49.8)	社会风气 (37.5)	教育状况 (37.3)	社会秩序 (35.2)
城市发展	市容卫生 (41.1)	市内道路状况 (39.3)	城市规划 (33.8)	住房建设 (31.6)	城市管理 (29.8)
政治发展	政府办事效率 (48.0)	政府廉政建设 (41.4)	对弱势群体的救助(38.3)	政府政务公开 (27.8)	政府调解社会矛盾(26.1)

二 经济发展评价呈下行趋势，民生热点不满上升

对于广州"总的经济发展"，市民评价与 2009 年基本持平，可接受度维持在 89% 左右。对于经济发展的 12 项具体指标，满意度均不足四成，评价不高，且有 7 项指标的不满意度较 2009 年有不同程度上升，其中，"物价水平"、"消费品质量"最为突出，均大幅上升超过 10 个百分点。

在市民最希望政府给予解决或改善的前五位关注热点中，"物价水平"、"收入差别"、"商品房消费"、"社会保障"、"消费品质量"5 项与民生密切相关的指标，评价较 2009 年均有不同程度下降（见表 6）。

表 6 受访市民对经济发展中民生关注热点近两年评价对比

单位：%

指标＼评价	关注度	可接受度		满意度		不满意度	
		2010 年	2009 年	2010 年	2009 年	2010 年	2009 年
物价水平	55.2	42.0	53.8	11.8	15.6	57.2	45.2
收入差别	38.6	40.1	44.5	8.7	10.8	57.4	52.4
商品房消费	35.6	30.2	34.4	7.7	11.5	62.8	54.5
社会保障	32.6	69.6	78.7	30.2	36.4	27.8	19.2
消费品质量	25.2	65.7	76.1	24.1	28.4	32.2	22.4

其中，市民关注度最高的"物价水平"评价下行趋势明显，呈现向负面质变：2010 年，不满意度高达 57.2%，远超满意度 45.4 个百分点，且与上年相比，不满意度大幅上升了 12 个百分点（见图 1）。调查还发现，有八成八的市民认为物价上涨已切实影响到生活水平，且六成人表示对目前的物价水平只能"勉强承受"。

与住房相关的"商品房消费"、"保障房供应"的不满意见尤为集中。"商品房消费"不满意度在近几年持续上涨，尤其在 2010 年比 2009 年明显上升 8.3 个百分点达 62.8%，为近五年来最高，而满意度仅为 7.7%（见图 2）。市民对"保障房供应"的评价也较差，2010 年，不满意度为 45.5%，远超满意度 34.2 个百分点，负面评价明显。

调查还发现，城市发展中的"住房建设"指标，评价呈中性偏负面，2010 年的不满意度为 33.5%，超过满意度 11 个百分点（见附表）。

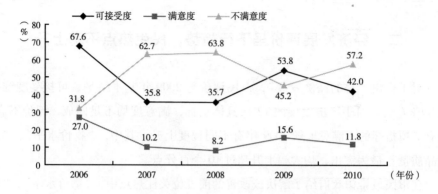

图1 受访市民近五年对"物价水平"的评价

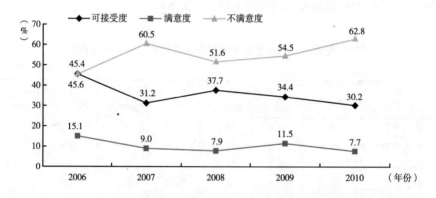

图2 受访市民近五年对"商品房消费"的评价

"收入差别"不满意见持续突出。近五年来不满意度均超过五成,而满意度一直在一成左右徘徊,且2010年较2009年评价还有所下滑,不满意度上升5个百分点(见图3)。

"消费品质量"评价下滑。2010年不满意度为32.6%,较2009年大幅上升10.2个百分点,并再次超过满意度(见图4)。同时,市民对"消费者权益保障"的评价也较低,不满意度高于满意度(见附表),且较2009年明显上升5.7个百分点达到35%。

"劳动就业"评价较低,但略有好转。2010年,满意度仍然较低,且低于不满意度,但可接受度有所上升(见图5)。且调查发现,六成八的市民表示2010年"工作稳定",而"失去工作岗位"、"一直没稳定工作"、"无工作"的比例合计为一成六,另外五成九的人预计2011年"工作保持稳定"。

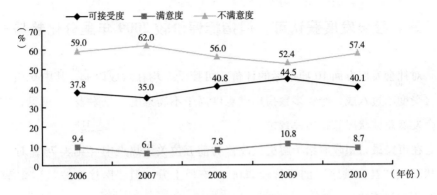

图3 受访市民近五年对"收入差别"的评价

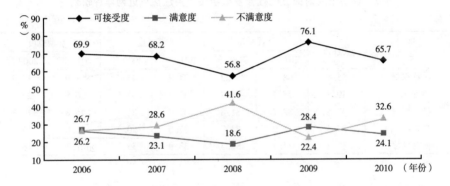

图4 受访市民近五年对"消费品质量"的评价

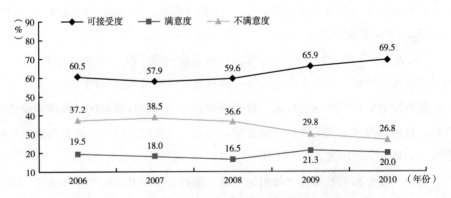

图5 受访市民近五年对"劳动就业"的评价

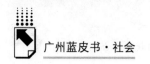
三 社会发展获认可，但指标评价较 2009 年呈分化趋势

对社会发展方面 10 项指标的评价，可接受度均在六成以上，其中 6 项指标可接受度超过八成，绝大多数指标满意度高于不满意度（见附表）。可见，广州社会发展总体状况获得市民肯定。

在市民最希望政府给予解决或改善的前五位关注热点中（见表 7），对"治安状况"、"社会秩序"的评价较 2009 年有所上升，但"医疗保健"、"教育状况"则明显下降。

表 7　受访市民对前五位社会发展中民生关注热点近两年评价对比

单位：%

指标＼评价	关注度	可接受度		满意度		不满意度	
		2010 年	2009 年	2010 年	2009 年	2010 年	2009 年
医疗保健	55.4	68.7	80.2	31.2	45.2	28.9	17.9
治安状况	49.8	78.7	74.9	37.5	33.5	20.8	24.5
社会风气	37.5	82.7	81.8	35.3	34.5	16.8	16.8
教育状况	37.3	75.9	83.7	37.0	50.7	21.0	13.4
社会秩序	35.2	84.4	82.3	38.9	35.9	15.1	16.7

其中，与社会治理相关的"治安状况"、"社会秩序"、"流动人口管理"评价稳步上升。"治安状况"满意度持续上升至 37.5%，高出不满意度 16.7 个百分点，可接受度也有所上升（见图 6）。调查也发现，市民对"社会秩序"的满意度较 2009 年有所上升。

"流动人口管理"评价明显好转，不满意度持续下降，与满意度基本持平，而可接受度也持续上升 8.1 个百分点，达到近几年来最高（见图 7）。

值得注意的是，虽然近年来与社会治理有关的指标评价好转，但满意度仍然不高，且依旧位居市民关注热点前五位。可见，社会治理的实际改善程度与市民期望之间仍有一定距离。

与公共服务相关的指标评价明显下滑，值得注意。其中，"医疗保健"满意度为 31.2%，较 2009 年明显下降 14 个百分点，而不满意度则大幅上升 11 个百分点，与满意度基本持平（见图 8）。

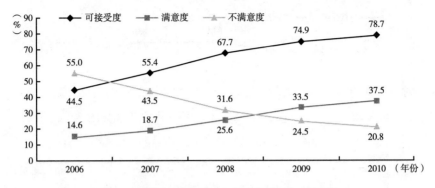

图 6　受访市民近五年对"治安状况"的评价

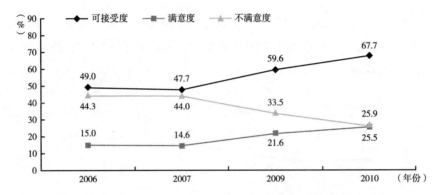

图 7　受访市民近年来对"流动人口管理"的评价

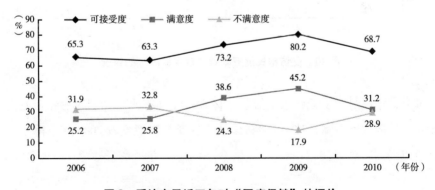

图 8　受访市民近五年对"医疗保健"的评价

"教育状况"评价质变明显，呈现由正面向中性转变的趋势，满意度在连续两年过五成后，2010 年大幅下降 13.7 个百分点至 37.0%，而不满意度也比 2009 年上升了 7.6 个百分点（见图 9）。

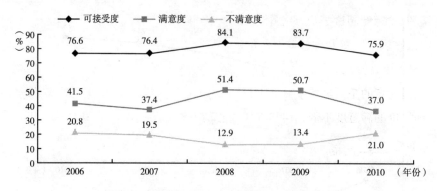

图 9　受访市民近五年对"教育状况"的评价

经济发展中的"社会保障"指标，满意度下降至 30.2%，较 2009 年降低了 6.2 个百分点，而不满意度则比 2009 年明显上升 8.6 个百分点，与满意度基本持平（见图 10）。

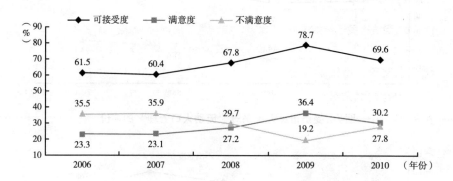

图 10　受访市民近五年对"社会保障"的评价

此外，市民对"文化娱乐生活"、"体育、健身活动"、"科学技术发展"的评价也有不同程度下降，其中，"科学技术发展"满意度较 2009 年下降了 11.3 个百分点。

四　城市发展多项指标评价下降，
城市建设不满意度大幅上升

对城市发展的 17 项指标的评价中，可接受度在五成以上的指标有 16 项，7

项指标的满意度超过五成（见附表），主要集中在"电力供应"、"煤气供应"、"生活用水供应"等基础公共服务指标，其中，"煤气供应"满意度较 2009 年上升了 14.1 个百分点。

值得注意的是，虽然市民对"广州的国内地位"、"城市对外交流"两项宏观指标评价的满意度不低，但与五年前相比下滑趋势明显（见图 11）。

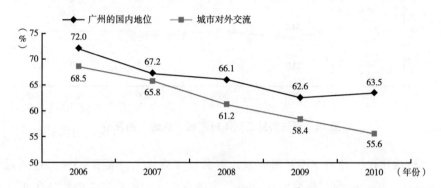

图 11　受访市民近五年对"广州的国内地位"、"城市对外交流"的满意度评价

调查也发现，市民最希望政府给予解决或改善的前五位关注热点（见表 8），均集中在与城市建设、管理有关的指标，且多项指标不满意度突出，高于满意度。

表 8　受访市民对城市发展中民生关注热点近两年评价对比

单位：%

指标＼评价	关注度	可接受度		满意度		不满意度	
		2010 年	2009 年	2010 年	2009 年	2010 年	2009 年
市容卫生	41.1	66.1	72.1	27.2	31.0	33.8	27.4
市内道路状况	39.3	47.3	53.5	19.5	20.1	51.1	45.0
城市规划	33.8	60.6	73.1	26.2	35.6	36.2	23.4
住房建设	31.6	62.1	61.1	22.5	25.1	33.5	31.6
城市管理	29.8	73.6	73.7	30.5	30.7	25.4	24.4

其中，"城市规划"不满意度显著上升，不满意度大幅上升至 36.2%，达到近五年来最高，并首次超过满意度，评价呈向中性偏负转变（见图 12）。而且在

所有可对比指标中，"城市规划"的不满意度上升幅度位居第一，达12.8个百分点。

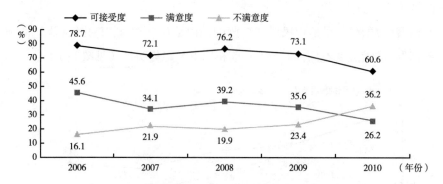

图12 受访市民近五年对"城市规划"的评价

"市政建设"评价下滑趋势明显，不满意度持续上升至37.3%，达到近五年来最高，满意度则下降至不足30%，评价呈现从中性偏正向偏负的转变（见图13）。

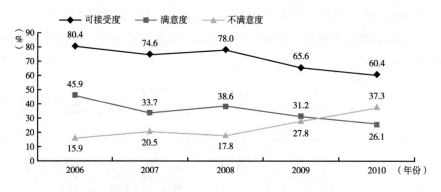

图13 受访市民近五年对"市政建设"的评价

"市内道路状况"不满情绪尤为突出，近两年不满意度持续上涨，2010年首次突破五成，达到近五年来最高，且远超满意度31.6个百分点。可见，市民对"市内道路状况"的不满情绪十分突出，且超过可接受范围（见图14）。

"市容卫生"评价质变也较明显，不满意度明显上升至33.8%，达到近五年来最高，满意度则下降至三成以下，评价呈从中性偏正向偏负的转变（见图15）。

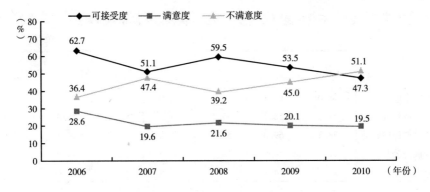

图 14　受访市民近五年对"市内道路状况"的评价

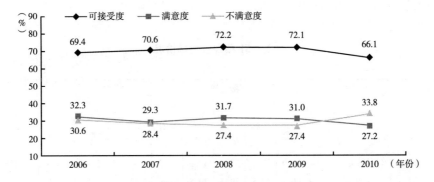

图 15　受访市民近五年对"市容卫生"的评价

五　政治发展评价稳中略升

对政治发展 9 项指标的评价，可接受度均在五成以上，不满意度均低于三成，其中"妇女权利保障"评价较高，满意度为 42.2%（见附表）。与 2009 年相比，"人权保障"、"对弱势群体的救助"、"政府政务公开"的评价有所上升，其中"对弱势群体的救助"好转尤为明显，满意度上升了 8.5 个百分点，其余指标评价与 2009 年基本持平。可见，市民对政治发展评价稳中略升。

市民最希望政府给予解决或改善的前五位关注热点，主要集中在与政府内部建设有关的指标。其中"政府办事效率"与"政府廉政建设"评价较低，不满意度均不足三成，且高于满意度（见表 9）。

表9 受访市民对政治发展中民生关注点近两年评价对比

单位：%

指标 \ 评价	关注度	可接受度		满意度		不满意度	
		2010年	2009年	2010年	2009年	2010年	2009年
政府办事效率	48.0	66.1	63.5	25.0	26.4	29.0	27.9
政府廉政建设	41.4	58.7	57.6	21.5	22.9	28.3	26.3
对弱势群体的救助	38.3	69.0	59.9	33.8	25.3	24.1	32.6
政府政务公开	27.8	70.5	65.5	32.9	30.5	19.6	19.6
政府调解社会矛盾	26.1	64.8	—	24.8	—	25.0	—

此外，"政府调解社会矛盾"在2010年首次加入，就进入前五位关注热点，且满意度在政治发展指标中倒数第二，值得注意（见附表）。

附表　51项评价指标情况

单位：%

指标 \ 评价		可接受度					不满意度			不清楚
		满意度								
		满意	比较满意	合计	一般	合计	不太满意	不满意	合计	
经济发展	总的经济发展	20.0	37.2	57.2	32.5	89.7	3.3	2.2	5.5	4.8
	民营企业发展	11.3	27.8	39.1	39.8	78.9	6.0	2.3	8.3	12.8
	市场秩序	9.5	23.6	33.1	42.7	75.8	15.2	6.7	21.9	2.3
	社会保障	9.1	21.1	30.2	39.4	69.6	17.1	10.7	27.8	2.6
	劳动就业	6.1	13.9	20.0	49.5	69.5	18.8	8.0	26.8	3.7
	消费品质量	6.1	18.0	24.1	41.6	65.7	18.3	14.3	32.6	1.7
	公用事业收费	8.7	16.0	24.7	39.5	64.2	17.2	12.7	29.9	5.9
	消费者权益保障	7.2	16.1	23.3	37.7	61.0	21.5	14.3	35.8	3.2
	汽车消费	4.1	13.6	17.7	42.7	60.4	10.9	8.1	19.0	20.6
	物价水平	2.7	9.1	11.8	30.2	42.0	32.6	24.6	57.2	0.8
	收入差别	2.9	5.8	8.7	31.4	40.1	29.8	27.6	57.4	2.5
	保障房供应	3.8	7.5	11.3	28.4	39.7	19.5	26.0	45.5	14.8
	商品房消费	2.3	5.4	7.7	22.5	30.2	23.5	39.3	62.8	7.0
社会发展	新闻报道	25.6	40.3	65.9	23.3	89.2	6.5	3.0	9.5	1.3
	文化娱乐生活	11.0	32.6	43.6	42.0	85.6	7.9	3.7	11.6	2.8
	社会秩序	8.0	30.9	38.9	45.5	84.4	11.6	3.5	15.1	0.5
	社会风气	8.3	27.0	35.3	47.4	82.7	11.1	5.7	16.8	0.5
	体育、健身活动	10.9	31.6	42.5	39.2	81.7	10.9	4.5	15.4	2.9

续表

评价 指标		可接受度					不满意度			不清楚
		满意度			一般	合计	不太 满意	不满意	合计	
		满意	比较 满意	合计						
社会 发展	科学技术发展	12.1	37.4	49.5	31.3	80.8	5.4	1.0	6.4	12.8
	治安状况	9.6	27.9	37.5	41.2	78.7	15.3	5.5	20.8	0.5
	教育状况	9.1	27.9	37.0	38.9	75.9	13.0	8.0	21.0	3.1
	医疗保健	7.3	23.9	31.2	37.5	68.7	18.5	10.4	28.9	2.4
	流动人口管理	6.7	18.8	25.5	42.2	67.7	18.1	7.8	25.9	6.4
城市 发展	电力供应	27.7	46.1	73.8	22.2	96.0	2.4	0.9	3.3	0.7
	煤气供应	26.0	43.3	69.3	22.3	91.6	4.1	2.3	6.4	2.0
	生活用水供应	26.0	42.6	68.6	22.6	91.2	5.1	3.4	8.5	0.3
	广州的国内地位	20.8	42.7	63.5	26.4	89.9	3.9	1.5	5.4	4.7
	城市形象	15.8	36.2	52.0	35.0	87.0	8.0	3.9	11.9	1.1
	通信设施建设	13.2	39.5	52.7	33.7	86.4	7.4	3.1	10.5	3.1
	城市对外交流	17.1	38.5	55.6	29.3	84.9	4.7	0.6	5.3	9.8
	城市信息化程度	12.0	37.0	49.0	35.0	84.0	7.7	3.4	11.1	4.9
	道路桥梁建设	10.2	27.8	38.0	40.1	78.1	11.1	5.4	16.5	5.4
	城市管理	7.7	22.8	30.5	43.1	73.6	17.4	8.0	25.4	1.0
	公共交通服务	10.1	26.9	37.0	34.6	71.6	16.0	10.9	26.9	1.5
	生态环境	8.7	23.5	32.2	38.9	71.1	18.7	9.1	27.8	1.1
	市容卫生	6.3	20.9	27.2	38.9	66.1	22.4	11.4	33.8	0.1
	住房建设	5.8	16.7	22.5	39.6	62.1	21.2	12.3	33.5	4.4
	城市规划	8.3	17.9	26.2	34.4	60.6	21.3	14.9	36.2	3.2
	市政建设	6.9	19.2	26.1	34.3	60.4	21.5	15.8	37.3	2.3
	市内道路状况	5.2	14.3	19.5	27.8	47.3	26.4	24.7	51.1	1.6
政治 发展	妇女权利保障	11.2	31.0	42.2	36.3	78.5	7.6	4.3	11.9	9.6
	法治建设	8.7	24.4	33.1	39.9	73.0	10.5	4.5	15.0	12.0
	政府依法行政	8.0	23.1	31.1	41.1	72.2	12.5	7.2	19.7	8.1
	人权保障	9.1	26.2	35.3	36.3	71.6	11.0	8.4	19.4	9.0
	民主建设	8.9	23.3	32.2	38.6	70.8	10.9	6.5	17.4	11.8
	政府政务公开	9.7	23.2	32.9	37.6	70.5	12.8	6.8	19.6	9.9
	对弱势群体的救助	10.1	23.7	33.8	35.2	69.0	14.1	10.0	24.1	6.9
	司法公正	9.1	20.0	29.1	39.3	68.4	10.7	7.3	18.0	13.6
	政府办事效率	7.0	18.0	25.0	41.1	66.1	18.7	10.3	29.0	4.9
	政府调解社会矛盾	5.7	19.1	24.8	40.0	64.8	14.8	10.2	25.0	10.2
	政府廉政建设	5.7	15.8	21.5	37.2	58.7	16.5	11.8	28.3	13.0

（审稿：谢颖）

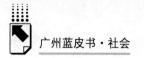

Survey Report on the Public Opinions about the Economy Social Causes in 2010 in Guangzhou

Liu Rongxin

Abstract: This report is the based on the survey of the public appraisal of the economy and social causes 2010 in Guangzhou, including the citizens' opinions on the economic, social, urban and political development. The survey reflects the citizens' emotion about the focuses of the city. The results show that in general the citizens approved the development situation of economic and social causes of Guangzhou key point, but there was an obvious negative attitude, the citizens' dissatisfaction grew up. Appraisal of the economic development became worse. On topics of general interest especially those about the citizens' life, dissatisfaction grew up. Many indexes of appraisal of the city's development decreased, especially that about the urban construction.

Key Words: Economic Development; Social Development; Urban Development; Political Development; Hot Topics about the Citizens' Life

图书在版编目（CIP）数据

2011年中国广州社会形势分析与预测/易佐永，崔仁泉主编.
—北京：社会科学文献出版社，2011.6
（广州蓝皮书）
ISBN 978 - 7 - 5097 - 2385 - 2

Ⅰ.①2…　Ⅱ.①易…　②崔…　Ⅲ.①社会调查 - 白皮书 -
广州市 - 2011　Ⅳ.①D668

中国版本图书馆 CIP 数据核字（2011）第 090507 号

广州蓝皮书
2011 年中国广州社会形势分析与预测

主　　编／易佐永　崔仁泉
副 主 编／涂成林　彭　澎

出 版 人／谢寿光
总 编 辑／邹东涛
出 版 者／社会科学文献出版社
地　　址／北京市西城区北三环中路甲 29 号院 3 号楼华龙大厦
邮政编码／100029

责任部门／皮书出版中心（010）59367127　　责任编辑／姚冬梅　任文武
电子信箱／pishubu@ ssap. cn　　　　　　　责任校对／彭　娜
项目统筹／任文武　　　　　　　　　　　　责任印制／董　然
总 经 销／社会科学文献出版社发行部（010）59367081　59367089
读者服务／读者服务中心（010）59367028

印　　装／北京季蜂印刷有限公司
开　　本／787mm×1092mm　1/16　　印　张／23.5
版　　次／2011 年 6 月第 1 版　　　　　字　数／402 千字
印　　次／2011 年 6 月第 1 次印刷
书　　号／ISBN 978 - 7 - 5097 - 2385 - 2
定　　价／59.00 元

盘点年度资讯 预测时代前程

从"盘阅读"到全程在线阅读
皮书数据库完美升级

· 产品更多样

从纸书到电子书，再到全程在线阅读，皮书系列产品更加多样化。从2010年开始，皮书系列随书附赠产品由原先的电子光盘改为更具价值的皮书数据库阅读卡。纸书的购买者凭借附赠的阅读卡将获得皮书数据库高价值的免费阅读服务。

· 内容更丰富

皮书数据库以皮书系列为基础，整合国内外其他相关资讯构建而成，内容包括建社以来的700余种皮书、20000多篇文章，并且每年以近140种皮书、5000篇文章的数量增加，可以为读者提供更加广泛的资讯服务。皮书数据库开创便捷的检索系统，可以实现精确查找与模糊匹配，为读者提供更加准确的资讯服务。

· 流程更简便

登录皮书数据库网站www.pishu.com.cn，注册、登录、充值后，即可实现下载阅读。购买本书赠送您100元充值卡，请按以下方法进行充值。

充值卡使用步骤：

第一步

· 刮开下面密码涂层
· 登录 www.pishu.com.cn
  点击"注册"进行用户注册

社会科学文献出版社
SOCIAL SCIENCES ACADEMIC PRESS (CHINA)　皮书系列

卡号：8856635241709370
密码：

(本卡为图书内容的一部分，不购书刮卡，视为盗书)

第二步

登录后点击"会员中心"进入会员中心。

SSDB
社科文献资源库
SOCIAL SCIENCE DATABASE

第三步

· 点击"在线充值"的"充值卡充值"，
· 输入正确的"卡号"和"密码"，即可使用。

如果您还有疑问，可以点击网站的"使用帮助"或电话垂询010-59367227。